드
향

사랑, 그 설렘에 취하고 향기에 물들다.

사랑, 그 설렘에 취하고 향기에 물들다.

나의

마놀로
블라닉

Manolo Blahnik

나의 마놀로 블라닉

1판 1쇄 찍음 2012년 2월 27일
1판 1쇄 펴냄 2012년 3월 6일

지은이 | 아실리스
펴낸이 | 정 필
펴낸곳 | 도서출판 **뿔미디어**

편집장 | 이재권
기획 · 편집 | 이경순
편집디자인 | 이진선
관리 · 영업 | 김기환, 임순옥

출판등록 | 2002년 9월 11일 (제1081-1-132호)
주소 | 부천시 원미구 상3동 533-3 아트프라자 503호 (우)420-861
전화 | 032)651-6513 / 팩스 | 032)651-6094
E-mail | dahyangs@naver.com
카페 | http://cafe.daum.net/dahyangs

값 9,000원
ISBN 978-89-6639-569-9 03810

나의

마놀로
블라닉

Manolo Blahnik

DAHYANG ROMANCE STORY

아실리스 장편 소설

차 례

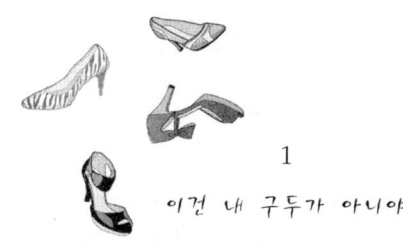

1
이건 내 구두가 아니야

저절로 눈이 떠져 잠에서 깨는 건 매우 행복한 일이다. 특히, 이제 막 3년간 나를 쥐고 흔들던 수험생 신분에서 해방되고 난 이후에는 더더욱. 뭐 그렇다고 해서 내가 그렇게 좋은 대학을 간 건 아니지만 말이다. 에이씨, 암울하잖아. 여하튼 나는 오늘 그렇게 해 보고 싶던 〈스스로 일어날 때까지 자기〉를 해 보았고, 결과는 성공적이다.

그런데, 이게 뭐지?

내 이불은 밝은 주황색 커버가 씌워진 포근한 솜이불이지 이런 소독약 냄새가 나는 하얀 이불이 아닌데. 그리고 나는 회색 바탕에 키티가 그려진 잠옷을 입지, 이런 환자복을 입고 자지 않는다.

나는 내 머리 위에 한가득 걸려 있는 링거 팩들—대체 저 주삿바늘을 왜 내 왼팔에 쑤셔 넣은 거지?—과 떨어지는 걸 방지하는 가로막이 된 침대, 그리고 전면 창밖으로 바쁘게 지나다니는 사람들을 쳐다보았다.

여긴 병원이잖아. 링거가 내 팔에 꽂힌 걸 보니 난 환자인가 보군. 난 병원에 입원한 기억이 없는데 말이지.

창밖에 다니는 사람들은 아무도 내가 깨어난 걸 모르는 듯했다. 까만 피부의 배 나온 의사는 차트를 들고 종횡무진 어디론가 가고 있었고, 풍선껌을 부는 간호사는 그녀의 금발 머리를 꼬고……. 가만있어 봐, 저 사람들 죄다 외국인이잖아! 여기 어디야? 이 병원 주소 대한민국으로 시작하는 게 아니라는 거야? 여보세요? 누구 한국 사람 없어요?

난 내가 도대체 왜 여기 있는 건지, 이게 현실인 건지, 정신착란인 건지 곰곰이 생각해 보기 시작했다.

아냐, 생각해 봤자 내가 아는 게 뭐가 있어! 난 분명히 어제 우리 집 내 방에 있는 이층침대에서 잤단 말이다! 얼굴을 꼬집어 봐도 이건 분명히 현실이었다. 소설에서 주인공들은 가끔 이럴 때 현실을 꿈이라고 착각하는데 난 아니다. 세상에 꿈이랑 현실이랑 착각하는 바보도 있나? 이건 사람들이 숨 쉬고 날짜가 휙휙 지나가는 진짜 현실이다. 나는 오른쪽으로 난 창문 밖의 지극히 서양스러운 건물 양식을 노려보았다. 어떻게 하룻밤 새에 집에서 외국인들이 가득 찬 병원으로 순간이동을 할 수 있어? 대체 날 여기다 데려다 놓은 사람이 누구야!

그때 문이 달칵 열리고 누군가가 들어왔다. 제발 간호사나 의사가 아니라 내 보호자이게 해 주세요. 난 영어 할 줄 몰라요. 그러나 들어온 사람은 간호사도 아니고 의사도 아니었지만 역시나 나와 의사소통은 불가능하게 생긴 파란 눈의 외국인이었다. 성별은 분명히 남자. 머리색은 다행스럽게도 그나마 익숙한 검정색. 엄청나게 키가 큰 그는 한 손에 장미다발을 든 채 잠시 문가에 가만히 서 있었다.

뭐, 인사라도 해야 하나? 안녕하세요. 굿 모닝. 하우 아 유? 아임 낫 파인 땡큐!

"You wake up."

그럼 맥은 네가 지고 있는 길로 보여요?

"As I told you hundreds times, you are really careless! When do you stop that damn thing?"

가만있어 봐, 지금 이 아저씨 나한테 성질내는 거야? 대한민국 입시의 주입식 영어듣기가 빛을 발하는 순간이군. 그리고 엄마의 허리띠를 졸라매고 시킨 영어 과외도 찬란하게 빛나고.

난 깔끔한 얼굴에 빗금을 그리며 틱틱 듣기 싫은 소리를 하면서 조용한 목소리로 화를 내고 있는 그 남자를 몇 번 눈을 깜빡이며 쳐다보았다. 이른바 '나님은 너님이 하는 말이 도대체 뭔 소린지 모르겠음'이라는 표정이었지만 이 사람은 눈치채지 못한 건지 닫힌 문 옆에 서서 아주 띠꺼운 얼굴로 날 비난했다. 내가 저 비난의 목표라는 건 알겠고, 저 사람이 나한테 엄청나게 화가 났다는 건 대충 들어 알겠는데—외국어라도 욕하는 건 다 알겠다—저 사람이 도대체 누군지는 모르겠다. 그래서 나는 한 손을 치켜들었다.

전 세계인의 공통 보디랭귀지. 나 질문 있어요, 포즈다.

"What?"

"저기, 누구세요? Who are you?"

그리고 난 그 남자의 차가운 무표정이 점점 종잇장 구겨지듯 형편없이 구겨지는 것을 조용히 지켜봤다.

"혹시 한국말 할 줄 알아요? Can you speak Korean? 난 영어 못하는데."

"Are you kidding me?"

이봐요, 내가 지금 이 미지의 세계에 뚝 떨어져서 장난치게 생겼어요?

"지금 내가 장난하는 걸로 보여요? 아저씨 누구예요? 여긴 또 어디고? 나 왜 입원했어요? 한국말 몰라요?"

장미를 탁자에다 내려놓은 남자는 천천히 걸어와서 내 코앞까지 얼굴을 들이댔다. 엄마야, 이 아저씨 왜 이래?

"서희, 이러는 거 재미없어."

주책없게 잘생긴 남자가 가까이서 아주 듣기 좋은 목소리로 내 이름을 불렀답시고 심장이 쿵쾅거리는 일이 있을 리가 없었다. 그저 이 사람이 한국말을 할 수 있다는 데 감사할 뿐. 그렇지만 이 사람 눈은 아주 맑았다. 맑게 깨지고 있는 청회색 눈. 가까이서 보니까 회색빛도 섞여 들어간 푸른 홍채에 속눈썹으로 인해 길게 그림자가 져 있는 것이 남자치고는 꽤나 예쁘다는 생각이 들긴 했지만, 나는 그것보다 지금 당장 이 상황이 어떻게 된 건지 파악하는 게 더 중요했다. 그건 그렇고 점점 짜증이 나고, 불안해지고 있는데 대체 이 남자는 왜 초면부터 반말에 화까지 내고 난리야?

"재미는 무슨, 아저씨 나 알아요? 여기 어디예요? 우리 엄마 어디 있어요? 우리 아빠는? 나 어디 다친 거예요? 네?"

뒤로 몸을 빼서 남자를 피한 나는 질문을 퍼부었다. 그러나 남자의 표정은 바뀌지 않았다.

"스물일곱 살이나 되어서 이런 식으로 장난하는 건 도가 지나치다는 생각 안 해? 당신 없어지는 바람에 걱정한 사람들은 안중에도 없어? 아직도 어리광 부리는 건가?"

"스, 스물일곱이요?"

남자는 한숨을 쉬더니 결국 몸을 일으키고 두 손을 들었다.

"이젠 정말 질리는군. 당신 마음대로 해. 찾는답시고 전국을 돌아다닌 내가 미친놈이지."

"저기요, 지금 무슨 말씀하시는지 하나도 이해를 못 하겠거든요? 여기가 어딘지 좀 말씀해 주시겠어요?"

내가 아무리 막 나가고, 저 남자가 지금 나한테 화내는 꼴이 상당히 기분 나쁘더라도 초면에 반말하고 따질 만큼 울 엄마가 날 막 키우지는 않았다. 나는 정말 할 수 있는 한 공손하게 물어봤고, 한쪽 눈썹을 치켜 올린 남자는 무슨 성은을 내려 준다는 듯한 태도로 턱 내뱉었다.

"어디긴 어디야. 존스홉킨스. 당신이 열렬히 신봉하는 의학의 온상지."

"존스홉킨스면…… 그 유명한 대학병원이요? 여기 미국이에요?"

그제야 남자의 표정이 이상하게 바뀌었다.

"그럼 존스홉킨스가 볼티모어에 있지, 서울에 있나?"

이게 도대체 무슨 일이지? 이게 말이 돼? 나 여권도 없는데 언제

볼티모어까지 날아온 거야?

"제가 왜 여기에 있죠?"

"나랑 싸우고서 집 나갔잖아. 잭슨빌에서 잘 놀다가 파도에 휩쓸
려서 여기까지 호송된 거 기억 안 나?"

이 사람 대체 뭔 소리를 하는 거야?

"내가 왜 아저씨랑 싸워요? 아저씨가 누군데요?"

음. 이 질문은 벌써 세 번 넘게 한 것 같다. 나는 신경질적으로
손을 마주잡고 비틀었다. 제발, 제발 내가 아는 거 하나라도 나와
라. 식은땀이 흐르고, 입안이 말랐다. 하얗게 질리는 내 얼굴을 의
아하게 쳐다보던 남자는 험악하게 얼굴을 일그러뜨렸다. 그러니까
왜 화를 내는지 말을 하란 말야!

"당신이 제멋대로 시비 걸었잖아. 이젠 남편 얼굴도 기억 안 난
다고 하려나 보지?"

나는 뻑뻑한 혀를 간신히 움직였다.

"지금이 몇 년이죠?"

"2017년이잖아!"

눈앞이 까매졌다. 엄마, 2017년 이래. 지구 종말은 5년 전에 끝
났나 봐. 다행이지?

자칭 내 남편이라는 작자 앞에서 기절을 한 이후 약 3시간 만에
다시 깨어난 나는 모든 것이 제자리로 돌아와 있길 바랐지만 당연
히 그런 일은 일어나지 않았고, 내 남편이라는 인간이 주장한 사실
이 바로 지금 내가 눈을 뜬 세상이라는 것을 인정해야 했다.

아하하하, 웃기지도 않아.

내가 기억상실증이란다.

전문용어는 잘 모르겠고, 여하간 내가 잭슨빌에서 정신없이 놀다 둥 뒤에서 덮쳐오는 파도를—자칭 남편의 표현을 빌리자면 바보같이—못 보고 그대로 휩쓸린 뒤 이틀 만에 깨어났다는 거다. 바다에 빠졌을 때 머리에 충격이 있었던 것 같다고 의사가 그랬다나. 그래서 나는 2010년을 살아가지만 내 주위는 2017년을 살아간다는 거다.

"거짓말."

"정말이라고 대답할 필요성도 못 느끼겠군."

"거짓말."

거짓말이다. 이럴 리가 없다. 내가 판타지소설이나 디즈니 만화의 주인공도 아니고, 어떻게 이런 일이 일어날 수가 있어?

"아저씨, 아저씨가 나 납치한 거죠? 우리 집 돈 없어요. 저 저질 체력 여고생이라서 지난 6년간 운동 한 번 안 한지라 체육 수행평가도 반에서 꼴등이었다고요. 제 장기 팔아 봤자 얼마 안 나올 거예요."

눈물이 그렁그렁해서 내 남편이라는 작자의 셔츠를 붙잡고 매달리자 그는 나를 어이가 없다는 듯 쳐다보았다.

"뭐? 납치? 장기?"

아닌가? 아저씨는 날 설득하다 지쳐 짜증 섞인 표정으로 2017년 6월자 뉴욕타임즈 한 뭉치를 들이밀었다. 신기하게도 난 빽빽한 영자신문을 정확하게 읽어낼 수 있었다. 날짜를 하나도 빠짐없이 확인

해 보고 나는 그대로 주저앉고 말았다. 기가 막혀.

"난 잭슨빌이 어딘지도 모른다고요."

"플로리다에 있어."

무뚝뚝하게 대꾸한 그는 전정가위로 장미를 다듬어서 꽃병에 꽂아 넣었다. 꽃꽂이할 줄 아는 남자는 처음 본다.

"그럼 우리 엄마랑 아빠는 한국에 계시고요?"

"음."

"서경이도?"

"처제는 파리에. 국립음악원 다녀."

"아. 열심히 했구나. 장하네."

멍하니 중얼거리는 나를 쳐다본 그는 기가 차다는 듯이 말했다.

"지금 이 상황에서도 동생 챙기는 거 보니 최서희가 확실하군."

"왜 아까부터 자꾸 시비예요? 기분 나쁘게. 그리고 왜 자꾸 초면에 반말이에요?"

뚝, 하고 장미 줄기가 잘려서 신문지 위로 떨어졌다. 이 각도에서는 저 남자의 화가 난 듯한 옆모습만 보인다. 무슨 비즈니스 하는 사람인 것처럼 정장을 좍 빼입고, 머리는 빈틈없이 뒤로 다 넘긴 게, 으액! 노땅 같아. 표정도 험악해서 기껏 잘생긴 얼굴 무섭게 보이게 하고 있고, 여하간 전체적으로 이것저것 걸리는 게 한두 가지가 아닌데 나는 왜 이 남자랑 결혼을 한 걸까? 혹시 거짓말 아냐?

"수천 번을 한솥밥 먹고 같은 침대에서 자고 일어난 사람을 언제부터 초면이라고 했나?"

게다가 저 빈정거림이 다분한 설의적 표현까지, 아주 재수탱 밥

맛 지대로다.

"나한테는 초면이잖아요. 그러니까 호구조사 좀 합시다. 빨리 여기 앉아 봐요."

내가 낑낑대며 팔을 뻗어 의자를 가까이 끌어오려고 용을 쓰자, 그가 한숨을 쉬고는 의자를 빼앗듯이 끌어다가 침대 곁에 두고 앉았다. 자, 나는 생존이란 걸 해야겠으니 일단은 주변부터 파악하는 게 우선이다. 그 주변이라는 게 익숙한 내 엄마가 아닌 처음 보는 외국인이라는 게 문제지만.

"그러니까, 일단 아저씨 이름이 뭐예요?"

웃지 마요. 이렇게 물어보는 나도 대략난감에 완전민망이란 말이야. 남편한테 이름을 물어보는 여자가 세상천지에 어디 있겠냐구.

"크리스. 크리스티안 라일리 벡스터."

로맨스 소설이든 로맨틱코미디 영화든 크리스라는 이름이 남주인공으로 나오는 건 한 번도 못 본 것 같은데. 거의 남주인공한테 밀리는 남자 조연 아니면 여주인공을 등쳐 먹는 나쁜 놈의 이름이 크리스 아니던가? 이름이 루크 브랜던이나 마크 다아시였으면 그 싸가지 없는 인상으로 깎인 점수를 몇 점 정도 올려줄 수 있었을 텐데.

"난 최서희 맞고. 그리고 아저씨 주장에 따르자면 난 스물일곱에 유부녀. 그럼 아저씨는 몇 살?"

"서른다섯에 유부남."

음. 아무래도 여기서 또 다시 졸도를 해야 될 듯싶다.

서른다섯?

서른다아서엇?

그게 피식피식 웃으면서 말할 나이야? 그게 그렇게 아무렇지도
않게 너랑 나는 여덟 살씩이나 차이 나요~ 하고 선언할 말이야?
이 아저씨가 날 낚은 거로구나! 순진한 여자애를 꼬드겨서 노총각
딱지 뗀 거구나! 엄마, 나 어쩜 좋아! 난 적어도 스물일곱이면 그냥
내 직업 가지고 괜찮은 남자친구랑 연애나 하고 있을 줄 알았지, 이
역만리 외국에서 싱싱한 20대가 아닌 서른 살 넘은 아저씨랑 결혼
생활을 하고 있을 줄은 꿈에도 몰랐다.

정말이다. 슬슬 기억을 잃기 전 스물일곱 살의 내 판단력에 의심
이 생기기 시작하네. 아니, 나보다 여덟 살이나 많은 아저씨랑 웨딩
마치를 올릴 거면 좀 자상하고 날 여왕 대접해 주는 사람을 찾았어
야지, 이 싹퉁바가지를 상실한 인간을 왜 낚은 거래?

기가 막혀—오늘 이 말 많이 쓰는구만—!

"뭐가 마음에 안 들어?"

"여덟 살이나 차이 나잖아요! 미쳤나 봐!"

"누가?"

"누구긴 누구예요, 당연히 나지!"

"네가 왜?"

"난 여덟 살 연상이랑은 결혼 안 하니까!"

"그런데 해서 미쳤다?"

졸도했다가 깨어나자마자 스스로를 정신병자 취급하는 사람이 정
상적인 사고방식을 가진 건지에 대한 의문을 잠시 품는 듯하던 아
저씨는 이걸 웃어야 할지 화를 내야 할지 고민을 하는 눈치였다.

"우리 진짜로 결혼했어요?"

그는 대답 대신 그의 왼손 약지에 끼워진 반지를 보였다. 으음. 모양이 비슷한 좀 작은 게 내 왼손에 끼워져 있군.

"좋아요. 그럼 한 건 사실이고, 언제 한 건데요?"

"2년 전에."

으아악! 스물다섯에 결혼을 했다고? 내 장래희망은 골드미스였단 말이다! 지금이 90년대도 아니고 무슨 여자가 스물다섯에 결혼을 한네?

"만난 지 얼마 만에 한 건데요?"

"만난 건 아마……."

하나님 제발 4년 이상이게 해 주세요. 아니 3년도 좋아요. 여덟 살 많은 아저씨랑 결혼을 하려면 아마 충분한 고려를 했을 거예요. 그러니까 아마 3년은 됐겠죠? 네?

"8개월 정도."

난 스물네 살이 되자마자 미친 거였어.

내 남편에 대한 호구조사는 내가 대성통곡을 하는 것으로 막을 내렸다. 거의 히스테리 수준이어서 의사와 간호사가 뛰어 들어오고 아저씨가 날 달래느라 땀 깨나 뺐지만 도대체 '너는 스물일곱 살이고, 여덟 살이나 연상인 남자한테 코가 꿰어서 미국까지 이민 간 여자야'라는 말을 듣고 자지러지지 않을 스무 살이 세상 어디에 있단 말인가! 난 대학 가고 싶은 스무 살이다! 노땅 티 나는 스물일곱이 아니라고! 스무 살에 일곱을 더한다니, 벌써 늙은 티가 막 난다고!

내 청춘 돌리도!

"전 세계 스물일곱 살이 들었다간 기가 막혀서 땅을 칠 소리군."

냉정한 표정으로 대꾸하는 이 아저씨가 내 우울증을 유발한 장본인이다. 입은 삐뚤어져도 말은 바로 하랬다고 아무리 스물일곱이라도, 아무리 유부녀라도 남편이 좋은 사람이면 다 참을 수 있다. 그런데 이건 뭐 보통 사람들이 말하듯 네가지 없는 성격 정도가 아니라 무관심하고 나 잘났다는 오만이 하늘을 찌르는 사람이니 말 다 했지.

"지금 그런 말이 나와요?! 그럼 아저씨는 자다 일어나 보니 쉰여섯이 되어 있으면 퍽이나 좋겠네요!"

"정확히 말하자면 마흔둘이겠지."

으이씨 저걸 남편이라고! 그냥 확 비행기 티켓 끊어서 엄마한테 가 버릴까 보다!

아니, 사실은 그럴 수 없다. 안 그래도 스트레스성 질환까지 달고 사는 몸 약하고 마음 약한 엄마한테 스물일곱 살짜리 딸이 스무 살이 돼서 나타난다면 우리 엄만 기절한다. 그러니까 내가 할 수 있는 건 열심히 기억을 되돌리려고 애를 쓰는 것밖에 없다.

의사는 기억이 영영 돌아오지 않을 수 있다고 경고했지만 아저씨는 귓등으로도 안 듣는 눈치다. 일 년 전 일까지 들추어내서 육하원칙에 따라 조목조목 따지고 드는 게 주특기인 내가 그럴 리가 없다나.

"아저씨는 아무렇지도 않아요? 아내가 기억상실이라는데 그렇게 천하태평해도 되냐고요."

"내가 천하태평한 걸로 보여?"

그걸 말이라고 하십니까.

"지금 난 아주 정신없어."

"왜요? 정신없는 건 난데."

"스물일곱 살 얼굴을 하고서 스무 살이라고 주장하는, 어느 깜찍하게 시끄러운 아줌마 때문에 혼이 나갈 것 같거든."

난 아주 진지한 얼굴을 하고서 정중하게 물었다.

"몇 대 맞을래요?"

내가 무슨 스물일곱 살 얼굴이야! 젖살이 좀 빠졌다 뿐이지, 거울 보니까 그대로구만. 역시 나는 관리 하나는 똑소리 나게 잘한다니까. 수능 보느라 찌웠던 뱃살도 쪽 빠졌고 피부도 탱탱하니 좋았다. 기억 잃고 나서 유일하게 좋은 점이다.

"아니 내가 어딜 봐서 스물일곱이에요? 이렇게 어리고 탱글탱글한 스물일곱이 어디 있어? 파릇파릇한 청춘을 아저씨 같은 나이에다 도매금으로 넘기지 말라고요."

"그리고 그 호칭 말야. 왜 자꾸 아저씨라고 부르는데?"

아. 남자들은 다 똑같다. 아저씨보다 오빠가 좋다 이거군.

"저기요, 아저씨. 제발 제가 기억이 홀라당 날아간 무늬만 스물일곱 살이라는 걸 명심해 주시겠어요? 그러니까 지금 나랑 아저씨는 열다섯 살 차이. 나는 다섯 살 이상은 무조건 아저씨라고 불러요. 가게에서 직원 부를 때 빼고는 무조건."

"이름 불러."

"전 동방예의지국 출신이라 저보다 나이 많은 사람한테는 절대로 이름 안 불러요. 그건 예의가 아니죠."

"로마에 가면 로마법을 따르셔야지."

"그렇지만 우리의 커뮤니케이션은 한국어로 이루어지죠. 언어가 곧 문화라고요. 그니까 무조건 아저씨!"

그는 아무 말 없이 신경질적으로 신문을 넘겼다. 우효효, 복수는 성공이다. 그러게 누가 환자한테 못되게 굴랬나. 아마 이게 내가 그에게 최초로 먹인 한 방일 거다.

"나 계속 병원 다녀야 된대요?"

"뉴욕에 기억 전담 클리닉이 있어."

"우리 집이 뉴욕이에요?"

아저씨는 갑자기 신문을 탁 접고 옆에 있던 탁자 위로 던졌다. 깜짝이야.

"이거 정말 적응 안 되는군."

"뭐가요?"

"당신이 스무 살인 거."

"왜요?"

"내가 알던 최서희와는 영 딴판이거든."

"딴판?"

"당신은 나한테 일일이 존댓말 붙여 가며 말하지 않아. 퐁당퐁당 반말해대 가며 떽떽거리지."

존댓말 붙여 가며 떽떽거리는 거랑 반말해대 가며 떽떽거리는 거랑 그닥 차이는 없는 것 같은데요.

"그리고 말하는 게 그 정도까지 어리지는 않았는데. 철은 없더라도."

철없는 거랑 어린 거랑 차이가 뭘까? 그 차이를 잘 모르겠는데 아저씨에게는 무척 중요한 차이인가 보다. 날 물끄러미 바라보는 그의 시선에는 뭔가 안타까운 것이 잔뜩 배어나고 있었다. 민망해진 나는 얼른 시선을 피했다.

"아저씨라고 부르지 않고 이름 부르고, 필요한 때가 아니면 그렇게 말이 많지도 않았어."

말을 끊은 그는 잠시 후 한마디를 덧붙였다.

"최근에는."

"그럼 예전에는 말이 많았어요?"

"귀가 아플 정도였지. 지금처럼."

그거 지금 나더러 들으라고 하는 소리인 거지? 진짜 미스터리다. 내가 어쩌다 저런 사람이랑 결혼까지 하게 된 걸까?

"흥, 그건 아저씨가 참아야 되겠네요. 아저씨가 말을 안 하니까 나라도 해야 하잖아요."

"그냥 조용히 있으면 안 될까?"

"절대 사양입니다. 난 궁금한 게 많은 사람이라고요. 여하간 우리 집이 뉴욕이에요?"

"응."

"뉴욕 어디? 퀸스? 브루클린? 브롱크스?"

"맨해튼."

집세 대느라 허리가 휘겠군요. 왜 하필이면 뉴욕에서 살인적인 집세로 이름 높은 섬이 집인 걸까.

"전세예요, 아님 월세예요?"

거의 미친 여자 쳐다보듯 날 본 아저씨는 한참 있다가 대꾸했다.

"우리 둘 공동명의인데."

예스, 예에에스! 벌써 집은 샀다, 이거지? 오예에에! 엄마처럼 집을 사기 위해 허리띠 졸라매며 몇 십 년의 대장정을 할 필요가 없다 이거군.

"대출 끼고 샀어요?"

"전혀."

"아파트예요, 단독주택이에요?"

"아파트라기보단 빌라인데."

흥, 그게 그거지. 대출도 안 끼고 집을 산 게 어디야. 나는 나의 고등학교 생활 내내 엄마를 괴롭혔던 이른바 '서희 등록금 안 건드리고 집 사기' 프로젝트를 떠올리며 환호성을 올렸다. 엄마는 온갖 대출 상품 안내 책자를 줄줄 늘어놓고, 아파트 광고를 이리저리 오려놓은 채 그 얇은 종이들이 뚫어져라 무엇이 싸고 좋은 집인지 연구에 연구를 거듭해댔다. 옆에서 오며 가며 주워들은 게 많았지만, 난 죽어도 그 짓은 하고 싶지 않았는데 잘 됐다! 잠깐만, 그런데 맨해튼에 빌라라고?

"우리 맞벌이했었어요?"

"가끔."

난 저 사람의 단답식 한국어가 아주 마음에 들지 않는다. 정확한 발음에 어휘까지 능수능란하게 구사하는 건 알겠는데, 꼭 저런 식으로 똑똑 대답을 끊어서 해야 할까? 게다가 그 짧은 대답은 아주 애매하기 짝이 없다.

"가끔 맞벌이를 했다니, 그건 또 어느 나라 말이래요?"

"난 직업이 있고, 당신은 가끔 일을 했다는 거지."

오, 내가 일을 했었단다. 역시 난 꿈을 좇는 커리어우먼이었어! 무슨 직업이었을까? 분명히 멋있었겠지?

"내 직업이 뭔데요? 뭔데요?"

"저널리스트."

"그니까 뭐, 신문이나 잡지에 투고하는?"

"가끔 칼럼을 연재하기도 했어."

"어느 신문에?"

"뉴욕 타임즈나 시카고 트리뷴 같은 데."

내 표정이 요상하게 바뀌는 것을 보고 아저씨는 시선을 돌리고 어깨를 으쓱거렸다.

"그래. 당신 능력 있었어."

그런데 그런 말은 눈 마주치면서 해 주기 싫다, 이거군요. 웃겨, 정말.

"어떤 걸 썼는데요?"

"뭐, 시사문제나 환경문제나."

뭐야, 엄청나게 딱딱하고 재미없는 거잖아. 그런 걸 내가 썼다고? 음. 아마 그 칼럼은 무기한 쉬어야 할 것이다.

"그럼 아저씨의 정기적인 직업은 뭔데요?"

"은행 다녀."

"그나마 다행이네."

"어째서?"

"난 숫자에 약해서 장래의 내 남편은 이공계열 전공자였음 했거든요. 나는 인문계열이니까. 누구 하나는 돈 관리를 해야죠."

나름 대답 한번 소신 있고 야물딱지게 했다고 생각했는데, 뜻밖에도 아저씨는 웃기 시작했다. 웃음소리가 점점 커져서 내가 무안해질 정도였다. 뭐야, 대체 어디가 그렇게 웃긴데? 이상형에 대한 내 얼마 없는 소신 중에 하나가 뭐가 웃겨?

"왜 웃어요?"

"아니. 그런 말을 하는 거 보니 정말 최서희가 맞구나, 싶어서."

"내가 예전에 이런 말 했었던 적 있었어요?"

"응. 신혼 초에 카드 몽땅 다 압수해 갔다가 일주일 만에 다시 줬거든. 돈 관리는 도저히 못하겠다고 하면서."

인정하기 싫지만 그건 정말 내가 할 만한 짓이다. 난 정말 수학이 싫고, 돈 관리하는 것도 싫다. 아무리 용돈기입장을 쓰면 뭐하나, 지출이랑 남은 돈이 맞은 적이 한 번도 없는데. 늘 지갑에 든 돈을 빼 쓸 줄만 알지 그 밖의 것은 아무것도 모른다.

"그럼 아저씨는 돈 관리 잘해요?"

"적어도 적자는 안 내지."

"그거면 됐네요. 아저씨가 계속 돈 관리하세요. 그건 그렇고, 출근 안 해요?"

"휴가 냈어."

단조롭게 대답하는 아저씨를 계속해서 관찰중이다. 잘 모르는 사람이 나의 가장 가까운 가족이 되었다니 신기하고 궁금한 것이 너무나 많다. 무엇보다 저 사람, 어쩜 저렇게 한국어를 잘할까?

"아저씨."

"응?"

계속해서 부르는 것이 너무 미안한데 아저씨는 싫은 내색 한 번 하지 않고 대답해 준다. 저 사람은 나를 아마 무척 사랑해 주지 않았을까, 하는 생각이 실없이 뇌를 스쳐지나갔다.

"아저씨 한국어 엄청 잘한다."

"고마워."

"그럼 내가 아저씨 욕해도 다 알아듣겠네. 쳇."

"욕하는 어린이는 나쁜 어린이야."

"그리고 엄청 한국사람 같아. 외국인 같지 않아."

내 중얼거림에 아저씨는 피식 웃었다.

"그야 한국을 드나든 지 20년이 넘었으니까."

"정말? 어떻게?"

"대학 가기 전에 아시아를 여행하기로 했는데, 남들 다 가는 일본이나 중국보다는 좀 특이한 곳을 가고 싶더라고."

"헤에, 그래서 한국?"

몸을 쑥 내밀고 그의 이야기에 열중하는 내게 아저씨가 손을 내밀었다.

"응. 그런데 기왕 왔으니 외국어 하나쯤은 남들이 안 하는 걸로 하고 싶기도 하고, 배울 거면 제대로 배워 보자는 생각이 들었어. 그래서 다시 돌아와서 대학을 다니고, 중간에 휴학하고서 제집처럼 드나들었지. 서울에서 한 5년 살았나. 1년에 열 번은 기본적으로 가. 친구들도 있고, 집도 있으니까."

"특이하다."

"그래서 당신을 만날 수 있었지."

흘러내린 머리카락을 귀 뒤로 넘겨주는 아저씨의 손은 능숙했다. 커다란 외국인이라고 생각했는데 그다지 거부감이 느껴지지 않는 걸 보니 정말 부부가 맞긴 한가 보네.

✳   ✳   ✳

난 내일이면 퇴원이다. 재미있는 건 아저씨뿐만 아니라 그의 뒤를 계속 수행하는 비서들이나 의사와 영어로 대화를 나눌 수 있다는 것이다. 나는 그것이 순전히 우리 엄마의 눈물겨운 영어 과외 의지 덕인 줄 알았는데 의사 말로는 언어라는 건 이미 뇌 속에 저장된 하나의 능력인지라 무의식적으로 사용을 할 수 있는 것이란다. 계속 기억 클리닉을 다니라는 신신당부까지 받았다. 갑자기 영어 능력자가 된 기분은 묘하다. 그게 재미있는지 아저씨는 나에게 일부러 영어로 말을 걸곤 하지만.

"아저씨."

「응?」

「나 영어 엄청 잘하나 봐. 저 뉴스 다 알아들을 수 있어.」

난 채널을 돌리다가 나온 CNN을 가리키며 으쓱거렸고, 아저씨는 픽 웃었다.

「정치칼럼까지 쓰던 사람 영어 실력이 어디 보통이겠어?」

「나 영어 엄청 열심히 했구나.」

그 정도로 아저씨가 좋았던 걸까, 아니면 또 다른 꿈이 있었던 걸까? 칼럼니스트가 내 꿈이었나? 잘 모르겠다.

흥, 영어를 잘하면 뭐해. 당장 밖으로 나가면 꼼짝없이 미아 신세인 걸. 결국 이 머나먼 타국에서 내가 의지할 수 있는 데라곤 아저씨뿐이다. 입원실에 내내 같이 있어 주고, 울고불고 난리치는 거 다참아 주고, 귀찮은 거 다 챙겨 주는 걸 보면 그래도 내가 이 사람 아내구나, 싶지만 아저씨와 내가 부부란 사실을 받아들이기엔 아직 어렵다. 지금 아저씨가 날 챙겨 주는 것도 나는 부담스럽고, 좀 미안하다. 게다가 의료 기록에 남아 있는 내 이름은 서희 벡스터.

난 대체 뭘 믿고 이 무뚝뚝한 사람을 따라서 미국까지 온 걸까? 그래도 3년이나 산 걸 보면 적응은 잘했던 걸까? 난 그냥 대학에 가서 내가 하고 싶은 공부 마음껏 하고, 소개팅이나 하고 싶은 스무 살인데. 퇴원하고 내 손에 받은 건 아저씨가 간단하게 꾸려온 짐이랑 6개월 치 약뿐이다. 신경계통을 안정시켜 주는 약이라던데 말이 좋아 안정제지 거의 수면제라서 나는 뉴욕으로 오는 내내 잤다.

정신을 차려 보니 아저씨가 내 앞에서 비밀번호를 찍고 집 문을 열고 있었다. 4층까지 어떻게 올라온 걸까?

"비밀번호는 3861이고, 이렇게 지문을 인식하면 돼."

"으응."

"여기서 자지 말고 들어가서 자."

"그 약 엄청 독한 것 같아요. 아직도 멍하네."

문이 열리고 아무 생각 없이 들어간 나는 주위를 한번 둘러보았다. 아, 여기는 따로 신발을 벗는 곳을 만들어놨네. 며칠 만에 사람이 들어와서 그런지 굉장히 썰렁하다. 가구 톤도 하얗고 까맣기만 한 게 휑뎅그렁하고, 아우, 무슨 신혼집이 이러냐. 대충 신발을 벗고 방들을 찾아가려다가 뒤에서 날 물끄러미 쳐다보는 아저씨와 눈이 마주쳤다.

"뭐 기억나는 거 없어?"

저 사람은 아주 간절히 내 기억이 돌아오기를 바라고 있다. 그의 사랑하는 아내가 돌아와 주기를, 본래의 행복했던 가정이 돌아오길 바라고 있겠지. 하지만 정말 미안하게도 나는 하나도 기억나는 것이 없다. 그저 참 썰렁한 집이라는 생각밖에 없다.

"별로요."

난 그의 표정이 굳는 것을 보고 얼른 고개를 돌렸다. 저 사람은 가끔 날 참 당황하게 만든다. 요 며칠간 지켜본 바로는 그래도 매너 있고 상냥하지만 겉은 냉랭하기 그지없고 감정 표현도 잘 안 하는 사람인데, 가끔 짓는 저런 표정은 정말 사람을 미안하게 만든다. 마치 나 버리고 가면 안 된다고 호소하는 듯한 표정이랄까. 내가 계속 싸가지 없네, 완전 재수탱 밥맛이네, 하더라도 정말로 싫어하지 못하는 이유가 바로 이거다.

언제 내가 그런 표정 지었냐는 듯이 안면몰수하고 휙 지나가도 스리슬쩍 내 손에 들린 짐가방을 들고 가고, 약도 챙겨 준다. 병원에서 깨어나고서부터 내가 직접 열어 본 문이라곤 여자 화장실 문밖에 없다. 그 밖의 문은 아저씨가 다 열어 주었다. 여덟 살 차이가 난다는 것만 생각하고 기겁을 했는데, 나이 차이는 무시해도 될 만한 장점이 많은 사람인가 봐. 나는 아저씨에 대한 인식이 조금씩 바꿔기 시작하고 있다.

"여기가 침실이고, 저기가 옷방."

옷방? 갑자기 잠이 확 깼다. 그러고 보니 여기 꽤 넓다. 화장대에도 화장품이 그득하다. 나는 눈이 휙 돌아가서 옷방이라는 곳으로 통하는 문을 열었다. 올레! 우리 집 거실만 한 규모의 옷방에는 아저씨의 옷과 내 옷, 그리고 수많은 구두들과 액세서리가 영화나 드라마에 나오는 여주인공의 드레스룸 못지않게 깔끔하게 진열되어 있었다. 세상에, 진짜 이렇게 해두고 사는 집이 있었구나.

우와, 우와, 우와아아아. 우와아… 아?

아저씨는 내 표정이 달라진 것을 눈치채고 무릎을 굽혀 나와 눈높이를 맞추었다.

"왜 그래?"

"입을 옷이 없어요."

나는 옷들을 휙휙 훑어보았다. 이건 아냐. 이것도 아냐. 이것도 아니고, 저것도 아니고. 대체 입을 만한 옷이 어디 있는 거야? 죄다 노티 팍팍 나는 옷들이잖아! 누가 프릴 달린 광택 있는 원피스를 입어? 그리고 이 골프웨어 같은 랩스커트는 뭐야? 으악, 이 새까만 여성용 정장재킷은 뭐지? 진주브로치는 왜 달린 거야? 이 기하학적인 그림이 그려진 스카프가 대체 왜 '내' 옷방에 있는 거야? 티셔츠랑 스키니진은 없어? 여기 내 옷방 맞아?

"거기 널린 게 옷이잖아."

"난 이런 거 안 입어요. 좀 기장이 긴 니트 같은 거 없어요? 으웩, 이건 뭐야. 이거 누구 거예요?"

내가 가슴이 패인 자주색 긴 드레스를 들어 보이자 아저씨는 재킷을 벗어 걸어놓으며 대꾸했다.

"그거 입을 사람이 이 집에 너 말고 더 있어?"

이건 악몽이야. 내가 스무 살일 때는 퓨처리즘이란 런웨이 위에만 존재하는 것이었는데, 번쩍거리고 심히 부담스러운 디자인의 재킷과 비즈가 주렁주렁 달린 촌빨 날리는 치마가 버젓이 옷걸이에 걸려 있다. 그것도 은색 반짝이로! 내가 마이클 잭슨이냐!

"이거, 내 옷이니까 내 맘대로 해도 되는 거죠?"

"……제발 '필요한' 옷은 남겨 줘."

"그 말이 뜻하는 바가 뭔데요?"

아저씨는 내가 난감한 질문을 했다는 듯이 얼굴을 쓸었다.

"내 직업상 부부동반 모임이 가끔 있거든."

"그래서요?"

"그럴 때는 그런 드레스나 정장 같은 게 가끔 필요해."

"그런 데에 이런 옷을 입고 가진 않을 거 아녜요."

내가 들어 보인 재킷을 본 아저씨는 고개를 끄덕였다.

"그럼 이런 건 버려도 되죠?"

"버린다구?"

"네. 뭐, 입을 것도 아니고, 누구 줄 사람이 있는 것도 아니잖아요."

"그거 돌체 앤 가바나일 텐데."

아, 돌체 앤 가바나라고요. 그렇군요. 백화점 가서 비싸게 주고 샀나 보네……요오? 돌체 앤 가바나? 돌체 앤 가바나!

"그럼 이거 팔면 한 60만원이 뚝딱?"

"재킷 한 벌에 한화로 300만 원 정도 하니까, 잘 하면 200만원은 받겠지."

세상에. 내가 뭣하러 이런 요상한 재킷을 아끼고 아낀 돈으로 큰맘 먹고 산 거지? 나 정말 취향 이상하다.

"요 근처에 명품 중고 매장 있죠?"

"아마 소호에 가면 있을걸."

"예에에쓰으. 현금이 생기는 거나. ㅗ 돈 내 거!"

"그건 맘대로 하는데, 소호에 가려고?"

"택시 타고 가면 되는 거 아녜요?"

지하철이나 버스를 탈 자신은 없으니까 인터넷에서 검색해 보고 아니면 구글어스로 찾아본 뒤 택시 타고 가면 되지.

"여기서 소호까지 택시로? 오가는 데만 100달러 이상 나올걸? 뉴욕의 교통 혼잡이 얼마나 심한데."

"나 지하철은 무서워서 못 타는데."

그럼 이 이상한 재킷을 버젓이 걸어두라고? 이건 돈 낭비다!

"오늘 갈 거 아니잖아. 그건 나중에 생각하고, 옷 갈아입고 한숨 자."

아 글쎄, 갈아입을 옷이 없다니까요. 나는 아무 대꾸 없이 열심히 옷걸이를 뒤겼고 결국은 그나마 멀쩡한 나이키 트레이닝복을 건질 수 있었다. 말이야 트레이닝복이지 나에겐 아무리 좋은 메이커라고 해도 그저 츄리닝이다, 츄리닝. 입고 자기에 딱 좋은 옷.

"아, 찾았다."

연분홍색 위아래 츄리닝을 든 나는 아저씨가 나가길 기다렸다. 그래야지 옷을 갈아입을 거 아닌가. 그런데 이 아저씨, 무슨 생각인지 꿈쩍도 않은 채 내가 하는 걸 보고 있다.

"안 나가요?"

"뭐하려고?"

"옷 갈아입어야죠."

"볼 거 다 본 사이에 내외하자고?"

한쪽 눈썹을 치켜 올린 아저씨는 삐뚜름하게 웃었다. 지금 저거 나 놀리는 거 맞지? 그렇지?

"내가 언제 아저씨랑 볼 거 다 본 적이 있다고!"

"난 봤다니까. 그러니까 신경 쓰지 마."

"빨리 나가욧!"

아저씨는 내가 옆에 있던 빈 옷걸이를 잡아채 들어 올리자마자 킥킥 웃어대며 방을 나갔다. 뭐가 그렇게 재미있다고! 흥이다! 옷을 갈아입은 나는 옷방 구석에 처박혀 있던 내 몸통만 한 토끼 인형을 안고 나왔다. 그 상태로 퀸사이즈 침대에 슬라이딩해서 들어가는 나를 어이없다는 눈으로 바라보던 아저씨는 가까이 와서 흐트러진 이불을 정리해 주었다.

"그 인형 어디서 났어?"

"에? 이거 옷방에 있던데요. 내 거 맞죠?"

이런걸 아저씨가 갖고 있을 리는 없잖아. 나는 회색 털이 보들보들한 토끼를 내밀어 보였고 아저씨는 고개를 끄덕였다.

"내가 사 준 거야."

"에, 언제?"

"한국에서. 싸웠을 때."

그렇게 말하는 아저씨의 눈이 아련해 보여서 나는 그저 이 사람이 내가 알지 못하는 나와의 추억을 되새기는구나, 하고 짐작만 했다. 우리 싸우기도 했구나. 내가 꽤 마음먹고 덤빈 거 아닐까. 나는 저 아저씨가 화를 내면 얼마나 무서울지 아직도 감이 안 잡힌다. 분명히 엄청 무서울 거야.

"왜 싸웠어요?"

"내가 좀 못되게 굴었거든."

"에에에, 그런데 꼴랑 인형 하나?"

"꽃도 들고 갔어."

"꽃이랑 인형이랑, 또 뭐 들고 갔어요?"

내가 분명히 그런 통속적인 선물에 홀라당 넘어갈 타입이 아닌데 말이지. 가물가물한 눈 사이로 아저씨가 웃었다.

"싹싹 빌다가 안 되면 최후의 카드로 남겨 놨던 게 구두였어."

"구두?"

"갖고 싶다고 노래를 부르던 게 있었거든."

"그래서, 내가 용서해 줬어요?"

"아니. 당장 나가라고 소리 꽥 지르던데."

"아저씨 되게 못되게 굴었구나."

"응. 꽤 못되게 굴었어."

이젠 아저씨의 목소리마저 희미하게 들렸다. 여기 오는 내내 잤는데도 이렇게 졸리다니, 정말 저 약 독하다. 먹지 말아야 하나.

"나 자기 전까지 어디 가면 안 돼요."

"어리광쟁이."

"약속 안 하면 안 자고 계속 괴롭힐 거야."

"알았어. 약속할게."

내가 마지막에 본 건 내가 쥐고 있었던 아저씨의 셔츠 자락이었다.

나는 아저씨에 대한 기억이 없어도, 내 몸은 아저씨를 기억하고 있는 게 아닌가, 하는 생각이 들었다. 무의식적으로 신체 접촉을 하게 돼도 아무것도 모르고 있다가 나중에 아저씨가 몸을 일으키거나 다른 곳으로 움직일 때 비로소 아, 우리가 닿아 있었구나 하는 식이다. 아니, 어쩌면 내가 유일하게 의존하고 있는 사람이라서 그런 걸까. 영어도 간신히 하는 주제에 집 밖으로 나가더라도 움직이는 반경이라고는 집 주위 한 블록뿐이다. 그것도 산책이 전부다.

이 동네는 부자들만 사는 주택가라서 근처에 가게 하나 없다. 어쩌다가 이런 곳에 집을 마련하게 됐는지는 알 수 없지만—저널리스트 페이가 그렇게 많나?—마주치는 사람도 없는 밤낮없이 고요한 거리와 좁은 행동반경은 결국 아저씨 하나만 친밀하게 묶어놨다고 해야 할까. 전화가 오지도 않고, 나는 차마 한국에 전화를 걸 수도 없다. 그래서 대화를 하는 상대도 아저씨뿐이다. 할 일이 없으니 자연히 집에만 있게 되고, 집에만 있으니 낯선 곳이라서 탐험하는 마음으로 구석구석을 뒤지는 취미까지 생겨 버렸다.

아저씨는 아침 일찍 출근했고, 나는 넓은 거실을 배회하고 있다.

티비를 틀어 봐도 알 수 없는 말이 나오는지라 티비는 접은 지 오래고, 나는 거실의 장식품 하나하나에 주의를 기울이고 있다. 사실 장식품이랄 것도 없다. 나는 이것저것 예쁜 조각상이나 인형 따위를 모으지 않는 편이다. 기억을 잃기 전의 나 역시 그랬던 건지 거실에 장식이라곤 유리탁자 위에 놓인 빈 꽃병과 사진이 들어간 액자 몇 개가 전부다. 나머지는 죄다 붙박이로 설치된 책장의 책과 홈시어터, 그리고 DVD와 CD들을 넣어둔 수납장이 거실을 차지하고 있었다.

난 의식적으로 사진 보는 것을 피하는 중이다. 사진에는 내가 알지 못하는 내가 웃으면서 아저씨에게 안겨 있다. 나는 녹색 스카프를 산 기억도 없는데 스카프가 옷장에 떡하니 걸려 있는 것처럼, 그 사진들은 내가 기억상실증이라는 것을 명확하게 일깨워 준다. 내 삶을 스무 살까지 차곡차곡 잘 쌓아왔다고 애써 외면해도, 그 사진은 스무 살 이후의 기억은 새카만 공허가 삼키고 갔다는 것을 증명한다. 기억상실도 일종의 장애 같다. 사람을 우울하게 만든다.

자, 자. 이래 봤자 소용없는 거고, DVD나 보자. 그런데 대체 〈해리포터와 죽음의 성물 2〉는 언제 나온 거래? 〈트랜스포머 3〉는 뭐야? 이래서 내가 기억상실인 걸 뼈저리게 느낀다니까. 옛날 영화나 찾아보자. 〈물랑루즈〉, 〈맘마미아〉, 〈웨딩 인 코리아〉. 웨딩 인 코리아? 이거 설마, 결혼식을 찍은 영상은 아니겠지? 응? 반신반의하면서도 DVD 플레이어를 작동시킨 나는 화면 가득 하얀 드레스를 입고 뒤집어질 듯 웃는 나를 마주했다.

다행이다. 드레스는 예뻤어! 촌스럽게 부풀린 소매도 아니고 사람을 임산부로 만드는 옥스퍼드식 드레스도 아니고 풍성한 치마에 예쁜 부케와 긴 면사포가 인상적인 진짜 예쁜 드레스를 입고 결혼했으니 다행이다. 난 옷장에 즐비한 괴상한 옷들 때문에 내 웨딩드레스도 저러면 어쩌나, 하고 고민을 했었다.

[복 많은 기집애, 결혼식 두 번이나 하니까 좋겠다, 아주.]

아, 찍는 사람이 누군지 알겠다. 나한테 저런 식으로 얘기하는 사람은 예은이밖에 없다. 역시 우리는 절친이었어.

[크리스는? 밖에 있어?]

[그래. 보고 싶다고 노래 부르는 거 지금 서경이랑 혜신이가 필사적으로 막는 중이다.]

[궁금해. 나도 보고 싶어.]

[결혼식 전에 신부랑 신랑이랑 마주치면 불행하다는 거 몰라?]

나는 예은이에게 그런 미신을 믿냐고 숨이 넘어가도록 웃어 보인다. 난 아저씨 말대로 크리스라고 이름 불렀구나. 화장을 하고 뭔가 어른스러워 보이는 나를 마주하는 건 이상한 일이었다. 특히 내가 넓은 교회에서 아빠의 손을 잡고 버진로드를 걸어가던 기억이 없는데도 그 장면을 보고 있는 건 데자뷰도 아니고, 내 도플갱어를 보고 있는 기분이라고나 할까. 결혼식 내내 나는 울기도 했고, 웃기도 했다. 보고 있는 내가 아닌, 화면 속의 나 말이다. 반지도 교환하고, 부케도 던지고, 아저씨와 키스까지 한다.

"으악."

난 몰라. 벌써 키스만 몇 번째야? 남들이 웃음 섞인 야유를 퍼부어도 민망하지도 않은지 그냥 웃기만 한다. 웃지 말고 그만하라니까! 여긴 빨리 감기 버튼을 눌러서 스킵하도록 하자.

스킵, 스킵, 스킵, 스킵.

[그 구두 보여줘 봐.]

[또?]

[야, 원래 그런 사연 많은 물건은 열심히 찍어놔야 되는 거야. 냉큼 보여줘.]

나는 어쩔 수 없다는 표정을 지은 뒤 아저씨를 잡아 균형을 잡고 드레스를 걷어 올린다. 투명한 굽과 반짝이는 비즈. 저걸 스왈로브스키라고 하던가? 따뜻한 봄이지만 내 웨딩슈즈는 앞이 트인 샌들이었고, 은색으로 뒷마감이 되어 있었다. 예쁘다.

[너 이건 평생 간직해라. 가보로 지정해.]

[그럴까?]

내가 장난스럽게 아저씨를 올려다보자, 아저씨는 피식 웃으며 대꾸한다.

[당신이 안 하면 나라도 가보로 할 거야. 내가 그 구두 구하려고 얼마나 고생했는데.]

[당연한 거 아냐? 웨딩슈즈는 특별한 거여야 한다고!]

[그러니까 가보로 정해놓자는 거 아냐. 나중에 신부가 도망가기라도 하면 이걸 증거로 들이대서 찾아와야지.]

[내가 언제 도망간다고!]

발끈한 신부가 대꾸하자 면사포가 흔들린다. 찍고 있던 예은이가 그 사이로 끼어들었다.

[너 경력 있잖아.]

[진짜 정말, 두 사람 다 그러기야?]

이건 정말 뻔하고 유치한 옛날 영화 같다. 끝없는 웃음은 시시한
농담이나 작은 사고 뒤에도 얼마든지 터져 나온다. 요즘의 세련되고
시크한 사고방식으로서는 유치찬란하기 그지없지만 저 화면 안의
사람들은 전혀 개의치 않을 것이다. 그들은 아주 행복하니까. 보는
내가 웃을 만큼 즐거우니까.

한 시간 반 정도 되는 영상은 지나친 빨리 감기로 인해 훨씬 빨
리 끝났지만, 나는 웨딩 인 유에스에이, 아니면 웨딩 인 아메리카를
열심히 찾았다. 케이스는 있는데 알맹이가 없어서 나는 들어가지 않
았던 아저씨의 개인 서재까지 들어가서야 찾을 수 있었다.

아저씨 방에 있는 DVD 플레이어를 혹시나 해서 열어 본 나는
고개를 갸웃거렸다. 아저씨는 왜 이 DVD를 새삼스럽게 봤던 걸까.
옛날 생각이 났던 걸까?

카메라는 신부대기실에 고정이 되어 있었고, 나는 또 다른 결혼
식을 위해 웨딩드레스를 입고 기다리는 중이었다. 저 드레스는 미니
드레스네. 부케는 백합이고. 문이 열리고 아저씨가 들어온다. 한국
에서처럼 턱시도가 아닌 그냥 가벼운 정장에 넥타이 차림이다.

[어머, 왜 들어와요?]

[들어오면 안 되는 이유 다섯 개만 대 봐.]

나는 눈을 또로록 굴리다가 어깨를 으쓱거린다.

[안 될 이유 없지?]

[그럼 되는 이유 다섯 개 대 봐요.]

[첫째, 난 당신이 보고 싶고, 둘째, 우리 신부는 내 얼굴 안 보면

죽을 거고, 셋째, 나는 당신 못 봐서 죽을 지경이고, 넷째, 남들 보기 전에 미리미리 내가 더 많이 당신 봐 놔야 되고, 다섯째, 난 당신 사랑하니까.]

[이유가 빈약해!]

아저씨가 말도 안 되는 이유들을 줄줄줄 늘어놓는 내내 나는 깔깔 웃어댔다. 나 아주 신났구나. 저렇게 좋을까? 내가 웃자 따라 웃던 아저씨는 내 얼굴 가까이로 몸을 숙였다. 윽, 저거 또 12세 미만 관람불가 딱지 붙는 상황 연출 순비 농작이군.

[저기 카메라 돌아가네요, 신랑.]

[웨딩 비디오가 이런 거 찍으라고 있는 거 아닌가요, 신부.]

끄응, 하고 화면 속의 나는 부케로 얼굴을 가리다가 고개를 들었다.

[하여튼 못 당해.]

그러더니 12세 미만 관람불가 딱지 붙는 상황이 연출된다. 정말 못 당한다. 웬만해서는 저런 투닥거림도 내가 다 이기는 성격인데, 저 화면에서는 다 지고 있다. 난 저렇게 아저씨가 좋았던 걸까? 팔 개월 만에 후다닥 결혼할 만큼, 그렇게 죽고 못살았을까? 나는 심드렁한 표정으로 빨리 감기 버튼을 눌렀다. 금방 다른 들러리들이—죄다 내가 모르는 얼굴들이다—들어오고, 야외결혼식이 시작된다. 주례사나 들어 볼까. 주례하는 분도 모르겠다. 아주 잘생긴 미남 중년 아저씨다. 영어지만, 어느 정도 알아들을 수는 있었다.

[신부가 신랑을 제대로 낚았으니, 낚은 이상 신부는 신랑을 끝까지 책임져야 합니다.]

왁다그르 웃음이 터진다. 내가 아저씨를 낚았다고? 갑자기 우리 연애사가 심히 궁금해지는걸.

[햇빛에 광분한 하객들이 달려들기 전에 서둘러 주례를 마쳐야겠군요. 딱 세 가지만 약속합시다. 신랑은 야근을 덜 할 것. 신부는 그런 신랑 구박을 덜 할 것. 아이는 많이 낳을 것. 끝!]

오오오, 초고속 주례다. 나는 휘파람과 소리를 지르며 박수를 치는 하객들을 따라 같이 박수를 쳤다. 대단히 시원시원한 주례일세. 그리고 반지 교환이다. 대체 반지가 몇 개인 겨. 결혼식 두 번이니까 반지도 두 개야? 아저씨를 알면 알수록 능력 있는 은행 직원인 것이 증명되고 있네.

[죽음이 우리를 갈라놓을 때까지, 나 크리스 라일리 벡스터는 최서희를 아내로 맞아, 기쁠 때나 슬플 때나 함께할 것을 맹세합니다.]

죽음이 우리를 갈라놓을 때까지. Till death do us part. 저런 맹세를 쉽게 할 정도로 우리는 속내를 다 내 보인 사이였을까? 고작 팔 개월짜리 연애를 한 커플이? 아아아, 눈에 콩깍지 덮여서 지른 결혼이 얼마나 위험한데. 드라마 단골 메뉴 아닌가. 잘못한 결혼은 여러 사람 신세 망치고 자식의 혼사까지 망친다. 우리는 아이가 없는 커플이지만.

그러고 보니 이것도 미스터리다. 결혼한 지 2년이나 지난 부부가 애가 없다니. 기억을 잃은 나로서는 그나마 감사할 일이지만 상식적으로 말이 안 된다. 내 성격상 결혼을 했으면 셋은 낳으려고 했을 텐데. 아, 물론 이 또한 몇 가지 안 되는 나의 결혼관 중 하나다. 결혼하면 '아이 많이 낳아서 국가 발전에 기여하겠습니다'가 목표였는데 어찌된 일일까. 이 썰렁한 집안에 나와 저 무뚝뚝한 아저씨 둘뿐이다. 아니, 나 혼자다. 왜 우리는 아이가 없는 거고, 왜 이 집안은 이렇게 썰렁한 것인지 나는 모르겠다.

내가 바라던 결혼은 이런 게 아니었다. 이제 갓 스무 살이니까 결혼에 대해서 진지하게 생각해 보지는 않았지만 그래도 결혼 생활이란 건 작아도 따뜻한 집에 웃음이 흘러 넘쳐야 하는 것 아닌가?

어느덧 새벽 한 시. 안방의 커다란 침대에 누워서 나는 뜬눈으로 있으면서 문이 소심스럽게 열리고 닫힌 후, 소심스럽게 움직이는 묵직한 발소리를 엿들었다. 아저씨 지금 퇴근했구나. 발소리는 거실을 지나 이 방 문 앞에서 멈췄다. 문이 소리 없이 열렸다. 나는 꼼짝하지 않고 그대로 누워 있었다. 내가 자는 것을 확인한 아저씨는 다시 문을 닫고 옷을 갈아입으러 갔다. 그나마 집 안에 사람이 있다는 것을 위안 삼아 웅크리고 자면 잘 수 있지 않을까?

초등학생도 아닌 주제에 낯선 방 안에 누워서 자는 것이 꽤나 고역이다. 방은 너무나 넓고, 내가 질식해 버릴 만큼 필사적으로 머리 위까지 꼭꼭 눌러 덮은 이불 위로 조금이라도 나오면 텅 빈 허공, 볼 수 없는 어둠 사이에서 무엇인가가 내 뒷덜미를 낚아챌 것 같은 기분이랄까. '아무도 없다'라는 것은 무섭다.

지금 내가 당장 손을 뻗어 도와달라고 청할 수 있는 유일한 구원책인 아저씨는 내 기억 상 알게 된 지 이제 겨우 열흘 남짓인 성인남자다. 혼자 자는 것이 몹시 무섭지만 낯선 아저씨인데, 저번처럼 자는 것을 지켜봐 달라는 것도 아니고 옆에서 자 주면 안 되겠냐고 부탁하는 건 어렵고 힘들다. 그렇지만 이 집에 오고 나서 일주일 넘게 나는 제대로 잠을 자지 못했다. 내가 생각해도 이상할 정도로 넓고 텅 빈 아파트를 볼 때마다 께름칙한 기분이 든다.

뜬 눈으로 양을 세다가 겨우 잠이 들어서 정오가 지나서야 일어나니, 생활리듬이 몽땅 깨져 버렸다. 안 돼. 잡생각을 하면 또 잠이 오지 않을 거야. 눈을 질끈 감고, 토끼 인형을 꼭 끌어안다 보면 익숙해져서 잠들지 않을까? 그렇지만 못 자겠어. 아저씨는 상냥하니까 침대 한구석 정도는 내 주지 않을까? 난 체구도 작으니까 옆에서 조그맣게 자면 되잖아. 그래도 그건 엄청나게 실례 아닌가? 아무리 그래도 그렇지, 낯선 사람 옆인데 잠이 오겠어? 그렇지만 왠지 모르게 아저씨랑 있으면 안심이 되는 걸. 솔직히, 지금 너무 무서워 죽겠어.

으. 결론 났다.

나는 다시 한 번 얼굴에 철판을 깔기로 하고서 땀이 밴 손으로 꽉 붙들고 있던 토끼를 잡고 마음의 준비를 했다. 자, 셋을 세면 뒤돌아보지 말고 얼른 뛰어서 문을 열고 눈썹 휘날리게 달려가는 거야. 하나, 둘, 셋!

"아저씨!"

금방이라도 뭔가가 확 튀어나와서 날 덮칠 것 같다는 상상은 하지 말도록 하자. 으악, 해 버렸네. 무서워. 눈물이 날 것 같아서 필사적으로 빛이 새어나오는 문을 열어젖혔다.

"왜 그래? 무서운 꿈꿨어?"

아저씨가 책상을 돌아 나오면서 얼른 날 끌어안았다. 마음이 푹 놓인다. 등을 감싸는 단단한 팔이 공포를 삽시간에 없애 주었다. 어

쩔 수 없어. 모든 것을 다 떠나서, 아저씨가 없으면 계속 덜덜 떨기
만 하다가 지쳐 버릴 거야.

"서희?"

"아저씨, 바빠요?"

"아니. 무슨 일이야?"

"나 혼자 자는 거 너무 무서워. 너무 싫어. 미안하지만 같이 자
주면 안 돼요? 나 얌전히 잘게요. 응?"

난 이지씨에게 절박하게 매달렸다. 이 집은 이상해. 기억을 잃기
전, 내가 기억하지 못하는 최서희는 이상해. 이상하고 무서워. 무서
워 죽을 것 같아.

"그동안 계속 무서웠던 거야?"

난 대꾸도 못하고 고개를 끄덕였다.

"저런, 힘들었겠네."

가볍게 한숨 비스무리한 것을 내쉬며 아저씨는 어느새 젖어 버린
내 눈가를 닦아 주었다. 이상하게도 이런 사소한 동작 하나에 온기
가 느껴진다. 엄연히 낯선 사람인데도 그 품에 파고들게 되고 두근
거리기까지 한다.

"자, 가자. 같이 있어 줄게."

"나 재우고 다른 방으로 안 가면 안 돼요?"

"안 갈게. 약속해."

"미안해요."

"천만에. 진즉에 말하지 그랬어. 불편했구나?"

어떻게 말을 할 수가 있을까. 우리의 과거에 내가 그닥 알고 싶지

않은 꺼림칙한 무언가가 도사리고 있다는 걸 안다고 어떻게 말을 할 수 있겠어. 난 대답 대신 아저씨에게 매달려서 어두운 복도를 지나 침대에 누웠다.

"푹 자. 오늘부터는 내가 곁에 있을게."

그의 품에서는 납득이 가지 않았지만 어쨌든 가물가물 졸음이 왔다. 어쩐지 모든 것이 뒤엉켜 있는 기분이다. 내가 환장하는 구두를 예로 들자면, 나는 사이즈가 안 맞는 구두를 가진 기분이다. 너무나 예쁘고 값비싸지만 공짜로 받았는데, 알고 보니 사이즈가 안 맞는 구두.

사이즈가 안 맞는다면, 그건 내 구두가 아니라는 거다.

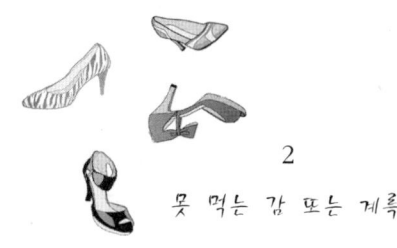

2
못 먹는 감 또는 계륵

내 구두가 아니고 자시고 졸려 미치겠다.

"괜찮아?"

"아뇨."

눈 뜨기도 힘들고 머리가 멍하다. 전부 다 그놈의 기억 클리닉에서 한 보따리나 준 약 때문이다. 빼먹지 말고 꼬박꼬박 먹으라는데 이건 기억을 돌리는 약이 아니라 사람을 바보로 만드는 약 같다.

기껏 아저씨가 맛있는 거 사준다고 비싼 음식점까지 왔는데 밥은 고사하고 테이블 위에 뻗지만 않으면 다행이겠다.

"기억 클리닉에서 뭐 하는데?"

"자요."

"자다니?"

"말 그대로. 의사가 말하기 시작할 때부터 소파에서 누워서 잔

다음에, 끝났다 싶으면 일어나서 감사합니다, 다음에 또 뵐게요, 그리고 나오는 거죠."

아저씨의 눈이 가늘어졌다. 이거 왜 이러세요. 나도 나름 기억을 살리기 위해서 열심히 노력하고 있다고요.

"거기 기억 클리닉이 아니라 무슨 상담하는 데 같단 말이에요. 가자마자 물어보는 게 결혼 생활에 무슨 문제가 있나요? 그래서 어이가 없어서 쳐다보니까 내 대답도 안 듣고 역시 그럴 줄 알았어요, 원래 상류층은 다 그렇답니다, 걱정하지 말아요, 막 이러면서 한 시간 내내 혼자 얘기하더라고요. 그래서 잤죠."

아저씨는 골치가 아픈지 이마를 문질렀다. 하지만 나는 그 의사가 하는 말의 반만 알아듣고, 나머지는 흘려듣는다. 알아듣지도 못하는 영어를 그 정도만 하면 됐지. 상류층이라는 단어도 하도 반복하길래 나중에 사전을 찾아보고 나서야 알았다.

"우리가 상류층이에요?"

"상류층 같아?"

"아저씨 은행 다닌다면서요."

"응."

"부채도 없고, 집도 맨해튼에 있지만, 상류층은 아닌 것 같은데."

"어째서?"

이런 답답한 사람을 보았나. 리먼브라더스의 파산과 모기지 사태, 두바이 사태 및 GM 정리해고가 이미 옛날일이다, 이겁니까?

"공무원이 아닌 이상 아저씨 같은 금융계 종사자들은 철밥통이 아니라고요."

"아하, 철밥통."

월스트리트 봉급이 하도 좋아서 상여금도 장난이 아니라지만, 글쎄올시다. 나는 무조건 공무원이 안전 보장일 거라고 믿어 의심치 않는다. 회사원들은 잘리면 끝이야.

"아저씨네 은행이 유명한 건 알겠지만요. 우리 좀 절약하고 살자고요. 언제 무슨 일이 일어날지 어떻게 알아."

에구 졸려라. 중얼거린 나는 기억 클리닉에서 나가자마자 정신을 차리고자 샀던 별다방 커피를 원샷했다. 이치피 다 식어서 맛도 없다.

"그건 또 언제 산 거야?"

"기억 클리닉에서 나갈 때 아저씨가 나오라고 전화했잖아요. 그런데 이대로 가면 진짜 큰일 나겠다 싶어서 커피를 사러 갔거든요? 난 분명히 주문을 하고 있었는데 갑자기 종업원이 막 흔들어 깨우는 거예요. 돈은 내라면서 이상한 사람 취급당했어요."

내가 겨우 4달러를 떼먹고 도망이라도 갈 줄 알았나. 무시무시한 기색으로 노려보는 아줌마에게 얼른 돈을 주고 헐레벌떡 별다방에서 나와 버렸더랬다. 애플사이다에 꽂힌 빨대를 휘휘 저어 가며 내가 하는 얘기를 들어 주던 아저씨는 갑자기 정색을 했다.

"그 약 먹지 마."

"에? 왜요? 꼬박꼬박 챙겨먹으랄 때는 언제고?"

"그거 아무리 봐도 수상해."

우와. 대단히 원리원칙을 따지는 아저씨가 한국의 어른들과 같은 말을 하니까 굉장히 어색하다. 내가 알고 있는 한 미국인들은 의사가 주는 약이라면 하루도 빼먹지 않고 꼬박꼬박 챙겨먹는데. 아니, 난 또 이 사실을 어떻게 알고 있는 거야? 정말 기억이 조금씩 돌아오는 건가?

"이상해."

"뭐가?"

"아저씨가 약 먹지 말라는 거 보니까 이상하다고요."

"다 너한테 배운 거야. 함부로 약 먹지 말라, 무청도 먹어라, 사골도 먹어라. 그리고 보니 거의 먹는 게 대부분이네."

"내가 그랬어요? 하긴, 무청이랑 사골 맛있지."

아까운 뼈들과 무청, 그리고 눈물 나게 그리운 우리 집 앞 치킨집의 반반 무 많이. 역시, 외국 생활이 쉬운 게 아니었다. 그나마 아저씨가 한국 음식점이나 식료품점을 가르쳐 주고 데리고 가서 망정이지 계속 느끼한 음식만 먹었다간 엄마가 놀라실 건 생각도 안 하고 무조건 집에 가겠다고 주저앉아 울어 버리려고 했다.

"하여튼 그 약 버려."

"그래도 돼요?"

내 질문에는 이것저것 포함되어 있는 것이 많다. 나는 지금 약을 버려도 되냐고 묻는 동시에 아저씨에게 내가 늦게 기억을 해내도 좋냐고 묻고 있는 것이다. 어쩌면 평생 기억해내지 못할 수도 있는 것이다. 사실 나는 이대로 살고 싶은 마음이 기억하고 싶은 마음보다 조금 더 많다. 그건 아마 아저씨도 알고 있을 거다. 그런데 약을 먹지 말라니. 아저씨는 얼마나 각오를 하고 있는 걸까?

"응. 그거 계속 먹다가는 너 정말 큰일 나겠어."

아, 교묘한 말 돌리기. 내가 무슨 뜻으로 말하는지 다 알면서! 나는 마음에 들지 않는다는 티를 팍팍 내면서 아저씨를 열심히 노려보았지만 아저씨는 본 척 만 척이다. 어른들이란 참 솔직하지 못하단 말야. 창가에 척 앉아 밖에 오가는 이들의 시선을 한 몸에 받는 정장 차림의 잘난 어른이 그거 하나 대답을 못 해 주냐! 이래서 어른들이란. 흥. 어른들이란.

"아, 못살아."

"기분 나쁘면 쫓아가서 한 대 때려 주지 그래."

"그것도 옛날에 내가 했던 말이죠?"

"응. 여기서 밥 먹을 때마다 그랬어. 쫓아가서 포크로 찔러 버린다고."

붸엑. 혀를 내민 나는 고개를 절레절레 흔들었다. 정말 미국은 너무 개방적이다. 여자와 버젓이 앉아 있는 남자에게 저렇게 노골적으로 추파를 던지다니. 창밖으로 지나간 언니들은 내가 셌을 때 근 열 명이 넘었다. 물론 나는 아저씨를 사랑하는 건 아니지만 기분 나쁘다. 아아주우 기분 나쁘다.

"그런데 왜 하필이면 여기로 왔어요?"

"여기 파스타가 맛있거든."

"흐음. 날 좀 보소, 광고하려는 게 아니라?"

나는 날 확 째려보는 아저씨의 눈을 피해 얼른 창밖으로 고개를 돌리며 웅얼거렸다.

"하긴 아저씨가 그런 성격은 아니지."

쪼잔해! 농담 좀 했다고 째려보기냐! 아저씨같이 파란색인지 회색

인지 구분 안 가는 눈으로 째려보면 얼마나 무서운지 알아?

"하여튼! 안 바빠요?"

"너 밥 사 줄 시간은 있어."

"일찍 들어오기나 해요. 어떻게 가면 갈수록 귀가 시간이 늦어요?"

"대신에 중간에 많이 나오잖아."

하긴, 가끔 병원도 같이 가 주고 그러니까. 나는 어깨를 으쓱거린 뒤 이름도 모르는 파스타를—메뉴는 많은데 모르는 게 많아—고르는 걸 포기하자 아저씨가 시켜 준—열심히 먹었다. 척 보기에도 비싸 보이는 음식점인데 맛있게 잘 먹어야지.

"아, 내가 낼게요."

"네가?"

계산서를 뺏어든 나를 미심쩍게 바라보는 아저씨가 픽 웃었다. 이거 왜 이러셔! 나도 돈 있어!

"그 옷긴 마이클잭슨 옷이랑, 이것저것 노티 나는 옷 팔았어요. 그리고 맘에 안 드는 백이랑 구두도."

얼마냐고? 자그마치 5천 달러! 아, 좋다. 좋다. 좋다. 내 생애에 이렇게 큰돈을 만져 보기란 하늘의 별따기다. 혹시나 해서 명품 중고 매장에 가져가 본 이름 모를 메이커들도 다 취급한단다. 난 대체 케이트 스페이드가 무슨 브랜드인지는 모르겠지만 말이지. 아까부터 허파에 바람이 들어갔는지 계속 피식 웃는 아저씨에게 이 5천 달러는 어쨌든 내 거라고 선언해놓고서 나는 보무도 당당하게 레스토랑 매니저에게 계산서를 내밀었다.

「340달러입니다.」

쓰, 쓰리 헌드레즈 앤드… 앤드…… 난 숫자가 싫어. 그렇지만 저게 얼마인지는 알겠다! 고작 파스타 두 그릇에 와인 한 잔, 애플 사이다 한 잔이 삼백사, 사십? 그거면 마놀로 블라닉 신상을 한 켤레 산다! 아이스크림이 몇 개고, 빌려 볼 수 있는 만화책이 얼만데!

"계산 안 해? 오늘은 분명히 우리 아가씨가 산다고 했잖아."

"해… 해요. 한다고요. 하면 되잖아요."

나는야 현금빅치기. 보통 사람들처럼 기드기 이닌 현금을 내밀지 매니저는 이상하다는 듯이 아저씨와 나를 번갈아가며 쳐다보았지만 나는 환장하겠다는 표정 그대로 삼백사십 달러를 내고 음식점을 나왔다.

"팁 얼마나 찔러 줬어요?"

"한 육십 달러?"

"그럼 점심 한 끼에 사백 달러? 못살아!"

차라리 패밀리레스토랑에 가서 배부르게 먹고 십만 원 던져 주는 게 훨씬 덜 억울하겠다!

"아저씨, 우리 좀 아껴야 살지 않겠어요?"

"왜, 내가 철밥통이 아니라서 불안해?"

"상식적으로 생각 좀 해 보라고요! 어떻게 스파게티 두 접시랑 와인 한 잔, 애플사이다 한 잔에 사백 달러예요? 사이다는 한국 가면 팔백 원에 살 수 있다고요!"

"한국이 아니더라도 여기서도 2달러면 사는데."

"자꾸 말꼬리 붙잡을 거예요?"

내가 빠른 걸음으로 걸어가도 손쉽게 나를 따라잡는 아저씨는 뭐가 그렇게 재미있는지 계속 웃어댔다.

"오늘 디자이너 옷을 오천 달러어치나 팔아치운 사람 입에서 나올 말이 아닌데."

"그게 뭐가 어때서? 옷장 뒤져 보니 돈 될 게 있다 싶으면 얼른 얼른 팔아서 현금화해야지. 안 그래요? 어차피 입지도 않을 건데."

"그걸 어떻게 갖게 됐는지는 생각 안 해 봤어?"

나는 우뚝 서서 아저씨를 질문하는 눈으로 쳐다보았다. 허리띠 졸라매서 산 거 아닌가? 보통 여자들이 명품 살 때면 거의 그러잖아. 그러나 아저씨는 씩 웃고 대답은 해 주지 않았다.

저럴 때는 아주 얄밉단 말이지.

"여하튼 점심 잘 얻어먹었어."

"다음번에는 아저씨가 사요."

"왜 그 말이 안 나오나 했다."

아저씨는 참 잘 웃는다. 요즘에는 부쩍 웃는 게 늘었다. 처음 봤을 때 인상 무섭게 박박 쓰고 화내던 것에 비하면 아주 장족의 발전이다. 그때 왜 화났냐고 물어봐도 얼버무리는 게 수상했지만 사실은 별로 알고 싶지도 않다.

그건 그냥 본능처럼 아는 거다. 나랑 아저씨 사이가 그렇게 좋은 것만은 아니었구나, 하고. 이미 내가 잭슨빌에 아저씨한테 말도 안 하고 갔다는 것 자체가 그렇다. 내가 웬만하면 그냥 넘어갔을 텐데 집까지 나갈 정도면 이야기가 좀 심각했다는 거다. 남자의 모든 오감을 총동원해도 이기지 못하는 것이 여자의 육감이라고 하던가.

내 육감은 아저씨와 나는 아마 심각한 지경까지 가지 않았는가, 하고 경고를 하고 있다.

하지만 지금 아저씨는 다르다. 가끔 이렇게 집 밖에서 만나서 데이트 아닌 데이트를 하는 일이 많아질 때면 나는 아저씨의 표정이 풀리는 것을 본다. 밖에서 날 기다릴 때 냉랭하던 표정은 내가 오면 얼른 부드럽게 웃음 짓는 것으로 바뀐다. 그럼 나는 안심해도 되는 걸까? 글쎄. 뭐 어쨌든 나는 아저씨가 웃는 것이 좋다. 여태까지 봤던 영화배우보다 훨씬 밋있고, 내가 5년간 팬실을 해 온 모 그룹에게는 미안하지만—오빠들 미안해, 내가 그래도 야광봉은 열심히 흔들어 줬잖아?—훨씬 멋지다. 지나가던 여자들이 침 질질 흘리면서 쳐다보고 손가락으로 가리키고 깍깍거릴 정도다. 그래서 말인데, 아줌마, 그 눈 못 돌려? 나는 씩씩대며 걸어가서 아저씨의 팔을 확 잡아챘다.

"우리 아가씨 질투도 해?"

"시끄러워요. 남의 남편한테 눈독 들이는 거 범죄라고요."

"여긴 미국인데요, 아가씨. 간통죄는 존재하지 않아요."

"내가 그렇다면 그런 줄 알아욧!"

치. 나는 기분 나쁜데도 아저씨는 또 웃는다. 웃지 말라니까! 또 쳐다보잖아! 솔직히 나는 아저씨를 볼 때마다 왜 헤드헌터들이 아저씨를 그냥 내버려두는지 이해가 가질 않는다. 우리 나라였으면 당장 수많은 기획사에서 길거리 캐스팅을 하고도 남았을 거다. 190cm에 육박하는 저 장신 하며, 영화배우 뺨치는 얼굴 하며, 게다가 은행에서 제법 잘 나간다니까 삼박자가 딱 맞잖아! 뭐, 성격이 조금 꼬여서 그렇지 괜찮다. 원래 나쁜 남자가 대세라잖아. 물론 내 취향은 나쁜 남자가 아니지만.

"아저씨는 부담스럽지도 않아요? 저렇게 쳐다보는 거."

"이젠 귀찮지."

이젠 귀찮지이? 어이구, 그래요. 이젠 면역이 되어서 괜찮다 못해 귀찮으시다는 겁니까. 그래요. 키가 간신히 160cm이라서 짜리몽땅하고 못생긴 나 같은 아시안은 참 분수에 넘치는 남편을 가졌네요. 홍칫핏. 왠지 잘난 척하니까 그건 그거대로 또 기분 나빠!

"또 삐쳤어?"

"내가 언제 삐쳤다고!"

"삐쳤잖아."

내가 아저씨한테 늘 지는 이유가 바로 이거다. 이 아저씨는 내 상태를 너무 잘 안다. 내가 그렇게 티 나고 발각되기 쉬운 얼굴을 하는 것도 아닌데―나름 포커페이스에 자신 있다고 생각한다―아저씨는 내가 화가 난 건지, 심술이 난 건지, 삐친 건지, 아니면 떼 부리고 싶은 건지를 너무 잘 안다. 그게 또 기분 나빠.

"심술쟁이."

"흥이닷."

아저씨는 킥킥 웃으면서 날 차에 태워 보냈다. 우와. 역시 월스트리트는 다르다. 차가 링컨 컨티넨탈이다. 회사 차를 이렇게 막 써도 되는 거예요?

"괜찮다니까. 가서 먼저 자."

"또 야근?"

"모르겠어."

난 아저씨가 야근하는 건 싫은데. 그렇지만 난 착한 사람이니까.

"열심히 해요. 나 갈게."

"응."

응이라니. 응이 뭐야! 하다못해 잘 가, 가 더 낫겠다! 가는 사람한 테 그렇게 해 줄 말이 없나! 운전기사 아저씨가 백미러로 나를 이상하게 쳐다보았지만 나는 심술 맞게 아저씨를 계속 째려보았다. 아, 손 흔드나. 나도 흔들어 주었다. 그럼 됐다.

그래도 야근은 싫은데.

사람이 하는 것에는 정도라는 것이 있다. 그래, 정도. 싸울 때 내가 멱살을 잡을 것인가 머리를 쥐어뜯을 것인가, 아니면 공부를 할 때 피 터지도록 할 것인가 대강대강 할 것인가 등등의 정도 말이다. 그런데 나랑 같이 사는 남자가 일에 몰입하는 데에는 정도란 게 없나 보다.

이 아저씨 또 야근이야! 못 참아!

난 내가 상당히 인내심이 많은 사람이라고 생각한다. 화가 나도 끝까지 갈 때까지 참을 줄 알고—사실 한 번에 뻥 터트리는 건 싸움할 때 훨씬 효과적이다—아파도 잘 참는다. 그런데 이 아저씨는 오늘 내 인내심의 한계를 시험했다. 절대 못 참아. 결혼해서 아내까지 있는 남자가 어떻게 이렇게 지독한 일중독자일 수 있지? 그렇다. 일중독자. 영어로는 워커홀릭. 내 남편, 아니 아저씨는 워커홀릭이다. 그것도 아주 지독한. 은행 일이 뭐가 그렇게 바쁜 건지 처음에는 내

가 기억상실이라고 꽤 일찍 집에 들어오더니—퇴근한 게 오후 7시
였다—내가 아주 착하고 기특하게 적응 잘하고 아저씨는 가서 일
잘하세요, 하고 손 흔들어 주니까 슬금슬금 본색을 드러낸다. 사람
이 새벽 2시에 들어오는 게 말이 돼? 나는 처음에는 보통 남자들처
럼 한잔하고 오는 줄 알고 바가지 박박 긁을 준비를 단단히 해뒀더
랬다. 그런데 웬걸, 멀쩡한 걸음걸이로 들어와서 시커멓게 다크서클
이 낀 눈으로 하는 말.

"오늘 일이 좀 많았어."

내가 뭐라고 그러겠는가. 기억상실증 아내 먹여 살리느라 힘든가
보다, 하고 알았다고 가서 자라고 하는 수밖에. 그때 그냥 그렇게
넘어가는 게 아니었는데 말이지. 사람이 어떻게 하루종일 그냥 들입
다 일만 할 수가 있지? 새벽에 나갔다가 다음 날 새벽에 들어와?
이 남자 설마, 말만 은행 직원이지 사실은 일용직 노동자 아냐? 설
마 사기결혼? 그래, 최서희. 사람은 알 수 없는 존재야. 수상하다
싶으면 바로 조사하는 게 신변에 좋아.

나는 다섯 시 종이 땡 치자마자 아저씨가 일한다는 은행으로 전
화를 걸었다. 여러분들의 노후와 즐거운 가정 생활을 보장해 드립니
다, 어서 옵쇼, 골드크레딧……

[여보세요?]

물론 영어다. 아주 젊은 여자 목소리라는 건 알겠다.

「여보세요. 크리스티안 벡스터 씨랑 통화하고 싶은데요.」

[약속을 하셨나요?]

「아뇨.」

아내가 남편에게 전화 거는 것도 일일이 약속하고 걸어야 됩니까?

[그러면 일단 약속을 하시고 다시 걸어 주십시오.]

「저 그 사람 와이프인데요.」

[……서희 씨?]

「네.」

[어머어머어머어! 사모님! 장난도 심하셔! 여기로 전화를 하시면 어떻게 해요! 스텔라한테 하시거나 사장님한테 직접 하시지.]

상난은 무슨. 아줌마, 엄청나게 시끄러워요. 귀청 떨어질 것 같아.

「아하하하. 한번 그래 봤어요. 그 사람 지금 어디 있어요?」

[아마 브레인스토밍 세션하고 계실 거예요. 스텔라한테 연결해 드릴까요?]

브레인스토밍은 무슨. 뿔딱지 난 내 성질 달래는 방법이나 브레인스토밍 해야 될 거다. 나는 그래 달라고 했고, 음악소리가 난 이후에―그 아줌마는 끝까지 아부를 잊지 않았다. 내가 뭐 옷을 아주 예쁘게 입고 다닌다나―스텔라라는 여자가 전화를 받았다.

[네, 사모님. 사장님은 지금 브레인스토밍 세션에 참석중이십니다만, 연결해 드릴까요?]

아. 결국 일하고 있다, 이거네.

「아뇨. 괜찮아요. 나중에 할게요.」

아무리 큰소리 친 나라도 솔직히 일하는 데 방해할 수는 없다. 내일 아침에 뭐라고 그래 볼까? 그럼 화내지는 않을까? 그렇지만 몸도 좀 생각하고 다른 사람처럼 평범하게 여가 생활도 했으면 좋겠는데.

나는 무릎을 껴안고 소파에 앉았다. 차갑고 조용한 집이다. 꽃이
라도 사다가 꽂아 볼까? 나는 내 낡은 회색 토끼 인형을 옆에다 괜
히 놓아두고 말을 건다. 아저씨 나쁘다. 좀 일찍 들어오지. 나 심심
한데. 천장이 높은 아파트는 위압적이고, 주위에서는 어떠한 소리도
나지 않는다. 차가 지나다니는 소리조차 안 난다. 나는 멍하니 현관
을 응시했다. 시커먼 어둠 사이로 서 있는 현관. 저 문이 열릴 일이
있을까. 마치 데자뷰처럼 지금 내가 보고 있는 화면들이 겹친다.

그래. 나는 이 자리에 똑같은 눈높이로 앉아서 현관을 오래도록
쳐다보았었어. 까맣고 금박으로 장식이 되어 있는 저 육중한 철문이
열리길 기다리고 또 기다렸어. 말도 안 되는 희망을 부여잡은 나를
비웃으면서도 계속 기다렸어.

싫어.

나는 인형을 움켜쥐었다. 온몸이 덜덜 떨렸다. 또 이래. 내가 왜
이러지?

혼자 있는 건 싫다. 무섭다. 비명이 나오려고 한다. 나는 옛날부
터 집은 혼자서도 잘 지켰는데. 왜 이러지, 내가?

아저씨. 아저씨……

새까맣게 서 있는 가구들은 싸늘하고, 높고 넓은 천장은 날 노려
보았으며 현관문은 계속 버티고 앉아 날 비웃고 있었다. 나는 전화
기를 잡아챘다.

「지금 그놈의 브레인이고 뭐고 당장 그만두고 내 전화 받으라고
그래 줄래요?」

[예. 알겠습니다, 사모님.]

그런데 웬 사모님? 마담. 맴. 으아, 노땅 티나.

[웬일이야?]

"웬일은 무슨? 당장 집에 안 들어와욧?!"

[왜, 어디 아파?]

"내가 아파야지 집에 올 거예요? 아니, 상식적으로 생각해 보자고요! 이렇게 예쁜 아내가 집에 혼자 있는데 직장에서 날밤을 샌다는 게 말이나 돼요? 응?"

아무 소리도 안 들린다. 아저씨는 분명히 웃고 있는 게 뻔하다.

"여하튼 난 아저씨가 야근하는 거 이젠 못 참아! 당장 튀어 들어와요! 그리고 나 삐쳤으니까 선물 안 사 오면 문 안 열어 줄 거야!"

그리고 나는 수화기를 달칵, 하고 내려놓았다. 흥! 어디 몇 시간 안에 들어오는지 두고 보자. 들어올 때까지 소파에 앉아서 전투태세로 대기하고 있을 테다.

아놔. 아저씨 정말, 완전 싫어! 괜찮다. 아저씨는 꼭 올 거다. 그러니까 얌전히 기다리고 있으면 된다.

참아서는 안 돼.

누군가가 말했다. 나는 고개를 끄덕였다.

옛날처럼 참으면 안 돼.

내일부터 당장 인테리어부터 바꿔야지. 그리고 아저씨더러 일찍 들어오라고 그러고. 맛있는 것도 많이 하고, 요리도 배우고, 쇼핑도 다니고, 책도 많이 읽고, 영어도 공부할 것이다. 아저씨에게 궁금한 건 모조리 다 물어봐야지.

그런데 아까 그 아줌마가 뭐라더라? Managing Directer? 그게 뭐지? 나는 일부러 부산스럽게 소리를 내며 사전을 찾으러 갔다. 소리라도 내야지 이 집에 사람이 살고 있다는 것을 증명하는 것 같다. 이 어둡고 광활한 아파트의 빈 공간이 사람을 먹어 버리지 않도록 발을 쿵쿵 요란하게 굴렀다.

**Managing Directer [명사] 한 기업의 우두머리를 지칭하는 말.
사장 또는 회장.**

난 아무 말 없이 돌아서서 주먹을 부르르 떨었다. 그리고 조용히, 2009년 최대의 히트였던 광고 카피를 중얼거렸다.

올레!

얼마 지나지 않아 현관 벨소리가 울렸다. 나는 얼른 뛰어가면서 시계를 확인했다.

[문 열어 줘.]

"뭐가 예쁘다고!"

[선물 사 왔는데.]

"뭐 사 왔는데요?"

[직접 보지 그래.]

"비싼 거 아니면 안 열어 줄 거야!"

흥, 흥, 흥. 전화 건 지 삼십 분 만에 현관 모니터에 등장했다고 해서 내가 한 번쯤 봐줄 거라고 생각했다간 그건 당연히 아저씨의 착각이다. 사람이 쉽게 변할 리가 있겠냐만 내 의사라도 확실하게 전달해야 한다. 그래야지 좀 내 생각도 하고 집에도 일찍 들어오지. 난 아저씨가 야근하는 거 절대 싫어!

[맛있는 거면 안 될까?]

윽. 이래서 적에게 약점을 잡히면 안 된다고 하는 거구나. 좋아. 뭔지 물어보기만 하는 거야. 열어 주지만 않으면 되잖아. 너 여기서 설마, 먹을 거에 혹해서 이 중대한 일을 그냥 넘어가 버리지는 않겠지?

"뭔데요?"

[랍스터.]

"5초 안에 올라와요."

그래, 그래. 오늘 일찍 왔다는 게 중요한 거야. 절대로 수홍빛의 윤기 자르르 흐르는 바닷가재가 먹고 싶어서 이러는 게 아냐. 아저씨가 정성을 보인 거잖아. 안 그래? 응?

"먹을 것에 약하다니, 무슨 초등학생도 아니고. 누가 사탕 준다고 하면 그 사람 따라갈 거야?"

"사탕이랑 랍스터랑 다르거든요!"

"똑같이 먹을 거잖아."

"나 혼자 다 먹을 거야. 아저씨 먹지 마요."

어쩜 저렇게 얄미운 말만 톡톡 골라서 하는지, 나는 아저씨 손을 찰싹 때려 주었다.

"내가 다 한 건데."

"나도 했거든요?"

"뭘 했는데? 그릇 깨기?"

으으윽. 진짜 할 말이 없다. 아저씨는 재미있다는 듯이 피식 피식 웃었고, 나는 애꿎은 주방 바닥만 진공청소기로 박박 밀어댔다. 정말 나는 유리랑은 안 친한가 보다. 유리가 지니고 있는 음이온과 내

손의 음이온이 만나서 서로를 밀어대는 것도 아니고, 왜 허구헌 날 나는 유리그릇을 다 깨먹는 걸까? 옛날에도 오징어젓갈이 들어 있던 유리병을 깨먹고, 복숭아잼 병도 깨 버려서 엄마한테 엄청나게 욕을 얻어먹었던 기억이 주마등처럼 스쳐간다. 그것도 맨날 냉장고에 갖다놓다가 냉장고 바로 앞에서 와장창 깨트렸었다. 이번에도 제 버릇 개 주냐는 속담답게, 나는 다진 양파가 들어 있던 유리병을 말 그대로 와장창 깨트렸고 우리 둘은 그걸 치우느라 꽤나 애를 먹어야 했다.

흑, 아직도 눈이 맵다.

"그런데, 물어볼 게 있는데."

"응. 말해 봐요."

아아, 이 하얗고 쫀득한 속살이라니. 난 지금 뭐라도 다 용서할 수 있다. 초등학생이라고 놀려대도 상관없다. 누가 랍스터를 눈앞에 두고 떽떽거리겠냐구.

"왜 갑자기 일찍 들어오라고 한 거야?"

이거 웬 살 통통하게 오른 집게발 열심히 들고 뜯다가 내팽개칠 시츄에이션. 이 아저씨 지금 몰라서 묻는 거야? 내가 혼자 있는 거라면 공포에 떨 정도로 싫어하는데, 그걸 모르는 거야? 돌아온 기억이라곤 혼자서 아저씨를 기다리면서 거실에 처박혀 궁상떠는 것뿐인데. 정말 아무것도 몰랐다는 표정으로 날 쳐다보는 아저씨를 보자니 기가 막혔다. 분명히 아저씨는 늘 야근을 밥 먹듯이 했고, 나는 아저씨를 기다렸다. 계속.

"아저씨. 나도 물어볼 게 있는데, 혹시 내가 일찍 들어오라고 화를 냈다거나, 아니면 뭐 심각하게 얘기를 했다거나 한 적 없었어요?"

잠시 기억을 더듬던 아저씨는 고개를 흔들었다.

"별로 마주친 적이 없어서."

이젠 슬슬 짜증까지 나기 시작한다. 그렇게 대꾸하는 아저씨의
얼굴도 괴로워 보였지만, 솔직히 뭐 이런 부부가 다 있나 싶다.

"왜 별로 마주친 적이 없는데요?"

그 말에 아저씨는 물끄러미 날 쳐다본다. 물론 지금 아저씨가 무
슨 생각을 하는지는 내충 짐작이 간다. 아마 아내의 얼굴을 하고서
도 제삼자의 입장을 한 내가 혼란스럽고 황당하겠지. 하지만 나도
어쩔 수 없다. 살아 본 적이 없는 인생을 논하라니, 이건 짜증 나는
수능 언어영역보다 더 어려운 문제다.

"내가 항상 야근을 하고 늦게 집에 오면 너는 그때마다 자고 있
었거든."

"그럼 전화를 하거나 밖에서 만날 수도 있잖아요."

아저씨는 난감하다고 중얼거렸다. 그렇다. 나는 결혼의 기억자도
모르는 스무 살짜리 여자애다. 연애 한 번 안 해 봤고 드라마와 로
맨스 소설이 내가 알고 있는 남녀 관계의 전부이다. 하지만 이건 내
문제이다. 인정하기 싫어도 알아야 하고, 해결을 해야 한다. 그게
설령 스물일곱의 유부녀식 해결이 아닌 스무 살짜리 여자애식 해결
이라도 끝을 봐야 한다.

"처음에는 그랬어. 밖에서도 만나고, 전화도 했고."

"그런데요?"

"그런데 모르겠어. 어쩌다 보니 만나지도 않고, 전화도 필요한 것

만 하게 되고."

"뭐, 세금고지서가 나왔다든가 뭐 좀 사 오라든가?"

"아니."

아저씨는 말하기 어려운지 와인을 한 잔 더 따랐다.

"늘 똑같은 통화였어. 네가 아까 전화했던 그 시간에. 다섯 시쯤. 넌 언제쯤 올 수 있냐고 물었고, 나는 잘 모르겠다고 대답했어."

신은 공평하다. 아무리 로맨스 소설에 등장할 법한 남자라고 해도 늘 단점은 있다. 그런 남자라고 잘난 여주인공을 만나서 잘 먹고 잘 살고 알콩달콩하게 결혼 생활을 성공적으로 해 나가는 게 아니었다. 이 아저씨의 경우에는 저 지독한 일중독과 아내의 감정이라고는 들여다볼 생각도 못하는 둔함이 치명적이라고 할 수 있겠지. 나는 아저씨를 물끄러미 쳐다보았다.

"우리 사이는 별로 안 좋았다?"

"나는 괜찮았는데, 네가 이상해진 거야."

"왜 이상해졌다고 생각하는데요?"

아저씨는 머리카락을 쓸어 올렸다. 이 사람은 혼란스러워하고 있다. 다른 사람의 감정을 생각해 주는 것이 그렇게 힘든 일일까?

"잘 모르겠어. 원래 지금의 너처럼 말도 많이 하고 재미있고 많이 웃던 사람이었는데 왜……."

"말도 없어지고, 심심해지고 웃지 않고?"

"응."

나는 어두워진 아저씨의 표정을 지켜보다가 아무렇지도 않게 다시 집게발을 들고 열심히 파먹기 시작했다. 앞날이 막막하니 잘 먹

기라도 해놔야지. 먹어놔야지 저 남자를 어떻게 개조라도 시킬 힘이
생길 거 아냐.

"아저씨."

"응?"

"아저씨는 참 복도 많아요."

"왜?"

"나같이 사려 깊은 여자를 아내로 맞다니, 진짜 복 터졌잖아요."

그제야 아저씨는 조금 웃었다.

"뭐, 일단은 아저씨 잘못이 엄청 크지만, 내가 잘못 없다고도 말
못하겠으니까 내가 봐줄게요."

"뭘 봐주는데?"

"내 기억 잃게 한 거."

난 그 말을 툭 던져놓고 다시 랍스터와의 전쟁태세에 돌입했고
아저씨는 한참을 벙찐 표정으로 날 쳐다보았다. 보았던 것 같다. 아
니, 사실은 당장 시작될 저 아저씨와의 전쟁에 대비해 열심히 랍스
터를 먹느라 정신없었다. 잘 모르겠다.

뭐, 아저씨는 좀 더 고민을 해 봐야 한다. 이거 이제 알고 봤더니
아주 날강도잖아. 여덟 살이나 어린 신부를 이역만리 타국에 데려다
놨으면 금이야 옥이야 머리에 이고 살아야지 그냥 던져놓고 집안의
인형으로 만들어 놔? 크리스티안 라일리 벡스터. 너 아주 죽었어. 흥!

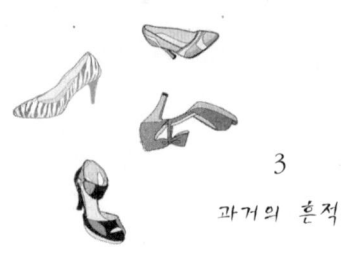

3

과거의 흔적

스물일곱 살의 나는 아주 착해서 그냥 남편님이 바쁘시다니 아내인 제가 이해해 드려야지요~ 라는 모드였는지 어쨌는지 모르겠지만 스무 살의 나는 절대로 그런 거 용납 못 한다. 내 기필코 기억이 돌아오기 전까지 저 아저씨를 진짜 완소남으로 만들어 버리고 말겠어.

그렇지만 이렇게 사명감에 불타다가도 내가 왜 이 진절머리 나는 결혼 생활을 입 다물고 유지했나, 하는 질문에 다다르면 나는 불 꺼진 뒤 남은 잿더미가 되어 버리고 만다. 대체 나는 무슨 생각이었던 걸까? 아저씨도 궁금해하는 거지만, 나는 정말 이해가 되지 않는다. 그렇다고 해서 내가 일기를 남겨둔 것도 아니고, 내 기억은 홀라당 날아가 버렸고. 혹시 내가 다른 누구에게 이야기라도 하지 않았을까? 휴대전화의 저장 목록도 정말 단순하다. 아저씨 휴대전화, 아저씨 직장, 아저씨 비서인 스텔라. 난 왜 이렇게 바보짓을 한 거지? 어떻게 예은이한테도 전화를 하지 않을 수가 있어? 서경이는? 기막혀! 아, 여기 예은이한테 전화를 한 통 했다. 날짜를 보니 내가 잭슨빌로 갔던 날이구나. 지금 한국은 저녁이겠지? 전화해 볼까?

[여보세요?]

"어, 예은이야?"

[어, 웬일이야? 해결했니?]

"해결이라니?"

[그거. 니 남편.]

내 남편이 '그거' 냐, 이 기집애야. 너는 스물일곱이 돼도 변함이 없구나.

"그러니까, 내가 전에 너한테 뭐라고 했더라?"

[뭐긴 뭐야. 지쳤다고 이혼한다고 엉엉 울어재꼈잖아. 기억 안 나?]

기억이 날 리가 있겠냐.

"아, 그래. 맞다. 그랬지."

[너 왜 그래? 무슨 일 있어?]

"아니, 아냐. 있잖아. 나랑 아저, 아니, 크리스 사이의 '그 문제' 말인데."

[응. 결심했어?]

"언제부터 시작된 거라고 생각해?"

윽. 질문하기가 꽤나 애매하다. 웬만하면 내가 기억을 잃었다는 걸 말해 주고 싶지는 않다. 예은이한테 말했다간 우리 엄마 귀에 들

과거의 흔적 67

어가는 데는 단 1분도 안 걸릴 거다. 그러면 우리 엄마는 바로 응급 실행이겠지.

[언제부터긴. 니가 미국에 간 그날부터지.]

"으음. 그리고 거기엔 내 잘못도 있는 거지?"

[……너 설마, 그 인간이랑 다시 시작해 보려는 건 아니겠지?]

"사실 그렇잖아. 내가 아무 말 안 한 것도……."

[물론 네가 아주 현모양처 노릇을 한 건 맞아. 그런데 그 인간은 아예 가정이란 것에 대한 정상적인 사고 자체가 결여되어 있는 사람이라니까! 그냥 확 이혼하고 위자료 뜯어서 다른 잘난 남자나 건져서 놀아! 너 좋다는 남자 있다며!]

"누구?"

[어머, 얘가 왜 이래? 너 저번에 완전 제대로 대시당했다면서!]

"그러니까 누구한테?"

수화기 건너편의 예은이는 침묵했다. 아이고, 사단 났다.

[너 잭슨빌에서 무슨 일이 있었는지 당장 말해!]

네엡. 어쩔 수 없이 나는 우리 엄마한테는 절대로 말하지 말라는 엄포를 단단히 놓은 뒤에 여태까지 있었던 일을 죄다 말해 줬다. 병원에서 깨어난 거랑, 아저씨와 투닥투닥 한 일이랑, 아저씨에게 야근하지 말고 당장 집으로 튀어 들어오라는 전화를 한 일이랑, 지금 내가 무슨 생각을 하는지 등등. 나는 제법 심각하게 얘기했는데 예은이는 다 듣자마자 웃음을 터트렸다.

"왜 웃어!"

[아하하하, 미안. 왠지 너무 김빠져서.]

"김이 빠지다니, 넌 걱정도 안 되냐!"

[아니. 난 차라리 잘됐다고 봐.]

잘됐다니! 엄마, 나는 인생 헛살았나 봐. 남편은 일중독자라서 이혼 얘기까지 나오고, 절친이라고 있는 기집애는 기억상실증이 잘된 일이라고 하고.

[혼자 생쇼하지 말고 잘 들어봐. 기억을 잃기 전의 너는 네 남편이라고 하면 거의 기가 질려서 뒤로 넘어가는 수준이었단 말야. 그런데 지금 너는 마치 천하무적처럼 아무렇지도 않게 그 심각한 일들을 처리해내고 있어. 어이없을 정도로 말이야. 이 정도면 잘된 거 아냐?]

"그런가?"

[게다가 듣자하니 네 남편도 더 좋아하는 눈치고. 하기사 스무 살 때 너는 완전 무대포였지.]

그런 말을 하며 예은이는 또 큭큭 웃었다.

"그럼 뭐 스물일곱 때는 무대포가 아니었냐?"

[세상물정 알고 나면 사람이 달라지지.]

아.

[넌 점점 차분해졌어. 고등학교 때 대책 없이 잔머리 굴려서 땡땡이치고 다니던 전적이 무색해질 정도로.]

하긴 고삼 수험생 시절에도 야자 빼먹고 영화관 가던 게 어디 한두 번이던가. 그리고 내 기억상 그건 아주 옛날 일이 아닌 불과 석달 전 일이다.

[사고도 안 치고, 뭐랄까. 좀 조용해졌달까. 아무래도 사회에 나

가고 보니 냉정한 세상을 뼈저리게 알게 되면서 그랬던 게 아닐까 싶지만. 그런데 네가 유일하게 눈에 불을 켜고 달려든 게 네 남편 낚을 때였어.]

"아저씨를 내가 낚았어?"

[아저씨? 아하하하하. 너 정말 니 남편을 아저씨라고 불러?]

"응. 나 원래 다섯 살 이상인 사람은 무조건 아저씨로 통일하잖아."

[그거야 니가 좋아하는 김박김 '오빠'들이 다섯 살 연상이라서 그런 거고. 여하간 맞아. 네가 낚았어.]

옴마나. 별꼴이야. 난 원래 여자가 남자 좋다고 쫓아다니는 건 아주 꼴불견이라고 생각한다.

"내가 아저씨를 어떻게 낚았는데?"

[첫눈에 '훅 가서' 주위 사람들한테 저 남자 내 거라고 선언하고 물불 안 가리고 달려들었지.]

"설마."

[진짜야. 우리 대학교 4학년 때 골드크레딧이 서울 지점을 내면서 네 남편이 한국에 왔었거든. 그때 네가 신문사 인턴으로 들어가서 취재하다가 낚았잖아.]

나도 참 대단하다. 어떻게 인턴 주제에 남의 회사—그것도 본사—사장을 낚을 생각을 했대? 으음. 하긴 아주 정확하게 내가 할 만한 발상이다. 스케일 크게 놀아야지.

"아니, 어떻게 낚았는데?"

[너네 '아저씨'가 얘기 안 해 주디?]

"몰라. 물어보기도 좀 그래."

[자세한 건 당사자가 알 텐데. 내가 아는 거라곤 네가 그 사람을 취재한답시고 엄청나게 쫓아다녔다는 거야.]

"별 생쇼를 다 했겠네."

[응. 있는 대로 성질 긁으면서 계속 날 좀 보소를 외쳤지. 그러면서도 은근슬쩍 챙길 건 다 챙기고. 넌 무지 재미있어 했지만 옆에 있는 사람 보기에는 솔직히, 네 남편이 은근 불쌍했어.]

불쌍하긴 개뿔. 내가 불쌍하지! 직접 총대 메고 성격 개조를 시켜 주겠다는데!

"그래서?"

[그래서 둘이 잘됐지.]

"그게 다야?"

[설마 그게 다겠니? 그냥 알콩달콩하는 줄 알았는데 어느 날 니가 못해 먹겠다고 딱 자르더라.]

"왜?"

[네가 그 사람을 생각하는 것만큼 그 사람은 널 생각 안 해 준다나.]

짝사랑의 폐해를 장렬하게 맞으셨구만. 이래서 내가 짝사랑을 안 한다니까. 아니지, 벌써 한 전적이 있구나.

[그러면서 짝사랑의 유일한 장점은 맘대로 시작하고 맘대로 끝낼 수 있는 거라면서 바이바이 했지.]

"우와, 나 완전 쿨하다."

[쿨하다기보단, 아무래도 둘이서 대판한 것 같던데 네가 말을 안

해 주더라구. 지쳤다면서. 그때 마침 네 남편이 미국으로 돌아가기 직전이었어.]

안 봐도 비디오다. 짝사랑의 폐해가 최악으로 달려간 케이스네. 완전히 지쳐서 너무 좋아하는 사람이라도 전혀 보고 싶지 않았겠지.

[그런데 반전이 있었지.]

"반전?"

[응. 네가 그렇게 요란하게 쫓아다녀도 눈 하나 깜짝 않던 사람이 너 아니면 안 되겠다고 주저앉아서 농성을 하는 거야. 살다 살다 그렇게 전세역전인 경우도 처음 봤다.]

"대박이네."

[아주 난리를 치더라. 안 받아 주면 죽겠다나.]

"자살 시위까지 했어?"

[너한테 쫓아와서 아주 앓는 소리를 하는 걸 네가 실시간으로 알려 줬지. 아주 통쾌해하더라만.]

잠깐, 이거 수상하다. 통쾌해했다고?

"설마, 그거 내가 꾸민 거였냐?"

[그걸 말이라고 하냐? 너 아주 고도로 머리 썼어. 든 자리는 몰라도 난 자리는 안다나. 네 각본에 다 있는 거였다니까.]

냐하하하하. 그래서 낡은 거라고 그랬던 거구나.

[사실은 네 남편한테 임자 비스무리한 게 있었걸랑.]

뭐시라?

"그럼 내가 골키퍼 있는 데에다 골 넣은 거야?"

[아니, 뭐 그런 건 아니고, 그 여자도 일방적으로 네 남편을 쫓아

다니는 거였어. 네가 뒷조사 다 한 다음에 오케이하고 잡은 거지. 그래서 공들여 작업한 다음에 그 여자랑 같이 있는 현장을 덮쳐서 나는 당신을 믿었네 마네, 이젠 지쳐서 못하겠으니 잘 먹고 잘 사시게, 그러면서 눈물바람을 한 다음에 우아하게 쓰러지는 것까지 한 큐에 해치운 거지.]

듣는 내가 어이가 없어서 웃음이 나온다. 남이 그랬다면 '세상에, 완전 꼬리 아홉 달린 여우네!' 라고 했겠지만 그런 짓을 한 사람이 바로 나란다.

"어이없어. 진짜 내가 그랬다고?"

[너 말은 그렇게 해도 속으로는 '못할 게 뭐 있어' 라고 생각하고 있는 거 다 안다, 이 기집애야. 다른 사람들은 내막 알고서 다 뒤로 넘어갔어. 어쩜, 연애는 한 번도 안 한 애가 그렇게 낚시를 잘하니? 대학 때 소개팅이고 뭐고 다 거절하고 남자라면 쳐다보지도 않더니만 맘에 드는 남자 만나니까 바로 작업 들어가서 기가 막히게 낚아채다니, 하여간 너란 애는 미스터리다.]

듣는 나도 스스로가 미스터리합니다.

"하여간, 쓰러지긴 왜 쓰러진 건데?"

[왜긴 왜야. 보호본능 자극에 더할 나위 없이 좋은 건데. 상대가 그 남자 때문에 미국에서 한국까지 쫓아온 부잣집 딸내미인데, 적어도 눈앞에서 눈물 뚝뚝 흘려 준 다음에 쓰러져 줘야지.]

그러고 보니 맞는 말이긴 하다. 그 정도는 해야 그 이름 모를 여자보다 더 임팩트 있을 거 아닌가.

[그러면서 그 남자한테 걸려오는 전화 다 씹으며 네가 그랬었어.]

나는 결국 뒤집어지게 웃고 말았다. 아아, 진짜 아저씨 나한테 낚였구나.

[계속 전화 걸고, 나한테도 찾아와서 제발 좀 너랑 만나게 해달라고 사정사정하더라.]

"그래서, 만나게 해 줬어?"

[너한테 쥐어뜯길 일 있냐?]

이상하네. 얘가 맨입으로 그런 중대사에 기꺼이 끼어들어 줄 위인이 아닌데.

"에헤, 웃기네!"

[응. 사실은 너한테 샤넬 클러치 받고서 입 싹 닦았어.]

그럼 그렇지. 예은이가 그렇게 순순히 내 작전에 동조를 해 줄 위인이 아니다. 쟤 입장에서 볼 때 이건 아니다 싶으면 칼같이 자르는 성격이니까.

"그건 또 어디서 났데?"

[니가 월급 탈탈 털어서 생일선물 겸으로 제일 싼 거 사 주던데? 아무튼 그 남자, 딱 보름 참고 바로 너 납치하더라.]

"나, 납치이?"

[그래. 납치.]

잠깐, 그런데 이 말도 뭔가 수상한 스멜이 폴폴 나는데요.

"설마, 그것도 내가 뒷공작한 거냐?"

[당근. 연락 딱 끊고 직장 찾아와도 도망가다가 딱 보름째 되던 날 네 남편이 점심 먹는 곳에서 머리서부터 발끝까지 완벽하게 세팅하고서……]

"하고서, 뭐?"

[남자 만났지.]

으악.

"아저씨 불쌍하다."

[아니, 불쌍한 걸 떠나서 난 살다 살다 그렇게 화난 사람 처음 봤어.]

"너도 거기 있었냐?"

[돌발 상황 일 때 커버해 주기로 하고 대기하고 있었다.]

"내가 뭐 주디?"

[크리스챤 루부탱 뮬.]

의리 없는 년. 공짜로 좀 해 주면 어디가 덧나냐!

"잠깐. 너 혹시 애인이나 남편 있어?"

[난 화려한 싱글이야.]

"오케이. 너 나중에 남자 생길 때 두고 보자. 나는 에르메스 스카프 받고 해 줄 거닷!"

[어련하시겠어. 하여튼 난 놀래서 쫓아가려는데 그 사이에 딱 상황 정리하고 네 남편이 너 끌고 나가더라.]

우와, 완전 무서웠겠다. 아저씨가 화난 건 본 적이 없지만 왠지 화나면 무지 무서울 것 같으니까.

"상황 정리?"

[만나고 있던 남자가 사실은 울 엄마가 나한테 찔러 넣은 선자리 상대였거든. 대학 졸업하고 놀고 있을 거면 시집이나 가라고. 그래서 네가 마침 잘됐다고 대타로 나서 준 거지. 확실하게 떼 주겠다

나. 아아주우 확실하게 떼 줬지.]

아, 상상 간다. 아무것도 모르고 아저씨에게 무시무시하게 째림을 당했을 그 이름 모를 맞선남에게 잠시 묵념을.

[회사 바로 앞 음식점에서 생전 만나 주지도 않던 네가 예쁘게 하고 앉아서 다른 남자한테 생글생글 웃어 주고 있으니 네 남편이 오죽 열 받았겠냐.]

오오오, 이거 완전 드라마 같아!

"그래서, 그래서?"

[바로 쫓아가서 너한테 말도 없이 홱 잡아채서 끌고 나가더라.]

"오오오오! 완전 멋있어!"

[그래그래. 넌 끌려가는 와중에도 맞선남한테 '어머, 죄송해요. 저는 아무래도 그런 호러 영화는 취향이 아니라서요. 마음 맞는 여성분 꼭 만나서 같이 껴안고 보셔요~'라고 하면서 손까지 흔들어 주더라.]

다시 한 번, 그런 나한테 낚인 아저씨 불쌍해.

[웃지 마, 이 기집애야. 거기 있던 사람들이 저거 신고해야 되는 거 아니냐고 할 정도로 네 남편 기세가 장난 아니었어. 길거리에서 정색하고 네가 따지려는 거 입 다물라고 소리 지르고 차에 강제로 태워가더라.]

"그래서?"

[다음날 나타나서 결혼한다고 넘어가게 웃던데. 너 정말 기억나는 거 아무것도 없니?]

"그냥, 내가 아저씨 야근하는 걸 병적으로 싫어했다는 것밖에는 기억나는 게 없어."

예은이와의 통화는 몸조심하고, 더 노력해 보겠다는 말로 끝났다. 안 물어본 게 있었나, 뭔가를 계속 생각해 봤지만 나는 기억상실과 동시에 기억력까지 나빠진 것 같았다. 내 과거의 흔적을 하나씩 짜 맞추는 작업은 괴리감과 공허감으로 가득 차 있다. 주체는 나인데 마치 남의 이야기를 들여다보는 기분이다. 영 찜찜한 기분은 계속 되었다. 그러다가 이튿날, 혼자서 뉴욕 관광을 한답시고 지도를 들 고 부지런히 거리를 쏘다니다가 예은이에게 꼭 물어봤어야 했던 것 이 생각났다.

대체 유부녀인 나에게 좋다고 들이댄 남자는 또 누구라는 거지?

※　　※　　※

로맨스의 법칙. 서울에서는 재벌인 남주인공이 평범한 여주인공 을 청담동으로 끌고 간다. 런던에서는 귀족인 남주인공이 평범한 여 주인공을 본드가로 데려간다. 도쿄에서는 역시 재벌인 남주인공이 평범한 여주인공을 오모테산도로 데리고 가겠지. 그러나 뉴욕에서 는 금융재벌인 아저씨는 일하러 가고 특이한 여주인공인 나는 홀로 피프스애비뉴를 걸어간다.

원래 쇼핑이란 건 혼자 다니면서 남자 카드로 긁어야 제 맛이다. 아, 적립은 내 카드로 하는 것을 잊지 말자.

오늘은 옷방을 제대로 리모델링하는 날이다. 어차피 맘에 들지도 않는 옷들 다시 입을 일은 없을 것 같으니—난 죽어도 블라우스에

펜슬스커트 따위 입지 않을 거야!─중고매장에 싹 팔아치우고, 새로 옷장을 채우러 다니는 중이다. 물론 옷 팔아서 나온 돈은 얌전히 내 지갑에 두고 오늘 아침에 출근하는 아저씨를 붙들고 카드를 뺏어왔다.

"옷 판 돈으로 사지?"

"시이러어요. 그건 내 거!"

"카드는 내 건데."

"그치만 아저씨는 내 거니까 그 카드도 내 거!"

주세요, 주세요, 주세요! 이럴 때는 최대한 불쌍하게 보여야 한다. 잠옷 차림에 머리가 부스스해서는 안 되고, 빤딱빤딱 빛이 나는 모습으로 눈을 초롱초롱하게 떠야 한다. 그리고 두 손을 올려서 아저씨 얼굴에 마구마구 들이대 주는 거지. 우훗. 말도 안 되는 억지에 날 내려다보다가 피식 웃은 아저씨는 결국 지갑을 열고 카드를 꺼내 주었다.

"고맙습니다아~"

실버도 아니고 골드 플래티넘을 받았으니 배꼽 인사를 해 드려야지요. 아저씨는 계속 웃었다.

"얼마나 긁으려고?"

"우웅, 아저씨가 청구서 받아 보고 뒷목잡고 넘어갈 만큼?"

"어이구, 적당히 해 주세요, 마님."

"싫어요. 난 성공한 여자할 거야."

"성공한 여자라니?"

"어머, 그거 몰라요? 성공한 남자는 아내가 쓰는 것보다 더 많이 버는 남자고, 성공한 여자는 그런 남자를 남편으로 가진 여자다. 그러니까 빨리 가서 일하셔요~"

그래서 아저씨는 아침댓바람부터 아파트가 떠나가라 웃으며 출근을 했고—내 맘대로 긁으란다. 올레!—나는 룰루랄라 피프스애비뉴를 이 잡듯이 뒤지고 있다. 하응, 너무 좋아. 적당한 쇼핑은 여자의 건강과 주름 개선에 한몫하는 법이지. 암. 이만한 보약도 없다.

신상신상신사앙! 아, 저 원피스 완전 예쁘다. 그렇지만 나의 이 말도 안 되는 기럭지에 저런 원피스를 입어 봤자 안 그래도 짧은 키가 더 짧아 보이겠지. 아흑. 그림의 떡이다. 돈이 많으면 뭐하나 싶다. 물론 나는 눈 튀어나오게 비싼 티파니 매장에 들어가서 보석을 미친 듯이 사댈 수도 있고—아저씨 카드에 한도 따윈 존재하지 않아요~—샤넬 매장에 들어가서 트위드 재킷과 새로운 백들을 싹쓸이해 올 수도 있다.

그럼 뭐하나. 뼛속까지 서민 의식이 밴 나로서는 옷은 나한테 어울리는 것만 사는 것이고, 눈 돌아가게 예쁜 구두라도 내가 가진 옷들과 믹스매치가 되지 않으면 바이바이다. 가방도 아직 들어 보지도 않은 것이 옷 방에 잔뜩인데 더 사서 뭐하려고? 그래서 지금 내 손에 있는 거라고는 베르사체에서 산 클러치와 지미 추의 메리제인뿐이다. 세 시간씩이나 휘몰아치고서 요 정도라는 사실에 웃음이 나오지만 뭐 어쩌겠는가. 아저씨에게 대놓고 마구 긁어 버리겠다고 큰소리친 거 사실은 다 뻥이었는데. 나는 대형마트에서 나눠주는 쿠폰을 깜빡 잊어버리고 가져오지 않아서 30% 할인을 받지 못할 때가 가장 눈물 나게 억울한 사람이니까.

그나저나 또 어딜 간다냐. 버버리프로섬에 가서 우리 아저씨 레인코트나 하나 장만해 줄까? 그런 기특한 생각을 한 것도 잠시. 내 눈에 마놀로 블라닉 매장이 들어오는 순간, 아저씨는 머릿속에서 흔적도 없이 사라졌다. 올레에!

「어머, 벡스터 부인~! 너무 오랜만이에요!」

뭐지, 이 게이삘이 충만한 남자는?

내가 매장에 들어서자마자 한 남자가 미친 듯이 달려와서 껴안고 부비부비를 감행했다. 덕분에 마놀로 블라닉 매장이라도 당장 뛰쳐나가고 싶다는 생각까지 들었는데, 웃기는 건 그 남자가 거의 울기 직전이라는 거다. 그래서 나는 바로 직감했다. 아, 이 사람도 내가 알던 사람이었구나.

「너무해요, 진짜. 어떻게 이렇게 오래도록 우리 매장에 방문을 안 해 줄 수 있어? 이 마이클이 서희를 위해서 얼마나 열심히 신상을 업데이트했는데에!」

우와, 이 남자 나랑 말투도 비슷해. 어쨌든 당신 이름이 마이클이라는 정보 감사. 나는 얼른 활짝 웃었다. 만에 하나라도 골드크레딧 대표이사의 아내가 결혼 생활의 스트레스로 기억상실이 왔다고 소문이 나면 그건 끝장이다, 끝장!

「미안해요. 잠시 여행을 갔다 왔어요. 그래도 이렇게 마이클을 보러 왔잖아?」

「여행? 어디로? 벡스터 씨는 뉴욕에 계시던데?」

「친정에 갔다 왔어요. 부모님 건강이 안 좋으셔서.」

얼마 전에 제주도 여행 갔다 오셨다고 메일 보내신 아빠, 미안해요.

「어머, 그랬구나. 이젠 괜찮아지셨어요?」

「네. 고마워요. 그건 그렇고, 업데이트한 신상이나 보여줘요.」

더 이상의 곤란한 질문은 안 돼요.

「응, 이리 와요. 자기가 좋아할 만한 리본 달린 신상들이 잔뜩 나왔어. 이런 킬힐은 어때?」

저거 신다가 발목 꺾여서 병원 신세지면 너님이 내 병원비 내 줄거임? 내가 무슨 빅토리아 베컴도 아니고, 20cm짜리 힐을 신을 일이 뭐가 있겠냐!

「요즘 내가 발목이 많이 안 좋아서, 좀 낮은 걸 신으려고. 아, 이거 예쁘다.」

어떻게든 이 집요한 남자의 시선을 분산시켜 보고자 웨딩슈즈로 신으면 딱 좋을 하얀 토오픈 슈즈를 집어 들었다.

「흐응, 그래?」

마이클은—절대 성은 모른다—요상한 소리를 내며 고개를 외로 꼬았다. 저 남자 저거, 불안하게 왜 저런다냐.

「자기 이혼한다는 소문이 있던데?」

꽥.

「누, 누가?」

「누구긴 누구야? 요 업계에서 자기 유명한 거 몰라? 우리 매장 최고의 VVIP가 딴소리는. 그래서, 정말이야?」

마이클은 나한테만 말해 봐, 아무한테도 말하지 않겠다, 는 절대 믿지 못할 눈빛을 하고서 나를 쿡쿡 찔렀다. 이거 일생일대의 위기인가요! 나 여기서 입 한번 잘못 놀리면 금방 이혼하고 재산분할하기 위해 법정 출두하는 건 시간문제인 건가요!

나는 진열장에 걸린 보라색 펌프스를 홱 낚아챘다.

「자기는 그런 걸 믿어? 내 입에서 나온 것도 아닌데 왜 그런 소문을 믿어? 마이클, 실망이야!」

이런 때는 다다다 쏘아붙여서 상대방이 입도 뻥끗하지 못하게 만들어야지 뒤탈이 없다. 어영부영하다가 일을 더 크게 뻥뻥 터트리는 한심한 여주인공 따위 딱 밥맛이다.

「안 그래도 크리스가 전화하면 데리러 온다고 그래서 잔뜩 기대하고 있는데, 마이클 그러기야? 이거 내 사이즈로나 보여줘.」

「아, 그래? 그럼 다행이고.」

뭐야, 저 석연찮다는 표정으로 끝까지 저 남자는 내 남자라고 부르짖는 한심한 여자를 바라보는 듯한 눈빛은. 나는 보란 듯이 그 스왈로브스키 잔뜩 달리고 리본으로 묶는, 다시 말해 아주 예쁘지만 아주 신기 불편한 구두를 샀다. 가격은 접어두자. 지금 내가 우리 아저씨랑 사이가 안 좋다는 소리를 들었는데 그깟 마놀로 신상의 엄청난 가격이 문제냐! 난 당당하게 일시불을 외친 뒤 기분 나쁘다는 듯이 팩 소리를 내며 아저씨한테 전화를 걸면서 밖으로 나왔다.

에이씨, 왜 자동응답기로 넘어가!

"아저씨, 지금 우리가 이혼할 거라는 소문이 피프스애비뉴에 쫙 퍼졌다는데 지금 일이 눈에 들어와요? 응? 나 길바닥에 주저앉아서 울 거야! 마이클 나쁜 놈!"

[그건 또 무슨 말이야?]

엄마야. 깜짝이야. 나는 떨어트린 베르사체 쇼핑백을 얼른 주워

올렸다.

"아저씨 사무실에 있었어요?"

[응. 그런데 네가 내 자동응답기에 대고 횡설수설하니까 깜짝 놀랐잖아.]

"나 방금 마놀로에서 나왔단 말이에요."

[거기 갔어? 최서희답네.]

아씨, 그게 논점이 아니잖아요, 이 아저씨야. 코끝이 괜히 찡해졌다.

"그게 아니라, 거기 디자이너가 나더러 이혼할 거냐고 그랬단 말야."

[아, 그 마이클 카슨?]

나는 지금 울기 직전인데 아저씨의 말투는 무덤덤하기 그지없었다. 어떻게 이럴 수가 있어!

"씨, 아저씨 미워!"

[왜 내가 미워?]

" '아' 가 뭐예요, '아' 가! 나 울 거야!"

아저씨는 가볍게 한숨을 쉬었다.

[화났구나, 너.]

"그럼 당연히 화나지, 안 나요? 나 마놀로 블라닉 안 갈 거야! 지미추랑 크리스챤 루부탱만 갈 거라고!"

[이틀도 안 갈 소리 하지 말고.]

윽. 아저씨는 나를 너무 잘 알아. 정말 내 남편이 맞긴 맞나 봐.

"아저씨 그런 소문 도는 거 언제부터 알고 있었어요?"

[돈 지 오래됐어.]

"언제부터?"

[한 육 개월 됐지, 아마.]

유, 육 개워얼?!

[그러니까 화내지 마. 이쪽 세계가 다 그래. 자기가 하는 불륜은 꽁꽁 숨기는 주제에 남들 가십에는 관심 많고, 그런 거 떠들기 좋아하는 곳이니까 마음 쓸 필요 없어.]

"육 개월이나 됐다고요?"

아저씨는 다시 한숨을 쉬었다. 다시 눈물이 나오려고 한다. 나는 정처 없이 걸었다.

[응.]

노란 택시들이 줄을 이어서 길가에 서 있다. 교통체증이 살인적인 뉴욕의 하늘도 노랗다. 우리 아저씨 불쌍해서 어떡하지? 나도 아저씨도 차마 말을 하지 못하고 그렇게 서로 전화기만 들고 서 있었다. 남들이 떠드는 우리의 사생활은 참 아픈 일이다. 그것이 반박 못할 사실일 때에는 더 괴롭기만 하다. 반박하려고 해도 반박할 수가 없다. 나는 그동안 기억을 잃고 편하게 집에만 있었지만 아저씨는 밖에서 그 모든 것을 감내해야 했다. 이미 상처를 많이 받았을 우리 아저씨는 어떡하냐.

"아저씨."

[응.]

"아저씨 지금 나 보고 싶죠?"

[그러게.]

분명히 아저씨는 웃었다. 택시의 창밖으로 위압적으로 서 있는 거대한 건물들이 날 노려보고 지나간다. 너희들은 노려보는 것만 할 줄 알지. 나는 달려갈 줄도 알아.

"나 길거리에서 엉엉 우나 안 우나, 걱정되죠?"

[응. 울지 마.]

"내가 끊으라고 할 때까지 전화 안 끊을 거죠?"

[안 끊을게.]

그렇지만 울지 않을 수 없다. 우리 착한 이지씨, 니 때문에 고생하고. 내가 정신 차리고 얼른 아저씨를 도와줬어야 했는데. 바보같이 혼자서 찌질대다가 기억이나 잃어버리고. 아, 아무리 생각해도 기억을 잃기 전의 나는 완전 상찌질이었을 거야.

"내가 오라고 하면 하던 거 다 때려치우고 와야 해요."

[하던 거 하면서 가면 안 될까?]

"부인이 말하는 거에 토 달지도 말고."

그제야 아저씨는 좀 웃었다. 내가 아저씨 많이 웃겨 줘야 되는데 대체 난 뭘 한 거야, 이 바보야.

"나도 아저씨가 오라고 하면 언제든지 갈게요."

[하던 거 관두고?]

"당근이죠. 그건 예의이자 당연히 끼워 주는 옵션이라고요."

아저씨 바보. 그런 것도 모르고. 휘황찬란하게 서 있는 골드크레딧 간판이나, 나를 알아보고 문을 열어 주고 안내해 주는 정장 입은 직원이나, 내 스파이크 힐 소리가 딱딱 울리는 넓은 로비 따위 하나도 중요하지 않다. 나는 이 건물과 이 명예를 좋아하고 아끼는 게 아니니까.

[이야, 그거 고마운데.]

"그쵸? 내가 좀 예쁜 짓을 잘해요."

응. 예쁜 짓은 아저씨한테만 잘해요. 아저씨가 있어 주니까, 엘리베이터 아래로 내려가는 저딴 세상 따위 웃기지도 않는걸.

[그럼 말도 잘 듣는 착한 어린이도 해야지?]

"으에, 그건 좀."

[그건 또 뭐가 문제인데?]

"난 기본적으로 말도 안 듣고 사고도 뻥뻥 치는 나쁜 어린이라서."

[스스로를 잘 알고 있네.]

뭐예욧, 이 아저씨가 정말. 나는 기특한 어린이란 말이야!

"그래도 나 예쁘죠?"

[말해 주기 싫은데.]

"말해 주면 상 줄게요."

[무슨 상?]

"그건 받으면 알 거고."

[좋아. 예뻐.]

"진짜? 진심?"

[정말. 진심이야.]

나도 아저씨가 아주 예뻐 죽겠네요. 나는 뒤꿈치를 들고 살살 걸어가서 아저씨의 팔을 잡았다.

"에헤~"

놀랐죠? 놀랐죠?

"언제…… 아니, 피프스애비뉴라고……."

"아저씨가 나 보고 싶다길래 날아서 왔죠."

아저씨는 기가 막히다는 듯이 웃다가 말다가 결국은 날 꼭 안아 주었다. 쓸데없는 소문이나 루머 따위 우리 사이에 절대 파고들지 못하도록 더 꼭 안아 주세요. 혼자서 짐을 질 필요는 없어요. 나한테도 나눠 주세요. 내가 여기 있어요.

"힘내요, 이지씨."

"고마워."

별 말씀을.

✳   ✳   ✳

용감무쌍하게 골드크레딧 본사를 쳐들어간 후로 아저씨와 함께 지내는 시간이 많아졌다. 나와 함께 있으려고 노력하는 것이 눈에 보여서 참 뿌듯하단 말야. 사소한 이야기도 하고, 같이 팝콘도 먹고, 영화도 보면서 여가 활동을 공유하는 건 가족의 당연한 역할 중 하나이니까.

"아저씨, 저런 거 할 줄 알아요?"

쌍검 대신 쌍권총을 들고 오우삼 입맛에 맞게 비둘기들과 날아다니는 톰 크루즈를 턱을 빼고 쳐다보던 나는 아저씨를 쿡쿡 찔렀다. 모래사장에서 멀쩡한 총 놔두고 온몸을 불살라 가며 하이킥을 먹이는 씬이라니, 러닝타임 늘이느라 고생 좀 하셨구랴.

"나는 저런 거 안 해."

"오오, 할 줄은 안다는 소리?"

벌떡 일어난 나는 열심히 노트북을 두드리는 아저씨를 새삼스럽게 쳐다보았다.

"그럼 막, 저렇게 사이드미러 보고 총 쏘고, 막, 막, 이렇게 닌자처럼 지붕에 매달려 있고, 오토바이도 타고, 그럴 줄 알아요? 정말?"

"어떻게 사이드미러를 보고 총을 쏴? 저건 말도 안 되는 거야."

이 아저씨가 자꾸 요점을 피하시네.

"할 수 있냐고요오."

"왜, 중요해?"

그 말에 나는 다리를 모아서 양반다리를 하고 아저씨를 올려다보았다.

"응. 몇 가지 안 되는 내 남편의 자격 다섯 번째 조건이에요."

"그냥 톰 크루즈를 낚지 그랬어."

"으엑, 오프라 윈프리 쇼에 나와서 재혼한다고 소파에서 방방 뛰는 아저씨는 내 취향이 아니네요."

잠시 소파를 쳐다보며 그냥 뛰어 볼까, 하고 고민을 하던 아저씨는 나한테 한대 맞고서야 다시 내 쪽을 돌아보았다.

"총질해 봤어요?"

"사람한테는 안 해 봤어."

"그럼 사람 말고는?"

"사냥 다녀 본 적은 있어."

사냥이라고 하신다면 아마 총신이 긴 라이플을 들고 말 타고 다니면서 여우를 잡는 로열패밀리들의 취미 생활을 말하는 거겠지요.

"총 없으면?"

"주먹도 가능해. 아, 서희, 제발."

아저씨는 그만하라는 뜻으로 난처하게 웃으면서 손을 내저었지만 참새가 방앗간을 그냥 지나칠쏘냐. 이렇게 재미있는 것을 덥석 물었는데, 흥, 절대 안 놓는다.

"아저씨가 주먹질? 우와, 진찌 안 어울러."

"다 철없을 때 얘기야."

"철없을 때 언제? 나 만났을 때?"

"설마. 그땐 서른두 살이었다고."

"그럼 언제에에~!"

우와, 진짜 곤혹스러운가 보다. 아저씨는 얼굴을 몇 번 쓸어내렸다. 으힛, 그러나 아저씨가 절. 대. 로. 내 질문에 대답을 안 할 리가 없다는 걸 난 알지요.

"나 궁금하단 말예요. 응?"

"……고등학교 때."

내가 위키피디아에서 검색해 본 아저씨의 이력으로 보자면 아저씨는 이튼스쿨을 다녔는데. 이튼스쿨에서 주먹질을 했다고라?

"안 걸렸어요? 거기 엄청 엄격하다던데."

"주먹질해서 걸리는 건 양아치들이고."

"오오오오~ 그럼 아저씨는 양아치가 아니었다?"

"아가씨는 신사랑 결혼하셨거든."

우우웨엑. 내가 토하는 시늉을 해 보이자 아저씨는 킥킥 웃었다.

"나는 그래도 고등학교 때 껌 좀 씹고 침 좀 뱉지는 않았다고요."

"나도 안 그랬어."

"아깐 그랬다면서!"

"나 양아치 아니었다니까."

아, 진짜 아저씨의 고등학교 시절이 궁금해지는걸. 어떻게 따로 소스를 얻어서 들어볼 기회가 없을까나.

"그럼 오토바이도 탔겠네."

"그런 건 좀 안 물어보면 안 돼?"

"어머머머, 엄밀히 말해서 나는 아저씨에 대해 아는 게 아무것도 없는 거라니까요!"

"호구조사 끝난 거 아니었어?"

"내가 끝났다고 하기 전까지는 택도 없네요!"

아저씨는 한숨을 쉬면서 두 손을 들고 일어났다. 항복이라는 소리다. 우훗. 그렇지. 아저씨는 맨날 나한테 져 준다. 잠시 사라졌던 아저씨는 두툼한 앨범 한 권을 옆구리에 끼고 돌아와서 나에게 내밀었다.

"자. 이걸로 끝 하자. 나 난감하게 하지 말고."

"에에~ 싫은데. 이게 뭐예요? 아저씨 앨범? 우오!"

우와우와우와. 나는 앨범을 펴자마자 입을 쩍 벌렸다. 완전 촌스러. 빵모자에 스카프라니.

"으악, 배바지~! 꺄하하하하!"

"……괜히 줬어."

아저씨는 뒤늦게 후회했지만 이미 버스는 지나가 버렸기에 나는 열심히 앨범을 뒤졌다. 교복을 입고 시를 낭독하는 모습부터, 초등학교 때 불가사리 탈을 쓰고 연극을 하는 것까지 별게 다 있다.

앨범이 중반쯤 오자 사진 대신 이런저런 기사들과 두툼한 잡지들이 나왔다. 오오. 이건 웬 신문 스크랩? 아. 아저씨가 나온 신문들과 잡지들이다. 이건 좀 낫구만. 역시 남자는 슈트를 입어 줘야 된단 말씀이야. 이건 내가 모아뒀나 보다 아저씨가 이렇게 깔끔하게 해놨을 리가 없어. 그것도 자기 기사를 직접 스크랩할 리가 없지. 〈포춘〉 선정 매력적인 독신남 23위. 〈가디언〉의 표지. 〈월스트리트저널〉, 〈파이낸셜타임즈〉, 〈GQ〉, 〈아레나〉 기타 등등.

우오오, 우리 아저씨 유명 인사였구나!

"난 이게 맘에 들어요."

"그거? 그거 왠지 무지 잘난 척하는 것 같지 않아?"

"자기 사진에 대고 잘난 척하는 것 같지 않아, 가 뭡니까? 많은 사람들이 인정해 주는 건데 그 성의를 무시하면 못써요."

나는 〈GQ〉에 실린 아저씨의 사진을 다시 한 번 쳐다보았다. 아주 대문짝하게 난 기사가 여기 써 있다.

가장 섹시한 품절남.

품절남?!

크리스티안 라일리 벡스터. 스물아홉의 이 섹시한……

'Hot'이란다. 흥칫핏.

금융계의 황태자는 회사가 위치한 월스트리트에서 근무하는 모든 냉철

한 여인들을 녹여내고 있다.

그러나 대단히 아쉽게도, 그리고 늘 그렇듯이 이런 남자들은 언제나 임자가 있기 마련. 현재 철강 수입업자인 맥켄지 가문의 장녀인 래리안과 교제중인 그는……

나는 말 그대로 눈을 하얗게 뜨고 목에서 드드득 소리를 내며 아저씨를 돌아보았다. 당황한 아저씨가 진땀을 삐질삐질 흘렸다.

"왜, 왜? 뭔데?"

"래리안 맥켄지가 대체 어디 사는 누구예욧!"

나 오늘 아주 제대로 바가지 긁을 거야!

"그건 또 어디서…… 서희, 신경 쓸 거 없어."

"그런 대사 치다가 여주인공 떠나보낸 남주인공이 어디 한둘인 줄 알아욧?!"

꼭 신경 쓸 거 없다고 하는 남주인공을 의심하는 여주인공은 결국 어디서 등장한 불여시에게 직격을 맞고 상심을 한 채 떠나 버린다. 그리고 해피엔드라면 당연히 남주인공이 쫓아오겠고 여주인공이 그걸 받아 주겠지만 난 아주아주 못된 마녀 캐릭터이기 때문에 절대로 안 받아 줄 거다.

그러니까 지금 당장 불어요, 아저씨.

"약혼녀예요?"

"약혼은 맹세코 한 적 없어!"

내가 손톱을 치켜세우자 아저씨가 기겁을 하며 대답했다.

"그럼 사귀기는 했단 얘기예요?"

"대학 때 잠깐 사귀다가 깨졌어! 그냥 래리안이 계속 쫓아다닌 거라고. 서희, 그 손톱은 내리지, 응?"

사건 전말을 알기 전까지는 어림없네요!

"근데 왜 여기에는 둘이 교제중인 걸로 나와요! 앙?!"

"그땐 내가 널 만나지 않았잖아. 난 그냥 노코멘트라고 한 거고, 래리안이 주장한 것일 뿐이야."

"그러니까! 왜! 아니라고 하지 않고 노코멘트를 했냐고요!"

내 눈치를 슬슬 살피던 아저씨는 내가 아주 뒷목을 잡고 넘어갈 만한 대답을 했다.

"그럼 래리안 한 명만 피하면 되잖아."

아, 그래요. 인기남은 그런 거였군요. 임자가 있다고 하면 다른 여자들은 알아서 포기해 주니까 래리안 맥켄지—원래 남편의 과거 여자는 성을 다 붙여서 불러야 하는 법!—를 방패막이로 삼으셨다?

"씨이, 억울해!"

"왜 또 억울해?"

"나는 아저씨가 첫 번째인데 아저씨는 내가 첫 번째가 아니잖아요! 미워! 오늘은 각방이야!"

"어차피 무섭다고 새벽 한 시에 베개 들고 쫓아올 거면서."

으이이이이익!

나는 쿠션을 있는 대로 집어서 던졌다. 나쁜 남편이야! 진짜 나쁜 남편이야!

"나 내일 당장 한국으로 가서 소개팅할 거야!"

"스물일곱 살이 무슨 소개팅이야?"

"스무 살이라니까!"

으악으악소리를 내며 쿠션을 던졌지만 결국 아저씨의 빠른 발은 이기질 못했고, 나는 아저씨를 말한 대로 안방에서 쫓아내고 혼자 침대에 누웠다.

흥! 내가 오늘 무섭다고 쫓아가나 봐라. 절대로 안 가! 침대 밑에서 머리 푼 귀신이 나올 것 같아도 꾹 참고 잘 거야! 옷장에서 시커먼 도깨비가 튀어나올 것 같아도 잘 잘 거라고!

좋아. 일단 눈을 꼭 감고 이불을 목까지 끌어올려서 덮자. 가장 편한 자세로 이불에 폭 파묻혀서 자는 거야. 이젠 더 이상 아무런 생각도 하지 말고 그대로 꿈나라로 직행하도록 하자고.

그, 그런데 이상하게 침대 아래에서 뭔가가 나올 것 같은 것은 착각이겠지? 누운 지 1분도 지나지 않아서 뛰쳐나가는 건 모양새가 너무 웃기지 않을까? 그렇지만 무섭잖아. 무섭다고!

"아저씨이이이이이!"

토끼 인형을 끼고 미친 듯이 달려가자, 아저씨는 거실 소파에 누워 있다가 그럴 줄 알았다는 듯이 한숨을 쉬며 이불을 들쳐 주었다.

"그러게 지키지도 못할 말을 왜 해."

"흥, 아저씨 미워할 거야."

"혼자 잘래?"

"이제는 협박까지! 남편이 날 구박한다아."

"꼬물거리지 마."

나는 고개를 빼꼼히 내밀고 아저씨의 눈 감은 얼굴을 훔쳐보았다. 자나? 안 자나? 하여간 귀신이야 정말. 어떻게 다 알지? 나도 꽤 변덕이 심하고 미스터리한 여인인데 말이야.

아저씨는 눈을 감은 채로 입만 움직였다.

"불편하다고?"

끄덕끄덕.

"안방 가자고?"

끄덕끄덕.

몸을 일으킨 아저씨는 이불을 개어놓았다. 그렇지만 나는 아직도 그 자세 그대로다. 나를 물끄러미 바라보던 아저씨는 한쪽 눈썹을 치켜 올렸다.

"업어달라고?"

끄덕끄덕. 이때는 에헤, 하고 혀를 빼문 웃음을 잊지 말도록 하자. 한숨을 쉰 아저씨는 등을 댔고, 나는 그 등빡에 속으로 환호성을—올레!—지른 뒤 냉큼 업혔다.

"서희."

"응?"

"래리안은 신경 쓰지 마."

"응응."

"남들이 뭐라고 하는 것 듣고 혼자 화장실에서 물 틀어놓고 울면 안 돼. 난 괜찮아."

아저씨 알고 있었구나.

"응응."

"그래. 착해."

아저씨는 침대까지 날 업어다 주었고, 우리는 사이좋게 같은 침대에서 마주 보고 잠들었다.

좋은 꿈 꿔요. 내일 봐요. 안녕, 안녕.

✳   ✳   ✳

누구나 다 한 가지쯤 미치도록 가지고 싶은 것이 있기 마련이다. 남자들은 할리데이비슨이나 페라리에 미칠 수 있고, 여자들은 가방이나 구두에 미친 듯이 집착을 한다. 내 경우에는 당연히 구두다. 저번에 마놀로 블라닉에서 홧김에 산 보라색 플랫폼을 신고 티파니 앞을 지나가며 쇼윈도에 비친 내 모습에 만족해하는 것이 나의 즐거움이다. 뭐 어때. 다들 자뻑 같은 건 한 번씩들 하잖아. 더불어서 방금 티파니에서 산 핑크다이아몬드 귀걸이까지 한번 힐끗 쳐다봐주면 그만인 거다. 우훗.

내가 카드를 받아가고도 기껏 산 물건이 겨우 다섯 개(!)라는 걸 보고 폭소를 터트린 아저씨는 티파니에 귀걸이를 주문해 주었다. 그리고 나는 오늘 이 물건을 찾으러 온 거고.

역시 나는 아주아주 이쁨받는 아내임이 틀림없어.

오늘은 시립도서관을 한번 가 볼까 생각중이다. 아님 센트럴파크에서 산책을 하든가. 별로 할 일이 없어서 심심하지만, 그래도 이것저것 발견하는 기쁨이 있다. 예를 들면 소호를 다니다가 건진 괜찮은 그림 한 폭이라든가, 센트럴파크에서 열린 현악 사중주 연주회라든가, 아니면…… 가끔 내가 들이닥치면 기분 좋게 웃어 주는 아저씨의 미소라든가. 날 두근거리게 하는 것들. 아, 마지막 것은 얼굴까지 빨갛게 만들어 버린다.

아무래도 내가 아저씨를 많이 좋아하나 보다. 하긴 당연하다. 주위에 남자는 없고 철벽같이 아빠가 수비하고 있는 딸 둘만 있는 집에서 고등학교 때 남자친구에도 관심 없던 내가 저런 좋은 남자랑 부대끼고 살면 정드는 건 아주 당연한 일이지. 그래. 우리 아저씨는 아주 좋은 남자다. 자상하고, 내가 시키면 투덜거리긴 해도 요리도 곧잘 하고, 청소도 같이하고, 좀 놀려서 그렇지 내가 떼쓰면 못 이기는 척도 잘해 주는 남자다. 그 정도면 됐지, 뭐.

아, 메트로폴리탄 미술관을 가 볼까?!

세계적으로 유명한 이 미술관은 비수기라서 그런지 굉장히 한산했다. 특별전시회도 가장 사람이 없을 전시 일정의 중반 즈음을 지나고 있고 시간도 어정쩡한 아침과 점심 때 사이라서 전시실에 들어가도 나이 드신 노부부나 단체 관광 온 일본 사람들뿐이다. 책에서 봤던 많은 그림들을 훑어보고, 높은 구두를 신은 발이 아프면 의자에 앉아 쉬기도 하면 시간이 빨리 간다. 여기에 있는 거 다 보고 아저씨 만나서 같이 집에 들어가야지. 오늘은 뭐 먹을까? 회랑을 거닐며 이런저런 생각도 하면서 사람 구경을 하던 나는 갑자기 날 잡아 뒤돌리는 손에 의해 강제적으로 뒤로 돌려졌다. 놀라기도 했고, 화가 나기도 했다.

내 구두 굽이 10cm인 거 안 보여?! 확 밟아 줄까?

「왜 연락 안 했어요?」

엄마야, 얜 또 뭐다냐.

물이 잘 빠진 청바지에 편한 티셔츠 차림은 그것대로 괜찮은 금발에 초록 눈의 사나이. 당신의 신원을 밝혀라, 오바.

「왜 연락 안 했냐고요!」

비상사태 발생. 나님은 너님을 모르는데 너님은 나님을 알고 있다. 누구냐, 너! 아저씨보다는 체격이 좀 작아 보이지만 나름 탄탄하고 꽤나 귀엽게 생긴 젊은 남자가 나에게 화를 내고 있었다. 이거 왜 만나자마자 화내는 사람이 이렇게 많은 거야? 아저씨도 그러더니 이 사람도 그러네.

「저기요, 일단 이것 좀 놓고 말해요.」

거의 돌아 버리겠다는 표정으로 그 남자는 내 팔을 놓았다. 뭐지, 나한테 돈 빌려 준 사람인가?

「한 달 내내 연락도 없이 뭐한 거예요, 도대체?」

「저기요.」

「내가 얼마나 걱정했는지 알아요?」

「이봐요.」

「대답이라도 해 주고 갔어야죠. 휴대전화도 꺼놓고, 당신 연락처라곤 휴대전화 번호밖에 없는데.」

"야!"

도대체 이 밑도 끝도 없는 남자는 누구야? 공공장소에서 소리를 빽 질러 큐레이터의 눈총을 받은 나는 그 남자를 서둘러 끌고 전시실을 나왔다.

「당신 누구예요?」

「뭐라고요?」

내 물음에 기가 막히다는 표정을 한 남자는 언뜻 보기에는 상처도 받은 듯한 얼굴이었다. 아이씨, 내가 기억상실이라는 거 밝혀지면 좋을 게 없는데.

「제가요, 사고가 좀 있었어요. 그래서 자꾸 깜빡깜빡하거든요?」

「나 몰라요? 나예요, 브라이언 위더릭. 기억 안 나요?」

나는 애매하게 웃었다. 필사적으로, 거의 울다시피 하며 내 어깨를 잡고 자기 이름을 외치는 그 남자에게 미안하지만 정말 기억이 안 나는 걸 어떡해.

「이러지 말아요. 왜 모르는 척해요?」

「모르는 적이 아니라, 나 성말 기억상실이라고요. 잭슨빌에서 피도에 쓸려서 머리 부딪혔어요. 정 못 믿겠으면 존스홉킨스에서 뗀 진단서라도 보여줄까요?」

내가 무슨 양치기 소년도 아니고 뻑하면 거짓말하는 줄 아나! 성질이 나서 팩 쏘아붙였더니 그 남자는 한참 날 쳐다보다가 대형 사고를 쳤다.

「이래도 기억 안 나요? 우리 여기 같이 왔던 거, 그림 고르던 거, 기억 안 나요?」

지금 이 인간이 나한테 키스한 거 맞지? 응? 머릿속이 하얘졌다. 난 아저씨가 있는데, 지금 외간 남자한테 먼저 입술을 빼앗기면 어떻게 해? 아냐, 이게 키스야? 이건 그냥 입술 충돌 사고일 뿐이라고! 나는 천천히 그 사람의 손을 떨어냈다.

「기억 못하는 건 정말 죄송한데요, 기억이 정말 나지 않아요. 이름은 기억해 두겠습니다만, 그래도 저한테 그쪽은 초면인데, 자꾸 이러시는 건 좀 실례라고 생각되네요.」

날 보며 금방이라도 무너질 것 같은 표정을 짓는 그 소년 같은 남자를 뒤로하고, 나는 그곳을 도망치듯 떠났다.

그날 저녁, 식사를 마치고서 꿀꿀한 기분으로 그대로 식탁에 엎드려 버렸다.

"아저씨, 조심해요."

메트로에 갔다 온 이후로 키스한 기억이 사라지지 않는다. 정작 옆에 있는 내 남편이란 사람과는 키스해 본 적이 없는데. 우울하게 경고성 한마디를 했다. 일을 해도 집에 와서 하라고 면박을 준 나 때문에 오늘 일찍 들어온 아저씨가 고개를 들었다. 역시 난 내 이상형을 찾은 거야. 안경이 잘 어울리는 남자. 아, 우리 아저씨 진짜 멋있다.

"왜 웃어요?"

"아니, 너 말야. 넌 꼭 상대방이 '왜?'라고 대꾸하게 말을 해. 왜, 왜 조심하라는 건데?"

"나 인기 많거든."

그 말에 아저씨는 허리를 젖히며 크게 웃었다. 뭐야. 나도 인기 많다니까. 그게 뭐가 웃긴데?

"그래서, 도망이라도 갈 건가?"

"아니, 그렇다는 게 아니라 아저씨한테 미리미리 경고를 해 주는 거죠. 방심하지 말라고."

아저씨는 눈물을 닦아내면서도 계속 큭큭거리다가 나를 똑바로 쳐다보았다.

"난 늘 경계하고 살아. 너에 관해서라면 더더욱."

엄마야. 그렇게 쳐다보지 말라니까! 순진한 처녀 가슴이 콩닥거린 다고요, 이 죄 많은 남자야! 나는 애써 아무렇지도 않은 척 턱을 치 켜들고 아저씨의 어깨를 토닥토닥해 주었다.

"착해요. 칭찬해 줄게요."

"고마워."

그렇게 대꾸하면서도 아저씨는 뭐가 그렇게 웃긴지 계속 웃는다. 나는 아저씨한테 죄지은 기분이라서 어색하게 따라 웃기만 했다.

"아저씨."

"응?"

"우리 처음 만났을 때, 나 예뻤어요?"

또 웃어, 또 웃어. 정말 허파에 바람이 들어갔나, 왜 저런데? 응? 병원에서 깨어났을 때는 인상 박박 써 가면서 냉기 풀풀 날리더니 요즘에는 너무 자주 웃어서 주위를 참 은혜롭게 하시는구만. 에이 씨, 밖에 나가서만 웃지 않으면 뭐, 상관없다.

"예뻤지."

"아저씨 나 언제부터 좋아했는데요?"

"갑자기 그게 왜 궁금해지셨을까, 우리 아가씨?"

"아아, 빨리."

아저씨는 내 재촉에 안경을 벗고 소파등받이에 몸을 묻었다. 진 짜 화보다, 화보. 아저씨를 보면 예은이에게서 들었던 나의 그 처절 한 낚시 행각이 그럴 만도 하다고 저절로 고개가 끄덕여진다니까. 얼굴 괜찮지, 몸매 좋지, 똑똑하지, 게다가 워커홀릭이더라도 말도 이렇게 잘 들으니 성격도 좋은 거지 뭐. 내가 바라는 단계까지는 아직 멀었지만. 우리 아저씨는 열심히 워커홀릭에서 벗어나기 위해 노력중이잖아.

"먼저 좋아한 건 아가씨야. 그건 잊지 마."

"아오, 얄미워. 그걸 그렇게 강조하고 싶어요? 응?"

"중요하다니까."

"알았다고요."

그러니까 빨리빨리 말해 봐요. 잠시 나를 쳐다보던 아저씨는 손을 내밀었다. 아무 생각 없이 잡은 나는 아저씨가 이끄는 대로 그의 곁에 앉아서 그를 올려다보았다.

"처음 만났을 때부터 당신은 정말 얄미웠어."

게슴츠레하게 아저씨를 쳐다보던 나는 반팔 티셔츠 아래로 드러난 근육에 인정사정없이 응징을 가했다. 찰싹 소리가 나도록 맞아 봐야지 정신을 차리지, 응?

"왜 때려?"

"맞을 말 했으니까!"

"사실인 걸. 계속 날 돌아 버리게 했단 말이야."

"어떻게?"

아저씨의 표정이 노트북을 노려볼 때와는 달리 많이 풀려 있었다. 고개를 갸우뚱하는 내 머리카락을 귀 뒤로 넘겨 준 아저씨는 추억을 더듬어 갔다.

"취재한답시고 시도 때도 없이 쳐들어오고, 여행간 데까지 쫓아 와 놓고 부탁도 안 했는데 안내해 주겠다고 우기고, 그러다가 넘어 졌는데 구두 굽 부러졌다고 엉엉 울고."

울 만하네. 굽이 부러지는 그 끔찍한 참사가 나다니, 아흑.

"그런데 정작 당신 무릎에서는 피가 줄줄 흐르고 있었단 말이지."

"에이, 피난 건 휴지로 눌러 주고 약 바르면 되잖아요. 구두 굽부러진 건 대형 참사란 말야."

"최서희답다."

아저씨의 대꾸에 고개를 끄덕이면서도 내 신경은 자꾸 아까 낮에 있던 그 남자에게로 쏠리고 있었나. 나보다도 어려 보였는데. 혹시 예은이가 말했던 남자가 그 사람 아니었을까? 그래. 그 남자였을 거다.

"표정이 왜 그래?"

"물어볼 게 있는데……"

"뭔데?"

"내 첫 키스 상대가 아저씨였어요?"

"……왜 어린애한테 성교육 하는 기분이 들지?"

우리 아저씨는 꼭 맞아야지 대답을 해 줄 거예요. 아주 예뻐 죽겠어요.

"응. 당신은 인정하기 싫어했지만, 나 맞아."

나한테 맞아서 빨개진 팔뚝을 문지르며 아저씨가 고개를 끄덕였다.

"그렇구나."

다행이다, 라는 말은 목 안으로 삼켜 버렸다. 아저씨가 알면 어떻게 반응할까? 화를 낼까, 아니면 한숨을 쉴까? 한참을 고민하던 나는 내 특정 부위에 향하는 아저씨의 시선을 잡아내고 눈썹을 치켜올렸다.

"그러고 보니 한 지 오래됐네."

"우이씨, 서른다섯 살이 파릇파릇한 스무 살한테 하면 솔직히 양심 없는 거예요!"

내 말에 아저씨는 금방 골난 표정을 지었다.

"그럼 날더러 계속 참으라고?"

윽. 그런 표정으로 날 보다니, 완전 치사가 찬란하다. 나는 손을 뻗어 아저씨의 옷깃을 잡았다.

"생각해 보니까 스무 살이 서른다섯 살한테 하는 건 범죄는 아닌 것 같아."

"범죄가 아니면?"

"행운인 거죠."

아저씨의 손이 내 뒷목을 끌어당기고, 나는 아저씨의 옷깃을 끌어당겼다.

아침이다. 아저씨가 출근하자마자 나는 한국의 시간을 확인한 뒤 예은이에게 전화를 걸었다.

"나 아무래도 그 프러포즈남을 찾은 것 같다."

[어디서 봤어?]

"메트로폴리탄."

[헤에, 파슨즈 스쿨러라더니 사실이었구나.]

"넌 알았냐?"

[네가 대충 얘기는 해 줬지. 아주 심란해하면서. 보니까 어떻디?]

어떻기는 무슨!

"……나 그 사람한테 입술 뺏겼어."

[그게 뭐.]

"야!"

[깜짝이야, 왜 소리는 지르고 그래?]

"너는 내가 외간 남자한테 입술 뺏겼다는데 반응이 고작 그거니?"

[뭐 어때. 너네 아서씨랑 하루가 멀다고 히다가 안 하던 거 파릇 파릇한 연하랑 하는 게 무슨 죄니? 연하답네. 앞뒤 안 재고 달려들 었구만.]

그래. 난 인생 헛살았어. 절친이라는 친구가 요 모냥 요 꼴이니.

"너 진짜 이상해."

[21세기 스물일곱 살 싱글의 가치관이란 이런 거란다, 꼬마야.]

"끊는다."

[알았어, 알았어. 농담은 그만하고, 어땠어?]

"어떻냐니?"

[키스 말야.]

"입술 박치기! 입술 충돌 사고!"

[아, 그래. 뭐가 어쨌든.]

어떻냐니. 그런 질문이 어디 있는가. 나는 눈을 동그랗게 뜨고 거실 건너편에 걸린 커다란 거울에 비친 나를 마주 보았다. 당연히 그냥 입술박치기 그 이상 그 이하도 아니었지.

아무런 느낌도 없었다. 기억나는 일들도 없었고, 그저 불쾌했다.

지금 와서는 그렇게 팩 쏘아붙인 채 돌아선 것이 좀 미안하기도 하다. 표정으로 봐서는 나를 정말 좋아하는 것 같았으니까. 하지만 나는 그가 그저 타인일 뿐이다. 어제 처음 본 사람. 그걸로 끝.

"아무 느낌 없었어."

[그럼 느이 그 아저씨랑 하는 건?]

"뭐, 아앗?!"

[설마 너네 각방 쓰는 건 아니겠지?]

그건 물론 아니다. 우리는 한 침대에서 사이좋게 손잡고 잔다.

[손만 잡고?]

"그럼 뭘 더 해? 아, 내가 아저씨한테 달라붙어서 자기는 한다. 우리 아저씨 엄청 따뜻하고 기대면 편해."

[…최서희. 우리 스무 살 때 웬만한 성 전문가의 지식을 뛰어넘었던 걸로 기억하는데 말이지비.]

"그 얘기가 왜 여기서 나오는데?"

[너는 니 남편 생각도 안 해 주냐?]

"그게 무슨 말이야?"

[대답이나 해! 설마 아직도 손만 잡아? 키스도 안 해?]

안 하겠냐!

"오늘 아침에도 진하게 15금 찍고 갔다, 어쩔래!"

덕분에 요즘 내가 발라대는 립밤의 양이 두 배로 늘었어!

[푸하하하하, 그러면 그렇지. 그 손 빠르기로 유명하신 크리스티안 벡스터가 스무 살짜리 톡톡 튀는 최서희를 집 안에 두고 그냥 관상만 하겠냐.]

"아저씨가 손 빨라?"

[그럼. 원하는 것이 있을 때는 거침없이 전진. 그리고 가진다. 끝. 너랑 결혼할 때도 그랬다구.]

"내가 낚은 거라면서요!"

[말은 바로 하자. 너네 아저씨가 너한테 잡혀 살아 주는 거야. 아 아아! 잡설이 너무 많아. 그러니까, 어떻디?]

아우우우우. 확실히 스물일곱 살이 되면 여자들은 결혼을 하든 안 하든 얼굴에 칠판을 끼나 보다. 그걸 어떻게 내 입 밖으로 말을 해! 오늘 아침도 내가 먼저 해달라고 보챈 거란 말야. 우리 아저씨에 대한 레이더망을 아무래도 이중 삼중으로 보완해야겠다. 이렇게 키스까지 잘하니 여자들이 떼로 달려드는 건 무리도 아니지.

"웃으면 안 돼."

[안 웃을게.]

"그러니까…… 아저씨랑 할 때는 뭔가 색깔이 있어. 하얗고, 빨갛고, 핑크색이고, 뭐 그런 거 있잖아."

[오늘 아침에는 무슨 색이었는데?]

"오늘 아침은 핑크색! 으힝~"

나는 눈을 꼭 감고 온몸을 비비 꼬았다.

[기집애 신나하기는. 어떤 의미에서 핑크색이야? 테크닉이 죽이디?]

"우이씨. 그런 거 아니란 말이야."

결코 그런 것은 아니었다. 내게 다가오지 않으려는 아저씨를 끌어당긴 건 느닷없이 나타나서 내 입술을 훔쳐간 미술관 남의 기억을 어떻게든 지우고 싶어서였으니까. 아저씨와 키스를 하면 그날 온 종일 느끼고 있던 죄책감을 어떻게든 지우고, 눈앞에 있는 '내 남편'을 향해 이상하게 두근거리는 마음을 떳떳하게 지키고 싶었다. 그래서였을까, 처음 허락한 키스는 결국 '소독'에 지나지 않았다. 그게 결과적으로 아저씨에게 더 미안한 격이 되고 말았지만. 아저씨는 소독약 같은 게 아닌데. 그래서 머뭇머뭇, 미안해하며 끝나 버렸다. 거기에서 무엇을 읽었는지는 모르지만, 아저씨는 멀어지려는 나를 붙잡아서 다시 끌어당겼다.

"무서워?"

그건 아니지만.

"아저씨는 내가 이래도 괜찮아요?"

"이래도?"

"아저씨랑 만났던 것도 잊어버리고, 아저씨랑 결혼한 것도 잊어버리고, 아저씨랑 사는 것도 잊어버리고, 그런데 나랑 아저씨랑은 사이도 안 좋았던 것 같고, 그리고……."

아아, 못살아. 나 이 사람한테 죄 많이 졌구나. 그런데 내 죄책감을 없앤답시고 아저씨를 소독약 취급하다니. 미쳤어, 미쳤어.

"그리고 내가 널 사랑하는 걸 잊어버렸어도, 괜찮아."

"아저씨 미안해요."

눈물이 뚝뚝 떨어졌다. 나한테는 너무 어렵다. 지금 나를 꼭 안아 주는 아저씨의 품이 너무 좋은데, 괜찮다고 말해 주는 아저씨가 너무 좋은데, 나는 뭐가 어떻게 된 건지, 무엇을 어떻게 해야 할지를 전혀 모른다. 너무 어렵다. 할 수 있다고 소리 빡빡 질러가며 뛰어

가다가도 다시 나는 아저씨에게 잘못을 하고 만다. 아저씨에게 씁쓸한 표정을 다시 짓게 하고 만다.

"그냥 한국 갈래?"

그런 말은 괜히 나오는 것이 아니다. 저 사람은 내가 여기 있는 것이 싫은가 보다, 그가 싫은가 보다, 하고 생각하는 것이다. 나는 아연실색해서 울다말고 아저씨를 올려다보았다. 아저씨의 표정은 어둡기 짝이 없었다.

"나랑 있는 게 부담스러우면……."

"아저씨 미워! 내가 한국 가면 바람피우려고 그러지! 싫어! 한국 안 갈 거야!"

그래도, 한 가지 배운 것이 있다면 이 남자는 내가 있는 대로 오버액션을 해 줘야지 의심을 하지 않는다는 것이다. 나는 소리를 빽빽 질러대며 아저씨를 때렸다.

"누가 아저씨가 부담스럽대!"

"안 그래?"

"안 그래! 나, 나는……."

턱 밑으로 눈물이 뚝뚝 떨어지고, 아저씨는 아무 말 없이 내 말을 기다리고 있었다.

"나는 아저씨 좋단 말이야."

아저씨 좋다구. 많이많이 좋아한단 말이야.

이젠 딸꾹질까지 하면서 우는 나를 한쪽 눈썹을 치켜 올린 채 쳐다보던 아저씨는 삐뚜름하게 웃었다.

"한국어에서 좋아한다는 말은 너무 많은 걸 포함해. 그러니까 구체적으로 말해 봐, 어서."

우이씨, 나빴어. 날더러 그렇게 민망한 말을 하라니! 내가 입을 꾹 다물고 불쌍한 표정으로 아저씨를 쳐다보았지만 아저씨는 아무 말 없이 나를 마주 보았다. 처음부터 내가 이길 승산은 없다는 거다. 그래그래. 누가 카리스마 쩌는 우리 남편님을 이기겠나요.

"씨이, 색시가 서방님한테 좋아한다는 거랑 복숭아 좋고 돼지갈비 좋다는 말이랑 같냐고요!"

아저씨는 결국 또 넘어가도록 웃고 말았다. 짜증 나, 짜증 나. 병원에서 눈뜨자마자 코 꿰인 기분이야. 당연한 거 아니겠냐구. 여중과 여고, 그 암흑의 수녀 코스를 거치면서 겪은 남자들이라곤 학원에 득시글하게 시끄럽고 매너라고는 쥐똥만큼도 없는 같은 고딩들이 다인데 정신 들고 보니 하늘에서 뚝 떨어진 님이 있다잖아. 그님이 내 말은 아주 잘 듣고 돈도 잘 벌어와, 성실하고 매너도 좋아, 다정하기까지 해. 어디 한 군데 빠지는 것도 없는데 홀라당 넘어가지 않을 여자애가 어디 있겠냐구. 어디 있겠냐구!

"웃지 마요. 짜증 나. 왠지 내가 낚인 것 같아. 에이씨."

"왜 네가 낚여?"

"몰라서 물어요? 눈 뜨자마자 토털 패키지가 납셔주시는데 거기 안 넘어가는 여자 있음 나와 보라고 해."

"내가 토털 패키지야?"

"쪼오끔 워커홀릭이고 가아끔 속 좁을 때 빼고."

아저씨의 한쪽 눈썹이 다시 들린다.

"잘못했어요. 하자 따윈 하나도 없으시와요."

우앙, 우리 남편 무서~ 내가 고개를 도리도리 흔들자 그제야 아저씨는 픽 웃었다.

"이리 와."

이미 딱 붙었는데 뭘 이리와. 나는 아저씨 이마에 내 이마를 마주 댔다. 콩.

"이젠 내 맘대로 키스할 거야."

"으악."

"싫다고 도망가기만 해 봐."

"으악으악."

"쫓아가서 한 시간 내리 해 버릴 테다."

"으악으악으악."

"그 소리 한 번 할 때마다 삼십 분씩 추가야."

"으악으아."

으악!

"……뭐, 결국 이렇게 끝났지."

[염장을 질러라, 이 가스나야.]

"으히, 우리 아저씨는 안아 주는 게 대박이란 말야. 진짜 쏙 들어가게 꼭 안아 줘."

[변녀야.]

"아, 그리고 완전 키스가 버라이어티해. 냐하하하하하."

[밝힘증.]

"진짜란 말야! 뭐……. 그러다가 어제 침대까지 갈 뻔하긴 했지만."

[아아아아악! 차라리 그 미술관 남을 나한테 넘겨!]

그러게 나도 그랬으면 좋겠다. 다시 만난다면 예은이의 연락처를 알려 줘야지. 잘해 봐요, 하면서. 그건 좀 잔인하려나.

[결국은 그거네. 그 미술관 남 덕분에 너랑 니 남편 사이는 더 좋아졌다야.]

"응. 그러니까 빨리 끊어. 나 우리 아저씨한테 전화해야 해."

[그럼 됐네. 최서희. 남들이 뭐라고 하던 간에 그 정신 가지고 니 남편한테 올인해라.]

"당연한 말씀을."

예은이는 한바탕 니가 싱글의 마음을 아냐고 퍼부은 뒤 전화를 끊었다. 쳇쳇. 망할 기집애. 난 뚱하니 전화기를 노려보다가 얼른 다른 번호를 꾹꾹 눌렀다. 너 아니라도 내 투정 받아줄 사람은 따로 있다, 뭐.

[응.]

"아저씨이~"

[밥 먹었어?]

"응응. 먹었어요. 아저씨는?"

[먹었어.]

나는 따뜻한 색채로 물든 거실을 둘러본다. 주황빛 글라디올러스와 어젯밤 아저씨가 나를 위해 사온 키위장미. 그리고 저번 주 수요일에 아저씨랑 나랑 센트럴파크를 산책하다가 찍은 사진, 내가 뉴욕 거리를 쏘다니다가 아저씨를 위해 사온 책들, 우리가 오늘 아침까지 같이 맞추던 천 피스 퍼즐까지, 새로 만들어낸 추억들이 가득하다.

"아저씨 보고 싶다."

[나도 보고 싶어.]

"오늘 저녁은 집에 와서 먹기."

[응.]

"그리고서 나랑 책 같이 보고 퍼즐마저 맞추기."

[그 전에 키스 먼저.]

"어우 밝히시기는. 그건 아저씨가 얼마나 일찍 들어오느냐에 따라 다르거든요!"

[나는 분명히 내 맘대로 하겠다고 했어.]

"들어오면서 여자들한테 눈길 주지 말고 들어오기나 해요!"

[너도 나갈 때 짧은 거 입고 다니지 마.]

응응. 그럴게요.

서로 보고 싶어 한숨 쉬면서 억지로 전화를 끊는다.

아마 그 미술관 남은 모르겠지만, 그는 나한테 아주 좋은 선물을 주었다.

나는 지금 행복하다.

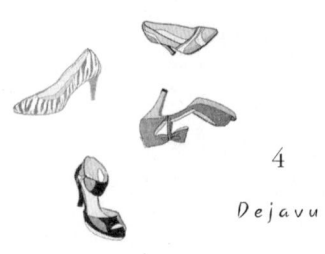

4

Dejavu

아저씨가 회사 정문을 나와서 길 앞에 세워진 리무진에 타는 것을 나는 정문 쪽 화단 옆에 서서 물끄러미 지켜보고 있었다. 처거 어디서 많이 본 장면인 것 같다고 생각하면서. 어디서 봤더라? 아저씨가 차를 타다 말고 멈칫거리고, 뒤를 돌아본다. 멋지게 피팅된 정장 차림으로 천천히, 정확하게 날 돌아본다. 나는 그가 할 말을 알고 있다.

"고양이 흉내 내는 건 여전하군."

흥. 별 말씀을. 제가 좀 고양이같이 귀엽고 예쁘게 생기긴 했죠. 그러니까 얼른 좀 받아주면 어디가 덧나요? 그렇지만 나는 내숭쟁이라서 아무것도 모르는 척, 눈살만 확 찌푸린다.

"그건 또 무슨 소리예요?"

"뒤에서 아무 말 없이 사람 지켜보고 있는 거, 그거 아주 고약한 버릇이야."

어쩜 외국인 입에서 저런 한국말이 나올 수 있는 걸까. 나는 아직도 면역이 안 돼서 신기해하다가도 그의 비서와 수행원들이 쿡쿡거리며 웃는 것을 보고 얼른 표정을 바꿨다.

"누가 댁을 지켜보고 있었다고 그래요? 착각도 자유셔!"

흥이닷!

"아하, 그래? 그러면 왜 우리 회사 앞에서 진을 치고 있지?"

"갑자기 저한테 관심이 생기셨어요? 그런 세 왜 궁금하신데요?"

"무슨 일을 터트릴지 모르는 기자가 가까이 있는 건 불편해서."

이 남자 상당히 쪼잔하네. 분명히 저번 대사관 가든파티 때 일을 아직도 마음에 두고 있는 게 틀림없어. 뭐, 내가 일부러 그런 것도 아닌데 말이지.

"제가 사장님 사무실에 딱 붙어 있는 것도 아닌데 뭐가 불편하신데요? 저도 엄연히 약속 있어서 여기 있는 것일 뿐이거든요!"

그는 피식 웃으면서 팔짱을 끼었다.

"누구랑?"

"그건 알아서 뭐하시려고요?"

"아가씨도 나한테 별거 다 물어보는 이 마당에 나라고 못 물어볼 건 없지 않나?"

"사장님 직업은 기자가 아닌 걸로 알고 있는데요."

사실은 당신 보러 온 거라고 죽어도 말 못 해!

"절대 대답 안 하시겠다?"

"안 할 건데요."

아, 정말. 나 왜 이러니. 이렇게 뗵뗵거리면 안 되는데. 정말 안 되는데. 그런데 내 자존심에 이 남자를 짝사랑하는 걸 티내고 다니는 건 절대 용납 못 할 짓이다. 그래! 나 소심하고 자존심밖에 없는 A형이다, 어쩔래! 그래서 짝사랑하는 것도 자존심 상해 죽겠다, 어쩔래! 그래도 좀 발전적으로 낚겠다고 설치는데 이 남자가 너무너무 잘나고 나는 아주아주 꿀려서 이제 슬슬 지쳐가는 중이다, 어쩔래!

"말해 주면 저녁 사 주려고 했는데."

어느새 코앞까지 온 남자는 그렇게 얘기하고 웃었다.

"나랑 약속한 사람이 저녁 같이 먹자고 했을지 안 했을지 어떻게 알아서 그런 말을 해요?"

"분명히 먹자고 했을걸? 그러니까 아가씨가 그렇게 예쁘게 차려 입고 나왔지."

하긴 이 옷 고르느라 세 시간 내리 옷장을 뒤진 뒤 결국 인턴 월급에 슬퍼하며 백화점으로 나가 하나를 질렀다. 효과는 있구만.

"근데 왜 사장님이 같이 먹자고 하시는 건데요?"

"약속한 사람이 나 아닌가?"

이이이이이이이이이이익! 눈치 빠르기는! 아오, 능글맞어! 재수 없어! 그런데 심장은 뛰어! 그것도 콩닥콩닥! 다 들릴까 봐 겁나 죽겠네! 이걸 어쩜 좋아! 꺄아아악!

……라는 마음 속 난리부르스는 절대로 표출하지 말기로 하자. 팔짱을 끼고 내 눈앞까지 비스듬히 몸을 기울인 그의 청회색 눈이 장난기로 반짝거렸다. 이 남자도 나한테 관심이 있긴 하구나. 다 알아, 이 아저씨야. 내가 아주 이뻐 죽겠지? 그렇지? 나는 눈알을 또

로록 굴렸다.

"생각해 보니까 그런 것 같네요."

"진즉에 그럴 것이지."

"밥은 사장님이 사는 거예요."

"어째서?"

"그러면 이제 대학 졸업하는 가난한 인턴의 돈을 뜯겠다는 거예요? 심술쟁이!"

"내가 사 먹이는 밥만 해도 집 한 채 값은 나오겠군."

오호호호. 집 한 채뿐이겠어요? 아마 빌딩 대여섯 채는 사고도 남을 만큼 앞으로 많이많이 사 주셔야 될 겁니다. 나는 새침하게 그를 따라 리무진에 올랐다.

맞아. 그랬다. 그랬었다. 나는 그 익숙한 장면에 미소 지으며, 세상에다 냅다 자랑질 해대고 싶을 정도로 너무너무 잘난 우리 아저씨가 돌아보기를 기다렸다. 우리 아저씨가 말하길, 자기한테는 안테나가 달려 있어서 내가 어디에서 지켜보고 있는지 다 알 수 있다나. 아마 그 안테나는 내가 아저씨를 아주 귀찮게 따라다닐 때부터 생겼을 거다.

하긴 내가 엄청나게 귀찮게 하기는 한 것 같다. 퇴근 시간이 언제인지도 모르고 그 워커홀릭을 회사 앞에서 기다리고 있기는 기본이요, 핫라인 넘버를 별짓을 다 해서 따낸 뒤 계속 문자 날리고 뻑하면 전화 걸고, 밥 사달라고 조르기까지 한 건 기억이 난다. 그때 아저씨, 진짜 귀찮아했더랬다.

지금의 아저씨는 절대 귀찮아하지 않고 날 돌아보며 거짓말같이 웃는다. 저거 저대로 찍어다가 에스콰이어지에 넘기면 그대로 다음 달 표지 낙찰일 거다. 저렇게 멋있게 웃는 사람이 어디 있어. 우리 아저씨가 제일 잘생기고 멋있어.

"거기서 뭐해?"

"야옹야옹. 고양이 흉내 내요."

"고양이 흉내?"

의문 섞인 표정으로 날 바라보던 아저씨의 표정이 다시 심각하게 바뀌었다. 놀란 표정이다.

"설마…… 기억났어?"

"쪼끔만. 아저씨가 날더러 고양이라고 구박하던 것만. 아저씨 나 빴어. 인기쟁이라고 나는 거들떠보지도 않고……."

나는 뚱하게 아저씨를 보면서 투덜거렸다. 그러고 보니 무지 억울해. 내가 짝사랑한 거잖아! 원래 아저씨가 날 먼저 좋아해야 하는 거 아냐? 억울해!

"내가 언제 구박했다고?"

"만날 면박 줬잖아요. 귀찮게 따라다닌다고 째려보고. 씨. 내가 아저씨를 얼마나 좋아했는데."

그 가슴 터지게 설레던 감정까지 고스란히 기억나 버렸다. 그것 만 기억나 버렸다. 나는 툴툴대며 괜시리 내 핑크색 끈으로 묶는 메리제인을 내려다보았다.

"좋아해서 맨날 쫓아다니고 그랬는데. 회사 앞에서 기다리고 그 랬는데……."

날 쳐다보던 그 청회색 눈이 어쩌다가 웃기라도 하면 너무너무 신났는데.

"근데 내 맘도 몰라 주고. 우씨, 아저씨 나빠!"

그러고서 고개를 홱 쳐든 나는 그대로 얼어붙고 말았다.

"그래서 내가 아가씨한테는 매일 져 주잖아."

아저씨의 눈에는 눈물이 고여 있었다. 아저씨는 웃고 있는데도, 눈에는 눈물이 고여 있었다.

"아저씨……."

"고마워."

내가 황급히 내미는 손을 잡은 아저씨는 대로변에서 날 끌어안았다. 키가 작아서 아저씨 가슴께까지밖에 미치지 못하는 내게 고개를 숙인 아저씨는 몇 번이고 고맙다고 했다.

"기억해내서 고마워."

노력한 것도 아닌걸. 별 말씀을.

"나 혼자만 기억하지 않게 해서 고마워."

혼자 하는 기억이란 걸 해 보지 않아서 잘 모르겠지만, 그건—아저씨 말로는—아주 괴롭고 힘들다고 한다. 사람과 사람이 같이 살면서 추억을 만들고, 그 추억을 공유하는 기쁨이 함께 사는 원동력이 될 수 있는 건데 아저씨는 혼자 기억하고, 혼자 추억하고, 혼자 되새긴다. 이래서 기억상실이란 건 무서운 거다. 나는 아무런 감정도 없고, 그 순간을 기억하지 못해서 어떤 기분인지도 모르는데 그 웃음과 눈물을 기억하는 다른 사람이 있다니. 그건 좀 잔인한 것 같다.

윽, 잔인하다니까 그 미술관 남이 떠오르는 걸. 그 사건 이후로 나는 그렇게 가고 싶은 메트로폴리탄도 가지 못하고 있다. 다시 만났다가 무슨 사고가 날까 무섭다. 잠깐이었지만 그 사람, 상처 많이 받은 것 같았는데 그런 사람일수록 사고 칠 확률이 더 높아진단 말이야. 그 사람은 내가 자기를 차 버리기 위해서 기억을 잃은 척한다고 생각하겠지.

어쨌든 지금 그런 건 중요한 게 아니야. 그런 건 나중에 고민해도 돼. 난 고개를 젓고서 빡빡한 영자신문을 노려보았다. 어려운 소재이지만 무슨 소리인지는 알 수 있었다. 하지만 여전히 이런 문장을 내가 어떻게 만들어냈는지는 알 수가 없다. 그렇다. 나는 지금 내가 예전에 썼던 칼럼들을 찬찬히 읽고 있는 중이다. 잃어버린 기억과는 상관없이 아저씨의 말로는 내가 가장 좋아하고 잘하던 일이라고 했으니까 계속 읽고 공부하다 보면 앞으로 진로를 결정할 수 있지 않을까? 어쨌든 대외적으로 나는 스물일곱이잖아.

"서희."

지금 할 수 있는 거라곤 이것밖에 없다. 집중해야 한다. 내 꿈은 가정주부가 아닌지라 어쨌든 지금 공부해야 하니까. 대학을 간 기억도 없으니까 이거라도 해야 할 거 아닌가.

"서희."

미국의 정치, 교육, 법 제도를 잘 몰라서 엄청나게 어렵긴 하지만 재미있다. 하기 싫은 공부를 할 때는 잘 몰랐지만, 새로운 것을 배운다는 것은 즐거운 일이다. 내가 쓴 칼럼뿐만 아니라 가정주부들이나 법조인들을 대상으로 한 칼럼도 재미있다. 아, 이건 오려서 스크랩해놔야지.

그러나 나는 가위를 집어들 수가 없었다. 가위가 어디 있는지는 알았지만 손을 뻗을 수가 없었다. 커다란 손이 내 어깨를 감싸고, 약간은 화가 난 혀가 빠르게 내 입술을 핥아 내리기 시작했기 때문이다. 난 화들짝 놀라서 몸을 뒤로 젖혔지만 날 붙잡은 손은 내가 도망가는 것마저 완벽하게 차단했다. 거부하면 거부할수록 날 밀어붙이는 입술은 거칠어졌다. 그제야 나는 이 손길이 아저씨라는 것을 알았다. 난 영문도 모른 채 그의 키스에 반응하며 손을 들어 그의 얼굴을 감쌌다. 아저씨, 왜 그래요?

"이제야 알아봐?"

"응?"

"뭘 하길래 이름을 불러도 못 들어?"

"불렀어요?"

"여러 번."

"미안. 이게 너무 재미있어서."

"재미있어?"

아저씨는 내 말꼬리를 잡으며 날 안아 올렸다. 내 눈높이가 그의 눈높이보다 더 올라갔다.

"공부하는 것도 좋지만 나한테도 신경 좀 써 주지. 애정결핍 되면 내가 어떻게 나올지 나도 모르는데."

"우와, 그거 협박?"

"나 좀 봐달라고 애원하는 거잖아."

"으아, 부끄러!"

얼굴이 빨개지고 심장이 두근거려서 양손으로 뺨을 감싸 쥐자 아저씨는 웃으면서 내 허리를 당겼다. 가끔 나는 당황스러워서 도망가지만, 아저씨는 도망가는 것도 막아버릴 때가 있다. 지금이 그런때. 조금만 더 가면 나도 내가 어떻게 행동할지 몰라 무서울 정도로 떨리는 입술은 타액으로 흠뻑 젖고, 정수리에 벼락이 꽂힌 듯 찌릿한 감각이 몸을 강타했다. 숨이 차오르고 삽시간에 신경이 뜨겁게 달아올랐다.

"아저씨……."

끊어질 것 같은 목소리로 그를 부르면, 그는 대답대신 한 입에 날 집어삼키고 음미해 버린다. 맞닿아오는 그의 후끈한 체온과 넓고 탄탄한 몸에 갇혀서 정신을 놓아 버릴 것만 같다. 아니, 그러고 싶은 충동이 이성을 부숴 버린다. 어떻게 되어 버리든 좋아. 이걸로는 부족해. 제발, 아저씨!

"여기까지."

그의 입술이 닿았던 목이 아직도 화끈거리는데 아저씨는 냉정하게 일어났다. 왜? 갑자기 호르몬이 솟구치는지 눈물이 나려고 했다. 아저씨의 손길이 사라진 몸은 허전하고 싸늘하기 그지없다. 저절로 울상이 된 내 눈가에 그의 손가락이 닿았다. 무언가를 억지로 내리누르듯 무겁게 한숨을 쉰 아저씨는 날 타일렀다.

"여기서 네가 먼저 도망가야지. 네 몸은 네가 먼저 챙겨야 하는거 몰라?"

그렇지만 아저씨와 더 이상 서먹서먹한 거 싫어.

"더 가면 내가 도저히 참을 수가 없어. 네가 울고불고 난리를 쳐도 내가 짐승이 될 거라고. 그렇게 돼도 좋아?"

"그건 싫지만……."

"너 큰일 나. 내가 자제력이 여기까지밖에 안 돼서 미안한데, 서희. 오늘은 여기까지. 다음에 더 하자. 점점 익숙해지는 거야."

아저씨는 이를 악물고 나를 놔주었다. 나를 잡았던 그의 손도 덜덜 떨렸다. 난 고개를 끄덕이며 웃어 보였다. 여기서는 물러나는 것이 마땅하다.

"응. 고마워요. 뭐 먹을래요?"

"아무거나."

제대로 대답을 할 여유가 못 되는 아저씨는 손을 내저었고 난 혀를 쏙 내밀며 저녁을 하러 갔다. 할 줄 아는 거야 지금은 밑반찬이나 꺼내고 밥이나 앉히는 것뿐이지만 그거라도 해드려야지. 우리 아저씨가 저렇게 노력하는데. 그나저나 나는 언제 '어른의 선'을 넘게 될까?

"무슨 생각해?"

"궁금해요?"

밥을 먹은 뒤 따뜻한 국화차가 든 머그컵을 건네며 아저씨는 고개를 끄덕였다. 그렇지만 나는 말 돌리기의 선수다. 둘러댈 말을 생각해낼 시간을 버는데도 선수고.

"그럼 알아맞혀 봐요."

"말하기 싫은 거군."

역시 아저씨는 내 머리 꼭대기에 있었다. 흥.

"치잇."

"벌이야. 나랑 여기 같이 가."

내 앞에 연보라색 카드가 툭 떨어졌다. 나한테는 커피를 입도 대지 못하게 하면서 자기는 당당하게 에스프레소를 마시는 아저씨는 들춰 보라는 눈짓을 했다. 뭐야, 이건. 단순하고 심플한 글씨다.

골드크레딧 창립 20주년 기념파티.

메트로폴리탄 미술관.

메트로폴리타아안?

"아저씨."

"안 돼."

"그치만."

"안 돼."

"내가 무슨 실수라도 하면……."

"그래도 안 돼."

"독재자!"

내가 쏘아붙이자 아저씨는 성큼성큼 다가와서 바로 내 턱을 잡아챘다.

"다시 한 번 말해 보시지?"

"잘못했다고요."

잘못했다는데 왜 또 키스를 하는 건데?

부어터진 얼굴을 하자 아저씨는 내 볼을 툭툭 두드렸다.

"그냥 내 옆에만 붙어 있어."

"말이 그렇지 그게 쉽냐고요."

"스텔라가 도와줄 거야."

나는 뚱한 얼굴로 식탁 위에 엎드렸다. 확실히 사업가의 아내 역할이란 게 쉬운 건 아니구나. 이런데도 얼굴을 들이밀어야 하고 말이지. 그렇지만 내가 지금 아무것도 모르는 채 가서 실수라도 했다간 당장 아저씨 사업에 영향을 미칠 텐데, 이렇게 가도 되려나.

"나 이런 데 많이 갔었어요?"

"갔지."

"가서 뭐 했는데요?"

그 질문에서 아저씨는 말이 막혔다. 사람이 살면서 늘 행복하고 기쁜 일만 있는 것이 아니듯, 아저씨와 내가 지금은 사이가 좋더라도 절대 잊지 말아야 할 것은 내가 기억을 잃기 전 우리의 결혼 생활이란 건 도장 찍기 일보 직전이었다는 거다. 물론 내가 기억을 깨끗하게 포맷해서 도장을 찍진 않았지만, 그건 우리 사이에서 분명하게 해결해야 될 일이다.

"잘…… 모르겠네."

"나 쳐다본 적도 없었어요?"

"그냥……. 벽에 기대서 있던데."

보긴 봤지만 와서 말을 걸지는 않았다는 거군. 하여간 남들이 얘기 들으면 혀 끌끌 찰 만큼 막장 결혼 생활이라니까.

"파티 내내?"

"그러다가 너 먼저 갔어."

"아저씨는?"

"일하러."

나는 아무 말 없이 아저씨를 꼬집어 뜯었다. 혼나야 돼, 혼나야 돼. 물론 내 잘못도 있지만 점점 아저씨 잘못도 만만치 않게 크다는 것이 여실히 드러나잖아. 그나저나 정말 미스터리다. 우린 분명히 연애까지는 예쁘게 한 것 같은데 왜 결혼하고 나서는 무미건조하고 심심하다 못해 극도로 따분한 무말랭이 같은 사이가 됐을까? 무슨 성형 비포 앤 애프터도 아니고, 결혼 비포 앤 애프터가 이렇게 명확하게 차이가 나다니 사기 결혼 같잖아.

"여기 가서 나한테 성의 없이 굴고 나 혼자 집에 가게 하면……"

"하면?"

나는 아저씨를 무섭게 째려보았다.

"갔다 와서 보는 건 나 없는 집일 줄 알아요."

"절대 안 그럴게."

전적이 있는 사람의 말을 믿어서는 안 되는 것이지만 우리 남편이니까 봐줬다. 흥. 그나저나 파티에는 뭘 입고 간다냐. 나는 척 보기에도 돈 바른 티가 나는 초대장을 만지작거렸다.

"이거 아저씨가 주최자인 거죠?"

"우리 회사가 주최자인 거지."

"아이, 말 돌리지 말고."

"맞아."

"아우, 어뜩하냐. 그럼 나는 주최자 부인이네. 큰일났당."

다이앤 폰 퍼스텐버그? 오스카 드 라 렌타? 입생로랑? 베르사체? 다 노티 나는 드레스일 뿐이잖아! 하늘하늘한 시폰 따위 나 같은 짜리몽땅에게 어울리지 않는다구! 구두는? 클러치는? 보석은? 머리는?

아으, 내 머리 터지네!

"하나 새로 사든지."

"그럼 일주일 내내 피프스애비뉴를 뒤지고도 건진 게 없을걸요."

"전에는 그냥 대충 사던데."

"그 끔찍한 샤넬 드레스를 말하는 거라면 나한테 혼날 줄 알아
요. 정말 그건 성의 없는 거라고요! 진짜 대충 샀더라. 안 돼, 안
돼. 뭔가 예쁜 걸 사야 되는데. 우웅~"

아저씨는 킥킥 웃으면서 자리를 떴다.

"난 빼 줘."

나빴어. 쳇.

결국 나는 아저씨 옷까지 산다는 미명하에 아저씨를 회사에서 강
제로 납치, 피프스애비뉴로 직행하는 만행을 저질렀다. 공범에는 끝
없는 브레인스토밍과 사장의 레이저 눈빛, 그리고 기획의 압박에 지
친 골드크레딧 직원들이 있다. 우훗.

아저씨 것은 프라다로 가자. 요즘 프라다 정장 괜찮더라~

"미리 내 걸 사면 어쩌려고?"

"내 참, 언제 아저씨 거 사 준댔나? 그냥 좀 보자는 거지."

"안 돼. 그냥 여기서 다 사."

흥. 누가 쇼핑 싫어하는 남자 아니랄까 봐. 그래 놓고서는 딱딱
불러 내리는 옷들 보면 역시 이 남자 감각 있구나, 싶다. 에르메네
질도 제냐, 디올, 버버리프로섬, 휴고보스까지. 딱 브랜드 다섯 개
돌고서 정장과 휴가 때 입고 갈 옷, 그리고 레인코트까지 마련한다.
내 드레스도 아저씨한테 골라달라고 해야겠다.

"그래도 돼?"

"왜요? 뭐 어때서. 아저씨 고르는 거 보니까 괜찮게 잘 사는구만."

"네 옷 골라준 적이라곤…… 연애할 때밖에 없는데."

"에, 그럼 결혼하고 나서는?"

"별로. 같이 나간 적이 없군."

분명히 뻔하다. 바쁘다는 말로 내 입을 막았겠지. 나는 별로 내 옷을 몽땅 고르라고 했다. 우히히히. 벌이야 벌. 아저씨는 뭐 씹은 표정으로 소파에 턱하니 앉아 이거 저거 손가락으로 틱틱 찍고만 앉아 있다.

"저거 입다가 날더러 치마 밟고 넘어지라고?"

"그럼 굳이 이걸 입겠다는 건 뭔데? 너무 짧아!"

"내 다리가 김연아 다리인 줄 알아요? 키가 작으니까 옷으로 보완을 해야죠!"

"작아도 되니까 그냥 저거 입어!"

"그랬다간 메트로폴리탄을 내가 다 청소하고 다닐 거라고요."

저건 너무 파였다, 저건 너무 짧다, 저건 너무 드러난다, 하여간 대한민국 남자들 저리 가라 할 정도로 보수적이라니까. 드라마에서 배우들이 입고 나오는 의상조차 우리나라보다 더 대담한 나라에서 태어나신 분이 왜 이러신데?

"남들이 보여주든 말든 그건 그쪽 사정이고. 너는 그러면 안 돼."

"어머, 이게 뭐 어때서? 이 정도면 아주 양호한 수준이라고요."

"이게 왜 양호한 수준인 건데? 이건 위험한 수준이야. 알아?"

"이것보다 짧은 반바지도 있는데, 뭐가 어때서."

"그거 집 밖에서 입고 다니기만 해 봐."

내 말을 가차 없이 끊은 아저씨를 괜히 끌고 왔구나 싶다. 차라리 내 맘대로 딱 지르고서 파티 당일날 보여주는 건데. 그럼 빼도 박도 못하잖아. 아, 차라리 그럴까? 그러나 내 머리 꼭대기에 있는 아저씨는 내가 다른 생각하는 것도 금방 눈치채고 경고를 날린다.

"꿈도 꾸지 마. 그랬다간 바로 집으로 돌려보낼 거야."

쳇. 나는 연누색 미니드레스를 쥐고 투덜기렸다. 난 그래도 이게 나은 것 같은데. 이거에다가 저번에 홧김에 산 마놀로 블라닉을 신으면 진짜 예술일 것 같은데.

"안 돼."

"이래두?"

불쌍한 표정을 짓고 아저씨를 쳐다보자 갈등이 되는지 아저씨는 내 눈을 피했다. 오호, 피했어.

"길이는 그렇다고 쳐. 민소매도 아니고 탑이잖아."

"숄 두르면 되잖아요."

"정말……."

"나 진짜 예쁘게 하고 싶단 말이에요. 응? 아저씨가 사람들한테 자랑하고 싶게끔. 안 돼요?"

머리를 쓸어 넘긴 아저씨는 골난 표정으로 날 쳐다봤다.

"지금도 충분히 자랑하고 싶어."

"아저씨이."

누가 이기냐고? 그야 당연히 내가 이기지. 아저씨는 결국 나에게 파티 내내 걸치고 있겠다는 약속을 받아내고서 보라색의 얇고 긴 숄까지 사줬다. 그럼 그럼. 내가 아저씨를 꽉 잡았다니까. 아저씨는 당연한 듯이 티파니도 가고, 마놀로 블라닉도 한 번 더 가고, 가는 김에 케이트 스페이드까지 가자고 했지만 보석은 있는 거 하면 되고, 구두도 있는 거 신고, 클러치도 저번에 산 걸 들면 된다고 해서 겨우겨우 아저씨를 뜯어말려 집으로 돌아왔다.

"그냥 이번에 사 준다고 할 때 사지?"

"이 아저씨 좀 봐! 아껴야 살죠."

하여튼 은행 운영하는 사람이 경제관념은 완전 꽝이라니까! 아저씨는 여전히 아쉬워했지만 나는 별로. 그나저나 메트로라……. 나는 보석함을 뒤적거리다가 한숨을 쉬었다.

설마 그 미술관 남, 거기서 숙식을 해결하는 건 아니겠지?

"그건 그렇고 어떻게 메트로를 빌려요?"

"난 능력 있거든."

"아, 그래요. 아저씨는 재벌 2세였지."

"재벌 2세 아니야."

올라, 골드크레딧은 아저씨의 아버지가 세운 회사 아니었나? 나는 아저씨를 돌아보았다.

저저저 건방진 삐뚜름한 미소하고는.

"난 재벌이야."

아, 예. 그러시겠죠.

자칭 재벌이라는 남편을 데리고 사는 나는야 참 속도 좋은 착한 사모님이다. 메트로폴리탄 미술관을 당당하게 빌려서 페이지식스에 아주 커다랗게 기사가 난, 이른바 '모든 파티섹션과 홍보회사들의 초특급 VIP' 께서는 지금 기분이 하늘을 뚫다 못해 우주로 날아가고 계시다. 남들이야 아저씨의 표정을 잘 구별하지 못하겠지만 나는 알 수 있다. 우리 아저씨 지금 입이 찢어졌다.

아저씨가 기분 좋을 때는 눈가에 따뜻한 빛이 감돈다. 그리고 입이 느슨해지고, 나한테 틱틱 던지는 농담들의 강도가 여러 가지 면에서 세진다. 나를 잠시 세워두고 아저씨가 골드만삭스와 시티은행의 라이벌들과 이빨을 까러 간 사이 나는 아저씨의 말단 비서 중 한 사람이자 나를 많이 담당했었다는 스텔라와 노닥거리고 있었다.

「사모님, 오늘 아주 젊어 보이시는데요. 틴에이지 팝스타 같아요.」

만 나이로 따지자면 나도 10대라우.

「고마워요. 스텔라도 오늘 아주 예뻐요.」

「근데, 오늘은 어쩐 일로 이렇게 오신 거예요?」

갈색 머리카락에 푸른 눈이 지적으로 보이는 이 침착한 언니는 나에게 소곤소곤 물어왔다. 그녀의 눈에는 걱정이 가득했다. 이쪽도 우리의 파란만장한 결혼 생활을 잘 알고 있었던 사람이었나 보네?

「크리스가 오라고 옷 사 주던데요.」

「……괜찮으세요?」

순간 내 머리를 영악하게 스치고 간 생각은, 바로 이 언니를 잘 구슬려 보면 우리의 옛날 일을 좀 알 수 있지 않을까, 였다. 물론 이 언니야 내가 기억상실이라는 것을 잘 알고 있지만, 우리가 서로에게 더 가까워졌는지에 대한 가능성에는 회의론자임에 틀림없으니까.

「뭐, 글쎄요.」

「사모님, 안 되겠다 싶으면 그냥 한국으로 가세요.」

「그럼 스텔라가 고달파질 텐데?」

내 말에 스텔라는 난감한 기색으로 얼른 입을 다물고 내 눈치를 살폈다. 그래, 당신도 안다 이거지. 내가 없어지면 우리 아저씨가 얼마나 폭주할지…… 아주, 무척이나, 엄청나게 궁금해지는걸.

「사, 사모님. 왜 갑자기 그렇게 웃으세요?」

「아아, 갑자기 재미있는 것이 생각이 나서.」

나는 피식피식 웃으며 주위를 휙 둘러보았다.

이봐요들. 댁들이 하는 얘기 다 들리거든요? 거기 아줌마. 옛날부터 우리 아저씨한테 관심 있으셨다고? 꿈 깨시지. 인형 같은 그 아저씨 부인, 지금 아주 기가 살아나서 시퍼렇게 눈 똑바로 뜨고 내남자 지키고 있는 중이거든. 옛날에 하듯이 얌전히 앉아서 나는 아무것도 몰라요, 저 남자는 나랑 상관없는 사람이에요, 하고 어두운 표정으로 있지 않는다고 놀라는 사람들은 계속 수군수군 떠들어대는 중이다. 참 다들 할 일도 없으시지.

그 와중에 내 남자 노리는 정신 나간 여자들이 아주 많아서 나는 좀 뿌듯하기도 하고 기분 나쁘기도 하다. 뿌듯한 건 당연히 우리 아저씨가 엄청 잘났다는 점에서 뿌듯한 거고, 기분 나쁜 건 당연히 내가 호구로 보인다는 것에서 기분이 나쁜 거지. 흥. 지금 나랑 해 보자는 거야? 그런 거야? 이봐요, 다들 정계 재계 연예계에서 한 가닥

씩 하시는 분들이 남의 결혼 생활에 그런 흥미를 가지시면 못써요. 우리 아저씨는 아주아주 날 예뻐한다고요.

당연하지! 서른다섯 살 노땅이 스무 살 파릇파릇한 꽃띠 처녀한테 좋다고 스토킹을 빙자한 애정공세를 당하는데 예뻐하지 않을 리가 있나. 그런 거 보면 우리 아저씨 팔자도 참 상팔자야. 나는 내가 턱하니 아저씨 팔짱을 끼고 등장했을 때부터 수군거리고 있는 배불뚝이 아저씨들과 송곳같이 마른 아줌마들 때문에 난 화를 다시 돌아오는 아저씨한테 화풀이했다.

그래, 나 심술 맞다. 어쩔래.

"아저씨 미워."

"또 뭐가?"

이제는 놀라지도 않는다 이거지?

"나 심심하단 말이야."

"참으면 이따가 센트럴파크 가서 회전목마 태워 줄게."

참나.

"내가 애야?"

"어이구, 그럼 스무 살이 애지 어른입니까?"

"우씨. 아저씨랑 안 놀아."

내가 볼이 빵빵하게 부풀리자 아저씨는 내 볼을 잡아 흔들며 웃었다. 저 놀람으로 벌어지는 눈들을 보시라. 암. 내가 이 맛에 아저씨한테 애교를 떤단 말이지.

"아저씨한테는 이것도 일이죠?"

"일이지."

"흐음. 내가 연장 근무할 때는 가만 안 둘 거라고 했던 것 같은데."

"그래서 미리 뇌물 상납했잖아. 지금 아가씨가 입은 거 누가 사 줬지?"

"우와, 나 지금 낚인 거죠?"

"낚인 거지."

나는 킥킥 웃으면서 아저씨 쪽으로 몸을 기울였다. 아저씨도 내 이마에 입술 쪽. 아아, 너무 재미있다.

"서희."

"응?"

나는 눈망울 초롱초롱하게 뜨며 왜 그러시와요, 서방님? 하고 묻듯 올려보았다.

"마녀 같아."

난 바로 그를 노려보았다. 그럼 아저씨가 공주랑 결혼한 줄 아셨습니까? 나는 섹시한 마녀지 청순한 공주는 아니라구. 그러나 나는 고따위 말을 했다는 벌로 개구리로 만들기 전에 가 버리라고 으름장을 놨고, 아저씨는 다시 고관대작—그러니까 저 펜타곤이나 워싱턴에서 일하시는—님들을 상대하러 갔다.

하웅. 심심해라. 아저씨 몰래 마시는 칵테일도 이젠 심심하고, 음식도 심심하고. 이걸 어쩐다. 그때, 스텔라가 내 등을 급하게 찔렀다.

「응?」

「두 시 방향에 위더릭 상원의원과 그 자제분이요.」

「이쪽으로 와?」

「정확하게 사모님을 보시는데요. 위더릭 상원의원은 삼선째이고
요, 그 아들 브라이언은 뉴욕 파슨즈 스쿨에 다니면서 디자인과 미
술사를 공부하고 있습니다.」

그거 참 어디서 많이 들은 이름 같다만.

「오랜만에 뵙는군요, 벡스터 부인.」

「오랜만이에요, 상원의원님. 위더릭 씨도 반가워요.」

당황했다. 당황했으니 눈이 보이지 않을 만큼 웃으면서 인사를
건네도록 하자. 나에게 이곳에서 기습키스를 하고서 제멋대로 채이
신 장본인은, 지금 내 앞에서 말로 형용할 수 없는 표정을 하고서
날 쳐다보고 있었다. 제발 부탁이니 여기서 사고치지 말아 주길 바
라.

「더 젊어 보이십니다.」

「오호호호, 요즘 그런 말 많이 들어요. 한 일곱 살은 더 젊어 보
인다나.」

그렇게 말하는데 아저씨와 눈이 마주쳤다. 어라, 계속 여길 보고
있잖아? 왠지 찔리는걸.

「상원의원님도 더 건강해 보이시는데요?」

「예, 이번에 수술이 잘 되었습니다.」

「다행이네요. 축하드려요.」

「여기 우리 아들이 부군이 여시는 파티에 꼭 가고 싶다고 떼를
쓰지 뭡니까.」

「어머, 당연히 환영이죠.」

「영광입니다, 부인.」

이런 공기는 어지럽다. 아저씨는 분명히 이 남자, 어쩌면 나에게 도 적의를 보이고 있다. 아저씨가 성큼성큼 다가온다. 나는 아저씨를 쳐다본다. 아저씨가 나를 낚아채서 뒤로 숨겼다.

「오랜만이군, 위더릭 군.」

「역시 오랜만입니다, 벡스터 씨.」

뭐지, 이 수상한 분위기는? 턱이 딱딱하게 굳은 아저씨는 거의 냉소를 짓고 있었고, 브라이언 역시 만만치 않았다.

「다치셨다던데, 부인은 괜찮으신지요.」

「보다시피, 아주 멀쩡하지.」

멀쩡하긴 무슨. 기억까지 잃었고만.

「그래도 걱정이 되시나 봅니다. 그렇게 소중히 뒤로 숨기기까지 하시고.」

「소중한 건 원래 잘 보여주지 않는 거라네. 특히 노리는 이의 눈 앞에서는 더 잘 감춰야지.」

그 말에 나는 히죽 웃었다. 아이, 아저씨도 참.

「그거 참 무서운 말씀이시군요.」

브라이언의 맞받아치는 말에 아저씨는 싸늘하게 웃었다. 그리고 서 나를 뒤로 더 끌어당겼다. 이제는 아저씨의 딱딱한 어깨밖에 보이지 않는다.

「이 사람 관련해서는 무서워질 수밖에 없는지라. 그건 자네도 마찬가지 아닌가?」

내 앞에서는 소년같이 울고 웃던 두 남자가 보는 사람마저 등골이 오싹해질 만큼 살벌하게 서로를 노려보고 있었다. 전의에 불타는 눈으로 노련한 사업가를 노려보는 어린 청년과, 새파랗게 날 선 눈으로 냉정하게 열정 가득한 청년을 내려다보는 삼십대의 경험 많은 남자. 그리고 그 뒤에서 그 광경을 눈만 커다랗게 뜨고 보고 있는 체구 작은 여자. 그 여자가 다름 아닌 이 모든 기싸움의 원인이란 건 손발이 오그라드는 미니시리즈와 욕하면서도 보는 막장 일일드라마에 단련된 대한민국 여자라면 첫눈에 알아차릴 거다. 그렇지만 불행히도 이곳은 뉴욕이고, 따라서 한국의 그 재미있는 드라마는 알지도 못하는 외국인들은 대체 왜 저러나, 궁금해 죽을 지경이다.

그렇지만 나는 겁이 났다. 아저씨가 처음 화내는 거다. 병원에서 화를 내는 건 지금에 비하면 유도 아니었다. 그때 아저씨는 짜증을 내는 거지 화를 내지는 않았다. 아마 아저씨는 곧 죽어도 나한테 화는 못 낼 거다. 아저씨가 나한테 화를 내면 난 분명히 새파랗게 질려서 아무 말도 못 하고 울겠지.

나는 브라이언이라는 사람이 화를 내는 것은 당황스럽지 않았다. 그 사람은 나와의 불미스러운 일로 인해 좀 불쾌하기도 하고, 약간은 안쓰러운 사람일 뿐이다. 타인이다. 하지만 아저씨가 화를 내는 것은 처음 봤다. 아마 브라이언이 여기서 한마디라도 더하면 거의 난타에 가까운 독설이 쏟아질 텐데.

「소중하면 좀 잘 돌보지 그러십니까.」

「충분히 잘 돌보고 있으니, 자네는 자네 장래나 돌보는 것이 어떤가?」

너나 잘하세요. 와아, 아저씨 보통 화난 게 아니다.

이제 아저씨의 입꼬리가 점점 올라가고 있었다. 아저씨가 화가 나면 목소리가 극히 건조해진다. 그리고 싸늘하게 웃는다. 냉소라고 하지, 저걸. 눈은 야멸차게 차가운 빛이 흐르고, 그리고…… 그냥 다가가기 어려워진다. 사람을 무섭게 만들다 못해 공포에 질리게 만든다. 저래서 사람들이 아저씨를 슬슬 피하는 거겠지.

이럴 때는 나한테 화를 내는 것이 아니라는 것을 알면서도, 그러면서도 아저씨가 나에게는 화나지 않았다는 것을 확인하고 싶어진다. 그래서 나는 아저씨의 단단하게 굳은 어깨와 턱을 까치발을 해서 쳐다보다가 결국은 아저씨의 손가락을 꼼질꼼질해서 잡았다.

아저씨 나한테 화난 거 아니죠? 그렇죠?

너한테 화난 거 아니야.

아저씨는 잡힌 손가락을 빼더니 얼른 내 손을 다 잡았다. 솔직히 손가락 뺄 때 철렁했다. 내 손이 아저씨 손에 다 들어간다. 안심이다. 정말 안심이다. 그러나 그 광경마저 캐치해낸 브라이언의 얼굴은 형편없이 일그러져 갔다.

미안하지만, 나는 아저씨한테 저렇게 발톱 드러내는 사람 싫다. 잘은 모르지만 내 작은 행동이 둘의 기 싸움을 마무리 짓지 않았나 싶다. 브라이언은 돌아섰고, 아저씨는 나를 끌고 씩씩거리며—물론 소리는 안 냈지만—어디론가 갔고, 파티는 무슨 일이 있었냐는 듯이 계속되었다. 뒤쪽 복도로 나가서 다른 회랑으로 간 아저씨는 나에게 다그치듯 물었다.

"너 저 자식 기억해?"

도리도리.

"저 자식 만났어?"

만났다고 하면 더 화내겠지? 그런데 내가 거짓말 하면 더 더 화 내겠지?

"최서희."

끄덕끄덕. 아저씨는 거의 미치고 환장하겠다는 표정으로 날 쳐다 보았다.

"어디서?"

"여기서요."

"언제?"

"한 일주일 됐나?"

"뭐 했는데?"

아저씨 화났다. 그것도 머리끝까지.

"그냥…… 아는 척하길래……. 모른다고 그러니까, 그러니까 왜 모르냐고 화를 내서……."

"내서, 뭔 짓 했어?"

"그니까……."

아저씨의 눈이 점점 싸늘해진다. 싫다. 나는 저게 병적으로 싫다. 저런 눈으로 날 보는 게 죽도록 싫다.

—저런 시선을 받느니 차라리 혀 깨물고 죽는 게 낫지.

"어서 말해."

"그러니까……."

—그렇게 쳐다보지 말아요!

"내가 다시 네 이름 불러야겠어?"

"강제로······."

"강제로?"

아저씨의 눈썹이 올라가고, 그의 눈은 소리 없이 내 입술을 읽는다. 그리고 그는 침묵했다.

"나 정말, 정말 그거 그냥 사고였어요. 당하자마자 바로 밀치고 왔어요. 정말 사고였다고요."

—제발 날 좀 믿어요.

아저씨는 아무 말 없이 날 쳐다본다. 빠른 속도로 내 눈에 눈물이 고였다. 이건 화가 나야 하는데, 왜 나는 눈물이 날까. 무섭고, 그러면서도 낯익은 마음이다. 나는 애써 눈물을 떨어냈다.

"왜 말을 하지 않았어?"

"그런 걸 왜 일일이 말을 해야 해요? 아저씨 기분만 나쁠 텐데."

"그래도."

"아무 일 없었어요. 내가 그 사람한테 흔들릴까 봐 불안해요?"

아저씨는 움찔했고, 나는 내가 정곡을 찔렀다는 것을 알았다. 이건 좀 슬프다. 이건 좀 씁쓸하다. 좀 많이 쓰다.

"아무렇지 않았어?"

"만일 그랬다면, 내가 아저씨 손을 잡았겠어요?"

아저씨는 다시 침묵했다. 그리고 한숨.

"미안해."

"괜찮아요."

하지만 이 상황이 이상하게도 낯이 익은 건 괜찮지 않다. 한숨을 쉰 아저씨는 회랑 기둥에 기대서 마른세수를 했다. 나는 그를 아무 말도 않은 채, 서글프게 바라보았다. 그가 얼굴을 가린 채 한 손을 내민다. 나는 그 손을 잡는다. 내가 그의 품으로 끌려들어가고, 그는 나의 입술을 찾는다.

내 정신연령 이제 스무 살. 한국에서 태어나 평범한 인생을 살던 나는, 불 꺼진 메트로폴리탄미술관의 어느 회랑에서 생애 최초로 아주 쓴 키스를 했다. 그의 어깨너머로, 일그러진 표정의 반 고흐가 나를 응시하고 있었다.

아저씨는 날 믿지 않는다. 그건 나도 잘 알고 있다. 그럼에도 불구하고, 나는 브라이언 위더릭을 만나러 간다. 내 참, 불륜도 아닌 주제에 변장은 뭣하러 했담. 대놓고 말하면 아저씨가 화낼 게 뻔하고, 그렇다고 해서 브라이언을 안 만나자니 엄청나게 찜찜하다. 그래서 나는 지금, 모자를 깊숙이 눌러쓴 채 센트럴 스테이션에서 브라이언을 기다리고 있다.

아 거, 되게 안 나오네. 여자를 기다리게 하면 실례라는 거 몰라?

「벡스터 부인.」

브라이언은 아주 딱딱한 표정으로 나타났다. 그래, 그래. 당신 화났다 이거지. 하지만 내 알 바 아니네.

「만나 줘서 고마워요.」

「무슨 일이십니까?」

「물어볼 게 있어서 그랬어요.」

「그런 거라면 전화로도…….」

아 거, 되게 쪼잔하네!

「이봐요. 계속 그딴 식으로 남자가 치사하게 삐쳐 있을 거예요? 내가 그쪽을 기억 못 하는 게 잘못이에요?」

「누가 잘못이라고…….」

「지금 그렇게 생각 안 했다는 거예요? 저 여자가 지금 이혼하기 싫어서 나 바보로 만들고 그냥 지금 남편한테 붙어 있기로 했다, 라고 생각한다 이거 아니냐고요. 내 말 틀려요? 내가 뭐랬어요, 존스 홉킨스 가서 그냥 진단서…….」

「진단서 떼라고 하셨지요. 예. 압니다.」

에? 뭐야?

브라이언은 쓴 웃음을 짓고 있었다.

「그래도 안 믿었습니다. 미안한 말이지만, 진단서는 위조가 가능하니까요.」

「그 진단서 숨기려고 얼마나 난리치는지 알아요?」

「그런데, 지금 당신을 보니 알겠네요.」

그는 고개를 한쪽으로 꺾었다.

「정말 스무 살이군요.」

「아하, 이제야 아시겠다? 참 느리시네요.」

「미안해요. 그렇지만 그런 반응을 보는 건 처음인걸.」

에? 그런 반응이라니? 내가 묻는 듯한 표정을 짓자 브라이언은 킥킥 웃었다.

「내가 알던 서희와는 달라요. 그렇게 다다다 쏘아붙이지도, 그런 표정을 짓지도 않았어요.」

「표정?」

「정말 스무 살 같은 표정이에요.」

사실 진짜 미국 나이로 하자면 열여덟 살이겠지요.

「그럼 내가 연상이네.」

「에에?」

「서희는 스무 살. 나는 스물세 살. 그럼 내가 연상.」

「웃기시네요. 나 슬슬 기억 돌아오려고 하거든요. 맞먹으려 들지 말아요. 분명히 얘기해두는데, 나는 그쪽한테는 관심 없습니다.」

좀 잔인하긴 했다. 날 좋아한다는 티가 그렇게 쌕쌕 나는 사람에게 꿈도 꾸지 말라고 선을 분명히 긋는 건, 분명히 잔인하긴 했지만 어쩔 수가 없었다. 나는 아저씨를 좋아하니까. 많이 사랑하니까 확실하게 선을 긋고 우리가 공유했던 과거를 캐내기 위해 이 사람을 만난 것뿐이다.

「알아요.」

「에?」

「나한테 줄 마음 없다는 거, 알아요. 하지만 도움을 받고 싶다, 이거지요?」

「에…… 미안해요.」

「괜찮아요. 일단은 저쪽 스타벅스로 갈래요? 내가 커피 사 줄게요.」

브라이언은 스타벅스로 가서 당연하다는 듯이 캐러멜 초콜릿 모카를 사가지고 왔다.

「어떻게 알았어요? 내가 항상 이것만 마시는 거?」

「당신에 관한 거라면 뭐든지 알아요.」

그러고서 눈웃음까지 친다. 아우, 간지러워. 다 안다라. 아저씨는 커피는 몸에 안 좋다고 절대 안 준다. 물론 아저씨는 내 앞에서 보란 듯이 아메리카노 향기를 팍팍 날리며 마시지만.

나는 종이컵을 만지작거렸다.

「그래, 뭐가 궁금한가요?」

「다요. 왜 당신이랑 크리스랑 그렇게 날을 세워요?」

브라이언은 별걸 다 물어본다는 표정이었다.

「내가 당신에게 아주 관심이 많다는 걸 그 사람도 알고 있으니까요.」

「언제부터요?」

「꽤 됐습니다. 한 1년 쯤?」

그랬구나.

「그걸 그렇게 티를 냈어요?」

「당신은 아무런 반응도 하지 않았고, 그건 사람 애태우게 하는데 아주 좋은 방법이거든요. 그래서 나는 늘 그렇듯이 티를 냈고, 뭐.」

브라이언은 다음은 알겠죠? 라는 표정을 지었다.

「내가 왜 아무런 반응을 하지 않았어요?」

「당신은…….」

그가 말끝을 흐렸다.

「무엇에도 감정을 내보이지 않았어요. 말도 하지 않았고. 늘 무표정에, 말을 걸어도 그저 고개만 끄덕이고 젓고.」

예상했었지만, 이 정도였나. 도대체, 왜? 난 참 밝고 싹싹한데.

그렇게 재미없이 지낼 이유가 뭐지? 나는 눈동자를 또르르 굴리며 고민을 하는데, 브라이언이 몸을 앞으로 내밀며 씩 웃는다.

「이쪽이 더 좋네요.」

「에?」

「훨씬 더 좋은데요.」

「그래서요?」

「난 한 번 물면 죽자고 버티는 성격이라서.」

「그래서요?」

「어때요, 나는?」

이 남자 웃겨, 정말!

「난 유부녀라니까요.」

「그 정도는 돼야 싸워 볼 만하죠. 더구나 그 상대가 월스트리트의 황제 크리스 라일리 벡스터. 아무나 그런 상대를 가져보는 게 아니니까.」

저기요, 너님은 사랑이 무슨 게임입니까?

「나도 꽤 상처받았다고요. 남자라면 여기서 물러나면 안 되죠.」

「내가 싫다고요!」

「글쎄 이젠 그게 중요한 게 아니라고요.」

이 남자도 제정신이 아녀. 결국 브라이언에게서 알아낸 것이라고는 예전의 내가 제정신이 아니었다는 것뿐이었다. 도대체가 말이야, 도움을 줘야지 반대로 더 귀찮게 하면 뭘 어쩌자는 거야? 내 참 기가 막혀. 나는 구두굽 소리를 딱딱 더 크게 내며 쾅쾅 걸었다. 짜증 나, 짜증 나, 짜증 나!

그래. 정말 톡 까놓고 말해서, 만일 내가 그냥 제삼자의 입장이었다면 완전 복 터졌다고 부러워했을 일이다. 좋다고 달라붙는 남자가 하나도 아니고 무려 둘씩이나! 이게 바로 관리할 어장이 생겼다고 하는 거로구나! 나는야 어장관리녀!

한쪽은 블링블링 금발머리에 초록 눈이 예쁜 잘난 연하남이다. '누나~' 하고 눈웃음치면 여러 누님들과 이모님들이 넘어가시게 생긴, 집안도 참 좋은 상원의원 아들내미. 생긴 것도 귀엽게 생겼는데 몸매도 참 착하시다. 하는 짓도 꽤나 반듯하고 착실하다고 정평이 나 있지만 일단은 미술학도이고, 요즘 같은 세상에 참 특이하신 위더릭 상원의원님은 '너도 나의 길을 걸어라~' 라고 강요하는 대신 아들내미가 하는 일에 두 팔 걷어붙이고 나서서 팍팍 밀어주신다고 하니 거 참 복 받은 놈이지.

그런 놈이 지금 혈기를 주체하지 못하고 싸우겠다고 덤벼드는 상대는 닳고 닳은 삼십대 중반의 사업가다. 한 맹랑, 한 건방, 한 배짱 하는 나마저도 입 딱 다물고 따라가게 하는 무서운 아저씨.

지금도 눈길 한 번 흘긋 주면 여자들이 그냥 발치에 쓰러져 드러눕고, 나랑 결혼하기 전까지는 '자신이 원하는 여자'를 얼마든지, 어디서나 고를 수 있는 남자로 유명했다고 한다. 그래, 우리 아저씨랑 잔 여자들이 아마 티비에 무진장 나오고 있을 거다. 아저씨는 목에 칼이 들어와도 말을 하지 않지만.

어쨌든 〈GQ〉 선정 슈트를 가장 멋있게 입는 남자 1위, 〈에스콰이어〉 선정 가장 매력적인 독신남 7년 연속 1위—요건 나랑 결혼하자마자 참 안타까운 품절남 1위로 바뀌었다, 니미!—, 〈아레나〉 선정 가장 섹시한 사업가 1위에 랭크되는 아주 초초초초 잘난 사람. 그래서 웬 한국 여자와 갑자기 결혼했다는 것으로 엄청난 센세이션을 일으킨 사람. 얼굴이랑 몸매만 좋나? 능력까지 좋아서 월스트리트의 황제로 군림하고 있는 사람이다. 아마 저놈의 망할 랭킹은 아저씨가 50이 넘어도 계속될 거다. 조지 클루니가 섹시한 남자 1위를 하고 있는 이 나라에서는 나이 따위 중요하지 않다. 당연히 내 취향이자 내 로망, 내 사랑은 우리 아저씨이고, 드라마를 보는 사람이라면 저 망할 기집애는 전생에 나라를 구했나, 하고 욕헤대면서 보겠지만,

누가 어장관리하고 싶댔나!

나도 솔직히 아주 상반된 두 남자가 나 좋다고 쫓아다니면 완전 좋아 죽을 줄 알았다. 그런데, 정말 성가시고 귀찮다. 아, 말은 바로 하도록 하자. 성가시고 좀 미안하고 떨어져 줬으면 좋겠는 사람은 브라이언이고, 속을 알 수 없고 어떻게 하면 좋을지 난감하게 만들지만, 그래도 미워하기는커녕 내가 좋아 죽는 사람은 아저씨다.—미안해, 브라이언, 그렇지만 이 누님의 마음이 이런 걸 어쩌겠니—내가 이 남자도 좋고, 저 남자도 좋은데 어쩌지? 하고 망설이는 우유부단한 여주인공 따위 질색하듯이, 나는 정말 칼같이 잘랐다. 꿈도 꾸지 말라고. 하지만 이 남자는 상관없다고 보는 사람 복장 터질 만큼 생글생글 웃다 갔고, 저 남자는 완전 암울한 기운을 나 보란 듯이 팍팍 뿌리고 다니니, 오매! 내가 환장하겠어요.

＊　　＊　　＊

우리의 미묘한 선 넘기와 감정 소모가 아슬아슬하게 하루를 넘기고, 이틀을 넘길수록 나는 점점 불편해졌다. 아저씨와 문제가 생기면 하소연할 곳은 한 군데밖에 없다. 난 아저씨가 집을 비우고 예은이가 전화를 받을 수 있을 시간을 노려 예은이에게 메트로 파티에서 있었던 일을 다 털어놓았다.

[잘됐네, 그냥 나한테 그 미술관 남을 넘겨.]

"이 망할 기집애야, 너는 그런 말이 나오냐?"

[뭘 망설이는 건데?]

망설이다니?

[네가 좋아하는 건 네 남편이지 그 사람이 아니잖아.]

"응."

[그런데 네 남편이 널 못 믿는다, 이거 아냐.]

"응."

[그럼 네가 할 행동이 하나밖에 더 있어?]

"뭔데?"

[나 참. 스무 살짜리 애기 데리고 말하려니 답답해 죽겠네.]

뭔 말이야, 이 기집애는?

[너 지금 어디야?]

"맨해튼이지. 집에 가려고."

[거기서 스탑.]

나는 걸음을 멈추었다.

[뒤로 돌아서, 당장 택시 잡아서 피프스애비뉴로 가.]

"가서 뭘 어쩌라고?"

[빅토리아 시크릿 가서, 그냥 남자들이 다 쓰러질 만한 엄청난 속옷을 돈 아끼지 말고 확 긁어.]

어째 점점 이야기가 요상해지는구랴.

[긁어서, 오늘 니 남편 들어오자마자 그냥 침대에 쓰러트려. 알겠지?]

"끊어, 그냥."

[야, 이게 직빵이라니까. 나 못 믿어? 하고 그냥 들이대는 게 대박이야. 나는 아저씨밖에 없네, 를 온몸으로 보여주라니까.]

"목에 칼이 들어와도 안 해! 못 해!"

[너 잘 생각해 봐. 툭 까놓고 말해서, 너 네 남편이랑 자 봤어?]

스무 살 처녀가 해 봤겠냐!

[지금 네가 스무 살 행세한 지 한 석 달 됐으니까…… 느이 잘난 남편 몸에서 사리 나오고도 남을 거다. 장하기도 해라. 마누라가 아무것도 모른다고 그걸 다 참아 주다니. 진짜 안 하디?]

"우리 아저씨는 내가 싫어하는 거 안 해."

침대 직전까지 가도 아저씨가 날 먼저 놓아 버리는 걸. 위험하다고, 너 큰일 난다고 이 악물고 얘기해 준다. 난 상관없는데, 라고 얘기하고 싶지만 사실은 거짓말인 걸 아저씨도 알고 나도 다 안다. 난 무섭다.

[허이고, 신혼 때 애를 날치게 잡아대서 살을 쪽쪽 빼놓던 분이 아주 성인군자가 되셨네. 여러 가지 의미로 느이 남편 아주 대단하다.]

"진짜 그랬어?"

[뭐가?]

나는 괜히 민망해서 주위를 슬슬 살폈다.

"신혼 때 말야."

[아, 그거? 장난 아니었어. 니 남편은 밤 꼴딱 새고도 지각 한 번하지 않고 출근하는데 너는 완전히 주야가 바뀌었었거든. 낮에 퍼자고, 밤에는 죽어나고.]

물어본 내가 잘못이지. 아, 막 얼굴이 화끈거려.

나는 눈을 꼭 감고 제발 거기서 멈춰주길 바라는데, 이 눈치 없는 기집애는 아주 좔좔 읊어댔다.

[그때 너 다이어트 한번 지대로 했지. 그걸 그대로 유지시켰으니, 3년 내내 남편 역할 제대로 했어.]

"아 진짜, 그만해!"

[어유, 기집애. 하긴 너 스무 살이었지? 니가 내 나이 돼 봐라. 이 정도 얘기는 얼굴에 철판 깔고 아무렇지도 않게 하게 된다.]

너님 나랑 동갑이거든요. 더 듣다가는 도대체 무슨 얘기가 나올지 몰라서 얼른 끊었지만, 예은이의 제안이 솔깃한 것도 사실이다. 물론 절대 그런 짓은 죽어도 하지 않을 거지만, 진짜 그런다고 문제가 해결되려나? 흥, 될 리가 있나. 아저씨가 무슨 베갯머리송사에 넘어갈 리가 없으니 차라리 시도도 안 하는 게 낫다. 지푸라기라도 잡는 심정까지 가면 이 문제는 절대 해결 안 된다.

그럼에도 불구하고 빅토리아 시크릿을 찾은 건 그냥 호기심에서라고 해두도록 하자. 집에서 파자마 대신 얇은 슬립 같은 빅토리아 시크릿 드레스를 입은 것도 호기심에서라고 해두도록 하자. 많이 알려고 하면 다쳐요.

　대놓고 그랬다면 민망하니까 아저씨가 들어오는 소리에 얼른 옷방으로 가서 그냥 새로 산 걸 입어 보는 척하는 것도 그냥 호기심에서라고 해두도록 하자. 아저씨는 도착하자마자 늘 쪼르르 달려오는 내가 안 보이니 이상했는지 여기저기 둘러보다가 옷방까지 들어왔다.

　그런데 왜 아무 말이 없어?

　"왔어요?"

　"아, 응."

　그러더니 가까이 오지도 않고 뒤에서 한참 보다가, 아주 심각하게 묻는다.

　"오늘 샀어?"

　"응. 지나가다 보니 색깔이 너무 예뻐서. 샛노란색. 예쁘죠?"

　탑인 데다가 뒤에서 끈으로 묶는 미니 드레스는 치마가 엄청나게 위로 부풀려져 있었다. 그거에 맞춰서 노란 끈으로 묶는 하이힐까지 질렀다. 사실은, 뭐, 구두 보고 지른 거지만. 치마만 보자면 참 완전 공주풍이다, 하겠지만 등 뒤로 엄청 파인 탑과 아슬아슬하게 죄어드는 끈이 포인트라나. 직원이 강제로 안기다시피 하는 걸 예쁘겠다, 싶어―사실은 이거라면 먹히겠다 싶어―지른 건데 어째 반응이 저러냐. 쳇, 그래도 입을 테다.

　"그거 입고 다니려고?"

　앞으로 손을 모아 쥔 나는 고개만 뒤로 돌렸다. 이러고 나니 무슨 모델 포즈 같네.

"응. 예쁘지 않아요? 근데 좀 입기 힘들라나."

"메트로 파티 때 입은 것보다 더 짧잖아."

"그런가?"

비슷한 것 같은데. 아, 프릴 때문에 더 올라갔으려나.

"나 뒤에 끈 좀 매 줘 봐요. 좀 보게."

기껏 비싸게 주고 샀는데 돈 날아가게 생겼네. 어떻게 안 되나? 내가 이리저리 거울을 보고 있는데 거울에 비친 아저씨의 표정이 위험스럽다.

"왜요?"

저거 아주 위험한 표정이다. 한쪽 입가만 슬쩍 올라가고 눈은 야멸차게 빛나고.

아저씨는 재킷을 벗어 옷걸이에 대충 걸쳐두고 넥타이를 느슨하게 하며 다가왔다.

"아우, 그거 똑바로 걸어놔요. 다 구겨진단 말……."

엄마야. 나는 그대로 얼어 버린 상태가 되었다. 어느새 내 발은 허공에 떠 있었고, 내 허리에는 아저씨의 팔이 감겨 있었다. 그리고, 그리고 모든 신경이 등으로만 몰렸다. 호흡마저 허투루 뱉어낼 수가 없어서 숨마저 멈춰 버렸다. 아저씨가 내 머리카락을 걷어내는 손길, 내 등을 천천히 내려가는 손가락, 내 등에 대고 말하는 아저씨의 목소리, 입술. 그것만 존재했다. 얼마나 새로 산 구두가 예쁜지, 얼마나 새로 산 원피스가 예쁜지는 까맣게 잊혀 버렸다.

"우리 아가씨 위험해. 아무래도 밖으로 내보내면 안 되겠어."

아저씨야 말로 위험해. 그런 목소리로, 이런 짓을 하다니.

"처음 봤을 때부터 알고 있었지만, 정말이지."

그의 낮게 웃는 소리가 내 등을 타고 머리꼭대기까지 짜릿하게 올라간다. 나는 애써 새초롬한 목소리를 냈다.

"내가 처음 봤을 때 뭐가 어쨌는데요?"

아, 난 몰라. 목소리 다 갈라졌잖아. 아저씨는 내 등에 입술을 다시 댔다. 내 입술에서는 헉, 하는 소리가 터져 나온다.

"좀 원색적인데. 남자 혼을 빼 버리는 여자였어."

"별로 원색적이지 않은데."

"가끔은 옷을 벗겨 버리고 싶을 때가 있었거든."

아저씨의 손가락에 얇은 끈들이 하나하나 고리에서 빠져나갔다.

"이 여자가 무슨 생각을 하는지 다 알겠는데도 그대로 움직여 주고 싶었어."

들켰다.

"으악."

아저씨의 웃음소리가 내 등에서 부서진다. 치마 아래로 풀린 끈의 늘어진 길이가 점점 늘어났다.

"우리 아가씨는 그래서 위험해. 어리고 예쁜데, 남자를 참 잘 유혹하거든."

별로 그런데는 소질 없어요. 아저씨가 운 좋게 걸려든 거예요.

"그런 거 아닌데."

"그런 거 맞아."

마지막 끈이 다 풀림과 동시에 아저씨는 나를 한 바퀴 휙 돌려 얼굴을 마주했다. 눈이 마주쳤고, 아저씨는 다시 웃었다.

"그리고 운도 참 좋지."

"왜요?"

아저씨 향기가 나는 재킷이 내 어깨 위에 걸쳐지고, 아저씨는 내 귓가에 대고 악마같이 말했다.

"내가 아가씨 남편이니까. 다른 놈이었으면 당장 잡아먹었어."

"미안해요."

"미안한 건 알아? 당신 덕분에 도 닦고 있는 내가 보이긴 한가 봐?"

참아 보려고 해도 역시 두려움이 호기심을 앞서는 걸 아저씨는 참 귀신같이 알아차린다. 늘 날 많이 배려해 준다.

"그래도 칭찬해 주지. 많이 늘었어. 이건 벌이야."

엑? 말이 안 되잖아? 따지려는데 아저씨는 마치 뱀파이어처럼 내 목을 잡아채서 목덜미를 진하게 빨아들였다.

"그래도 욕구불만인 남편한테 이런 짓하면 못쓰지. 어설프게 유혹했겠다."

난 분명히 뱀파이어, 아니면 악마랑 결혼한 게 틀림없어. 아니면 이렇게 당하면서도, 내일 스카프 해야 한다고 투덜대면서도 이렇게 무섭고 달콤한 기분이 들 리가 있겠어?

"서희, 일어나 봐."

"……아웅."

저기요, 아저씨. 나 어제 밤늦게까지 CNN 보고 나름대로 칼럼이

란 걸 쓰느라고 새벽 3시에 잔 거 알잖아요. 제발 조금만 더 자게
해 주세요.

"어서, 빨리 일어나."

"아옹!"

짜증을 확 내면서 일어나니 아저씨가 내 얼굴에 뭔가를 들이댄
다. 눈도 못 뜨고 있는데 대체 이게 뭐하는 짓인가요, 응?

"당신 앞으로 온 거야."

이게 뭔데? 색깔이 신명하게 알록달록하고, 향기가 나는 걸 보니
꽃바구니다. 겨우겨우 눈을 떠서 카드를 펼치는 사이, 아저씨는 쌩
하니 돌아서서 넥타이를 맸다.

다음번에는 캐러멜 마끼아또를 사 줄게요. — 브라이언

이 인간이 진짜 장난하나. 아침나절부터 짜증이 팍팍 밀려오게
만드는구만. 아저씨는 아무 상관없는 척하면서도 슬그머니 내가 어
떤 표정을 짓는지 다 살피고 있었다. 이런 건 원래 확실하게 처리를
해 줘야지 뒤끝이 없는 법이다. 나는 인상을 확 찌푸린 채 카드와
꽃바구니를 들고 일어나서 침실을 기어나갔다. 그리고서 야구 모자
를 눌러쓴 뒤 현관으로 향했다. 역시나 아저씨가 쫓아 나와서 묻는
다.

"어디 가?"

"쓰레기통이요."

벙찐 표정의 아저씨가 멍하니 보는 걸 뒤로 하고 아파트 밖으로
나간 나는 커다란 쓰레기통에 꽃바구니를 던져 넣고 도로 올라왔다.
아침댓바람부터 귀찮게 나를 아래로 내려가게 하다니. 야구 모자를

도로 내팽개친 나는 다시 침대 안으로 미끄러져 들어갔다.

에이씨, 다 식었잖아! 추워!

"에이씨. 우이씨. 짜증 나, 짜증 나."

"왜?"

"졸려 죽겠는데 아래까지 내려갔다 오고, 침대 차가워졌단 말이야."

감히 마나님을 안 믿고 아침부터 짜증낸 벌이다. 나는 아저씨를 확 째려봤다.

"대체 그 자식은 언제 만난 거야?"

"아우우우. 남자가 그렇게 입이 싸서 되겠나. 완전 비호감이야."

"언제 만났냐고."

"월요일에요. 센트럴스테이션에 있는 스타벅스에서 커피 얻어 마셨어요."

아저씨 눈이 헤까닥 돌아가는 소리가 여기까지 들리는구만.

"네가 왜 그 자식한테 커피를 얻어 마셔?"

"뭐 좀 물어보려구."

나는 고개를 베개에다 묻었다.

"뭘 물어보려고 했는데?"

"그냥……. 아저씨랑 왜 으르렁거리냐, 라든가. 그러고 보니 그것밖에 못 물어봤네."

"그걸 왜 그 자식한테 물어봐?"

"아저씨가 대답해 줄 것도 아니면서."

"그것밖에 안 물어볼 거 왜 만났냐고."

나는 고개를 도로 들어서 침대 옆에서 열심히 따지고 있는 아저씨를 올려다보았다. 우리 아저씨 귀엽기도 하지, 질투하는구나아아~ 아웅. 너무 좋아.

"아저씨 질투하는구나?"

그 물음에 아저씨는 말문이 딱 막히는지 입만 열었다 닫았다 했다. 냐하하하하. 이거 꽤 기분 좋은 일이다. 까르륵 웃은 나는 아저씨의 손을 잡아끌었다.

"잘못했어요."

"알긴 알아?"

"그치만 궁금했단 말이야. 이것저것. 아저씨가 대답 안 해 줄 것들 '만' 궁금한데 어떻게 해."

아저씨는 한숨을 푹 쉰 채 나를 껴안았다. 아저씨한테 폭 안기면 아주 안전한 기분도 들고, 아주 따뜻한 기분도 든다.

"그래서, 원하는 답은 들었어?"

"우웅, 아니. 그냥 몇 마디 하고 나 먼저 나왔지 뭐."

"왜?"

나는 아저씨를 물끄러미 올려다보았다. 아저씨한테는 내 눈을 읽어내는 아주 신기한 기술이 있어서 가끔은 이렇게 말을 안 해도 아저씨는 척척 알아듣는다. 이번에도 아저씨는 내 대답을 대신 말했다.

"너 포기 못 한다고 했군."

"응."

"그래서 뭐라고 했는데?"

"꿈 깨라고 하고 도망 나왔어요."

"잘했어."

아저씨는 내 머리를 쓰다듬어 주었다.

"잘 다녀와요."

"다녀올게."

손을 흔들어 주고, 문은 닫힌다. 하기사 아저씨가 무슨 대답을 듣
길 원했겠는가. 그는 여전히 불안해하면서 출근할 테고, 아파트 정
문을 나설 때 쓰레기통에 처박힌 꽃바구니를 약간은 우쭐한 기분으
로 흘깃 쳐다보겠지. 그러나 차에 올라탈 때쯤 그 기분은 다시 불안
하게 바뀔 테고, 그것은 오늘 내내 아저씨의 발목을 붙잡을 것이다.
브라이언은 아마 그것을 노린 거겠지.

스물세 살짜리의 신선한 머리에서 나온 책략치고는 거 참 괜찮다
만, 아이러니하게도 그는 꽃을 보내면서도 받는 사람은 고려하지 않
았다. 내가 보기에는, 아마 잔머리 굴리기로는 나보다 더 천재적인
사람은 아직 없을 것이다. 우훗. 여러 사람 골탕 먹일 일이 이것저
것 생각나기는 하는데, 일단은 자자. 졸려. 감히 나를 점심 먹기 이
전에 깨우다니. 이걸로 또 감점. 그러고 보니 나도 브라이언 같은
짓을 했던 때가 있던 것 같은데. 그치만 나는 참 머리 좋게 성공했
잖아.

그때야 어리기도 했고, 대책 없이 무대포로 나가긴 했지만 난 딱
한 번, 브라이언처럼 머리를 썼던 때가 있었다. 그거야 당연히 아저
씨를 잡을 때였지. 그 남자가 하도 넘어오지 않고 자기감정을 표현

해 주지 않아서 정말 짜증을 넘어 신경질이 났다.

난 원래 좀 못됐다. 대학생활 내내 나한테 잘못 걸린 후배들은 여지없이 된통 깨졌으며, 선배들과 설전도 마다않고 과제를 제출했다.

그래서 지금, 내 눈앞에서 저 예쁘장한 빨간 머리 아가씨와 내가 침 발라놓은 남자가 같이 앉아 있는 꼴이 상당히 거슬리다 못해 속이 뒤틀린다.

각오야 했지만, 실전은 생각보다 더 힘든 법 아니던가.

반대편 테이블에서는 잡지를 읽는 척하는 예은이가 조마조마한 표정으로 날 쳐다보고 있다. 흥. 일이 벌어지면 피해 가서는 아니 되는 법. 당연히 정면 돌파와 맞불이 직빵인 이 세상에서 최서희가 저 꼴을 보고 눈 감고 있어야 되겠어?

나는 바로 커피숍의 문을 열어젖혔다. 따각따각 경쾌한 발소리를 내면서. 미리 짜놓은 대로 예은이가 적당한 타이밍에 손을 들었다.

"서희야, 여기야, 여기!"

아이고, 기집애야. 국어책 읽나? 제발 연기력 좀 키워라. 좀 더 밝게 못 해? 뭐, 어쨌든 예은이의 목소리에 그 사람이 뒤를 돌아보았으니 됐다. 나는 그대로 몇 걸음을 더 걸어가다가, 아주 우연히 발견한 것인 양 그와 눈을 마주쳤고 그 자리에서 그대로 멈춰 섰다.

자, 여태까지 읽은 로맨스 소설들과 어제 밤에도 재방까지 돌려보고 나온 드라마를 다시 한 번 되살려 보자. 멈춰서고, 여자 얼굴 확인하고, 눈을 동그랗게 뜨면 된다. 얼굴이 하얗게 질리는 건 오늘 아침에 처바르고 온 컨실러와 하이라이터만 믿기로 하자. 창백하게 질려야 한다고 얼마나 파운데이션을 처발랐다가 지워댔는지 모른다.

자, 저 사람 아주 당황했다. 예은이가 표정 괜찮다며 오케이 사인을 보낸다. 우호호호. 이제 본격 내 남자 낚기에 들어가 볼까나!

"서희, 여긴 어떻게······? 아니, 그게 아니라, 오해하지 말고."

사장님은 급하게 일어나며 아주 당황한 것을 온몸으로 보여줬다. 그러거나 말거나 나는 미리 짜놓은 각본대로 입술을 꼭 깨물며 얼굴을 굳혔다.

"오해라뇨? 누가 보면 사장님이 바람피우시다가 저한테 들킨 건 줄 알겠네요."

물론 이건 지나친 억측이라는 걸 누구나 다 눈치챌 거라면서 예은이는 무조건 빼라고 한 대사지만 난 그대로 질렀고, 그의 얼굴은 더 사색이 되었다. 이쯤이면 내가 아주 머리끝까지 화가 났음이라는 게 입력이 됐겠지요? 아차차차, 너무 재미있어 하지 말자. 나는 지금 상처받은 비련의 여인이다, 비련의 여인이다. 얼른 자기최면을 걸었다.

"무슨 말이야, 그게? 우리는 그냥."

"있잖아요, 사장님. 저요, 어떻게 이럴 수가 있어요? 라든가, 뭐, 나한테 이러지 말아요, 라는 그런 뻔한 말 안 할 거예요."

그는 그 자리에서 얼어붙어 버렸다.

"전요, 사장님을 믿었거든요. 여기에 들어오기 전까지."

타이밍 좋게 미리 만들어놓은 눈물이 뚝뚝 떨어지기 시작했다. 톡 하고 나서려던 저 빨간 머리 래리안은 예은이의 무시무시한 째림과 크리스의 아웃오브안중에 가려 도대체 이게 어떻게 돌아가는 상황인지 파악하기에 바쁘다.

"그런데 이제는 뭐 믿고 자시고 할 게 없겠네요. 그동안 감사했습니다."

"오해야, 이건! 서희가 생각하는 것처럼 래리안이랑 나는 그런 관계가 아니라고."

"저 지쳤어요."

이 말은 사장님을 날카롭게 찔렀다. 그가 상처받았다는 것을 알지만, 그래서 아주 미안하지만 난 그래도 이 굼뜬 곰 같은 남자가 이 정도로 찔러 주지 않으면 움직이지 않을 거란 걸 너무나 잘 알기 때문에 눈 딱 감고 아주 교묘하게 그에게 상처를 줄 말만 골라서 했다.

"우리가 어떤 사이인지 정의할 것도 없었고, 저 아가씨 말대로 사장님이 저한테 많이 과분할 수도 있겠죠. 더구나 사장님은, 제가 사장님을 생각하는 것만큼 절 생각해 주지 않으신 것 같네요. 그럼 그만 귀찮게 해드릴게요."

"그게 아니야."

커다랗게 이죽거리고, 빈정거리는 건 저 사람을 너무나 쉽게 무너뜨린다. 저 사람이 나한테 약한 건지, 아니면 수많은 사람들을 거느리고 피 튀기는 금융시장에서 전쟁을 치르고 승리를 일궈내는 저 사람의 모습이 그와는 별개의 것인지는 모르겠으나, 지금 잘나신 사장님은 완벽하게 무너지고 있었다. 고작 스물세 살짜리가 눈앞에서 눈물을 흘리고 있다는 사실 하나로.

"그런 게 아니야."

만일 그가 이 상황을 논리적으로 설명했다면 그건 나한테 아무

감정도 없는 것이다. 그러나 크리스의 얼굴은 이미 시커멓게 질려 있었고, 말도 안 나오고, 사고도 정지된 듯이 보였다. 이거 꽤 타격을 심하게 줬는데, 그냥 쓰러지는 건 하지 말까? 아니야. 마지막 한 방이 중요하지.

"안녕히 계세요, 사장님. 그동안 제가 귀찮게 하는 거 참으시느라 아주 수고 많으셨어요."

나는 미련 없다는 얼굴로, 그러나 괴로운 얼굴로 홱 돌아섰다. 여기서 안 쫓아오면 크리스 라일리 벡스터, 당신 사람도 아냐. 알아? 아니나 다를까, 커피숍 유리창에 그가 래리안을 내팽개치고 쫓아 나오는 것이 비쳐졌다.

자, 이제 준비하자. 괜히 눈물 흘리는 척도 좀 해 주고, 비틀거리는 척도 좀 해 주고.

"서희."

계속 비틀대다가, 그의 손이 내 팔을 낚아채는 순간 나는 그대로 우아하게—이게 포인트다—눈을 감고 쓰러지는 것까지 해치웠다. 실눈을 뜬 사이로, 예은이가 기가 막히다는 표정을 지으며 엄지를 몰래 치켜 올리는 것이 보였다. 내가 생각해도 나는 아마 연기했으면 영화제 하나는 찜 쪄 먹었을 거야. 오호호호호.

원래 노리는 이들이 많은 남자를 낚는 것은 이렇게 하는 법이다. 나는 부재중전화가 열다섯 통이나 온 휴대전화를 확인하며 고양이 같은 표정을 지었다.

아하, 이제 애가 좀 타시나 보지? 그러게 내가 있을 때 잘하라고 했잖아, 이 양반아. 답답스럽게 내가 나서서 여자를 떼 줘야겠냐고요.

얼떨결에 쓰러지는 나를 받아낸 사장님은 시퍼렇게 질린 얼굴로 날 병원까지 데리고 갔다. 그냥 스트레스가 원인인 것 같다고 미리 짜놓은 대로 완벽하게 둘러댄 예은이는 혈액 검사와 심전도 검사까지만 받은 뒤 나를 퇴원시키겠다고 했고, 나는 그제야 깨어난 척하면서 병원을 나왔다. 날 붙잡는 사장님은 미리 연락해놓은 대로 비서가 잡아갔고. 우효효효.

그러고서 지금 정확하게 보름째다. 비서님한테 몰래 전화를 해 보니—원래 이렇게 적군딤색을 하는 깃은 기본 중의 기본이다—골드크레딧 서울지부가 얼어붙었단다. 완전 냉기류가 흘러대서 일하는 사람들이 가시방석이라나. 아싸! 그리고 래리안 맥켄지는 나에게 오해를 사게 했다는 죄목으로 병원에서 나온 사장님에게 단호하게 걷어차인 뒤 미국으로 돌아갔다고 한다. 흐음. 방금 퀵서비스로 여태까지 그 사람이 사 준 건 돌려보냈으니 지금쯤 정신적으로 어퍼컷을 맞은 기분이겠지? 그러면 화룡점정을 찍으러 가 볼까나.

[확실하게 떼놔.]

"걱정 마. 내가 보기에는 내가 할 필요도 없어. 아마 사장님이 와서 패지만 않으면 다행일 거다."

[그렇게 쉬운 상대가 아닐걸? 완전 폭탄이라던데.]

"아 글쎄, 그 정도니까 내가 부탁한 거 아냐. 사장님한테 당하는 게 미안하지 않을 만한 사람으로."

그렇게 장담까지 해 가며 오늘 비서님에게 그 사람을 데리고 오라고 신신당부를 한 레스토랑으로 아주 샤랄라하게 차려입고 나간 나는 진짜 그 폭탄을 맞이했다. 생긴 거는 당연히 우리 예은이한테 들어온 선자리니까 멀쩡하다. 학력? 괜찮다. 직업? 당연히 있다. 그런데 참 말하는 게 폭탄스럽다.

"저는 호러 영화가 좋더라고요. 뭐랄까, 서로의 스킨십을 통해 정신적 교류를 하면서 예술을 감상할 수 있달까?"

육체적 교류를 하면서 서로를 감상하겠지요, 너님은. 적당히 맞장구쳐 주면서 나는 이 날을 위해 미리 준비해둔 화사한 연분홍색 원피스를 정돈했다. 당연히 신발은 내가 4년 동안 낑낑거리며 돈을 모아서 산 마놀로 블라닉. 우후후후후. 보자마자 게거품을 물 거다. 그때 문자가 왔다.

"어머, 죄송해요."

—네 님 도착하셨다.

예은이가 망봐 주고 있음을 잊지 말자. 아, 정말. 그러면 이 폭탄남을 제대로 떼어내야 한다는 거잖아. 그나저나 도착하셨더라.

나는 얼른 안면근육이 마비되도록 미스코리아식 미소를 지었다. 사장님이 보자마자 혈압이 최대치로 올라가도록 환경을 조성해야 한다. 아, 너무너무 재미있다.

"이쪽으로."

지배인이 직접 나와서 자리를 안내하는 소리가 들린다. 더 열심히 웃자고요. 예은이는 선글라스를 낀 채로 구석에 앉아 잡지로 얼굴을 가린 채 이쪽을 보고 있었다. 내 오른쪽 입구에서 들어오던 크리스는 그대로, 멈춰 섰다. 걸렸다! 에헤라디야~

"그럼 결혼관은 어떠하세요?"

"아, 글쎄요. 아이는 일단 보류하고 둘이서만 오붓하게 여행도 다니고 싶고 하네요. 결혼은 당연히 최고급으로 해야지요. 베라 왕의 드레스 어떠십니까?"

너님 그거 살 형편이 안 되는 걸로 알고 있는데요. 베라 왕 드레스만 웨딩드레스라는 저 말도 안 되는 선입견은 또 뭐야? 내가 애써 열심히 웃고 있는데 정신이 팔린 나머지, 계속 곁눈질로 크리스를 파악하는 걸 깜빡했다. 어느새 내 옆으로 뚜벅뚜벅 걸어온 그는 내 팔을 잡아챘다.

우와. 언제 여기까지 왔데? 깜짝이야.

"뭐, 뭐예요?"

눈이 마주치자마자 내 머리를 스치고 지나간 생각은 아, 이 사람 엄청나게 열 받았구나, 였다. 조, 조금 무서워지기 시작하는걸. 아무 말 없이 나를 강제로 끌고 가려는 속셈인지 그는 두말 않고 내 상대방을 무시무시하게 째린 뒤에 날 일으켜 세웠다. 뭐, 끌려가 드려야지요. 아, 벙찐 맞선남에게 인사는 잊지 말도록 하자.

"어머, 죄송해요. 저는 아무래도 그런 호러 영화는 취향이 아니라서요. 마음 맞는 여성분 꼭 만나서 같이 껴안고 보셔요~"

이 말을 다 하고 나니 벌써 레스토랑 문을 나서고 있다. 예은이는 잘 보이지 않고, 완전 놀란 얼굴의 사람들이 레스토랑 안에서 우리를 보고 있다. 그럴 만도 하지. 웬 외국인이 맞선보고 있던 여자를 질질 끌고 나가는 데 놀라지 않을 사람이 어디 있어? 나는 그대로 차를 향해 걸어가는 크리스에게 반항이란 걸 시도해 봤다.

"이게 뭐하는 짓이에요? 이거 안 놔요?"

"입 다물고 당장 따라와!"

엄마야. 가면 되잖아요. 왜 소리는 지르고 그래. 이마에 핏대까지
선 크리스는 입을 꾹 다문 채 그대로 차를 몰고 어디론가 향했다.
우와. 신호등이고 카메라고 뭐고 죄다 무시하는구나. 나 잘못 건드
린 거 아닌가? 에이, 왜 갑자기 간이 작아지고 그래! 원래 예상했던
거잖아! 끝까지 큰소리 뻥뻥 쳐서 이 남자 입에서 결혼하자는 말까
지 받아내는 거 잊지 말아라, 최서희!

"내려."

차를 끼익 멈춘 뒤 크리스는 그 말만 내던지고 먼저 차에서 내렸
다. 여기가 도대체 어딘데?

아무래도 서울 외곽인 것 같았다. 사실은 차 타고 오는 내내 계속
머리를 또로록 굴려서 어딘지 모르겠다. 내가 좀 버텨 보는 시늉이
라도 할라치면 크리스는 어김없이 도로 와서 이렇게, 날 확 끌고 간
다.

"아파요, 놔요!"

내 말이 맛있냐? 맛있어? 얼마나 맛있으면 이렇게 잘도 씹고 그
러냐?

유리외벽으로 된 근사한 건물이었다. 지문 인식으로 문을 따고
들어간 크리스는 거실에 들어가서야 내 손을 확 놔 버렸다.

"당신 대체 뭐하는 여자야!"

뭐하는 여자이긴요. 대학교 4학년, 신문사 인턴 아닙니까.

"어떻게 하면 내 속을 뒤집을지 연구해? 그거 가지고 뭐하게? 논
문이라도 쓸 거야?"

"내 참. 논문 써서 뭐하게요? 〈GQ〉에서 학위라도 준대요?"

"최서희!"

"왜욧!"

그는 완전 돌아 버리겠다는 표정으로 앞머리를 훅 불었다. 흥이다. 내가 그냥 무서워서질 줄 알고? 절대 안 져! 못 져!

"아까 그 자식 누구야?"

"누구긴 누구예요? 보면 몰라요? 소개팅 상대지!"

"소개팅?"

아차차차. 이 사람 소개팅이 뭔지 모르지.

"소개팅! Blind date! 소개받고 만나는 거!"

"Blind date?!"

오마나, 이 사람 이러다가 혈압 올라서 뒤로 넘어가는 거 아니야?

"내 앞에서 그 난리를 친 지가 언제인데 벌써 다른 남자를 만난다는 거야?"

"완전 웃겨! 그럼 뭐 지나간 사랑에 대해서 삼년상이라도 치러 줘야 된다는 말이에요? 그런 게 어디 있어! 짝사랑 때려 쳤으니까 나 좋아해 주는 사람 찾아가는 게 뭐가 나빠!"

"당신이 언제 짝사랑을 했다고 그래!"

"그럼 사장님을 나 혼자 좋아했지 언제 우리가 사귀기나 했어요? 남들처럼 데이트를 했나, 서로 좋아한다고 고백이라도 했었나! 웃겨, 진짜!"

나의 다다다 쏘아붙이기 식 화법은 이 남자의 말문을 틀어막고 말았다. 아이고, 꼬셔라. 그러게 이 남자야, 누가 그 흔한 '사랑한다' 라는 말도 안 해 주고 그냥 '어, 왔어?' 로 환영하고 '가는 거야?' 로 인사하래?

크리스는 기가 막힌지 입을 열었다 다물었다가 천장을 보았다가 바닥을 보았다가 하다가 겨우 할 말을 찾았다.

"나는 그렇게 생각 안 했는데."

"그렇게 생각 안 한 사람이 그런 식으로 행동을 해요? 팥으로 메주를 쑨다고 하지, 왜!"

내 마지막 말은 이해가 안 됐는지 크리스는 인상을 찡그렸다. 아, 이 남자 한국 속담에 약하지.

"그니까, 메주는 팥이 아니라 콩으로 만드는 거예요."

"아. 그럼……. 아니, 내가 무슨 행동을 했는데?"

"지금 발뺌하는 거예요? 저번에 나 쓰러질 때는 생각 안 나요? 그리고 그 전에 서울지부 창립기념 파티에서는? 백화점 애비뉴얼에서는? 응?"

"쓰러졌을 때는 내가 오해라고 했잖아!"

"그때 왜 그 여자랑 붙어 있었던 건데요!"

크리스는 내 다그침에 눈 하나 깜짝 하지 않고 대답했다.

"미국으로 돌아가라고 말하던 중이었어."

얼레?

"미국으로 돌아가다니……. 그, 그럼 사장님도 곧 그 여자 따라서 미국 가요?"

"왜, 내가 가면 안 돼?"

왠지 내가 말 한마디 잘못해서 걸려든 느낌이 드는데. 가지 말라고 하자니 여태까지 했던 게 다 말짱 도루묵이 되겠고, 그렇다고 해서 가든 말든 무슨 상관이냐고 하자니 이 성질 나쁜 남자는 바로 미련 없이 돌아서 버릴 것 같고. 나는 결국 현명하게 대답했다.

"거기 사장님 집이니까 언젠가는 가시기야 하겠죠. 그런데요?"

에헤, 이 남자야, 내가 그렇게 쉽게 걸려들 줄 알았다면 절대 오산이네.

"……래리안만 가는 거야."

"아, 그래요? 살 가라고 해 주세요."

답답해 죽겠네. 이런 식으로 단답만 틱틱 던지다가는 해 넘어가겠다. 나는 이 집에서 나가려는 모션을 취했고, 크리스는 아주 다급하게 툭 튀어나오듯 뒷말을 던졌다.

"벌써 갔어."

"네에, 네."

"젠장, 사귀던 건 없었던 걸로 하자고 하고 보낸 거라고!"

나는 그제야 팔짱을 끼며 뒤로 돌아섰다. 진즉에 그렇게 나오셨어야지.

"그리고요?"

"창립기념 파티 때는…… 좋아, 사과하지. 그건 내가 잘못했어."

"왜 그러신 건데요?"

냐하. 이 남자가 질투심에 눈이 뒤집혀서 나한테 고딴 폭언을 퍼부었다는 걸 인정을 할 리가 있나.

"화나서."

"왜 화가 나냐고요! 내가 무슨 샌드백이야? 툭하면 화풀이하게?"

"그럼 왜 그 자식이랑 붙어서 생글생글 웃어대면서 내 성질을 긁냐고!"

"그 자식이라니, 누구?"

"미디어 굿투데이 기자!"

"형욱 오빠?"

"당신이 그놈의 오빠 자 붙이는 것도 기분 나빠서 그랬어! 왜!"

나는 저절로 입이 찢어지려는 걸 간신히 참았다. 이거 완전 재미있다 못해 완전 기분 좋다. 쿄쿄쿄쿄.

"그럼 그건 그렇다 치고. 애비뉴얼에서는?"

"내가 사 주겠다는 건 왜 안 받는데?"

"그런 걸 어떻게 받아요? 그 비싼 걸?"

"왜 못 받아? 그냥 선물이라니까."

"어머머머, 사장님이 내 남편도 아니고 그런 걸 왜 사 줘요?"

크리스는 나를 가만히 노려보았다. 흥. 너님이 날 노려보았자 이제는 겁도 안 나네요.

"그러면, 남편한테는 그런 거 받아도 된다, 이거야?"

"한국에서는 그렇죠. 좀 팔불출 소리는 듣겠지만 뭐 어때요."

내가 어깨를 으쓱해 보이자 크리스는 손을 주머니에 찔러 넣었다.

"그럼 결혼해."

에엑?

"네?"

"그럼 결혼하자고. 나는 당신한테 이것저것 안기고 싶고, 해 주고 싶은 건 많으니까 하면 되잖아."

뭐 이딴 놈이 다 있어! 이런 식으로 프러포즈를 감행해?

"기 막혀."

"어째서?"

"저기요, 결혼이란 건요, 이렇게 거의 보름 동안 얼굴도 안 보다가 갑자기 만나서 대뜸 하자고 하는 게 아니거든요?"

그는 아주 성가시다는 표정으로 팔짱을 꼈다.

"그래서?"

"그래서는 무슨! 결혼에 가장 필요한 게 뭔 줄 알아요?"

"뭔데?"

"말하는 나도 꽤나 손발 오그라들긴 하지만 그래도 어느 정도의 커뮤니케이션을 기반으로 한 애정이 있어야 하거든요."

"그래서?"

또 그래서는 무슨! 당연한 걸 왜 묻니?

"사장님 저 사랑하세요?"

그의 표정에 아주 제대로 금이 파직, 간다.

"그걸 아직도 몰랐어?"

[무슨 일이야?]

"이이이 한심한 남자야! 프러포즈를 그딴 식으로 감행하는 사람이 어디 있냐! 오늘 와서 다시 해요!"

[서희?]

"기억났어! 이것저것 안기고 싶고 해 주고 싶은 거 많아서 결혼하자고? 아으아아, 짜증 나!"

　내가 미쳤지, 돌았지!

　저딴 프러포즈를 받고 냉큼 결혼을 해 주다니! 자다 벌떡 일어나서 전화를 해대서 퍼부어댔으니 아저씨는 어안이 벙벙하겠지만 나는 완전 짜증 지대로다.

　[그래서 다음에 제대로 했잖아. 그건 기억 안 나?]

　"몰라요! 기억 안 나! 그러니까 오늘 와서 다시 해요!"

　[그런 게 어디 있어. 한 번 했으면 끝이야.]

　"아저씨 미워!"

　[어째 그게 입에 아주 붙었다, 너.]

　"미워미워미워미워!"

　[중요한 건 기억 못 해내다니. 나도 너 밉다.]

　"중요한 거?"

　아저씨는 무지 억울하다는 목소리였다.

　[내가 그 이후에 얼마나 애정공세를 퍼부었는데.]

　"헹, 보나마나 무뚝뚝함의 극치였겠죠."

　[지금 반항해?]

　"아뇨. 그럴 리가 있나요."

　[내가 그랬다면 그런 줄 알아.]

　"네에."

　우씨우씨, 만날 내가 져!

　[집에 갈 때 선물 사 갈게. 내가 프러포즈했을 때 줬던 거랑 비슷한 거 주면 되지?]

그의 달래는 말에 난 픽 웃고 말았다.

"응응. 그럼 나도 예쁘게 안아 줄게요."

[나는 허그보단 키스가 좋은데.]

"아저씨 변언태애. 가만히 있으면 어련히 알아서 해 주지!"

전화기 너머로 아저씨의 웃음소리가 들렸다. 오늘 꽃바구니 사건은, 아저씨 다 잊어 버려요. 알았지?

[내가 그 말 하고서 무슨 말 했는지는 모른다, 이거지?]

"응."

[사랑해.]

지금 내 입 확실히 귀까지 찢어졌다.

"에엥?"

[…라고 그랬어.]

"다시 한 번 해 봐요."

[싫어.]

"에이, 그러지 말고 한 번만 해 봐요. 응?"

[그러면 너부터 해 줘.]

"그런 게 어딨어! 내가 먼저 말했잖아요!"

[……한 번뿐이야.]

응. 귀 씻고 수능 외국어영역 듣기 할 때보다 더 집중한 정신으로 들을게요.

[사랑해.]

아웅. 너무 좋아. 너무 좋아.

드라마에서 보면, 가끔 참 손발 오그라드는 유치한 대사들이 나온다. 가령, '행복해서 불안해요'라든가, '걱정 마. 내가 널 지켜줄게'라든가, '행복해서 눈물이 나요'라든가. 기타 등등, 기타 등등.

아저씨는 나에게 지켜 주겠다는 말 따위 하지 않았다. 나도 아저씨에게 불안하다는 소리 따위 하지 않았다. 하지만 그 드라마들의 공식처럼, 예상하지 않은, 아니 예상하고 싶지 않은 일에 대해서는 늘 각오해야 하는 법이다.

나는 그래서, 구석에 처박혀 있던 내 노트북을 여는 순간에도, 그 노트북에서 암호가 걸린 수상쩍은 문서 파일을 발견했을 때도 전혀 동요하지 않았다. 아저씨랑 나랑 문제가 있었다는 거, 그 문제가 아주 심각했다는 건 오늘 아침 아저씨가 나를 꼭 안아 주고 갈 때에도 잊지 않았다. 아니, 사실은 쪼끔 잊어버릴 뻔했다. 하지만 나는 무슨 문제이건 간에 지금의 나라면 충분히 가뿐하게! 잘 극복할 수 있을 거라고 생각했다.

나는 언제나 긍정적인 사람이고, 그런 태도가 나한테 좋았으니까. 그렇지만, 그놈의 문서 파일을 내가 허구헌 날 써대던 흔한 암호로 따고 들어갔을 때 말이다. 왜 하필 딱 뜨는 글자가 시커먼 궁서체로,

유서

여야 하냔 말이냐고.

이건 좀 잔인하다. 좀 많이 잔인하다, 라고 생각했지만 파일을 훑어보면서 그런 생각은 도로 접어 버렸다. 뭐야. 그냥 흔한 유서잖

아. 혹시 내가 잘못되면 내 재산은 누구에게, 어떻게 분배해라 뭐 이거네. 요즘은 이런 게 필수라며.

오오오오. 나 채권도 있다. 우와, 주식도 있어! 티파니 다이아? 다이아는 어디 있는데? 이건 아저씨한테 물어봐야지.

—내 에메랄드 귀걸이는 서경이한테.

—그리고 내 케이트 스페이드는 몽땅 다 예은이한테.

—결혼반지는 보라보라섬 바다에 빠트려 주세요.

아니, 그 비싼 걸 왜 빠트려! 아저씨가 뼈 빠지게 일해서 사준 그 비싼 순금에 비싼 토파즈를 박은 반지를 왜 빠트려! 미쳤나 봐! 그 뒷말이 가관이다.

—그러면 그거라도 기억하는 사람은 이제 아무도 없을 테니까.

소설 쓰십니까, 님. 나는 결혼반지는 아이 낳으면 물려주려고 했는데. 서양에서 하는 것처럼 대대로. 그런데 왜 보라보라섬 바다에 빠트려 달라고 했을까나. 흥, 보라보라섬까지 가는 데 드는 비행기 티켓 값이 아깝다.

그래도 찜찜하니까 아저씨를 한번 찔러 볼까?

[보라보라섬?]

"응."

[거기 우리가 신혼여행 갔다 온 덴데. 갑자기 거긴 왜?]

"우웅, 그냥."

[가고 싶어?]

"에이, 아저씨 갈 시간도 없으면서, 됐네요!"

신혼여행지라. 여권을 뒤져 봐도 보라보라섬은 한 번밖에 간 적이 없다. 그런데 무슨 대한해협도 아니고 캐리비안도 아니고 왜 태평양 한구석에 처박혀 있는 쪼매난 산호섬이냐고요. 우리 신혼여행이 그렇게 좋았나?

[어차피 다음 주 쯤에 휴가 내려고 했어.]

"사장님이 휴가도 내시남?"

[그럼.]

"헤에, 왜 내려구?"

[우리 아가씨랑 같이 있으려고. 어디 여행가자.]

"정말요?"

웬일이래, 이 워커홀릭 아저씨가.

[응. 말 나온 김에 보라보라 가자.]

"진짜?"

[진짜.]

"근데 보라보라섬이면…… 거기 휴양지 아녜요?"

[휴양지지.]

"그럼 수영복 입어야 되잖아! 안 돼요!"

[왜 안 돼?]

"나 다이어트도 안 했단 말야!"

[그럼 3일 전에 빅토리아 시크릿에서 나 몰래 새로 장만한 비키니는 뭔데?]

저기요, 나 그냥 남편 머리 꼭대기에 있는 대단한 아줌마하면 안 될까요? 어째 내가 맨날 쥐어 잡혀 사는 것 같아. 아저씨는 만날 내 머리 꼭대기에 있고 나는 한 눈에 간파당하고. 이게 뭐야.

"웅, 그러니까, 그러니까, 그거 언."

[다른 사람 앞에서 입기만 해 봐.]

"이, 입으면 어쩔 건데요!"

[바로 침대로 끌고 들어갈 거야.]

분명 내가 알기로는 지금 비서에게서 이것저것 서류를 넘겨받고 체크를 하고 있을 텐데, 이 와중에 아무렇지도 않게 저런 말을 하다니, 정말,

"늑냇!"

[분명히 네가 먼저 시작했어.]

"그걸 이 벌건 대낮에 말하고 싶어욧?!"

[뭐 어때. 듣는 사람도 없는데.]

"옆에 스텔라 있다며!"

[스텔라가 한국말 할 줄 아는 건 아니잖아. 그러니까 미리 경고해 두는데, 저번에도 말했듯이 다음에는 울어도 멈추지 않을 거야. 바로 침대로 직행이야.]

"누구 맘대로!"

[울어도 소용없어.]

엄마야. 무슨 말을 이렇게 돋게 한다냐, 이 아저씨.

"절대 안 할 테니 꿈도 꾸지 마세요."

[그래? 나 사실은 빅토리아 시크릿에서 아가씨가 산 게 한두 개가 아닌 걸로……]

끊자. 나는 지금 진지해져야 해. 왜 보라보라섬에 결혼반지를 퐁당해야 되는지 알아야 한다구! 아오, 화끈거려. 그, 그래두 짐은 싸

야겠지? 짐 싸면, 속옷도 넣고 수영복도 넣어야겠지? 이쁘면 좋겠지?

역시 부자들이란 남다르다. 아저씨는 아무렇지도 않게 손가락만 튕겨댔지만 나는 전용기를 당장 턱하니 대령하는 걸 보고 턱이 빠지는 줄 알았다. 대박이야, 정말. 웬만한 할리우드 배우들은 보라보라섬을 이렇게 간다나. 직항이 없어서 어떡하냐고 하자 아저씨는,

"내 비행기로 갈 건데 뭐가 걱정이야?"

라고 했다. 아주 거만한 목소리로.

그래요, 아저씨는 재벌이었지.

보라보라섬에 떡하니 방갈로를 빌려놓고서 내가 바다 보며 꺅꺅거리는 걸 아주 인자하게 내려다보고 계시는 저기 늑대님을 오늘밤 매우 조심하도록 하자. 그려그려. 그냥 티셔츠에 츄리닝 입고 자는 거.

"우와우와. 아저씨 이거 이거. 바닥에 바다 보여요."

바닷가에 지어진 방갈로는 바닥에 통유리로 처리가 되어 있어서 방갈로 아래의 예쁜 색깔 바다가 그대로 보였다. 신기해.

"또 다른 재미가 있네."

"다른 재미?"

침대에 앉아 내가 하는 양을 물끄러미 지켜보던 아저씨가 중얼거렸다.

"확실히 다르기는 하네. 스물네 살이랑 스무 살이."

"뭐가요?"

"여기, 우리가 신혼여행 왔던 그 장소야. 바닥 보면서 나오는 반응이 다르네."

헤에, 여기에서 우리가 머물렀구나.

"어땠는데요?"

"그냥, 웃던데. 예쁘다고. 조용히."

거 어째 뒷말에 악센트가 가 있는 게 수상합니다그려.

"그런데 나는?"

"안 조용해."

그래요. 나 깨방정 좀 떱니다. 어쩔래요?

"그 최서희도 나고 지금도 나네요, 뭐."

"솔직하게 말해 봐. 내가 이런 말 하면 질투 나지?"

"내가 왜 나한테 질투가 나욧!"

내가 빽 소리를 지르자 아저씨는 손을 뻗어 내 얼굴을 만졌다.

"좀 불안하잖아, 너."

나를 너무 잘 아니 할 말이 없다. 나는 아저씨에게 얼굴을 잡힌 채로 얌전히 입을 다물었다.

"괜찮아. 나는 네가 좋은 거지 네 행동이 좋은 게 아니니까."

"그때 내가 좋아요, 아님 지금 내가 좋아요?"

"그런 질문이 어딨어."

"아, 빨리."

아저씨의 입술이 내 볼에 닿았다.

"뭐, 지금은 어려서 좋긴 하다만."

"남자들은 다 똑같아! 어리면 좋고 예쁘면 다야!"

"우리 아가씨는 어리고 예쁘잖아."

"안 어려! 안 예뻐!"

흥이닷!

두다다다 도망쳐 나온 나는 내가 결혼반지를 빠뜨려 달라고 했던 그 초록빛 바다를 물끄러미 바라보고 섰다. 아니, 도대체 뭐 때문에 내 성격이 그렇게 청순가련 밥맛없는 스타일로 변했데? 바닥을 보면서 그냥 예쁘다고 웃었다고? 아우, 재미없어. 나로서는 처음 내 기억에 들어오는 휴양지의 바다이다. 캐리비안처럼 예쁜 색깔의 바다와 야자수, 고운 모래.

왜 하필 이 바다였을까? 왜 하필 결혼반지였을까?

—바빠.

—그래요? 알았어요.

어라?

—나중에 하면 안 될까?

—알았어요.

무의식중에 묻혀 있던 기억의 편린이 하나 더 의식 위로 떠오른다. 내가 의도하지 않았음에도 불구하고 저절로 생각난다. 난 이게 싫다. 단편적으로 스치듯 나오는 기억들. 스쳐가는 말들. 중얼거리는 말들. 기억하기 싫은 기억들. 그 상황의 감정들이 나를 조금씩 스치고 가면, 나는 그 떫은 감정들을 계속 붙잡고 종종 되씹어 버린다. 왜 그랬는지 어렴풋이 알 것도 같지만, 외면해 버리고 싶은 내 기억은, 이곳 보라보라에서마저 낯설지 않았다.

아저씨가 일하는 모습을 보면 아주 멋있다. 무슨 정장 광고모델 같기도 하고, 컴퓨터나 넷북 광고모델 같기도 하다.

오늘은, 흐음, 넷북 광고모델에 가까우려나. 타이트하게 입은 정장이 아니라 느슨한 드레스셔츠 차림이니까. 거기다가 날렵하게 빠진 안경까지 써 주셨으니 이건 백번 천번 하늘에 대고 절할 일이다.

제가 무슨 착한 일을 했다고 이런 남편을 내려주셨나이까!

뭐, 결론은 일하는 우리 남편님 잘생기셨다는 거다. 어느 장소를 배경으로 들이대도 표정 변화 없이 아주 자연스럽게 화보를 찍어주시니 아주 감사하지요. 쳇, 보라보라 해변에서도 일을 해야겠냐고요.

그치만 뭐… 잘생겼으니까, 멋있으니까! 꺄아아아악!

"턱 빠지겠다."

"아저씨 짱 멋있어! 꺄악!"

나에게 한마디 툭 던지며 맥주를 마시던 아저씨는 나의 팬질 경력 5년차 스크림 한 방에 사레가 덜컥 들리고 말았다.

에고, 아저씨, 아저씨는 아이돌 취급은 안 받아보셨군요.

"가, 갑자기, 쿨럭! 무슨 소리야?"

"무슨 소리는 무슨 소리래요? 아저씨 팬질 몰라요, 팬질?"

"몰라."

"아, 진짜. 세대차이! 난 아저씨 짱팬. 그래서 열심히 팬질 중. 오케이?"

기가 막힌 아저씨는 계속 기침을 하면서도 킥킥 웃었다. 나는 아저씨가 하는 일이 얼마나 크고 방대한 양인지 알고 있다. 아저씨가 일을 쉬면 심각한 경우에는 백악관에서도 호출이 올 수 있다는 것도 안다. 그러니까 아저씨에게 또 일을 한다고 타박은 하지 않는다. 어쩌면 아저씨의 비지니스에 대해서는 터치하지 않는다는 것이 나에게는 아주 당연한 것인 양 받아들여졌을지도 모른다. 당연히 아저씨가 하는 일은 방해 말아야지, 라는 생각이 무슨 고정관념처럼 나를 붙잡고 늘어지고 있으니까.

이것도 기억을 잃기 전의 나 때문인가? 그렇지만 가끔은 이렇게 옆에 딱 붙어 있으면서 말도 걸어 주고, 애교도 부려 주고 해야 한다.

나는 곧 죽어도 일에 파묻혀서 나 잊어버리는 아저씨가 싫기 때문에 계속 옆에 앉아서 먹을 것도 갖다 주고, 뒹굴뒹굴 놀고, 나 여기 있어요, 영역표시를 끊임없이 해댄다. 암. 이게 진리지.

아저씨는 한 번 일에 빠져들면 헤어나지를 못한다. 일이 계속 들어오고, 또 들어오고, 또 생기니까. 뉴욕에서 은행문이 닫히면 서울에서 열리고, 서울에서 닫히면 상하이에서 열리고, 상하이에서 닫히면 그 다음엔 두바이, 런던, 다시 뉴욕. 이런 식으로 이어지는 금융시장의 생리에 보통 월스트리트에서 일하는 사람에겐 월요일에 출근해서 금요일에 퇴근하는 건 어쩔 수 없는 일이기도 하다.

더구나 아저씨는 전 세계에 100여개가 넘는 체인을 가진 금융회사의 최고 보스고, 아저씨가 놀면 수만 명의 직원 및 그 직원의 가족들까지 밥줄이 끊기니 아저씨가 일을 안 하려야 안 할 수가 없는 노릇이다. 젊었을 때는 비서들과 직원들이 뜯어말려야지 집으로 간신히 들어갔고, 나랑 만날 때는 내가 무진장 신경 쓰이는 통에 일을 좀 덜했고, 나랑 결혼한 다음에는 아주 천사 같은 아내를 만난 덕에 다시 젊었을 때로 돌아갔다나.

이 대목, 문제 있는 것 같은데. 기억이 안 돌아온 나로서는 그냥 궁금해하고 수상쩍어 할 수밖에 없다. 내가 도대체 왜 아저씨더러 잔소리를 안 했을까? 그냥 내버려두면 일이 아저씨를 잡아먹을 때까지 해 버리고, 주위의 사람들은 다 잊어버리는 사람이라서 두어 시간에 한 번씩은 나란 여자가 옆에 있다는 걸 가르쳐 줘야 한다.

일도 좀 쉬엄쉬엄하면서, 즐기면서 하라고 가르쳐 줘야 한다. 아저씨는 정말 그런 게 많이 필요한 사람인데, 어째서 나는 아저씨가 월요일에 출근해서 금요일에 퇴근하는, 그리고서 다시 토요일에 출근하는 말도 안 되는 상황을 침묵한 채 방치해두고 있었던 걸까?

쳇, 생각해 봤자 머리 아프고 마음은 저릿저릿하다. 그냥 지금처럼 아저씨에게 잘해 주기만 하면 되는 거다. 쉽게 생각하자. 다행인 것은 나의 교육이 아주 잘 먹히고 있다는 거다.

그런 의미에서 아저씨는 아주 훌륭한 학생이라고 할 수 있겠다. 아무도 아저씨에게 이렇게 여가도 즐기면서, 인간관계도 가지면서 일하라고 가르쳐 주지 않았기에 못한 것뿐이라고 생각한다. 아저씨는 한 번 가르쳐 준 건 잊지 않는다. 요즘에는 그 무서운 집중력이 일에만 올인하는 게 아니라 나한테도 가끔 쏟아진다.

예를 들면, 내가 방금 아저씨를 사레들리게 해놓고서 방갈로에 들어갔다가 나온 건 아저씨가 아는지 모르는지 난 잘 모르겠지만,

내가 다시 아저씨 옆을 지나가는 순간 나는 아저씨가 나의 달라진 점을 눈치챈 걸 안다.

"내가 그거 입지 말라고 했을 텐데."

바다에 들어가고 싶어서 슬쩍 비키니로 갈아입고 나왔는데, 아이고. 이럴 때는 귀신같단 말이야. 쳇, 모를 줄 알고 그냥 아무것도 달라진 것 없는 양 지나쳐가려고 했는데. 흥. 뒤를 슬며시 돌아보니 아저씨는 모니터에서 눈을 뗀 채 팔짱을 끼고 심히 마음에 들지 않는 것을 쳐다보듯 날 노려보고 있었다. 그, 그렇게 노려보면 어쩔 건데……요.

"나 바다에 들어가고 싶단 말예요."

"그럼 다른 거 입어."

"수영복 이것밖에 없단 말이야!"

"그게 란제리지 수영복이야?"

소리도 안 지르고 조용조용하게, 그러나 목소리는 한없이 내리까는 무서운 아저씨의 시선을 이번만은 이 악물고 참아내자. 내가 이걸 얼마나 주고 샀는데! 절대 포기 못 한다.

"이게 뭐 어때서요? 웬만한 사람들 다 이렇게 입고 다니구만."

아저씨 턱에 힘이 들어갔다. 저거 지금 이 악문 거 맞지?

"다른 사람이랑 네가 같아?"

"아우, 진짜! 나도 바다에 좀 들어가 보자고요! 수영복 안 된다고 해서 바지에 티로 갈아입고 오면, 색깔 땜에 뭐라고 그러질 않나, 길이 때문에 뭐라고 그러질 않나! 여기 와서 반바지 입고 바다에 들어가는 사람이 어디 있어요!"

"그게 반바지야? 핫팬츠지!"

"그게 그거거든요. 이거 입고 들어갈 거예요."

아저씨는 아주 짜증이 난다는 표정으로 날 쳐다보았다. 하여튼, 나이 서른다섯에 다시 사춘기가 온 것도 아니고 요즘 엄청나게 짜증이 늘었다니까. 내가 뭘 입질 못해요. 그냥 차도르 두르고 다니라고 하지, 왜.

"아, 왜요! 주변에 사람도 없잖아요. 여기 우리 개인 해변이라면서요."

"개인 해변 맞아."

"그럼 보는 사람 누가 있어? 아저씨밖에 더 있어요?"

저거 봐. 내가 쏘아붙이면 대답도 못 할 거면서 성질부리긴. 진짜 무슨 질풍노도의 시기 같다. 어제는 프릴 달린 예쁜 민소매 원피스를 입으려는데 버럭버럭하질 않나, 오늘은 치마 입은 채로 다리 꼬고 앉았다고 버럭버럭하질 않나.

하여튼 까칠해졌어.

"너 그럼 내가 지금 덮쳐도 아무렇지도 않다, 이거야?"

엄마야. 저 남자 봐!

"아니 지금 그 얘기가 여기서 왜 나와요?"

"날 말려 죽이려고 작정한 것 같아서 그런다, 왜?"

일단 나는 수영을 못하니 바다로 도망가 봤자 금세 잡힐 건 뻔하고, 지금 여기에 서 있다가는 어느 틈에 아저씨한테 말려들지 모르는데.

"내가 왜 아저씨를 말려 죽여요?"

"네 남편 발정 났습니다, 아가씨."

아저씨가 짜증이 나면, 일단은 말이 심하게 배배 꼬이고 거의 짐승에 가까운 화법을 직설적으로 구사한다. 우리 아저씨 지금 완전 짜증 났다. 아니 무슨 남자가 생리하는 것도 아니고 뭐가 저리 까칠해! 저런 말을 하려면 밤에 분위기 조성해두고 하든가! 웬만하면 그냥 모른 척 넘어가 주려고 마음의 준비까지 다 해놨는데, 이 벌건 대낮에 시비야!

"아, 아우. 어떡하라고요, 정말!"

그렇다고 내 예쁜 수영복을 어떻게 포기해! 내가 진짜 벼르고 별러서 시즌 발표나자마자 찍어둔 건데!

"갈아입고 그냥 이리 와."

"싫어요."

아저씨 눈썹이 꿈틀거린다. 실로 오랜만에 해 보는 반항이지만, 절대 지지 않겠다고 계속 마음을 굳게 다지고 있지만, 나 어디까지 버틸 수 있는지는 장담을 못 하겠다.

"최서희."

"나 이거 괜히 산 거 아니란 말예요. 싫으면 아저씨가 그냥 참든가."

내가 보라보라 오면서 얼마나 각오했는데! 허니문이었다는 곳에서 역사 한번 써 보면 어디가 덧나서! 나 이제 안 겁난단 말이야! 아저씨가 벌떡 일어났다. 이 와중에도 아저씨의 데님과, 맨발에 슬리퍼인 차림을 보면서 아저씨 기럭지를 감상하는 나도 중증인 게지, 중증인 게야.

"이봐, 아가씨. 지금 믿을 사람이 따로 있지, 날더러 더 참으라고? 우리 그냥 상부상조하지?"

저런 말투 보면 저 남자 젊었을 때 껌 좀 씹고 침 좀 뱉었구나, 라는 게 여실히 드러난다. 아주 빈정빈정, 속은 배배 꼬인 게 하여튼 이상한데서 성격 나쁘다니까. 주머니에 손을 딱 찔러 넣고 고개 삐딱하게 기울인 채 걸어오는 것 좀 보라지. 저 와중에 청바지 광고 하나 찍으시는구나.

다시 한 번, 사랑해요, 하나님.

"상부상소라뇨?"

"싫다면서."

"뭐가?"

"나랑 자는 거."

우와, 완전 짐승화법.

"그런데 나는 너랑 자고 싶어서 아주 돌아 버리겠거든. 그러니까 싫으면 좀 가리고 다니든가, 나 좀 잡아먹어 주세요, 광고하지 마."

그러면서 셔츠를 확 풀어 내린다. 엄마야, 이 남자야! 왜 말이랑 행동이랑 따로 놀고 그러냐!

"오, 옷은 왜 벗어요!"

아저씨는 씨익 웃으면서 단추를 툭툭 풀었다. 저얼대로 시선 떨구지 말자. 눈만 째려보자. 눈만!

아우씨, 축복받을 근육이로다. 매일 아침마다 회사에 있는 피트니스 센터에서 땀 한번 쭉 빼준다고 하더니만 역시나 보그에서 탐나는 등빨이라고 쭉 사진을 나열해 줄 만한 몸매다.

아악! 정신 차려라, 최서희! 아무리 니 남편이 축복받은 유전인자의 소유자이기로서니 여기서 침만 꼴딱꼴딱 삼키고 있으면 되겠냐!
그냥 어젯밤에 못 한 거 여기서 해 버려! 그냥 폭 안겨!

"이거라도 입어."

하얀 셔츠를 벗어서 내 어깨에다 걸쳐 준 아저씨는 일말의 머뭇
거림도 없이, 정말 가차 없이 등을 돌렸다. 어이! 이봐요! 지금 여기
서 이러기야? 엉? 예상했던 거랑은 다르잖아! 나름 마음의 준비를
했다고! 기가 막혀. 도로 가서 웃통 벗어재낀 채로 다시 넷북을 붙
잡는 저 태도는 또 뭐람! 나랑 자고 싶어서 돌아 버리겠다며! 내가
'좀 잡아먹어 주세요.' 라고 광고하는 것 같다며! 그럼 여길 좀 봐
요! 이봐요! 그렇게 복근 자랑하면서 처녀 가슴에 불 지르는 너님의
태도도 문제 있다고 생각 안 하는 겁니까!

나는 모래를 퍽퍽 밟으며 도로 아저씨가 앉은 카우치 옆에 섰다.
이젠 쳐다보지도 않는다.

"또 뭐가?"

아오오오! 누가 이 남자 좀 때려 줘요. 자기 볼일 끝났으니 이젠
안 봐도 된다는 거냐, 이 화상아! 썩을 놈아! 나쁜 놈아!

"상부상조하자면서요!"

"그래서 그거 입으라고 했잖아."

"그런데 아저씨는 왜 벗어요!"

그제야 고개를 들고 나를 돌아본다.

"뭐?"

"씨, 아저씨나 입어요! 나 안 입어! 자기도 벗으면서 날더러는 왜
입으래! 누구 놀리나!"

셔츠를 홱 던져 버린 나는 빽빽 소리를 질렀다.

"아저씨나 상부상조해요! 아무것도 모르면서 나한테는, 나한테는…… 우씨."

내가 여자로 안 보여요?

나 안아달라고, 그러고 있잖아요. 아저씨가 짜증내도 계속 그런 옷만 골라 입는 거 보면 모르나. 그런데 아저씨는 정작 화만 벌컥 낸 다음에 자기가 벗어재끼고. 난 여자도 아니에요?

눈물이 갑자기 나서 입술을 확 깨문 다음에 홱 놓아섰다. 내가 신짜 담부터 이런 짓 하나 봐라. 좀 두근거리고 설레어 한 것도, 미쳤지! 진짜 내 발등을 찍어 버리고 싶다!

방갈로로 쿵쾅거리고 들어온 나는 여행 가방을 마구 뒤져서 밤에 입으려고 했던 하얀색 긴팔 티셔츠를 찾았다. 나 절대, 죽어도 바다에 안 들어가! 그래그래. 내 팔자에 무슨 유혹이야. 내가 몸매가 좋길 해, 아님 예쁘길 해? 됐어, 필요 없어. 그냥 우리 플라토닉하게 사랑하자고요.

뒤에서 아저씨가 쫓아 들어오는 소리가 났지만 뒤도 안 돌아볼 거다. 뭐? 참느라 힘들어 죽겠다고? 됐네요. 마음에도 없는 소리 하지도 마시죠. 머리꼭대기까지 화가 나서 아저씨가 뭘 하는지도 몰랐다. 그래서 강제로 일으켜진 것도, 내 손에서 셔츠가 떨어진 것도 몰랐다. 그냥 정신 차리고 보니 침대에 누워 있었다.

"아저씨……?"

"내가 이래서 널더러 이거 입지 말라고 했지."

수영복 끈을 홱 풀어 버리며 아저씨가 이를 갈았다. 웅, 그치만 이것 때문에 입은 건데.

"처음부터 다 계획한 거였다, 이거야?"

"응."

"여기 왔을 때부터?"

"응."

한숨을 푹 쉰 아저씨는 습관처럼 내 쇄골에 얼굴을 묻었다. 침대 너머로 탁 트인 베란다에서 바람이 불어온다. 하얀 커튼이 휘날린다.

"이젠 겁 안 나?"

옷가지가 하나둘 침대 아래로 떨어지는 걸 아는데도 별로 겁이 안 난다. 나는 고개를 흔들었다. 누구 말마따나 이런 건 그냥 자연스럽게 준비가 되나 보다.

"겁나야 할 텐데."

"왜요?"

"여태까지 네가 한 짓을 생각해 봐. 어설프게 유혹하질 않나, 난 몰라요, 능청 떨질 않나."

"내가 언제?"

"이것 봐. 또 발뺌하지."

이 사람은 대단히 간질간질하고 말랑말랑하다. 배려도 많이 해 준다. 말은 퉁명스럽게 하면서도 속은 안 그렇다. 싫다는 생각은 하나도 안 들 정도로 부드럽고, 젠틀하게 안아 주었다. 벌이라고 좀 괴롭히긴 했지만. 많이 기다렸다고 속삭여 주었다. 날 울게 했다. 많이 사랑받고 있다고 알게 해 주었다.

그럼에도 불구하고, 나는 아저씨가 나를 껴안고 잠든 지금. 그의 손가락에 걸린 반지를 보며 나의 유서를 다시 생각한다.

❋   ❋   ❋

나는 눈을 반쯤 뜬 채, 쩍쩍 잘 갈라진 식스팩과 가슴근육이 대체 왜 내 코앞에 있는지 궁금해했다. 온몸이 뻐근하고, 입맛도 없다. 나 어디 아픈가? 그때 내 속눈썹을 스지듯 만지는 손길이 있었다.

"한 번쯤은 만져 보고 싶었어."

"에? 왜요?"

"나는 널 보면, 꼭 예쁘다고 생각하는 부위로 눈이 가."

아저씨의 손이 내 눈과, 뺨과, 입술과, 속눈썹과, 턱을 천천히 쓸었다.

"예쁘네, 우리 아가씨."

"자다 일어나서 머리는 산발이고 눈은 팅팅 부었는데 뭐가 예쁘다구."

잔뜩 갈라진 목소리로 퉁명스럽게 대답을 하던 나는 문득 깨달았다. 이 남자, 다 벗었잖아! 더불어 나도! 그러자 정말 거짓말처럼 머릿속을 확 스쳐 가는 어젯밤 일들. 엄마야, 난 몰라. 베개에 얼굴을 묻어보고, 이불로 얼굴을 가려봐도 그 기억은 잊히긴커녕 눈앞에서 블루레이 영상을 틀어대는 것처럼 생생하게 반복 재생됐다.

"내가 이럴 줄 알았지. 부끄러워하기는. 평소에는 얼굴에 철판 깐 아가씨가 왜 그래?"

아저씨는 재미있다는 듯이 자꾸 이불을 끌어내렸다. 난 몰라, 난 몰라. 내 입에선 상상도 못했던 신음소리가 밤새 나왔고, 매일 넋을 잃은 채로 쳐다만 보던 아저씨의 몸이 온몸을 옥죄었다. 이제 막 스무 살인데 웬만한 포르노는 이제 아무렇지도 않게 볼 수 있을 것 같다. 진짜 귀까지 뜨겁다.

나는 부끄러워 죽겠는데 아저씨는 그게 재미있나 보다. 내 이불을 강제로 빼앗더니 마음대로 내 허리를 낚아채고서 내 귓가 근처에서 큭큭 웃는다.

"아, 정말이지. 넌 너무 솔직해."

"이, 이불 줘요!"

"그리고 좋은 학생이기도 하고."

그가 내 가슴을 움켜쥐자마자 나는 헉 하고 숨을 들이마시는 소리를 냈다. 이건 정말 해도 해도 적응이 안 된다.

"가르친 대로만 반응하거든."

이 남자가 고기를 굶었나, 왜 자꾸 물고 빨고 핥고 난리야! 발악해 봤자 나는 어차피 아무 생각도 못하고 아저씨가 하는 대로 끌려갈 뿐이고, 아저씨는 아침댓바람부터 날 또 잡아서 맛있게 냠냠 드시는 거고.

이런 때에는 난 말도 할 수 없다. 도망가는 정신줄 잡고 있기도 힘든데 그 와중에 이 남자는 참 잘도 민망한 말만 마구마구 해대서 간신히 붙잡은 정신줄을 또 놓아 버리게 한다.

"난 매일 이런 걸 상상했어."

나는 대꾸도 못 한 채 신음을 내뱉으며 몸을 뒤챘다.

"내 옆에서 네가 걸어갈 때, 소파에서 잠들었을 때, 밥을 먹을 때마다 머릿속으로는 계속 네 옷만 벗기고 있었거든."

난 분명히 이 변태야, 라고 말하고 싶은데 아저씨는 그럴 틈을 안 준다. 내 예민해진 입술을 확 물어 버린다든지, 아니면 허벅지를 쓸어내린다든지 해서 내가 반박하는 말 대신 가쁜 숨소리만 잔뜩 내버리게 한다. 하여튼 쓸데없는 네로 머리가 질 돌아가요. 내 눈에서 비난의 빛을 읽어낸 아저씨는 성마른 기색이었다.

"아무래도 널 집에다 가둬놔야겠다."

저건 또 무슨 소리?

"아주 남자를 흥분시키는 데 탁월해."

저저, 짐승화법을 어쩌면 좋습니까요. 내가 뭘 어쨌다고! 뭘 어떻게 반박을 하고 떽떽거릴 수가 없다. 이건 내 몸이 아니다. 모든 게 아저씨의 손에 있었고, 나는 그냥 무섭도록 달콤하게, 잔인할 정도로 철저히 유린당하고 있을 뿐이다. 그게 머릿속이 새하얘질 만큼 중독성 강하다는 게 문제지만.

"아무것도 모르는 것인 양 순진하게 있다가, 사람을 미치게 만들어."

호흡 하나 흐트러지지 않은 채로, 그는 내 귓가에 악마처럼 속삭였다.

"절대로 거부 못 하도록 유혹하고, 신음소리 하나만으로 오르가즘을 느끼게 하거든."

아하, 당신이 그런 게 아니라 내가? 무슨 말을 할 수가 없었다. 감각의 초과. 내가 수용할 수 없는 느낌들이 내 몸 안에서 미친 듯이 부서지고, 깨지고 있었다. 귓가에는 수도 없이 사랑한다 속삭이는 그의 말이, 내 눈에는 그의 파랗게 깨지는 눈이, 내 후각에는 비릿한 체향이 감돌았다. 눈앞이 하얗게 바랬다.

도저히 더 이상은 견뎌낼 수 없을 것 같은데도 그는 날 언제나 한계까지 몰고 갔다. 제발 그만해달라는 애원은 그를 더 격하게 몰고 간다. 내가 눈물을 흘려도, 흘리는 것마저 그에게는 최고의 엑스터시이고, 나의 신음소리는 그의 뇌와 심장을 폭파시킨다. 마침내 우리가 모두 진짜 한계에 도달해 터져 버릴 때까지.

나는 길게 비명을 지르고는 쓰러져 버렸다. 아, 정말 대박이야, 우리 남편. 기네스북이 따로 없어. 온통 땀에 젖어 끈적한 것도 그닥 기분이 나쁘지 않았다. 절대 놓아주지 않겠다는 듯이 이 와중에도 내 손을 꼭 잡은 아저씨도 좋고.

"아저씨."

"응?"

"지금 이게 몇 번째인지 알긴 해요?"

"몰라. 네 번까지 세고 잊어버렸어."

"나 진짜 허리 뿌사질 것 같아."

"내가 안고 다니지 뭐."

"아저씨는 멀쩡해요?"

내가 거의 경악에 가까운 표정으로 아저씨를 쳐다보자, 땀에 젖은 얼굴로 누워 있던 아저씨는 씩 웃었다. 저 웃음 불길한데.

"한 번만 더 하면 나도 다리 후들거릴걸?"

"힘도 좋아, 진짜."

"우리 아가씨가 날 고문해댈 동안 절치부심하면서 보약과 조깅으로 몸을 만들어놨거든."

"내가 언제 고문을 했다고!"

내 반박에 아저씨는 내 허리를 다시 확 끌어당겼다.

"이제 와서 오리발을 내미시겠다, 이거야?"

"내가 언제 그랬는데요?"

"했잖아. 걱정돼서 헬기 타고 달려갔더니 '아저씨 누구세요?' 하고 말이지."

"그게 무슨 고문이야."

"내 속은 썩어 문드러졌어."

아. 아저씨는 턱으로 내 머리를 꽉 눌렀다.

"그래도 예뻤잖아요."

"예뻤지. 서른다섯이라고 노땅 취급을 하질 않나, 유부녀라는 소리에 대성통곡을 해대질 않나. 아주 예뻤어."

"으이익, 그게 무슨 고문이야!"

"고문이지. 스무 살이라고 눈 깜빡거리면서 온 집안을 다 뒤집어놓고, 내 참. 내가 제일 황당했던 때가 언제인 줄 알아?"

"언젠데요?"

"야밤에 인형 안고 쫓아와서 그랬지. 무서운데 옆에서 자 주면 안 되냐고? 그게 욕구불만인 남편한테 할 소리야?"

"우씨, 내가 그걸 알았나 뭐!"

난 퀸사이즈 침대에서 자 보는 건 처음이었단 말야. 방은 또 얼마나 커. 무서운 건 당연하지. 낯선데서 혼자 자는데. 그리고 그건 나름 트라우마가 있기 때문이다, 뭐.

"매일 덥다고 민소매에 반바지 입고서 허벅지 다 드러내놓고 다니고, 그 차림으로 잘도 내 무릎에 앉았겠다."

그, 그러고 보니 상당히 괴로우셨겠어요.

"그런 주제에 밖에서는 다른 여자들이 날 쳐다본다고 이를 박박 갈질 않나, 하여튼 너 정말 키우기 피곤해."

말투에는 불평불만이 가득이면서 결국은 행복하다는 고백을 하며 아저씨는 내 왼손을 가만히 잡아 올렸다. 결혼반지가 빛을 받아 반짝거린다.

"그런데 묻고 싶은 게 있는데."

"응."

"어째서 이건 계속 하고 다닌 거야? 아무런 기억도 없었으면서."

나는 파란빛 나는 보석을 물끄러미 쳐다보았다.

병원에 있으면서 계속, 그리고 맨해튼으로 와서도 계속, 나는 매일 아침 이 반지를 꼈고 매일 밤 이 반지를 화장대 위에 내려놓았다.

"응…… 예뻐서?"

"어이구, 그래. 너답다."

사실은 맨해튼에 온 지 나흘째 되던 날, 늦은 밤에 일어나서 그 반지를 보며 소리없이 울던 아저씨를 잠결에 봐서일 거야. 침대 머리맡에 앉아 내 얼굴과 그 반지를 번갈아보며 무거운 한숨과, 그리고 소리 없는 눈물을 떨어트렸더랬지. 내가 깰까 봐서 조심스레 내 손을 들어올리고, 반지를 끼워 주고, 그 손에 가만히 입맞춰 주는 그 의식이 마치 아저씨에게는 목숨과도 같은 숭고한 의식인 것 같아 차마 눈을 뜨지도 못하고 가만히 있었다.

"반지는 취향에 어때? 그것도 노티 나?"

"아니요. 예쁘데두."

"맘에 안 들면 바꿔 줄게."

"미쳤어, 결혼반지를 왜 바꿔요?"

"왜, 신부가 기억을 깨끗이 포맷한 기념으로 새로 결혼식이라도 올리지 뭐."

"됐거든요. 난 이게 좋아."

그의 가슴에 기댄 채, 나는 햇빛에 반사되도록 반지 낀 손을 눈 높이로 들어올렸다. 브라질에서 사들인 광산에서 엄청난 크기의 원석이 발견된 걸 그대로 커팅해서 만들었다는 게 이거란 말이지. 토파즈의 보석 말이 뭘까나. 다른 애들이 꽃말 외울 때 나는 특이한 거 하겠다고 보석 말을 죽자고 외웠더랬는데. 초딩다운 짓이었지.

"서희."

"응?"

"기억 말이야."

"응."

"다시 찾고 싶어?"

그 말에 손을 내린 나는 내 허리에 걸쳐진 아저씨의 손을 만지작거렸다.

"욕심 안 내려고요. 아저씨한테 좀 미안한 말인데, 난 지금도 좋거든. 기억 클리닉은 끊은 지도 오래됐고, 약도 끊은 지도 오래됐고. 그래도 굳이 노력하지 않아도 조금씩 기억이 돌아오고 있으니까."

"딱히 돌리고 싶다는 말은 아니군."

나지막한 한숨이 내 머리카락을 흩날리게 한다.

"화났어요?"

"아니."

그의 중얼거리는 듯한 말이 허공을 맴돌았다.

"나도 굳이 기억을 찾을 필요는 없다고 생각해."

토파즈의 보석 말은 인내와 결백. 나는 파랗게 빛나는 보석으로 시선을 떨어트렸다.

✼   ✼   ✼

『이번 PIGS사태로 인한 월가의 경제적 공황에 대하여 골드크레딧은 어떠한 대안을 갖고 있나?』

『대안이랄 게 뭐 있나. 골드크레딧은 PIGS를 미리 예상했고, 그에 대해 현명하게 대처했으며, 지금도 대처중이다. 손실액은 미미하다.』

『좀 더 사적인 질문을 해 보겠다. 자신의 인기를 실감하나?』

『인기라니, 그런 게 있나?』

『가끔 아카데미에 초청받을 때 보면 조니 뎁 못지않은 사인공세에 시달리지 않는가. 아내의 나라인 한국에서도 꽤 유명인사라고 들었다.』

『글쎄. 난 잘 모르겠다.』

『실감하지 않는다는 뜻으로 들린다. 그러고 보니 요즘 아내와 함께 있는 장면이 자주 목격되던데, 이혼은 더 이상 생각하지 않는 건가?』

『그런 질문은 안 해 주었으면 좋겠는데. 나와 아내는 아무 문제도 없다.』

사진에는 성마르게 이맛살을 찌푸린 채 카메라를 노려보는 아저씨가 한 면을 꽉 채운 채 찍혀 있었다. 완전 멋있다. 우리 아저씨 모델해도 되셨어. 내박이야. 이 화보는 내내손는 가보로 간직해야지. 난 혼자서 실실 쪼개지고 있는 입을 애써 앙다물면서 다음 기사를 읽었다.

『결혼할 때도 그렇고, 지금도 대단히 아내를 아낀다. 여덟 살 차이라고 들었는데?』

『요즘에는 아내가 더 어려진 것 같은 기분이다. 한 열다섯 살 정도?』

『어째서?』

『많이 밝아졌다고 할까. 톡톡 튀고 발랄하다.』

『그러고 보니 얼굴이 확 폈다.』

『다 아내 덕분이다.(웃음)』

『그거 참, 당신을 오래도록 알아온 싱글 팬들은 복장 터질 말이다.』

『결혼을 하시라. 정신건강에도 좋다.』

『그렇게 아내가 예쁜가?』

『예쁘기만 한가, 사랑스럽다.』

『공처가라는 소리 안 듣나?』

『내 아내가 듣는다면 코웃음 칠 소리다.』

『호오, 본인은 그렇게 생각을 안 하는 모양이다?』

『나는 표현을 많이 못하는 성격이다. 오히려 아내가 더 많이 하지.』

『예를 들면?』

아저씨는 꽤나 고민을 하다가 대답했다.

『글쎄, 이런 말해도 될지 모르겠는데.』

『크리스티안 라일리 백스터가 망설이기도 하나. 괜찮다. 말해 봐라.』

『아니, 분명히 이 인터뷰를 아내가 볼 거라서.(웃음)』

『와우. 다 챙겨 보나 보다?』

『요즘 아내의 새로운 취미다. 쓸데없는 소리 하지 말라고 신신당부를 하던데. 가령 아내 이야기라든가.』

『나중에 바가지 긁히겠군.』

『팔자려니 해야지.』

『아무튼 어서 말이나 해 봐라.』

『끈질기군.(웃음) 아내가 한국 사람이라 둘이 있으면 의사소통은 보통 한국어로 하는 편이다. 그런데 한국어에는 대단히 귀여운 표현들이 많다. 색감을 나타내는 말도 영어보다 훨씬 풍부하고, 사람을 부르는 말도 대단히 많다. 그런 말 중에 애정을 표현하는 말을 아내는 많이 해 준다.』

『그러면 당신은?』

『그냥 듣고 웃는다. 솔직히 좋아서 말이 안 나온다.』

『그거 참 듣는 싱글 화나는 말이다. 나가서 당장 블라인드 데이트라도 해야겠다.』

『히히히. 성공하길 바란다.』

『그러고 보니 아내가 당신을 완벽하게 유혹했다는 말이 있던데?』

『오래된 일이다. 넘어갈 만해서 넘어갔지만.』

『궁금하다. 게다가 언론에 좀처럼 아내 공개를 잘 안 하지 않나.』

『아내가 언론에 노출되는 것을 꺼린다.』

『라기보다는 당신이 대단히 아내를 소중히 여겨서 숨겨두는 거라던데?』

『그것도 맞다. 내 아내는 웬만하면 나 혼자 숨겨두고 사랑하고 싶다.』

『기분 확 나빠졌다. 인터뷰 그만하련다. 마지막으로 질문 하나만 더 하겠다. 만일 아내를 잃어버린다면, 어떻게 하겠는가?』

『글쎄. 여러 가지 상황이 있었지만 별난은 내 것은 목에 길이 들어와도 빼앗기지 않는 성격이라서.』

〈아레나〉의 CEO 인터뷰 그 일곱 번째, 크리스티안 라일리 벡스터 편은 이렇게 끝이 났다.

심심해서 반즈앤노블에 왔더니 떡하니 아저씨가 표지길래 있는 대로 욕을 해대며—이 남자야, 함부로 얼굴 광고하고 다니지 말랬잖아!—샀다. 아내가 이런 거 안 사면 또 말이 안 되는 거지. 슬그머니 이 잡지 코너를 보니 〈아레나〉는 계속 불티나게 팔리고 있고, 그 자리에서 계산해서 포장을 뜯은 사람들은—특히 여자들—계속 한숨을 쉬고 자기들끼리 떠들다가 결국은 좌절한 표정으로 잡지를 덮는다.

「이 인터뷰 너무했어.」

「그러게. 전에는 안 이랬잖아.」

「갑자기 너무 공처가가 된 거 아냐?」

「아내가 어려졌다잖아. 회춘이라도 한 거냐.」

「어쨌든 그 아내가 부럽네.」

나는 비죽비죽 웃음이 나오려는 걸 간신히 잡지로 얼굴을 가리고 그곳을 떠나 다른 코너로 갔다. 우후후후후후. 내가 그래, 남편 복은 있어. 아니지. 내가 눈이 좋았던 거지. 역시 나의 안목을 뛰어났던 거야. 그래서 엄마의 말씀이 옳았던 거라니까.

우리 엄마가 나에게 해 준 인생의 충고 중에 제일 효과적이고 뼈와 살이 되었던 충고라면 바로, "서희야. 젊을 때 남자를 빨리 잡아야 하는 거야. 나중에 직장 잡고 돈 좀 모으다가 남자를 찾으면, 좋은 남자들은 벌써 다른 여자들이 다 채가고 난 후란다." 였다.

아, 진짜 인생의 진리야.

「그렇게 좋아요?」

누구야, 하고 돌아보던 나는 그대로 얼음땡하고 말았다. 뭐야, 저 남자 어떻게 알고 여기 있는거? 팔짱을 낀 브라이언은 나를 째려보고 있었다.

「여긴 어쩐 일이에요?」

「책 사러 왔죠.」

「그럼 책 사세요.」

하고, 걸음을 휙 돌리려는데 브라이언이 나를 붙잡는다.

「내 꽃 받았어요?」

「아침나절에 오긴 했던데요.」

「그럼 왜 받았다고 얘길 안 해요?」

「안 받았어요.」

「왜 안 받아요? 제대로 배달됐다면서요.」

나는 똑같이 팔짱을 끼고 그를 째려보았다.

「우리 신랑 자극하려고 아침댓바람부터 보낸 꽃바구니를 내가 왜 받아요?」

「자극하는 데 성공하긴 했나 보군요.」

「도대체 사람이 왜 그래요? 내가 싫다잖아요. 유부녀한테 작업 걸면, 좋아요?」

「솔직히, 서희도 그런 노땅보다는 신선한 연하가 좋지 않아요?」

「일없네요.」

저런 무개념에게 개념을 들고 얘기를 한다는 게 미친 짓이었지.

「후회할걸요.」

「안 할 건데요.」

「그건 두고 봐야 할 텐데요. 상처 안 받을 자신 있어요?」

「내 남편은 나한테 상처 주는 짓 안 해요.」

「이미 했다면?」

뭐라고?

「이미 했다면 어쩔 건데요?」

「무슨 말을 하고 싶은 건데요?」

「솔직하게 말해 봐요. 서희도 기억 잃기 전에 둘 사이가 그닥 좋지 않았다는 건 짐작하고 있잖아요.」

「그래서요?」

「왜 안 좋은지, 궁금하지 않아요?」

순간 저 금발머리 천사가 지독한 저주를 나한테 거는 것 같은 기분이 든다면 착각이려나.

「당신 치사해요.」

「알아요. 하지만 내 변명은 당신을 위해서라는 것도…….」

「당연히 그렇겠죠. 그렇지만 그건 나를 위한 일이 아니에요.」

「아니요. 당신을 위한 거예요.」

브라이언은 진심 어린 미소를 지었다. 그 미소는 왠지 씁쓸하다. 가끔 아저씨가 날 보며 짓는 그런 미소를 닮았다. 언제 우리 관계가 끝일까, 하는 그런 표정.

「어째서요?」

파슨즈 스쿨러답게 한 손에는 반 고흐의 그림으로 가득 찬 캔버스크기의 책을 들고, 배낭을 맨 그 훤칠한 청년은 쓴 웃음을 더 짙게 지었다.

「알게 되면 그 사람 곁에 있는 당신을 혐오하게 될걸요.」

그건 명백한 경고였다.

「선택은 당신이 하는 거죠.」

「당신한테서 듣고 싶은 얘기는 아닌데요.」

「믿지 않을 거라는 표정이네요.」

브라이언의 눈이 둥글게 휘었다. 눈이 보이지 않을 정도로 그는 활짝 웃었다. 등골이 오싹해질 정도다. 괜히 이 남자더러 정치를 하라는 말이 나오는 게 아닌가 보다.

「내가 왜 당신을 믿어야 하는데요?」

「이건 좀 별로네요. 기억을 잃기 전에 서희는 그렇지 않았는데.」

「뭐가 안 그래요?」

「날 많이 믿어 주고, 신뢰해 줬다고요.」

「그거야 당신이 하는 얘기죠.」

내가 하는 모든 반박은 이 사람에게는 변명으로 들린다. 한 점의 흔들림도 없이 강력하게 내 말을 깔아뭉개는 이 남자의 자신감은 도대체 어디서 나온 것일까? 그의 태도는 나로 하여금 의심을 품고, 흔들리게 만들고 있었다.

「치사한 방법이라는 생각 안 들어요?」

「당신 입장에서야 그렇겠죠. 나는 안 그래요.」

브라이언은 분냉한 어조로 내 눈을 똑바로 바라보며 말했다.

「나는 서희, 당신이 행복해졌으면 좋겠어요.」

아, 그래. 누군들 그런 소리를 못 하겠냐구.

「그래서요?」

「벡스터를 떠나요.」

「그리고서 브라이언, 당신은 가정파괴범 딱지를 순순히 달겠다고 요?」

「부부는 닮는군요. 대단한 독설이에요.」

「과찬이시네요.」

그는 아프게 웃었다. 이 사람은 참 많이 아파한다. 하는 짓은 완전 병맛이면서, 나 아파 죽겠다고 있는 대로 표시를 한다. 도대체 어떻게 하라는 걸까. 이 사람은 아마, 내가 아닌 다른 사람과 사랑을 했더라면 정말 행복했을 거다. 왜 하필 임자 있는 유부녀를 짝사랑하는 건지 나는 죽었다 깨나도 모르겠지만, 이 사람은 참 아프게 사랑한다. 그 방법은 당하는 입장에서는 좀 치사하지만 말이다.

「그러지 않았으면 좋겠어요. 그 사람이랑 같이 있으면, 당신은 변할 거예요.」

「어째서요?」

「당신은 말라 갔고, 침묵했죠. 벡스터는 당신을 냉정하게 꺾어서 곱게 싼 포장지에 담아 벽에 걸어놨어요. 장미가 마르듯이, 꽃잎이 변색되고 이파리는 쪼그라들고. 그 사람은 살인자예요.」

그렇게 말하는 브라이언의 말에는 한 치의 망설임도 없었다. 냉정하게 그는 분노를 가득 담아 잘라 말했다.

「그 사람은 살인자라고요.」

아저씨가 살인자면, 도대체 어떤 스타일일까? 잭 더 리퍼……는, 내가 무슨 매춘부도 아니고. 모리아티 교수……는, 우리 아저씨가 하기엔 지나치게 늙었지. 나는 도대체가 브라이언이 하는 말이 실감이 나지 않아서 이렇게 망상에 망상을 거듭하는 중이다.

「내 말 듣고 있어요?」

「……우리 남편이랑 살인자는 안 어울리는데요.」

브라이언은 한숨을 푹 쉬었다.

「그렇죠. 그러니까 더 문제죠.」

그는 가방을 뒤적뒤적하더니 좀 오래되어 보이는 잡지 한 부를 꺼내 보였다.

「읽어 봐요.」

뭐야, 이건. 말로만 듣던 그놈의 타블로이드, 내셔널 인콰이어러잖어. 아냐, 이 싸이코 같은 쓰레기 잡지도 들고 다니슈?

월스트리트의 황제, 잘못된 결혼으로 인한 스캔들

뭐시여, 이건.

지난 2014년, 많은 여성들을 울리고서 결혼한 월스트리트의 황제로 군림하고 있는 크리스티안 라일리 벡스터의 결혼 생활이 최근 암초에 부딪힌 것으로 알려졌다. 그의 한국인 아내 S가 결혼한 지 불과 2년 만에 외도를 하고 있다는 것이 그 주요 골자인데, 측근들은······.

나는 침묵했고, 브라이언은 입을 꾹 다물었다.

「브라이언은 이런 말도 안 되는 황색 잡지를 믿어요?」

「안 믿죠.」

「이걸 보면 내가 나쁜 년 같은데요.」

「그렇죠.」

나는 입술을 깨물었다. 아무리 기억을 잃기 전의 내가 바보 같았다기로서니, 외도까지 한다고? 어째서? 왜?

「이걸 잠재우느라 벡스터가 꽤나 애썼죠. 실제로 상대가 거론되기까지 한 스캔들이었으니까.」

「그 상대가 누군데요?」

브라이언은 피식피식 웃었다.

「누구겠어요?」

단 하나의 진실. 내가 지금 확실하게 알게 된 것을 나는 입 밖으로 냈다.

「당신이군요.」

사람은 쉽게 변하는 생물이 아니야. 카사노바가 개과천선을 해서 한 여자만을 목숨 걸고 사랑한다거나, 아니면 냉정한 남자가 여자를 사랑해서 바보같이 질투쟁이에 사려 깊은 수호천사가 됐다는 것은 소설이나 영화에서 나오는 허무맹랑한 이야기. 절대로 믿어서는 안될 이야기.

현실은 현실이고, 그대가 있는 이 세상은 냉정한 권모술수가 사람들의 목을 조여 오는 무서운 세계. 어떤 사람이건 간에, 얼마나 가깝던 간에 바보같이 순진하게 마음을 다 주어서는 안 돼.

더 알기 싫다고 고개를 흔드는 내 앞에서, 브라이언은 냉정하게 '나도 더 알려줄 생각은 없지만, 왜 그런 루머가 생겼는지는 생각해 봤으면 좋겠어요' 라는 말로 인사를 남기고 사라졌다. 내가 바람을 피운 건 아닐 거야. 브라이언도 루머라고 그랬잖아.

하지만 2016년의 타블로이드 기사들에는 나와 아저씨의 이야기가 빠지지 않고 있었다. 제대로 공개된 적이 없는 나와 아저씨에 대한 온갖 추측성 기사들. 결국 추측성 기사들은 추측으로 끝나고 말지만, 당하는 입장에서는 꽤나 씁쓸하다. 그리고 날 무섭게 한다.

'왜 그런 루머가 생겼는지 생각해 봐요.'

그러게. 왜 생겼을까. 왜 하필 〈외도〉라는 걸까. 로마의 중년 여인들은 너무나 외로워서 목숨을 걸고 외도를 했다지만, 나는 할 이유가 전혀 없었다. 그렇게 아저씨가 좋아 죽어서 결혼한 건데, 왜? 머리를 열심히 굴려대던 나는 방금 내가 한 질문에서 힌트를 찾았다. 아저씨가 좋아서 한 결혼이라면, 아저씨가 안 좋아져서 파토 날 결혼이겠지.

난 바보가 아니다. 그래서 내 심장이 누구를 향해서 뛰는지는 나도 잘 안다. 나는 아저씨가 테 없는 안경을 끼고 일하는 걸 보면 가슴이 뛴다. 서류를 보다가 나를 발견하면 안경 너머로 웃는 그의 눈이 좋다. 그의 웃음이 좋고, 그의 손에 폭 잠긴 내 손을 보는 게 좋고, 그의 싱거운 농담이 좋고, 그냥, 그냥 아저씨가 좋다. 이건 사랑이다. 나는 동경과 사랑을 구분 못하는 열다섯 살짜리 여중생이 아니다. 하지만 사랑을 확인할 때는 여중생보다 더 유치해지는 게 사람이다.

"왜 그래, 갑자기?"

아저씨가 퇴근하자마자 확 달려들어서 껴안으니 아저씨가 꽤 놀란 표정이다.

"그냥, 아저씨. 잠깐만 이러고 있어요."

바깥공기가 묻은 아저씨의 광택 있는 슈트는 차가웠다. 온도는 차갑지만, 아저씨의 체취와 내 머리를 쓰다듬고, 내 등을 껴안아 주는 손길은 따뜻하다.

"오늘 힘든 일이 있었나 보지?"

나는 고개를 끄덕였다.

"어쩌나, 우리 아가씨. 울 거야?"

아니요.

"그냥 이러고 싶어?"

응응.

아저씨는 천장을 올려다보았다.

"그래. 그럼 하고 싶은 만큼 맘대로 해."

"진짜요? 내 맘대로?"

"뜻대로 하세요."

"아저씨한테 햄토리 잠옷 입혀도 돼요?"

"……그건 좀 참아 줘."

나는 그냥 그대로 가만히 있었다. 아저씨는 더 이상 날 밀어내지 않았다. 가끔은, 아저씨를 웃기는 것도 힘들 때가 있다.

5

Morgue

[그 자식 그거 선전포고한 거구만.]

딱 잘라 말하는 예은이의 목소리도 평소와는 사뭇 달랐다.

"어떻게 내가 외도를 했다고 기사가 나냐."

[아니니까 신경 쓰지 마.]

"그런데 어떻게 그런 식으로 기사가 나냐고!"

아, 진짜. 이 말밖에 할 말이 없다. 속이 상하다 못해 억울해 죽겠다. 아저씨에게 물어볼 수도 없고, 이제는 아저씨가 출근할 때 잘 다녀오라고 손 흔들어 주기도 어렵다. 내가 바람피운다고 기사 났을 때 무슨 생각 들었어요? 그런 기사가 왜 난 거예요?

쳇. 앓느니 죽지.

[믿은 사람이 있었으니까.]

"넌 다 알고 있구나."

[나도 웬만하면 말해 주고 싶지 않은 부분이야. 그 점에 대해서는 미술관 남과 완벽하게 동의해. 나는 네가 기억을 되찾지 않았으면 좋겠어. 하지만 그 미술관 남이 이 정도까지 뚜껑을 열어놓았다면 외면할 수도 없는 거겠지.]

수화기 너머, 태평양 건너 저 멀리서 쉬는 한숨 소리가 내 귀에 무섭게 틀어박혔다.

"누가 그걸 사실이라고 생각한 건데?"

[네 남편.]

아. 이걸로 아웃이다.

"거짓말."

[알아. 네가 안 믿을 거 알아.]

"말도 안 돼."

[서희야. 사랑과 불신이 공존할 수도 있는 거야. 인생이 무슨 마냥 둘이서 잘 먹고 잘 살고 행복하게 해피엔딩인 줄 아니?]

"그건, 그건 아웃이란 말야!"

[네 기준에 아웃이지. 그럼. 아웃이고말고.]

아아, 이러면 안 돼.

"그래서 내가 이혼하자고 그랬던 거야?"

[울지 마. 모든 걸 다 겪은 최서희는 울지도 않았어. 눈물도 혼도 다 빨려서 아무것도 안 남았다고. 이 정도에 운다면 말도 안 되는 거야, 너.]

그렇지만 눈물이 떨어졌다. 나는 자꾸 아저씨만 찾고 싶은데, 아저씨는 날 믿지 않았다 한다.

"진짜 내가 바람피우지 않은 거야? 정말이야?"

[왜, 네가 바람피운 걸 기정사실화라도 해서 그 사람이 널 의심한 것에 대해 정당성이라도 부여해 주고 싶어?]

잔인하다. 이건 정말 잔인하다.

"왜? 뭐 때문에 그렇게 생각했던 건데?"

망설이다가 독하게 마음먹고 냉정하게 떨어지는 예은이의 말이 내 심장을 갈랐다.

[내 여자다, 노상 씌었으니 내버려두고 있나가, 나른 놈이 좀 껄떡댄다 싶어 거슬리던 차에 이미 마음 다친 너는 온기를 찾았고, 네 남편을 평소처럼 대했어. 그게 다야.]

—그가 오늘도 오지 않는다. 아무리 글을 쓰고, 자료를 찾아도 무료하기 짝이 없다. 뭐 하냐고 물어볼 수도, 앞으로의 계획이 어떠냐고 물어볼 수도 없다. 그에게 말을 걸어서는 안 된다. 그가 나를 귀찮아하는 것 같다. 물어보아도 전과 다르게 그저 단답형. 좀 거슬린다는 어투다. 서류에 파묻혀 나를 쳐다보지도 않을 때가 많다. 그에게 집은, 아마 그냥 씻고 자고 가는 곳이 아닐까?

마치 판도라의 상자를 여는 기분이다. 뭐라도 나올까 봐 2016년의 날짜로 검색을 하며 미친 듯이 내 컴퓨터를 뒤지다가 짤막하게 블로그에 비밀글로 끼적거린 글을 보고 나는 허탈해했다. 문법에도 맞지 않고 발음도 못할 단어들이 잔뜩 써져 있어서 이게 뭔가, 했더니 누가 볼까 두려웠는지 한영 전환을 하지 않고 그냥 영자 상태에서 한글을 타이핑한 거였다. 간신히 조합해서 읽어나가는 동안 기분은 극도로 나빠졌다.

이런 거, 원래 알고 있다고. 내가 바보 같았던 것도 알고, 우리 사이가 이랬다는 것도 알고, 아저씨가 워커홀릭이었다는 것도 안다. 하지만 전과는 다르게 저 글 하나하나에 깃든 내 한숨과 눈물이 낯설지 않다. 외면해 버리고 싶고, 다시 기억해 봤자 아픈 감정들만 살아난다. 물론 구체적으로 기억이 나지는 않는다. 하지만 기분과 감정은 아주 익숙하게 나를 급습한다. 믿지 않았다. 그게 아마 내가 아저씨와 이혼이란 것을 하려고 했던 이유일 것이다. 나 역시 타당하다고 고개가 끄덕여지는 이유이기도 하고. 사랑하는 사람 사이에서 신의라는 것은 절대로 지켜져야 할 덕목인데 그걸 버렸으니까. 날 믿지 않았으니까.

나는 서둘러 고개를 숙이고 눈물을 떨궈냈다. 여기서 이렇게 울면 안 돼. 머리로는 이해되고 충분한 이유라고 납득이 가지만 마음은 그렇지 않다. 수도 없이 물어보고 싶은 것을 눌러 내리고 가까스로 삼켰다. 왜 나를 믿지 않았어요? 지금도 나를 믿지 않나요? 이대로 당신과 함께 있다면 당신이 나를 속여도 나는 행복하다는 건 있을 수 없는 일이다.

거짓말. 기만. 불신은 아무리 뜨겁고 지고지순한 사랑이라도 단번에 토막을 내 버리고 싸늘하게 식혀 버린다.

수도 없이 물어보고 싶다. 어째서 날 믿지 못했냐고. 무엇이 당신을 그렇게 만들었냐고. 도대체 나와 당신 사이에 어떤 일이 있었기에 당신이 나를 믿지 않았으며, 나는 당신을 버리려 했는데 지금 당신이 나를 붙잡고 있는 이유가 무엇이냐고.

하지만 그럼에도 불구하고 내가 물을 수 없는 건, 나는 그래도 당신 곁에 있고 싶기 때문이야. 내가 죽어도 당신을 떠나지 못했던 것은 당신을 떠날 수 없었기 때문이었어. 그랬기에 당신을 떠나가서 살 수 없는 나 자신을 저주하며 충동에 휩쓸려 하얀 포말 속으로 몸을 던졌고, 지금도 변함없이 웃는 낯으로 당신을 맞이해. 그건 아마, 믿지 못함에도 불구하고 나를 붙잡고 늘어진 당신도 잘 아는 감정일 거라고 생각해.

아아, 정말이지 끔찍한 일이 아닐 수 없다니까.

똑똑한 사람들은 이래서 무섭다. 브라이언은 스무 살의 최서희는 지나치게 감정적이고, 나름의 신념이 확고해서 적당히 설렁설렁 넘어가는 불의는 참지 못하고 따지고 드는 어린 여자라는 것을 꿰뚫어보았고 그대로 미끼를 던졌다. 최서희는 그것을 알면서도 물었고, 눈빛만으로도 그녀가 달라졌다는 것을 아는 크리스는 가장 단순하고도 직설적인 질문을 한다.

"또 기억난 게 있어?"

내가 사무실로 쳐들어와서 삼십 분째 아무 말이 없으니 처음에는 의아해하던 아저씨의 눈도 점점 차분하게 가라앉았다. 나로서는 아주 상대하기 싫은 눈이지만, 아저씨는 이미 다 알고 있다.

"나, 봤어요."

"뭘?"

"2016년 10월자 내셔널 인콰이어러."

그의 눈이 급속도로 냉각된다. 인정하기 싫지만 스무 살의 최서희에게는 아주 무섭고도 낯선 눈이면서, 내 안에 있는 다른 최서희에게는 익숙하고 건조한 눈이다.

"어떻게?"

"그냥."

"브라이언 위더릭이 줬군."

그리고서 또 침묵. 나는 긍정의 침묵이었고, 그는 분노의 침묵이었다. 화가 나시겠지. 기억을 잃은 아내가 또 그런 놈팽이를 만나고 있다니, 불안하시기도 하겠고.

"물어봐도 돼요?"

"뭘 물어봐."

대답하기 싫다는 표정이지만 나는 그냥 물어봤다.

"왜 그런 기사가 난 거예요?"

나는 힘들어 죽겠다는 표정으로 그를 보고, 그는 표정 없는 얼굴로 나를 마주한다. 나는 그가 날 아주 아프게 할 것이라는 걸 직감한다. 그는 화가 났고, 멀쩡한 얼굴로 멍청하게 그런 질문을 하는 내가 아프길 바란다. 결국은 나중에 후회할 거면서.

"심증이 있으니까 났겠지."

이 정도면 그래도 양호한 거다.

"나랑 브라이언이랑 만나서?"

"그 이야기는 별로 하고 싶지 않은데."

"만났구나."

아저씨의 턱에 힘이 들어갔다. 저런 반응만 봐도 안다. 그 스캔들은 아마 아저씨의 자존심에 대단한 스크래치를 만들었을 거다. 바보같이, 남녀 관계란 거에 자존심 세워 봤자 아무 소용도 없는데.

"화났어요?"

"아니."

"화났구나. 아저씨 오늘은 별로 안 멋있네."

눈앞이 까맣다. 나는 신발을 벗고 무릎을 껴안았다. 이건 내 규칙을 벗어난 일이다.

"이건 내 규칙을 벗어난 건데."

"알아."

안다고 했지만 그는 내 규칙이란 것이 정확하게 무엇을 의미하는지에 대해서는 분명히 헛다리를 짚고 있을 것이다. 그는 기억이 오락가락해서 혼란이 일어나는 일이 문제라고 생각하겠지. 사실 내게는 그가 날 믿지 못했다는 것이 규칙을 벗어난 일인데. 그렇지만 나는 아저씨가 다가와서 내 머리를 쓰다듬도록 내버려두었다.

"근데 어떻게 우리는 같이 있었어요?"

"나는 당신을 놓치고 싶지 않았으니까."

"내가 바람피웠다면서요."

그는 대꾸할 말이 없어 곤란한지 잠시 입을 다물었다.

"당신이 아니라고 했으니 그걸로 된 거지."

그럼에도 불구하고 아저씨는 날 믿지 않는다. 설혹 외도를 한 적이 없었어도, 내가 충분히 브라이언에게 마음을 주었을 것이라고, 어쩌면 지금도 그럴 거라고 아저씨는 생각하고 있다. 그 불신과 지독한 소유욕이 뒤섞인 눈동자가 나를 어지럽게 만든다. 나를 애증하는 사람과 공유하는 공기는 나를 머리 아프게 만든다.

　차라리 보라보라섬을 다시 가 볼까? 흥, 쓸데없는 소리. 아무리 문제가 심각하다고, 유서가 있다고 해도 비싼 돈 들여서 거길 왜 또 가? 나는 벌써 20분째 모니터를 열심히 째려보는 중이다.

　결혼반지는 보라보라섬 앞바다에 빠트려 주세요.

　왜 하필 보라보라였을까? 출입국 기록을 뒤져봤자 내가 그곳에 간 건 신혼여행 때와 저번에 아저씨와 함께 휴가를 갔을 때뿐인데. 참 싫다. 이런 거 다 무시하고 그냥 아저씨랑 알콩달콩 예쁘게 살면 안 되나. 하지만 그러기에는 이미 발을 들여놓은 것이 너무 크다. 그리고 나도 모르는 사이에 조금씩 돌아오는 기억들이 무섭다.

　오늘 아침만 하더라도 그렇다. 나도 모르는 사이에 아무 생각 없이 빵을 굽고 있는 나를 발견했으니까. 나는 제빵 따위 알지도 못한다. 그런데 아저씨와 나 사이의 문제 때문에 골똘히 생각하다 보니 오븐에다 반죽을 집어넣고 있는 게 아닌가. 이런 일이 점점 많아지니 이젠 나도 좀 오싹하다.

　가령 가만히 있다가 아, 그때 아저씨가 이랬지, 하고 혼자서 우울해하거나 웃고 있자니 이건 뭐 봄날 미친년 널뛰듯 하는 기분 변화에 나 임신했나, 싶기도 하고. 그래. 나 기분이 좀 많이 나쁘다. 부부 싸움도 안 했는데 대판 한 기분이다.

　요즘 아저씨는 확실히 도망치고 있다. 저 남자 스타일이 원래 그런가 보다, 하고 싶지만 그래도 이건 아니지 않은가. 요즘에는 나도 떽떽거리기가 뭐한 처지라서 잔소리를 안 하고 있었더니 슬금슬금

늦게 들어오고, 아침에 얼른 도망치듯이 나간다. 그래 놓고서 미안한지 가끔은 꽃도 배달시키고 옷도 배달시켜 준다. 이건 이 남자 스타일이다. 아주 나쁜 버릇이지. 정면으로 돌파하지 않겠다 이건지, 아니면 내 눈치가 그렇게 많이 보이는 건지 아주 나 죽었소 신고를 하고 다니는 걸 보면 많이 화가 난다. 아니, 지금 마주 앉아서 얘기해도 모자랄 판에 이렇게 야근을 밥 먹듯이 해대면 뭘 어쩌겠다는 거야? 아, 그래. 말 나온 김에 지금 쳐들어가도록 하자구.

브레인스토밍이고 뭐고 핑계 따위 내 앞에서 통하지 않는다는 걸 알지만, 아저씨는 그래도 대단히 난감하다는 표정을 숨기지 않았다. 도대체 이런 남자한테 왜 월스트리트의 황제니 뭐니 하는 별명이 붙는 건지 미스터리하단 말씀이야. 내가 마치 아저씨 잡아먹으러 온 사람 같잖아.

"아저씨는 나 싫어요?"

"그럴 리가."

역시 인간은 적응에는 천부적인 동물이야. 이제는 아무리 대답하기 전에 '뭐?'라고 되물어야 하는 질문을 해도 천연덕스럽게 대꾸하는 저 남자를 보시라.

"아님 나한테 삐쳤어요?"

"내가 그렇게 소심하게 보여?"

"그럼 왜 자꾸 도둑놈마냥 도망 다녀요? 쪼잔하고 소심한 거 맞구만!"

"서희."

"내가 그런 것 때문에 아저씨 우리 만나는 거 다시 한 번 재고해 보도록 해요. '4주의 조정기간을 갖도록 해요', 이럴 줄 알았어요? 아냐, 실망이야!"

내가 빽 소리 지르자 아저씨의 고개가 힘없이 툭 떨어진다. 저러면 더 속상하다. 그냥 뻔뻔하게 고개 들고 있는 내 남자가 훨씬 좋은데.

"일단 나가서 얘기해."

나는 아저씨를 잠시 째려보다가 먼저 몸을 돌려 사무실을 나갔다. 흥이닷! 그러고 보니 아저씨와 센트럴파크를 걸어 보는 건 처음이다. 이 나무가 울창하고 잔디가 푸릇하게 깔린 공원은 산책하기에 참 좋은데, 왜 아저씨를 끌고 오지 않았지? 내일부터 끌고 다녀야겠다.

"무슨 생각해?"

"그냥, 여기 예쁘다, 하고. 아저씨랑 있으니까 좋다, 하고."

뭘 그런 걸 물어봐요? 라는 표정에 아저씨는 슬쩍 웃었다. 거봐. 웃으니까 좀 좋아? 우중충하게 인상 팍팍 써서 회사 전체를 얼려놓고 말이지.

아, 말 나온 김에 말하는 건데 아까 회사 들어가 보니 분위기가 장난이 아니었다. 회장실이 있는 꼭대기층으로 갈수록 온도가 뚝뚝 떨어진달까. 내가 등장하니까 비서인 스텔라마저 새파랗게 질려서 쳐다보던데.

"아저씨는?"

"나는…… 우리 입장이 많이 바뀌었구나, 하고. 한국에서는 그걸 아마 전세역전이라고 하지?"

아저씨보다 한 발자국 정도 앞서서 팔랑거리며 걸어가던 나는 그 자리에서 멈춰 섰다.

"그래. 전세역전이네. 네가 병원에서 깨어났을 때부터 그랬어."

"무슨 소리예요?"

연둣빛 나뭇잎 사이로 반짝거리며 부서지는 햇살을 받으며 그는 참 어울리지 않는 암울한 이야기를 한다.

"나는 우리 아가씨가 어떻게 하든지 그대로 따를 거야. 내 마음대로 하자면, 그냥 모든 걸 덮어두고 지나가는 거였지만 그 끝은 네 자살시도였지."

알고 있었구나, 아저씨. 나도 어렴풋이 짐작하던 것을 아저씨는 아마 오래전부터 알고 있었던 걸 거야. 그래, 병원에서 내가 깨어난 걸 보자마자 그렇게 싸늘하게 일갈하던 것도 화가 나서였겠지.

"그러니까 네 마음대로 해."

아프다. 가슴 어딘가를 뾰족하고 긴 바늘로 푹 찌르는 것 같아 나는 입술을 깨물었다. 모든 것을 다 가진 남자가 그 큰 키로 하늘을 이고 서서 하는 말이 고작 저거라니. 저 남자가 다른 사람도 아닌 내 남편이라서 더 아팠다.

"하고 싶은 거 하고, 궁금한 거 있으면 찾아보고. 그리고서 마지막 판단은 네가 하도록 해."

"붙잡지도 않을 거예요?"

"붙잡는다고 안 갈 건가?"

그건 나도 장담 못 한다. 아무리 물고 늘어지려고 해도 안 되는 게 있다는 것도 안다. 하지만 붙잡지 않는 것도 싫다.

"그런 게 어딨어."

후드득후드득 눈물이 떨어졌다. 선생님한테 혼날 때나 엄마한테 혼날 때 임시방편으로 억지로 짜내던 눈물과는 달리 이건 정말이지 울컥해서 마구 쏟아져 나오는 눈물이다. 나도 좀 놀랐다. 이렇게 대책 없이 마구 쏟아질 수도 있구나.

"그런 게 어딨어. 나는 그래도, 그래도 아저씨랑 있고 싶은데 그런 게 어딨어."

사람이 긍정적으로 살아야지. 안 돼도 될 수 있을 거라고 웃으면서 살아야지, 미리부터 포기하는 게 어딨어. 아저씨는 그렇게 나에 대해서 자신이 없어요? 그런 거예요? 뭘 크게 잘못을 했다구. 잘못을 했어도 내가 용서해 주길 바라야지 왜 포기를 하는데, 왜.

"왜 가라고 등 떠밀어요? 왜 불안하게 만들어요? 나 싫지 않다면서 왜 가라고 하는 건데요?"

바락바락 악을 쓰고 남들이 보든 말든 소리를 질러대도 바뀌는 건 없다. 그건 맞는 말이다. 하지만 분한 것을 표출할 길이 이것밖에 없지 않나. 한숨을 쉰 아저씨는 가까이 다가와서 마스카라가 번지도록 울어대는 내 뺨을 문질러 주었다.

"울지 마."

"울 거야! 아저씨가 붙잡을 때까지 죽어라 울 거야!"

"나도 붙잡고 싶어."

"근데 왜 안 붙잡아!"

"그럴 수가 없으니까."

쓸개즙같이 독하고, 말하는 사람까지 멍들게 하는 대답에 나는 결국 아저씨한테 안겨서 서럽게 울었다. 싫다, 이런 거.

"서희야. 서희야?"

대답 안 할 거다. 저렇게 상냥하게 불러서 뭘 어쩌려고.

"우리 아가씨, 대답 안 하네."

우이씨.

"왜요."

"나는 한 번 한 실수는 다시 하지 않아."

"그게 아저씨 결론이에요?"

"응. 미안해."

"내가 버티고 있겠다면 어쩌려고 그래요."

아저씨는 내 등을 토닥이며 피식 웃었다.

"그럼 감사하게 코 꿰어 드려야지."

"무슨 잘못을 했건 간에 미안하다고 하고 그냥 살면 안 되나?"

"글쎄—. 그건 스물일곱 살짜리 최서희가 절대 할 말은 아니다."

"어째서?"

"어른들은 그냥 넘어갈 수 없는 일이 있다는 것도 알거든."

"아저씨 미워."

그리고 이 상황도 미워. 어쩔 수 없이 인정해야 하고, 어쩔 수 없이 아파도 끊어내야 하고, 어쩔 수 없이 기억해내고 문제를 마무리 지어야 하는 내 현실이 너무 미워.

"그만 울고. 화장 다 번졌다."

그러게 내가 왜 아이라이너를 그리고 온 거지? 우씨. 워터프루프라며, 이 사기꾼들아!

"씨이. 예쁘게 보이려구 아이라인까지 그리고 왔는데."

"안 해도 예뻐."

그렇게 뚝뚝한 목소리로 그런 말을 해 주는 것도 어찌 보면 재주
다.

"당연한 소리."

"어이구, 내가 말을 말아야지."

나는 흥, 하고 코웃음을 치며 휴지로 눈을 닦아냈고, 아저씨랑 손
잡고 산책도 하고 맛있는 것도 먹으러 갔다. 그건 그냥 그런 거다.
아무리 아픈 일이 있어도 삶을 멈출 수는 없고, 믿지 못하더라도 아
직은 사랑을 멈출 수는 없다. 그래서 우리는 오늘도 맛있는 것도 먹
고, 웃고, 재미있는 농담도 하고, 영화도 같이 본다. 언젠가 기억이
돌아오면 그때는 정말 선택을 해야겠지. 아니, 어쩌면 기억이 돌아
오기 전에 모든 것을 알아 버릴지도 모른다. 하지만 그것이 오늘은
아니기에, 오늘이 아니었기에 우리는 계속 서로의 품에서 사랑을 속
삭인다.

마치 데드라인을 향해 질주하듯이, 우리의 사랑도 어찌 보면 유
통기한이 있다고 할 수 있겠지. 아저씨의 입장에서도 그건 어쩔 수
없는 거다. 바보같이 붙잡고 외면했기에 나는 극단적인 선택을 했
고—설혹 그것이 충동이더라도 그런 빌미를 제공한 건 사실이니
까—슬픈 결말은 나지 않아도 그의 곁으로 돌아온 건 그가 원하던
아내가 아닌 많이 어려지고 많이 철없는 과거의 아내였다.

나는 아니라고 고개를 흔들지만 아저씨는 최서희를 망가뜨렸다.
다시는 그런 일을 반복하지 않는 어른답게 깨끗이, 나에게 모든 선

택을 넘겼지만 그는 한 가지를 간과했다. 나는 그런 선택을 쉽게 할 수 없는, 아직은 웃자란 어린애다. 현명하게 선택할 수 없고, 한 번 선택하면 가차 없이 잔인해지는 아이. 어쩌면 아저씨는 알면서도 가장 확신 없고 그가 가장 불행해질 일을 해 버린 게 아닌가, 싶다.

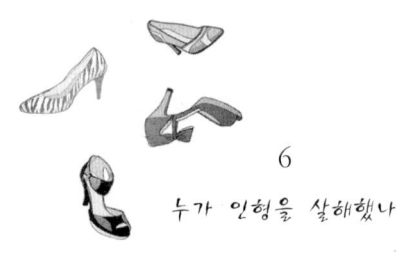

6

누가 인형을 살해했나

아저씨가 '미안하다'고 했을 때 나는 괜찮다며 고개를 흔들었다. 정말 괜찮았다. 내가 저지른 일이긴 하지만 궁극적으로는 아저씨 때문에 기억을 잃었고, 아저씨를 사랑하게 되었고, 그러고서도 이 마음 아픈 문제를 대면하게 되었지만 나는 괜찮았다. 아저씨를 만났으니까. 아저씨와 함께 있으니까. 내 쪽에서 도리어 그래도 날 붙잡아 줘서 고맙다고 해야 할 판이라고 생각했다. 하지만 아저씨도, 나도 하지 않는 것이 있다면 그건 또 다른 '미안하다'와 '괜찮다'는 대답이다. 나를 그렇게 무관심함에 버려놓아 미안하다고, 아저씨는 말하지 않았다. 괜찮다고, 나 역시 대답할 생각이 없다. 그 사과는 스물일곱의 완전한 나에게 해야 할 사과이고, 지금의 내가 받을 사과가 아니다. 아니, 어쩌면 아저씨도 아저씨 나름의 원망을 내게 하고 있을지도 모르는 일이다. 하지만 이 정도가 되었으면 나는 더 이상이 문제를 방관하고 싶지는 않았다.

「우리, 언제 처음 만났어요?」

내 물음에 브라이언은 내 모습을 스케치하다말고 눈을 휘둥그렇게 떴다.

「우와, 그거 되게 두근거리는 말인데요.」

「쓸데없는 농담하지 말라고 몇 번을 말해요?」

내가 위협적으로 봉투칼을 흔들자 브라이언은 킥킥거리며 몸을 뒤로 뺐다.

「그게 아마, 당신 결혼하고 한 8개월쯤 후였을 거예요. 우리 꽤 오래됐죠?」

8개월밖에 안 됐는데 이 남자를 만났다고? 어이고, 내가 말을 말지. 나는 넷북을 신경질적으로 두드렸다. 그러니까 8개월이면, 지금부터 한 14개월 전이니까…….

상원, '아직도 월가 정신 못 차렸냐'며 질타

월가 빅3, 위기 상황 타파를 위하여 지난 밤 긴급회동

리먼사태를 능가하는 '월스트리트' 사태

당시 세계는 금융위기로 다시 한 번 난리 부르스를 치고 있었다. 내가 짜증스럽게 한영 전환표를 만들어 가며 본 내 다이어리상으로도 일치하는 날짜이다. 그때 아저씨는, 너무너무 바빴다.

─회사가 넘어가는 건 아닌지, 크리스는 계속 노심초사하고 있다. 물론 나에게 말하지도 않고, 말할 시간도 없지만, 그의 표정을 보면 난 알 수 있다. 내가 그의 속옷과 갈아입을 옷가지를 사무실에 가져갔을 때도 그는 긴급회의

를 하느라 정신이 없었다. 얼굴도 볼 수 없어서 그냥 갖다 두고 나왔다.

아마 시작은 이것이었을 거다.

—크리스는 늘 바쁘다. 방해하지 말아야지. 난 방해가 되는 아버가 되긴 싫다.

—금융이라는 건 상상을 초월하는 분야다. 오늘도 나랑 점심 먹다 말고 전화 받고서 뛰쳐나갔다. 이 별 좋은 주말에. 오늘은 크리스랑 같이 자전거를 타고 싶었는데.

—오늘 또 야근인 우리 신랑. 뭐 맛있는 거 먹여줘야 할 텐데, 하긴, 먹을 시간이 있어야 먹지.

뭐 대충 늘 이런 식이다. 이런 게 슬슬 길어진다. 한 달, 두 달, 세 달. 처음에는 어쩔 수 없는 국제 금융위기 때문이었다지만, 계속 시간이 지나가도 내 일기의 내용이 바뀌지 않는 걸 보면 알 수 있는 게 있다. 나는 방해가 되기 싫다며 얌전히 있었고, 아저씨는 그저 그런 갑다, 하며 소싯적 하던 워커홀릭 짓을 되풀이하고 있었던 것이다. 참 바보 같기도 하지.

—사업가의 아내란 참 어렵다. 예의와 어떤 부분에서는 남편의 사업에서 뒤로 빠져 줄 줄 아는 것, 그리고 어느 정도 가정에 대해서는 포기해야 한다. 마치 조선시대 정경부인이 된 기분이다. 지금은 21세기인데 말이지.

그래 놓고서 저렇게 끝에는 빈정거린다. 알아주지 않는 아저씨에 대한 원망이었을까? 아니면 무력한 자신에 대한 비웃음이었을까?

「표정 좀 펴요. 우와, 무서워.」

브라이언은 아무렇지도 않게 잔뜩 찌푸려진 내 미간을 엄지로 꾹 꾹 누르며 웃었다.

「기왕이면 웃는 얼굴로 그려야죠.」

「안 웃어도 상관없어요. 누가 맘대로 그리래요?」

「까칠하긴. 뭐 알아낸 거라도 있어요?」

「형사가 용의자한테 다 얘기해 주는 거 봤어요?」

「거 참 너무하시네.」

이 남자를 다시 만나기는 싫었지만, 이대로 뒀다간 아저씨와 나와의 관계가 곪고 곪아 버릴 것 같아 어쩔 수가 없었다. 짜증이 났다. 미국에서의 인간관계가 얼마나 협소했으면 과거를 캐낼 만한 사람이 브라이언밖에 없었을까.

「기다려 봐요, 지금 당신 얘기 나왔으니까.」

「어, 보여줘요!」

「있어 보라니까.」

들이밀어 봤자 댁이 어떻게 읽을 건데?

「이거 내 이름 맞죠? 그죠?」

「한글 알아요?」

놀란 눈을 한 내 물음에 브라이언은 멋쩍게 웃었다.

「나, 서희 만나고서부터 한국어 공부했어요. 지금도 공부하고 있는걸요.」

이것도 파워 오브 러브인가.

「장해요.」

―브라이언은 참 따뜻한 사람이다. 자상하고, 유쾌하다. 좋은 친구가 되면 좋겠다.

―오늘은 브라이언이 날 브로드웨이로 데려다 줬다. 함께 라이언 킹을 봤다. 다음번에는 크리스를 꼭 데리고 함께 가야지. 브라이언과 크리스가 만나

면 어떨까나?

어떻긴, 죽어라고 싸워대겠지.

—아, 역시 친구란 건 좋다. 요즘 나는 오랜만에 아주 바빠졌다. 브라이언과 만나는 시간들이 너무나 예쁘고 소중하다. 브라이언은 미술사에도 아주 조예가 깊어서, 함께 메트로폴리탄을 가면 시간 가는 줄 모른다. 나는 그가 고흐의 작품을 모사하는 곁에서 칼럼을 쓴다.

—크리스 몰래 커피를 마시는 건 브라이언의 곁에서나 가능하다. 하하하. 살찔 것만 골라대지만, 브라이언은 그런 면에서는 참 자유롭다. 건강에 대한 걱정보다는 일단은 지금 삶을 즐겨라, 이거다. 어쩜 두 사람이 이렇게 다를까?

비슷한 데가 있긴 하다. 지기 싫어하는 거.

"따뜨탄—, 따뜨탄 ㅅ, 사람이다."

열심히 내 옆에서 곁눈질하며 내가 암호를 풀듯이 풀어놓은 내 다이어리를 읽으려는 브라이언은 서툰 한국어를 열심히 발음해 본다. 웃겨 죽겠다. 아저씨였음 대충 슥 봐도 영어 읽듯이 단번에 줄줄 읽을 텐데.

「이거 칭찬이죠?」

또 이런 거에는 눈치가 빠르다.

「응. 칭찬이에요. 참 좋은 사람이라고.」

「에에이, 사랑하는 사람이 아니라?」

「까분다, 또.」

풀죽은 토끼마냥 축 처졌던 브라이언은 내 핀잔에 다시 킥킥 웃었다.

「내가 노력해야죠. 언젠가는 서희가 나한테 사랑합니다, 하고 말해 줄 수 있도록.」

「난 철저하게 이해관계로서만 브라이언을 만나는 것뿐이라고요.」

「글쎄 그건 서희 생각일 뿐이라니까 그러네.」

참 이 남자도 끈질기다. 도대체 포기란 걸 모른다. 그런 면에서는 아저씨랑 같다고 해야 하나. 에, 이 다이어리는 왜 이렇게 짧아?

—좀 지친다.

—많이 지친다.

—오늘 브라이언이 내 얼굴을 그려 주었다. 크리스는 그것을 보고 아무 말도 하지 않았다.

「언제 나한테 그림 그려 준 적 있었어요?」

「네. 있었어요. 서희 그려 줬는데.」

나는 우리 집에서 본 기억이 없는데.

「내 인생 최대의 걸작이었죠.」

브라이언은 아주 의미 있는 눈빛으로 날 쳐다보았다.

「내 혼신의 힘을 다해서 당신에 대한 욕망을 그렸달까?」

나는 아무 말 없이 옆에 있던 시카고 트리뷴을 그의 얼굴로 던져 버렸다. 욕망이라니, 징그럽게 그게 뭐야!

「짜증 나게 자꾸 그럴래요?」

「나는 솔직한 것뿐이라니까요. 우리 어디 한 번 솔직해져 보자고요. 나 괜찮죠, 그죠?」

어휴, 내가 말을 말지. 나는 고개를 절레절레 흔들고는 도로 넷북에 고개를 처박았다. 저렇게 상식이 안 통하는 사람은 그냥 내버려두는 게 낫지. 아암. 그렇고말고.

「잠깐.」

「왜요?」

「그림을 그려서 나한테 준 거잖아요?」

「그렇죠.」

「나는 그런 그림 본 적 없는데.」

집안 살림을 내가 다 하는데—양심의 가책 느낀다. 솔직히 말해서 나는 세탁기 돌리는 것도 아저씨한테 배웠고, 요리도 반반 분담이고, 청소는 내가 하면 아저씨가 빨래하는 식이다—날 그린 그림 같은 건 본 적이 없었다. 기억을 잃은 채 집에 왔을 때 집 안 탐험한답시고 구석구석 다 뒤져댔지만 나온 거라고는 수많은 디자이너 브랜드 옷과 엄청난 구두, 그리고 내가 지금 두드리고 있는 넷북 한 대와 앨범들뿐이었는걸.

「아마 그럴 거예요.」

브라이언은 씩 웃었다. 저 웃음도 많은 걸 내포하고 있겠지.

「아마 그럴 거라니?」

「그 그림, 몇 달 전에 나한테 다시 돌아왔거든요.」

「엑?」

「서희의 대단하신 남편 '님' 께서 돌려보내셨지요. 내 참, 내가 그 사람한테 선물로 준 것도 아닌데, 왜 멋대로 반송을 하고 난리래?」

아저씨가? 아저씨가 웬만하면 그런 짓 할 위인이 아닐 텐데. 대체 무슨 그림이길래 그래?

「어디 보여줘 봐요, 그 그림.」

「어, 다시 갖고 싶어요? 줄까요?」

「그 그림 어디 있냐고요.」

「가질 생각은 없구나.」

「그건 보고 판단해야지, 내가 무명 화가를 어떻게 믿고 그림을 받아요?」

「우와, 악덕 화방 업주 같아.」

아주 매를 별어요, 매를. 나한테 쓸네없는 말을 했다는 빌로 필뚝을 찰싹 소리가 나도록 맞은 브라이언은 실실 웃으면서 그 그림은 자신의 작업실에 있다고 했다.

「지금 가 볼래요?」

「이렇게 다 벌려놓고 가자고요?」

「정리하면 되잖아요.」

아이고, 됐네요. 테이블 위의 넷북이며, 브라이언의 스케치 도구들이며, 한영 타자를 맞춰 가며 열심히 풀어놓은 일기를 끼적인 이면지들이 널려 있는데 무슨. 귀찮아서라도 움직이지 않는다, 내가.

엄밀히 말하자면 우리 아저씨 눈치가 보여서라도 나는 브라이언을 안 만나는 게 브라이언이나 나나 피차 서로 간에 좋은 거다.—물론 브라이언은 당연히 반박하겠지만, 나는 아저씨가 점점 열받아 하는 꼴은 무서워서라도 못 본다—하지만 이 사람이 날 도와줄 수 있는 몇 안 되는 사람이니까. 당연하지. 어찌됐던 간에 당사자인데. 게다가 브라이언은, 그래. 솔직히 인정하긴 싫지만 참 좋은 '친구'다.

다정하고, 이해심 많고 편하다. 왜, 그런 사람 있지 않은가. 남자건 여자건 가리지 않고 늘 사람들이 무슨 일 생기면 당장 달려가서 다 얘기해 버리고 싶어 하는, 다 털어놓고 싶어 하는 사람 말이다. 의지하고 싶은 거랑은 약간 다르겠지만, 뭔가 다 털어놓고 위로받고 싶달까? 브라이언은 그런 사람이다. 물론 의지하고 아무 말 없이 내가 일을 저지르면 다 처리해 줄 사람은 아저씨지만 아저씨는 내가 듣기에 좋은 '괜찮아. 별거 아냐.' 라는 위로 따위는 목에 칼이 들어와도 절대 하지 않을 사람이다.

우리 아저씨는 혼낼 건 혼내고, 별거 아니라는 내 귀에 캔디식 사탕발림 위로는 쓸데없는 거라고 냉정하게 자른다. 겉으로는 네가 알아서 하라는 식이더라도 아무 말 없이 나 모르게 내 뒤에서 다 도와주고 무마해 주는 사람이다. 그래서 훨씬 믿음이 가는 사람.

「뭐가 그렇게 재미있어요?」

「네?」

「뭐가 그렇게 재미있길래 혼자서 웃냐고요. 내게도 좀 말해 줘요.」

내가 넷북을 쳐다보며 웃자 궁금해진 브라이언이 졸랐지만 나는 얼른 표정을 바꿨다.

「에이, 계속 그러고 있지. 예뻤는데.」

슥슥슥 움직이는 연필소리에 나는 저 남자가 내 그림을 그리고 있다는 사실을 알아차린다.

「어디 보여줘 봐요.」

「어허, 미완성의 작품을 보려는 사람이 어디 있어요?」

「치사하게. 아무튼 다음번에는 작업실에서 그 그림 가져와 봐요.」

「그냥 내 작업실에 오지 않을래요?」

「그냥 갖고오지 않을래요?」

브라이언은 아깝다, 라고 하며 입맛을 쩝쩝 다셨다. 하여튼 남자들이란. 공강 시간에 잠깐 나왔던 거라며, 브라이언은 정말 아쉬워하는 표정으로 배낭을 챙기고 결국은 미적거리다가 내가 등 떠밀어서 갔다. 불량학생이라는 내 핀잔에 부어터진 표정으로 가더라만, 나는 미련 없이 나 혼자서도 힐 수 있는 일에 칙수했다. 담부디는 꼭 필요한 일 아니면 부르지 말아야지. 사실은 그닥 즐거운 일을 하는 건 아니었다. 그나마 브라이언이 옆에서 귀찮게 굴어서 일일이 대꾸해 주느라고 신경을 많이 쏟지 않았다 뿐이지, 내 일기는 충분히 우울했다. 그리고 갈수록 우울해졌고, 짧아졌다. 써야 한다는 강박관념 때문인지 몇 줄 써놓기는 했지만 내용은 가면 갈수록 막장이었달까.

—혼자 있는 시간이 점점 두려워진다. 요새는 브라이언도 시험을 보느라고 바빠서 만나지 못한다. 거실에 있는 가구들이 날 잡아먹을 것 같은 기분이다.

—크리스에게 전화를 했다. 수화기 너머로 바뀌는 주가를 외치는 소리, 환율을 외치는 소리들이 들린다. 크리스가 건성으로 대답했다. 결국 오늘도, 빨리 오라는 말은 할 수 없었다.

—미국에 오면서 한 가지 결심한 게 있다면 프로작(항정신계 약물. 우울증 처방약)은 절대 먹지 않겠다는 거었는데, 오늘 나는 프로작 세 알을 삼켜 버리고 말았다.

—브라이언은 공모전 중이다. 크리스도 바쁘다. 날은 춥고, 부유한 '상류
층' 여자들은 죄다 날 힐끔힐끔 쳐다보며 저 여자가 월스트리트의 황제를 낚
았다고 손가락질해댄다. 정말 여기에서는 친구란 걸 만들 수가 없다.

—프리미어 펀드 론칭 기념 파티에 얼굴을 비밀어 보았다. 나에게 말거는
사람이라고는 크리스의 비서인 스텔라뿐이었다. 크리스조차 나를 쳐다보지
않았다. 굴욕감이란 것이 이런 걸까.

여기까지 읽은 나는 잠시 시선을 돌려 모아 쥔 손에 이마를 댔다.
내가 실수했구나, 라는 생각을 광장에 날아든 비둘기를 보며 했다.
불타는 사랑도 육 개월이라더니, 라는 생각을 하며 쓰게 웃어도 보
았다. 그래서 사랑만 가지고는 결혼할 수 없다는 말이 있구나 하고
킥킥 웃어도 보았다. 그리고 울었다. 누가 보든 말든, 아무 소리 없
이 내 뺨을 타고 흐르는 눈물을 내버려두었다. 알아서 그치겠지 하
면서. 차마 더는 일기를 읽을 수 없었기에, 나는 멍하니 앉아 있기
만 했다.

「Excuse me, Mademoiselle?」

나는 흉내 낼 수도 없는 발음으로 마드모아젤이라고 말한 사람을
확인하기도 전에, 내 흐릿한 시야에는 하얗고 매끄러운 냅킨이 놓여
졌다. 멍한 정신으로 위를 올려다 보니, 백발이 멋진 푸른 눈의 카
페 지배인이 서 있었다.

「아, 고맙습니다.」

「안 좋은 일이라도 있나 봅니다.」

냅킨을 받아 눈가와 얼굴을 닦으며 나는 피식 웃고는 고개를 끄
덕였다.

「남편이랑 싸웠어요.」

「저런, 아주 어린 아가씨 같소만?」

프랑스 억양이 강한 멋진 노년의 신사는 양해를 구한 뒤 브라이언이 앉았던 자리에 앉았다.

「아까 그 금발 청년이 남편이었소?」

「아뇨. 친구예요.」

「멋진 친구가 있는데 왜 우나요?」

풍채 좋은 신사의 조끼에는 뮈에르라고 석힌 녕찰이 날려 있었다.

「결혼을 잘못한 것 같아서요.」

인상 좋은 뮈에르는 그저 미소만을 지었다. 영업용 스마일이 아닌, 괜찮으니 더 말해 보라는 상냥한 미소였다.

「네. 알아요. 어린 애가 결혼했으니까 뻔하죠. 사랑에 눈이 멀었는데, 깨 보니까 그게 아닌 거예요. 결혼이란 건 진짜 다른 건가 봐요. 더 생각해 봐야 했어요. 그렇게 쉽게 오케이 하는 게 아니었는데.」

「남편이 먼저 프러포즈를 했군요.」

「네. 그냥…… 그때는 행복하다고 생각했었는데.」

「남편도 그렇다고 하던가요? 결혼을 후회한다고?」

「아니요. 그렇게 솔직하게 다 털어놓고 다 말해 주는 사람이 아니에요. 훨씬 무뚝뚝하고, 찔러봐도 잘 말해 주지 않아요.」

턱수염을 풍성하게 기른 뮈에르는 흔히 말하는 '엄마 미소'를 잃지 않았다.

「그러면, 그의 성격 때문에 후회하는 건가요?」

「일만 해요. 날 봐 주지는 않네요. 내가 칭얼거리는 거라고 생각하고 싶지만, 도를 넘었어요.」

「저런. 이렇게 예쁜 아내가 있는데 어째서 그렇게 일만 하는 걸까?」

「그러게요. 일찍 들어오라고 하면 일찍 들어오는 사람이었는데.」

「힘들다고 말하지 않았나요?」

「말하지 못했죠. 어쩔 수 없는 일이 생겼었거든요.」

확실히 세계 경제 불황과 위기 사태는 어쩔 수 없는 일이다.

「이해심 깊은 아내군요.」

「그닥 좋은 점은 아니었나 봐요. 이렇게, 바보같이 길에서 울기나 하고.」

내가 젖은 냅킨을 들어 올리며 슬쩍 웃자 뮈에르는 고개를 흔들었다.

「아닙니다. 바보 같지 않아요. 나도 우리 낸시와 까망베르 치즈와 에멘탈 치즈 때문에 싸우고 울었는걸요. 와인에 치즈는 생명입니다.」

너무나도 진지하게 말하는 할아버지 때문에 나는 결국은 픽 웃어버리고 말았다.

「사람은 말이요. 사소한 것으로도 갈등을 일으킬 수도 있고, 싸울 수도 있어요. 중요한 것은 거기에서 포기하느냐, 아니면 인내심을 가지고 믿으면서 화해하느냐, 이거지. 단도직입적으로 말하지 못하는 남자는 적당히 구워삶으면 알아서 뱉어낼 테고, 또 담백하게 툭

툭 던지듯 할 말 다 하는 남자라면 기분 나쁘지 않게 잘 생각한 질문 한 방에 그 사람 속을 알 수 있을게요. 어디 한 번 물어봐요. 지금 대체 당신 머릿속에 든 생각이 뭐냐고.」

「만약에 다 아는데, 그 사람이 전에 한 잘못 때문에 용서할 수 없다면요?」

뮈에르는 한참 동안이나 날 물끄러미 쳐다보았다.

「그런 놈이면 당장 뻥 차 버리고서 새로운 남자를 찾아 나서야지.」

인생의 진리이군요.

「아직 젊지 않소. 그렇게 울고 있기에는 아까운 청춘이야. 사랑하기에도 아까운 세월이니, 헛되이 보내지 말아요.」

자리에서 일어난 카페 지배인은 갑자기 생각났다는 듯 다시 뒤돌아보면서 웃었다.

「그래도, 사랑이 최고인 게요.」

✻   ✻   ✻

아마도 한국에서 나고 자란 나는 낯선 나라에 적응하기가 쉽지 않았을 거다. 당연한 거다. 지금 나름 유쾌 상쾌 발랄하게 살자는 모토를 가지고 뉴욕을 쏠고 다니는 나도 힘든데. 친구가 필요하고, 엄마가 필요했다. 이곳 사람들은 2차적 관계를 맺는 데 굉장히 충실하다. 나와 많이 부딪히는 이웃집 사람들조차도 그저 간단한 목례, 혹은 굿모닝 하나로 끝나는 관계. 저번에 파티에서 받았던 그 싸늘한 시선을 받을 때면 아무것도 생각할 수 없었겠지. 학교를 다시 다니려고 해도 그 비루한 어학 실력으로 뭘 어쩌려고? 아, 세상 참 냉정하다. 그래, 내 영어는 생존용이다.

"부탁이야."

"질투 나요?"

아저씨는 완전히 돌아 버리겠다는 표정을 지었다. 고개를 절레절레 흔들었다.

"그 자식 만나지 마."

"아저씨는 꼭 중요한 이유는 설명 안 해 주더라."

"다 이유가 있으니까 안 해 주는 거야."

브라이언을 만나는 게 나쁜 짓인 거, 안다. 내가 일방적으로 브라이언을 이용하는 것도 있고, 아저씨를 봐서라도 안 만나야 하는 것도 안다. 앞에 이유가 더 찔리니까 안 만나자고 하겠지만, 난 요즘 반항중이다. 그리고 솔직히, 좀 상처 받았다. 이 판국에 아저씨가 좋아 죽겠다고 하면 그건 제정신이 아닌 거다. 좋아한다. 그렇지만 많이 심통 부리고 싶다. 그래. 나 화났다.

"안 만날게요."

어차피 만나지 말았어야 했다. 그래. 쓸데없는 멍청한 짓 그만하자.

"대신에 왜 그런지 이유를 설명해 줘요."

사랑이 전부라고? 글쎄, 그런 거 모르겠다.

하지만 내가 할 수 있는 최선의 것을 해야 했다. 떳떳하게, 멍청하지 않게, 그리고 행복할 수 있도록. 그러기 위해서라면, 뭐가 도대체 문제인지 알아야겠지.

나는 소파에 앉아 아저씨를 올려다보았고, 팔짱을 낀 채 내 시선을 맞받던 아저씨는 한숨을 쉰 채 결국은 입을 열었다.

"말하면 내가 나쁜 놈이 되는데."

"뭐든 괜찮아요. 솔직하게만 말해 봐요."

아저씨는 턱을 만지작거렸다. 입을 열었다 닫았다, 참 말하기 난감하다는 것을 온몸으로 표현했지만 나는 참을성 있게 기다렸다. 마침내 아저씨는 입을 열었다.

"그 자식한테는 네가, 유희 상대였어."

이건 너무 뻔하잖아. 하도 어이가 없어서 나는 멍하니 아저씨만 올려다보았다.

"그래서 그 사람이 그린 그림을 반송시킨 거예요?"

"그 말도 하던가?"

나는 말없이 고개를 끄덕였고, 아저씨는 다시 한참 동안이나 나를 쳐다보았다.

"준비가 되긴 한 거야?"

무슨 준비? 아저씨의 눈에 그려진 것은 일종의 경고였다. 나는 아무 말 없이 고개를 끄덕였다. 아저씨는 어디론가 향했다. 나는 그의 뒤를 쫓았다. 아저씨의 서재에 간 나는 아저씨가 구석에서 무언가를 꺼내는 것을 잠자코 지켜보았다. 저건 포장에 싸인 캔버스잖아.

"반송시킨 거 아니었어요?"

"반송시켰지."

그렇게 대답하는 아저씨의 귓가가 슬며시 붉어졌다. 어라?

"이건 모조품이야."

이걸 왜 모조품으로 만들어? 하고 받아든 나는 그대로 굳어졌다.

—내 혼신의 힘을 다해서 당신의 대한 욕망을 그렸달까?

도대체 당신의 혼신을 다한 욕망이 뭐냐고 물어보고 싶다. 분명히 나다. 내 반신상인데, 내가 아니기도 하다. 캔버스에는 정면을 매혹적으로 쳐다보고 있는, 색기가 뚝뚝 흐르는 여자가 있었다. 누드도 아닌데 그림에서는 마치 음란하달까, 보는 사람으로 하여금 얼굴을 붉히게 하는 그림이었다.

"세상에……."

나는 이 말만 하고는 입을 다물었다. 정말이지 노골적이다. 너무나 노골적이다.

"대체 이걸 왜 모조품으로……."

"작품이 뛰어나다기보다는……."

말을 채 잇지도 못하고 입을 다물자 아저씨는 대꾸하다 말고 인상을 찌푸렸다.

"'나만 알고 있는 너'를 정확하게 캐치했기에."

에? 하고 그를 올려보았다. 무슨 말인지 알 수 없었다. 그러다가 문득, 그의 눈이 잔인하게 말하고 있는 것을 알았다. 아저씨만 알고 있는 나는, 저 그림 속의 나다. 이거였구나. 나는 충격에 입을 막았다. 이것이 아저씨에게 불신을 심어 주었다. 나는, 도대체 무슨 생각으로 이 선물을 뚤레뚤레 받아들고 온 걸까. 그나마 괜찮다고 생각했나? 스물일곱 살의 나는, 대책 없이 내 맘 대로였나?

그랬을 수도. 혹은, 반응 없는 아저씨를 찔러보겠다며 선택한 수 였을 수도 있다. 나는 바보는 아니다. 하지만, 가끔 대책 없는 짓을 한다. 그래 놓고서 뒤로 가서 후회하지. 완벽한 사람이 어디 있냐고 스스로를 변호하지만, 그건 사람 관계에 있어서 많이 치명적이라는 것을 학교라는 좁다란 울타리에서 배웠다. 지금은 좀 성장했을까, 아니면 단순히 제삼자의 시선으로 직접 모든 것을 겪고 그 감정을 가진 최서희와는 다른 시선으로 보고 있기에 이런 생각을 하는 걸 까. 아내의 부정 앞에서 아저씨가 할 수 있는 게 뭐가 있있을까. 니 는 비틀거리며 뒤로 물러났다. 아저씨와 눈도 마주칠 수 없었다. 부 끄러웠다.

내가 정말 외도를 한 거야? 나는 예은이가 안 했다고 단언했던 것만 정말 철석같이 믿고 있었는데. 나는 그런 사람이 아니라고, 그 렇게 믿었는데. 바닥이 빙글빙글 돌아서, 나는 황급히 고개를 쳐들 었다. 그리고서 곧바로 후회했다. 고개 들지 말았어야 했는데. 아, 하고 봐 버렸다. 그 시리게 푸른 눈과 마주쳐 버렸다. 이제는 더 이 상 저 눈이 무슨 말을 하는지 읽어낼 수가 없다. 알 수가 없다. 나 는 알 자격이 없다. 나는 멍하니 그 눈을 쳐다보며 더듬더듬 문고리 를 찾았다. 문이 어디지? 어디에 있지?

"미, 미안해요."

이것밖에 할 말이 없었다. 아저씨가 뭐라고 말하는지 잘 들리지 않았다. 눈앞이 노랗게 변했다. 제대로 걸을 수조차 없었다. 그때 나는 내가 걷는지, 뭐라고 하는지도 몰랐다. 그저 이곳에서, 저 눈 에게서 멀어져야 한다는 생각뿐이었다. 고개를 뒤흔들며, 아닐 거라고 부정해도 저 끔찍한 그림은 모든 것을 말해 주고 있었다.

아니야. 이건 아니다.

"서희!"

이럴 수는 없어. 날 부르는 짧막한 외마디 비명소리를 마지막으로, 빛은 빠르게 닫히는 시커먼 문 사이로 사라지고 쿵 하는 소리와 함께 어둠이 날 집어삼켰다.

✳   ✳   ✳

내 잃어버린 삶이란 것을 돌아보았을 때, 나는 이뤄놓은 것 하나 없는 여자이자 결혼 생활유지에만 목맨 한심한 여자에 불과했다. 도 대체 이뤄놓은 꿈이란 것이 무엇이고, 쫓아가야 할 목표라는 것이 무엇인가. 철없는 소리만 해대고, 지금 당장 일어나는 일을 처리하 는데 급급하여 정작 멀리에 서 있을 나는 생각하지 못했다. 생각하 지 않았다. 문득 그것을 깨달았을 때는 이미 너무나 늦어 있었다고 판단했더랬다. 아니, 그때마저도 나는 철없는 짓을 되풀이하고 있었 을는지도 모른다.

그가 내게서 멀어지는 것이, 나보다 어린 남자가 나를 먹잇감으 로 생각한다는 것이 너무나 당연했다는 것을 알았을 때 나는 정말 끔찍하게 수치스러웠다. 어느새 내가 이런 사람이 되어 있었구나, 내 꿈이었던 커리어우먼 따위 저 멀리로 날아가 버리고 말았구나. 할 말이 없었다.

"미쳤었나 봐."

[상황이 상황이니만큼 넌 어쩔 수 없었어. 고립되었던 거잖아.]

태평양을 건너 들리는 예은이의 위로도 별반 도움이 되지 않는다. 왜 그 사람의 사소한 반응 하나하나에 그렇게, 그토록 민감하게 반응했던 것인가. 과민 반응할 것도 없었고, 그가 짜증내는 것 때문에 혹시 나에게서 마음이 떠난 것이 아닌가 하고 맘 졸일 필요도 없었다. 그렇게 신경 쓸 필요도 없는 일을, 나는 마치 이거 아니면 나락으로 떨어질 아이처럼 온 마음으로 바랐다. 아무리 그런 괄시를 받아서, 만날 사람이, 나와 감정을 교류해 주는 사람이 그 둘밖에 없다고 해도 거기에 그렇게 목을 매선 안 되는 거였다.

물론 나라도 그때로 다시 돌아간다면 낯선 이국땅에서 남편 하나 의지해야 하는 상황에서 뭘 해야 할지는 잘 모르겠지만. 지금도 기억나는 건 부분적인 것이다. 그나마도 감정 동화가 잘 되지 않는다. 모르겠다. 사람이 급격하게 환경이 변하면, 그 정도로 절박해지나? 아니, 사실은 나는 한 번도 멸시 따위 받아 본 적 없거니와 그의 싸늘한 시선 따위 받아 본 적이 없다. 스무 살의 나는 다른 사람들이 부담스러워할 정도로 지나치게 자신만만했고, 대책 없이 긍정적이었으며, 누구도 따라올 수 없는 무대포였다. 어쩌면 이곳에 적응을 했을 때, 그런 말도 안 되는 긍정의 힘이 필요했을는지도 모르지.

"그래도 그렇지 왜 브라이언을 만나서……."

[그 사람은 너한테 필요악이었어.]

나는 이 사실을 그때, 잭슨빌에서 깨달았다. 하루하루 나 자신을 학대하고 있다는 사실도 모르는 채 홀로 죽어 가다가 도저히 안 되겠다며 도망쳐 온 곳에서 나는 다른 사람의 부정을 보았다. 그 휴양지에서 여자들을 끼고 있는 브라이언을 보았을 때, 그제야 비로소 나는 3년간의 허울과 눈가림을 벗어낼 수 있었다. 내가 나 자신을 기만했고, 그 결과 다른 사람마저 나를 기만하고 있다는 사실이 너무나 수치스러웠으며, 지독하게 아팠다. 아팠으나 그건 그것으로 끝이었던 것이다. 스물일곱의 나에게는 더 이상 극복이란 존재하지 않는 단어였으며, 다시 한 번이란 것은 남의 이야기에 불과했다. 그런 것은 애초에 배워 보지도 않았던 사람인 것처럼 나는 멍하니 호텔 발코니에서 검은 밤바다를 보다가 홀연히 그곳에서 내려와 해변에 섰다. 끔찍한 무력감이 날 지배했다. 더 이상 내가 무엇을 어떻게 해야 하지?

"나, 크리스가 좋아. 아직도 사랑하나 봐."

[…우리 서희 어쩌면 좋니.]

망할 통계수치 따위 던져 버리고 나 좀 봐 주지 않을까 해서 브라이언을 만났다. 그나마 다행이었던 건 그에게 모든 것을 다 주지는 않을 정도로 내 정신이 남아 있었다는 거다.

지금도 그를 사랑하고 있다는 것을 알고 있었음에도 불구하고 그 해변을 걷는 동안 나는 딜레마에 빠져 있었다. 사랑하지만, 더 이상 유지할 수 없는 이 관계를 어쩌면 좋단 말인가. 사실 그는 늘 나를 보고 있었다. 보고만 있었다. 나는 그가 아니므로, 그가 도대체 무슨 생각을 가지고 나를 방치해둔 건지 알 수가 없다. 그래. 그 또한 잘못이 있다. 그는 일과 가정을 구분할 줄 몰랐다. 원래 그런 사람이었다. 차라리 내가 기억을 잃었을 때처럼 하나하나 가르쳐 주는 것이 훨씬 더 좋은 방법이란 것을 그때 왜 나는 몰랐을까?

후회해 봤자 소용없다. 그럼에도 자꾸 '어째서, 왜 그때는.' 이라는 생각은 맴돌기 마련이다. 날 깔보듯 내려다보는 상류층 여자들을 무시하려고 해도 나는 자꾸만 위축되고 작아졌다. 쪽수로 밀리는데 어떻게 싸워? 일당백은 소설에나 나오는 이야기다.

그때는 그런 걸 해결할 의지도 없었다. 난 크리스와의 관계에 집착하는 데 급급해서 다른 것은 돌아볼 줄을 몰랐다. 그저 예은이에게 신세타령만 하며, 내가 가장 혐오하던 아내상을 내 스스로 자초하고 있었다. 나는 아무것도 할 수 없다. 그와 함께 있고 싶다. 하지만 있을 수 없다. 있어 봤자 우리는 또 이런 최악의 방법을 되풀이할 것이다.

그럼 여기서 끝내자. 내가 그의 아내로 죽을 수는 있겠지.

참 결말도 더럽게 지었다. 그대로 바다로 천천히 걸어 들어가다가 몰아치는 파도에 휩쓸려 정신을 잃다니. 등신도 아니고, 이건 뭐라고 이름을 지어야 되나, 미친년의 달밤 체조? 파도에 휩쓸릴 때부터 후회하고 있었다. 들어오지 말걸, 하고. 점점 깊어지는 바다를 보며 갈등했다. 그냥 나갈까?

"멍청하긴."

끝까지 한심했고, 끝까지 우유부단했다. 그나마 감사한 건 이 주체 못하는 인생 다시 살아보라고 뒷통수 크게 후려쳐서 정신 차려 내보내 준 것. 살아야지. 깨끗하게 살아야지. 다시 원점이다.

나는 머리에 붕대를 두른 채 존스홉킨스 병원 입원실 침대에 앉아 있고, 내가 깨어날 때까지 곁에 있었던 그는 지금도 아무 말 없이 곁을 지키고 있다. 참 재미있는 인생이다. 뒤로 넘어가다가 문고리에 머리를 부딪쳐 정신을 잃으니, 덕분에 대부분의 기억이 돌아왔다.

거봐. 때린 데 또 때리는 방법이 가장 효과적이라니까.

브라이언이 왔지만, 나는 그를 보지도 않고 쫓아내 버렸다. 스물일곱 살의 최서희는 그에게 그저 엔조이 파트너였지만, 스무 살의 최서희에게 그는 적어도 일말의 진심은 있었다. 내가 기억을 잃고 그에게 연락을 하지 않았을 때부터 허전함을 느꼈고, 크리스에게도 라이벌 의식을 느꼈겠지. 그런 감정이 섞이면 사람은 진지해지기 마련이니까.

사실 그런 건 이제 내 알 바가 아니다. 그가 나를 어떻게 자극해서 그런 그림을 그린 건지는 몰라도, 그가 정말 천재적인 화가이더라도, 이제는 알 바 아니다. 같이 짝사랑하는 동정심에 만나 주는 것도 이제는 그만이다. 그가 나에게 느낀 것은 처음에는 장난, 그다음에는 연정이었을지라도 나에게는 처음부터 끝까지 동병상련이었다.

끝이다. 더 이상은 내가 할 수 있는 것이 없다는 건 잭슨빌의 밤에서도 그랬고 지금도 그렇다. 기억이 완벽하게 복구된 것은 아니라서 스무 살의 나와 스물일곱 살의 내가 어지럽게 뒤섞여 있긴 하지만 나는 이제 다른 결정을 내릴 줄 알고, 앞으로 나아갈 줄 안다. 진짜 어른이 될 줄 안다. 그래서 지금, 죽어도 듣기 싫은 표정을 하고 제발 말 말아달라는 눈빛인 당신에게 조용히, 냉혹하게 선언한다.

"우리 이혼하자."

말은 안 했지만 그 역시 내가 기억을 찾았다는 것을 안다. 그래서 성격답게 단칼에 대답이 나오지.

"보내 주겠다고 했지만 싫어."

"고집부리기는."

한 번 싫으면 죽어도 싫고, 끝까지 고집부리는 그 못돼먹은 성격 내가 고쳐났나 했더니 역시나다. 사람은 쉽게 바뀌지 않는다. 부루퉁한 얼굴로 듣지 않겠다며 내 얼굴은 쳐다보지도 않고 창문만 째려보는 저 자세 보라지.

"나 여기 있기 싫어."

그의 고개가 푹 꺼진다. 나는 소리 없이 웃었다. 뭐, 우는 것보다야 낫지.

"본사를 서울로 옮길까?"

"그랬다간 주가 폭락할걸."

"서희, 제발."

"그냥 짐 싸서 가려는 거 양심상 통고는 해 줘야 하니까 말하는 거야. 그러지 마."

"너야말로."

그리고 침묵. 그는 머리를 싸쥐고 있고, 나는 멍하니 천장을 올려다본다. 사실은 내 스무 살 철없는 생각에, 혹시 아저씨가 날 이렇게 만들었다면 걷어차 주고 사무실에서 냅다 퍼부어 버린 뒤에 뒤도 안 돌아보고 서울 가야지, 라고 생각했었다. 그런데 사실은 그가 날 냅다 걷어찼어야 했다. 그러질 못하는 사람이니 내가 떨어져 줘야지. 이 정도면 나, 무지 착하지 않나요, 하나님? 그러니까 꼬일

대로 꼬인 인생 잘 풀어 주지 않으실래요?

"Don't do this to me."

나한테 이러지 마.

그러고 보니 내가 그와 싸울 때마다 질리도록 했던 말이군.

"당신 지금 나랑 똑같은 생각하지?"

"……그래. 그런 말 하게 해서 미안해."

"거봐."

이별을 선언하는 사람치고 내 어조는 지극히 담담하고, 지극히 따뜻했다. 나는 그를 타이르고 있었다.

"나도 이런 말하기 싫지만, 우리에겐 답이 없어. 같이 있어도, 같이 있을 수 없고."

함께 손잡아도 다른 곳을 보지.

"하지 말아야 할 말을 해 버리고."

그렇게 성급하게 결혼하지 말았어야 했는데.

"결국에는 서로 외면하고."

묻어두고, 고개를 돌리고.

"다시 또 반복."

다음번에 직업을 갖게 된다면 꼭 '4주후에 뵙겠습니다'를 외치는 직업을 가져야지. 문제 진단에는 천재적이니까. 안 그래? 라는 눈으로 그를 쳐다보는 내 시선을 받더니, 크리스는 얼굴을 쓸어내렸다.

"내가, 내가 조금만 더 노력하면 안 될까? 절대로 야근 안 할게. 그리고……."

나는 천장을 올려다보았다.

"좀 더 일찍 그런 말을 하지 그랬어."

가령 당신이 그 그림을 봤을 때라든가.

당신 역시 나를 믿었어야 했다. 내 아내는 그럴 사람 아니라고 끝까지 고개를 흔들었어야 했다. 나는 무능력했고, 당신은 나를 믿지 못했다. 그건 확실히 문제다. 누구도 외면할 수 없는, 그래서 더 이상 함께 있을 수 없는 그런 문제. 우리는 아마 서로 헤어지면서 죽을 때까지 못 잊어 아파할 것이다. 저 사람은 늘 한결같았으니 그럴 테고, 나는 그밖에 바라본 사람이 없었으니 그럴 테지. 우리는 모두 사랑에 있어서는 서툴다 못해 끔찍한 수준의 초보였다. 나는 어떠한 경험도 없이 무작정 결혼을 했고, 그는 그가 맺었던 관계에 지나치게 무관심하고 진지하지 못했다.

주연배우는 부상이고, 연출은 개떡 같고, 조명은 들어오지도 않는 데다가 무대마저 무너졌다면, 이제는 막을 내려야지.

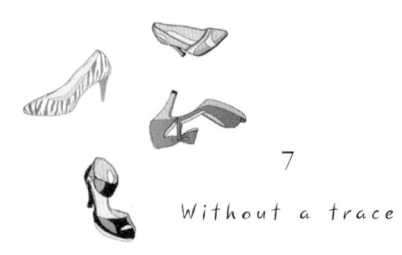

7

Without a trace

　약속했던 대로, 그는 쿨하게 나를 보내 주었다. 이를 악물면서도 나를 보내 주었다. 그게 또 섭섭하지만, 놓아주지 않았더라면 아마 나는 독하게 그에게 대못을 박아 주고 떠나 왔을 것이다. '결국에는' 보내 준 셈이다. 보내 주기 싫다는 표정으로, 울지도 못하고 나를 쳐다보아도, 끝끝내 병원에서처럼 가지 말라는 말 따위는 다시 입 밖에 내지도 않았다. 아니, 너무나 냉정해서 내가 화가 날 정도였다. 무슨 남자가 마누라가 이혼하겠다고 그러는데 저러냐고 속으로 소리를 질러 버릴 정도로.

　하지만 대놓고는 절대 말할 수 없었다. 짐을 싸는 내내 나는 그와 눈도 마주치지 못했다. 아파 죽겠다고 비명을 지르는 그 눈을 도저히 똑바로 쳐다볼 수가 없었다.

　그는 모든 감정을 안으로 잘 갈무리해놓은 채 겉포장마저 그럴싸

하게 해놓고 이별마저 담담한 척 잘 보내고 있었다. 그가 감정 표현을 하지 않는 것이 섭섭해도, 나는 그가 막상 감정 표현을 하는 것이 두려워서 모른 척했다. 나는 한 번도 그가 무너진 것을 본 적이 없다. 우리가 연애를 했을 때조차, 우리가 싸웠을 때조차 크리스는 크리스였다.

그런데 이번에는, 내가 만일 그 완벽한 포커페이스에 균열을 만들어 놓는다면, 어쩌면 나는 인류최초로 '크리스티안 라일리 벡스터의 붕괴'를 볼 수 있을지도 모른다는 끔찍한 생각이 늘었다. 그래서 더 도망치듯 미국을 떠났는지도 모른다. 그것만은 절대로 보고 싶지 않았다. 당사자들이 어떻든 상관 않고 사정없이 난도질을 해대는 황색 타블로이드가 무서워서 인터넷을 보지 못하다가도, 그가 걱정돼서 골드크레딧 관련 기사들을 보고, 파이낸셜타임즈와 타임지, 보지 않던 포브스까지 보고 있다.

Christian L. Bexter.

이 영어철자들이 뭐라고 내가 지금 가슴을 싸쥐고 통곡을 해야 한단 말인가. 날 믿지도 않은 남자를 내가 왜 날이 새고 밤이 가도록 그려보고, 또 그려보아야 한단 말인가. 이제 겨우 한국에 온지 두 달째.

나는 지금 그가 미친 듯이 그립다.

겁이 나서 아직 짐도 다 풀지 못하고 있다. 짐을 다 풀어 버리면, 이제는 정말로 그와 연결된 모든 끈이 끊어져 버릴 것만 같은 기분이 든다. 바보 같은 소리이긴 하지. 내가 더 이상 걱정할 일이 아님

에도 불구하고, 나는 골드 크레딧의 주가에 노심초사하고, 간간히 들려오는 그의 소식을 사소한 것이라도 꼭 챙겨 본다.

가끔 찍힌 사진들을 보면서도 이 사람이 밥은 잘 먹고 있는지, 또 무리해서 일하는 건 아닌지, 더 이상 들리지도 않을 걱정들을 혼자 사서 한다. 더 이상은 다가갈 수도, 만날 수도 없는 사람인데 왜 혼자서 이런 짓을 하고 있는지 가끔 스스로에게 화가 날 때도 있고, 속상한 때도 많다.

젊었을 때처럼 너 같은 건 금방 잊고 어디서 금발의 슈퍼모델을 끼고 놀고 있을지도 몰라, 하고 독하게 말해 봐도 나는 그게 내 억지라는 걸 안다. 그는 그럴 사람이 아니다.

내가 무서워하는 것은, 내가 아직도 그를 그리고 있을 때 그가 나를 서서히 잊어 가는 것. 오 년이 지나가고, 십 년이 지나가고 있을 때, 나는 아직도 아파하지만 그에게는 그저 안 좋은 추억이 되어 버리는 것.

"그러면 나는 어떡하지?"

지금 거울에 비친 내 모습을 보아도, 나는 전혀 예쁘지가 않다. 언제나 그를 위해서 꾸미고, 그를 위해서 예뻐졌는데, 그런 예쁜 모습을 보면서 나도 기분이 좋았는데 지금은 그렇지 않다. 다크 서클은 턱밑까지 내려간 지 오래고, 눈은 실핏줄이 터져서 시뻘겋게 충혈된 상태다. 피부도 칙칙하고, 모발 상태도 안습인 게 공포영화에 출연하면 딱이겠군. 아오 끔찍해. 저놈의 거울 떼다 버리든가 해야지.

"이런 식으로 살면 안 돼! 힘내서 웃샤웃샤 살아야지!"

난 지금 기억이 뒤섞여서 스무 살의 마인드도 가지고 있잖아. 젊어지고 얼마나 좋냐? 당장 컴퓨터 끄고, 얼른 짐정리나 해. 제일 큰 것부터 할까? 아냐. 그럼 한참 걸리잖아. 차라리 작은 것부터 하는 게 낫지 않나? 결국은 큰 것부터 하기로 했다. 커터칼로 박스 테이프를 자르면서 나는 아무 생각도 안 하려고 애썼다. 거봐. 신경 쓰지 않으면 저절로 별거 아니게 되는 일이야. 뭘 그렇게 열심히 신경 쓰려고 애를 썼니?

"아."

잘못 뜯어 버렸다. 뚜껑을 열자마자 내 눈에 보이는 건, 내가 챙긴 기억에도 없는 회색 토끼였다. 분명히 이건 내가 내다 버렸는데. 내가 좋아 죽는 뽁뽁이, 이른바 공기 블록에 싸여 있는 토끼는 헹, 니가 감히 나를 버려? 지구 끝까지 쫓아갈 거라는 포스를 팍팍 풍기면서 건방지게 박스 한쪽을 차지하고 뻗댄 채 앉아 있었다. 테이프로 꼼꼼하게 상하지 않도록 봉해진 토끼는 깨끗하게 빨기까지 해서 아주 뽀송뽀송한 상태였다.

"내 토끼……"

내가 이 악물고 내다 버렸는데 너 어떻게 여기까지 쫓아왔니? 이건 정말이지 들고 오고 싶지 않은 물건이었다. 다른 것도 아니고, 내가 작전상 이른바 '너님이랑 연애 못 해먹겠음'이라고 그의 앞에서 우아하게 쓰러지는 것까지 해치운 뒤 아주 나쁘게도 그와 연락을 끊었을 때 그가 사다 준 것이라니.

내가 죽도록 붙잡고 있던 '그의 사랑의 증표'랄까. 언제부터인가 옷방 한구석에 내팽개쳤지만, 그가 나에게 들고 왔던 선물 중, 사실 가장 반갑고 즐거운 선물이었다. 아, 이 사람이 날 이 정도로 생각해 주는구나, 하는 생각이 들게 하는 선물이었다. 그 무뚝뚝한 성격에 이런 큰 인형을 사 온다는 것 자체가 코미디였지만, 그래서 더 의미 있었다. 이것 때문에 그 성격에 스텔라한테 전화까지 해서 도대체 여자들은 뭘 사 줘야 용서를 해 주냐고 물어보았다지. 남들과 똑같은 거 싫어하는 내 까탈스러움도 생각해서 곰돌이가 아니라 토끼를 사 왔다나.

어떡해.

"진짜 어떡해."

정신병에 걸린 사람 같아. 잊어버리려는 노력을 하기는커녕, 더 기억해 내려고, 혹시 잊어버릴까 봐 몇 번씩 반복하고, 암기한다. 나는 당신을 잊어버리면 안 된다는 생각에, 하나라도 놓치지 않으려고 안간힘을 쓴다.

기껏 그 사람을 버리고 와서, 이게 뭐하자는 짓이야? 이런 건, 너무 어렵다.

나는 눈물을 뚝뚝 흘리면서 화를 냈다. 신경질적으로 공기 블록을 뜯어냈다. 향긋한 섬유유연제 냄새가 나는 인형을 잡아챘다. 그리고 그 자리에 서서 인형을 껴안고 오래도록 울었다. 온 집안이 다 울리도록, 내 통곡소리에 내가 잠식될 때까지, 내가 지칠 때까지 울었다. 그러다가 정신을 놓아 버린 것 같다.

"제발 부탁이니까 이제는 그만 좀 해라."

처음 응급실에 실려 왔을 때처럼 너 미쳤냐고 소리를 빽 질러서 놀란 간호사가 쌈질하는 줄 알고 쫓아오게 만들었던 예은이는 이제

싹싹 빌었다.

"이 짓도 한두 번이지, 너 이러다가 진짜 골병들겠어. 제발 그만
해."

또 쓰러졌나 보다. 벌써 세 번째인가.

"어떻게 가면 갈수록 나아지는 게 아니라 막장이냐, 넌."

"왜?"

간신히 대꾸하려는데 목이 뻑뻑하다. 예은이는 퇴근한 차림 그대
로 백을 옆에 끼고 파워숄더 재깃을 입은 채 팔짱을 꼈다.

"너 이번에는 탈수증까지 왔어. 도대체 몰골이 그게 뭐냐, 너. 그
래도 나름 예쁘장하다고 헌팅도 들어왔던 호시절 다 갔다."

"내 참. 이혼녀한테 막말하시네."

처음에는 눈물이 그치지를 않아서 진정제, 두 번째는 위염. 이번
에는 탈수증. 나도 참 가지가지 하는구나. 어떻게 달라지는 게 없
냐. 멀쩡하게 한국에서 내 삶을 개척하겠어요! 따위는 이미 다 날아
간 지 오래다. 나를 미치게 하는 이 상처에 약을 바르고, 좀 더 아
물어야지 다른 것이 손에 잡힐 텐데. 지금 내가 하는 거라고는 기껏
해야 신문사에 칼럼을 몇 번 투고하는 것뿐이다. 그나마 실려서 다
행이지. 내 밥값이라도 하는 게 어디야.

"선볼래?"

"일 없다."

"그럼 취직할래?"

"넌 프리랜서가 취직하는 거 봤냐? 고정 칼럼니스트를 누가 출근
시켜 준다디?"

"제발 좀 꾸미고, 밥도 잘 먹고, 마사지도 받으러 다니면 안 된다든?"

"시끄러. 니가 사랑을 알아?"

나도 이제 알아가는데.

뒤에 남겨진 예은이는 물론 기가 막히다는 표정을 지었겠지만, 나는 그걸 싸그리 무시하고 먼저 집으로 들어왔다.

"나 좀 제발 집으로 곧바로 가게 해 주면 안 돼? 맨날 너 확인하러 오면서 얼마나 심장 떨리는지 알아?"

"어차피 앞집이잖아. 뭘 그렇게 엄살을 떨어. 내가 아프지 니가 아프냐? 올 때 맛있는 거나 가져오면 또 몰라."

"기집애, 짜증내기는."

나는 거실 한복판에 떨어져 있는 토끼를 벽에 기대어 놓았다. 아마 저건 크리스가 넣어둔 거겠지. 우리 아저씨가, 나 모르는 사이에 깨끗하게 세탁기까지 돌려서 넣어놨겠지. 그 사람 빨래는 잘 하고 있으려나.

"그렇게 그리우면, 그냥 가서 다시 합쳐라, 제발. 응?"

"그게 쉽냐?"

벌써 날 잊었을 텐데. 날 지웠을 텐데. 내가 그리워하는 것만큼 그 사람은 날 생각하지 않을 텐데. 아니, 사실은 그럴까 봐 겁이 난다. 그 사람은 날 얼마나 그리고 있을까? 모르겠다. 이제는 자신이 없다. 이런 게 치명적이란 거 아는데, 그래도 자신이 없다. 옛날 기억이 다시 되살아나서 이러나? 늘 절박하게 그에게 나 좀 봐 달라고, 혹시 나 안 보고 있다면 내가 잘할 테니까 나 좀 봐 달라고 매달리던 기억은 스무 살 무대포의 하늘을 찌를 듯한 자신감을 팍 꺾어놓는다. 이런 과거의 기억들이 날 우울하게 만드는 큰 요소들이다. 아, 차라리 기억이 없을 때가 행복했어. 그때는 나는 아무것도 몰라요, 하고 헬렐레하게 뛰어다녀도 아저씨가 예쁘다고 귀엽다고 웃어 줬잖아.

"또 왜 울어?!"

"나 아저씨 보고 싶어."

"못 참아."

천장을 째려본 예은이는 바로 휴대전화를 꺼냈다.

"뭐 하려고?"

"시끄러, 이 기집애야. 네, 거기 대한항공이죠? 뉴욕행 비행기를 예약하고 싶은데요."

멍하니 눈물만 뚝뚝 흘리는 나를 째려보던 예은이는 이를 바드득 갈아붙이면서 대꾸했다.

"아뇨, 편도요."

"나 안 가! 못 가!"

내가 휴대전화를 낚아채서 휙 접어 버리자 예은이가 나에게 빽 소리를 질렀다.

"왜 안 가! 왜 못 가! 보고 싶어 아주 미쳐 죽으려고 하는 게 내 눈에도 다 보이는구만, 너 그런 식으로 자살하고 싶어? 차라리 그냥 여기서 죽어라! 쥐약 사다 줄 테니까 그냥 먹고 죽어! 왜 자해를 하고 난리야! 죽는 방법도 아주 가지가지다!"

"내가 어떻게 가! 그 사람 혼자 살라고 버리고 왔는데, 나 혼자

편하자고 왔는데 내가 어떻게 다시 가! 무슨 낯으로 돌아가! 난 못 돌아가!"

울고 싶은데 뺨 맞은 격이다. 예은이나 나나 너무 지쳤다. 나는 그 사람이 죽도록 보고 싶고, 예은이는 어떠한 결단도 내리지 못한 채 이곳에서 미적거리고 있는 내가 한심하고. 나도 내가 한심하다. 도대체 나는 왜, 아무것도 하지 못하는 바보천치인 거지?

"나 왜 이러지? 나 왜 자꾸 바보짓 하지? 바보짓 안 하려고 여기 왔는데, 그 사람 버리고 왔는데 왜 이러지?"

예은이는 한숨을 쉰 뒤 나를 끌어안았다. 나는 또 흉하게 엉엉 울기 시작했다.

"너는 니 남편 옆이 아니면 어쩔 수 없이 바보짓 하는 애야."

"그 사람 옆에서도 바보짓 했어."

"그건 니가 진짜 바보라서 그러고. 지금은 아니야. 지금은, 너 정말 니 남편 없으면 큰일 나."

"나 어떡해."

진짜 나 어떡해.

당신은 잘 지내고 있나요?

나는 지금 당신이 속상해할 일만 골라서 하고 있어요.

너무나 아프고, 늘 목이 메서 밥을 먹을 수도, 웃어 보일 수도 없어요.

당신은 잘 지내고 있나요? 아프지 않나요?

혹시 나를 아직도 기억하고 있나요?

……잊어버리지는 않았겠죠? 그렇죠?

※　　※　　※

[컴백 축하해요, 서희 씨. 아주 반응이 좋아요.]

「언론에서 홍보 한번 제대로 해 준 덕이죠.」

연일 황색지를 도배하던 나의 이혼 보도를 비꼬는 내 말에 〈애셋 저널〉의 편집장 프루던스는 난처해하며 웃었다.

[그렇지만 독자들도 아주 기뻐하던걸요. 드디어 스노우 화이트가 돌아왔다고 좋아하는 분들이 많아요.]

그 별명 아직도 유효하구만. Snow White. 백설공주라는 민망한 별명이 내게 하사된 건 정부의 대책 없는 교육개혁을 비판한 내 칼럼이 나간 직후였다. 시카고 트리뷴과 뉴욕타임즈, 워싱턴 포스트 및 포브스와 포춘 등에서 내 칼럼에 대해서 일제히 논평을 해댄 거다.

솔직히 무지 당황스러웠더랬다. 비판한 쪽도 있었지만, 다행히도 동조하는 분위기였고, 그 언론들이 나에게 붙여 준 별명이 바로 스노우 화이트. 말이 백설공주지 사실은 문자 그대로 싸늘한 독설가라는 뜻이다. 그 별명을 붙여 준 사람들 가운데 날 아는 사람들이 있어서 더 그렇다. 내 입으로도 말하기 많이 민망하지만, 까만 머리카락에 붉은 입술을 가진 싸늘하고 우아한 숙녀. 그렇게 시카고 트리뷴에 떴다. 절대 하얀 피부는 아니다 이거지. 기억해두겠어. 흥. 생각난 김에 오늘 프라이머를 사면서 받은 팩을 해야지.

이래서 한국이 좋아. 하다못해 샘플이라도 얹어 주거든. 아니면 화장솜이라도.

「잘 돌아온 것 같아요?」

[그럼요. 이혼은 여자를 강하게 만들어 주잖아요.]

「그래요?」

나는 안 그런 것 같은데. 늘 머리가 아프고, 가슴이 갑갑하다. 확실히 나는 한국이 더 편하고 좋은데도 이유를 모르겠다. 아니, 이유는 알고 있지만 굳이 그걸 상기하고 싶지는 않다. 그냥 내 건강이 안 좋은가 보다, 하는 거지. 이제는 외면하는 걸로 방법을 돌렸다. 그나마 이게 낫다. 미친년마냥 울고 웃다가 응급실에 실려 가는 것보다야 낫다. 내 자조적인 대꾸에 프루던스는 한숨 비스무리한 소리를 냈다.

[궁금해요?]

「뭐가요?」

[벡스터가 어떻게 사는지.]

아, 저런 교활한 질문.

「별로요.」

[이혼한 경력 있는 사람한테 거짓말해 봤자 소용없어요. 궁금하잖아요.]

아놔. 나는 편집장을 아주 제대로 물은 칼럼니스트군.

[물론 듣고 싶은 대답이야 뻔하지만, 현실은 안 그래요. 그 사람 잘 살아요.]

아쉽지만 그런대로 다행이다. 죽어간다고 하면 그것 또 내 불면증의 원인이 될 테니까.

「다행이네요.」

[그렇지만 이상해요.]

이상하다니. 나는 수화기를 옮겨쥐었다.

「어, 어디 가요? 어디 아파요?」

[아니, 그건 아닌데. 지난번 벤 버냉키 FRB 의장이랑 그린스펀 전 FRB 의장이랑 아귀다툼하고 있을 때 말이에요. 그러니까 그, 〈타운〉에서 파티가 열렸었는데, 나 거기 갔거든요?]

아. 기억난다. 모든 경제지 기자들이 거기에 끼려고 난리를 쳤었다. 한 보름 전에 있었던 파티였다.

[거기서 .벡스터를 봤는데, 뭐랄까요. 지나쳐 보였어요.]

지나쳐 보인다……

[이혼한 사람이 그럴 수는 없어요, 서희. 그렇게 비정상적으로 많이 웃고, 많이 비꼬고, 많이 냉소 지을 수는 없어요. 차라리 그 사람이 하던 대로 자연스럽게 필요한 만큼만 말하고, 다른 사람들을 배려해서 말하고, 슬쩍 웃는 둥 마는 둥 한다면—그 얼음황제 명성 그대로 말이에요—그건 그 사람이 너무나 잘 극복했다는 거지만……]

프루던스가 마른침을 삼키는 소리가 여기까지 들렸다.

[그렇게 자기 별명대로 사람이 '냉혹'해졌다는 건 말이에요, 서희.]

그건 반쯤 미쳤다는 소리다.

[그건 그 사람이 지금 제정신이 아니라는 거예요.]

"Oh, Lord."

나는 당신이 적어도 잘 견딜 거라고는 생각했다.

[그래서 지금 월스트리트가 흉흉해요. 바이어들과 딜러들이 요즘

자주 하는 농담이 '황제의 숙청을 조심해' 예요. 물론 사이드카가 발동될 때만 쓰는 농담이지만.]

나는 이렇게 무너져도, 당신은 늘 강했으니까 밥 잘 먹고 잠 잘 자고 견딜 수 있을 거라고 생각했다. 힘들어도 내가 무너지는 것만큼은 아닐 거라고 생각했다.

[하지만 딜러들은 어느 정도 소름끼쳐 하고 있어요. 나도 좀 두려워요. 그 사람이 가진 영향력이며, 권력이 얼만데 거기서 정신을 놓아 버리면…….]

그 사람은 한 나라도 파산시킬 수 있다.

[물론 별거 아닐지도 몰라요. 내가 과민반응을 하는 것일 수도 있고요. 그렇지만 벤 버냉키도, 그린스펀도 벡스터를 주목하고 있어요. 무서운 건, 그 사람이 미쳐도 미친 것처럼 보이지 않는다는 거예요. 웃어넘기는 사람들이 많지만, 월스트리트의 늙은 원로들은 절대로 그렇지 않아요.]

나는 시퍼렇게 질려서 내 건너편의 거울을 쳐다보았다.

[난 그 사람이 그런 류의 사랑을 할 수 있을 거라고는 상상도 못했어요. 그 사람은 아마, 서희, 당신한테 몸과 마음도 모자라서 영혼까지 바쳤나 봐요.]

이제는 돌아가야 될 이유까지 아주 가지각색이다. 월스트리트가 미쳐 돌아가는 꼴 방지하자고 돌아가야 한다는 거야?

[왜 이혼했는지는 잘 모르겠지만, 그래도 두 사람, 다시 합치는 게 여러 모로 괜찮은 것 같아요. 서희, 당신 글도 많이 독해졌어요. 아직 그 사람을 놓은 거 아니잖아요.]

그렇게 조심스럽게 프루던스는 지금 합의중인 이혼을 멈추는 것이 어떻겠냐고 물었다. 아니, 한 사람 말만 들어서는 안 된다. 나는 대강 둘러대고 전화를 끊은 뒤, 다시 전화를 걸었다. 골드크레딧의 사외이사이자 크리스의 절친한 친구인 에반 브랜던. 그는 어떻게 생각하고 있지?

[그냥 아무 말 말고, 입 딱 다물고, 여러 사람 살리는 셈 치고, 미친 놈, 아니, 불쌍한 놈 하나 구제해 주는 셈 치고 자애로운 마음과 박애정신으로 돌아와요, 서희.]

이쪽은 더 심각하다.

「회사에 혹시 문제가 있는 건 아니죠?」

[그거면 차라리 안심이게요? 아무 일도 없어요. 그게 문제죠. 아무 일도 없이, 아주 자알 굴러가고 있다는 게.]

에반은 신경질적으로 웃어댔다.

[그건 크리스가 아니에요. 늘 침착하고, 신중하던 크리스 라일리 벡스터가 아니란 말입니다. 크리스는 그런 공격적인 투자를 하지 않아요. 알아요? 그 자식 어제는 이름도 모르는 웬 인도네시아 건축회사에 30만 달러를 투자했다고요!]

듣보잡 회사에 30만 달러라.

「그거 에반, 당신이 자주 하는 짓 아니에요?」

[그렇죠. 내가 해야죠. 그럼 크리스가 날 뜯어 말렸죠. 그런데 말려야 할 놈이 먼저 나서고 있다는 게 문제 아닙니까! 벌써 이번 달만 다섯 건째예요!]

「그건 좀…… 심하네요.」

[좀 심한 수준이 아니라니까요. 문제는 그게 다 성공적이란 말입니다! 더 두고 봐야 알겠지만 여태까지는 아무런 문제가 없어요!]

소리를 꽥꽥 질러대던 에반은 목소리를 낮춰서 은밀한 얘기를 하듯 말했다.

[그게 더 소름끼친다니까요.]

듣는 나도 소름끼칩니다그려.

[여하간, 서희, 제발 돌아와요. 지금 사장실 비서들은 그 자식 눈치 보느라고 타이핑 소리도 못 내질 않나, 비서실 인턴 하나는 쟁반을 떨어트린 다음에 지레 겁먹고 울음을 터트리질 않나, 아마 NBC에 찍어서 내다 팔면 제대로 The Office(NBC의 드라마)일 겁니다. 대신 말 그대로 보스가 살인적이라는 것만 빼고.]

나는 한숨을 쉬며 수화기를 내려놓았다. 참기로 했으면 다 같이 잘 참고 있어야지, 아저씨 지금 대체 뭐하는 거예요? 나는 그래도 칼럼 하나 잘 썼다고 칭찬 받았잖아. 아저씨도 그 명성 그대로 가지고 있어야지 그런 식으로 살면 어떻게 해? 아이씨, 진짜. 나 아이라이너 그렸는데. 당장 나가야 하는데 아침부터 또 울면 어쩌자는 거야? 화장하는 데만 30분 걸리는구만, 정말 도움 안 되는 남편이야.

결국 눈화장을 다시 하고 나가는 수밖에 없었다. 뭐하러 가냐고? 장보러 간다. 장보러 가더라도 트렌치코트에 힐을 신고 풀메이크 업을 하는 건, 여자로서의 자존심이랄까. 사실은 여기 저기 깔려 있는 파파라치들도 좀 신경 쓰인다.

한국에는 카메라가 너무나 많다. 여기저기서 팡팡 찍어대니, 원. 그나마 요즘에는 나아진 거다. 처음에는 도대체 그 잘난 월스트리트

은행가의 이혼한 한국인 아내가 누구냐고 엄청나게 궁금해하는 사람들이 많았더랬다.

"이래서 황색 스캔들이란…… 쳇."

또각또각 보도에 부딪히는 하이힐 소리를 나는 무척이나 사랑한다. 나 좀 봐요, 나 예쁘지 않아요? 하고 광고하는 것 같거든. 여자 자존심의 상징이기도 하고. 가장 좋은 건, 내가 키가 무지 작아서 하이힐을 신어도 아저씨의 어깨까지 간신히 미친다는 거였다. 남들이야 그게 뭐가 좋냐고 하겠지만, 나는 좋았다. 이 높은 구두를 신다가도 비틀거리면, 아저씨는 늘 웃으면서 잡아 주었다.

"좋은 구두가 좋은 곳에 데려다 주기는 무슨, 개뿔."

나한테 좋은 구두가 생겼던 적은, 좋은 곳에 있었을 때였다. 내 예쁜 보라색 펌프스도, 은색 스팽글 달린 웨딩슈즈도, 분홍빛 리본이 나풀대는 메리제인도 다 아저씨가 사 준 건데. 다 아저씨가 예쁘다고 해 준 건데…….

늘 사랑스럽게 하늘거리던 나의 원피스와 발레 스커트들 대신에 검은 스키니진과 회색 트렌치코트를 입고, 반짝이던 구두들 대신에 아무 무늬 없고 장식 없는 까만 에나멜 펌프스를 신는다. 또각이는 경쾌한 소리는 어느새 날카롭게 들리고, 하늘에서는 추적추적 비까지 내린다. 아이섀도도, 블러셔도 다 그만뒀다. 반짝이는 펄 파운데이션도 쓸 엄두가 도저히 안 난다. 그저 무섭게 스모키나 그리고 앉아 있다. 시커먼 마스카라와 아이라인만 칠해대고 있으니 예은이가 질색을 하는 것도 당연하다. 못 알아보겠다나. 하지만, 다른 걸 더 하기는 귀찮은걸. 봐 줄 사람도 없고, 예쁘다고 해 줄 사람도 없잖

아. 뭐하러 그런 걸 칠하고 있어? 그냥 선만 그려 버리면 되는 거지.

아, 정말 세상만사가 다 귀찮아. 생리대, 빵, 시리얼. 그리고 반찬 해 먹기 귀찮으니까 김치, 밑반찬들. 스타킹도 있어야겠고, 요거트 랑 쌀도 있어야겠네. 무료하게 먹을 것을 집어 드는데 팔짱을 낀 커플이 내 쪽으로 카트를 밀고 왔다.

"자기야, 이거 어때?"

"어디? 에이, 이건 아니다. 이거 봐. 여기 상했잖아."

"어? 그러게."

"하여튼. 좀 잘 봐. 아, 호두도 사자."

"호두는 왜?"

"건강에 좋다잖아. 우리 신랑 먹여야지."

"우리 색시 덕에 호강하네."

그거 참 씁쓸하구만. 두 분 예쁜 아기 많이 낳으세요. 여기 그런깨 볶는 냄새 다시는 못 풍길 여자 몫까지 다 해서 말이에요.

나는 신경질적으로 오렌지와 포도를 카트에 던져 넣었다. 뭉개지든 말든 내 알바 아니다.

이 천하에 둘도 없는 멍청이. 못난 놈. 비 오는 날 한 손에는 두꺼운 하드커버 책 두 권에 한 어깨에는 노트북까지 든 가방 들고 가다가 킬힐이 맨홀 구멍에 끼어 버리는 사태 같은 인간. 망할 자식, 가다가 자빠져서 다리나 부러져 버려라. 아니, 머리 부딪혀서 확 기억이나 잃어버려라.

"저기요, 손님."

혼자서는 아무것도 못 할 거면서 왜 안 붙잡았대? 붙잡는 시늉도 못 했으면서 그딴 미친 짓은 왜 하는 건데?

"손님?"

이런 개구리 밥 비벼먹을!

"왜요?"

"저기, 물건을 그렇게 함부로 다루시면……."

"다 살 거니까 걱정 마시죠."

직원에게 팩 쏘아붙이고 카트에 다시 과일늘을 미친 늣이 던져 넣었다. 먹고 죽자. 과일에 인간이 필요한 기본 영양분은 다 있다잖아. 밥도 안 하고 좋지, 뭐. 그나저나 배는 싫어하는데 어떡하지? 어쩌긴 뭘 어째, 먹기 싫은 건 앞집 아가씨 갖다 주면 되지, 뭐! 욕좀 들어먹겠지만.

화가 나도, 그한테 전화를 하거나 쫓아가서 뭐라고 쏘아붙일 수는 없다. 난 그 사람한테 화낼 자격도 없다. 혼자서 내 삶을 살기도 벅찬데, 누구의 삶에 간섭할 자격이 있단 말인가. 나는 더욱이 그 사람 삶에 간섭할 자격이 없다. 뭐라고 할 수가 없다.

나는 카트에 생리대를 던져 넣다 말고 땅이 꺼져라 한숨을 쉬었다. 서로가 알아서 해결해야 할 문제를 만들어 버리는 게 이혼이구나. 이렇게 저렇게 해 보라고 조언도 못하고, 남들에게서 소식을 듣고, 만나도 어색할 사이가 바로 전남편과 전부인 사이 아닐까. 물론 한국에 오고 나서는 그의 얼굴을 직접 대면한 적이 한 번도 없지만 말이다.

이제는 딸기 두 팩을 살 필요가 없다. 한 팩만으로도 충분하다.

그 사람이 좋아한다고 해서 내가 싫어하는 견과류를 살 필요가 없다. 내가 좋아하는 망고나 하나 더 사면 그만이다. 이제는 더 이상 면도기를 고를 필요가 없고, 넥타이를 고를 필요가 없고, 행커치프를 고를 필요가 없고, 남성용 왁스를 살 필요가 없다.

마트에서 붙여서 파는 원 플러스 원 따위 반갑지도 않다. 도대체 두부를 두 모씩이나 사서 어떻게 다 먹겠다고? 된장찌개도 하도 끓여서 짠 맛이 나는데도 냄비 반을 차지하고 있을 때가 많고, 아무 생각 없이 뜯어놓은 양상추로 샐러드를 만들다가도 다 못 먹고 버리는 경우가 태반이다. 혼자 살면, 함께 습관과 기호를 공유하던 사람이 사라지면 당연히 일어나는 현상이다.

그런데 그런 것조차 받아들이기가 힘들다. 혼자서 씩씩하게 장보러 와도, 다른 커플들을 보며 우울해하고, 그가 좋아하던 나초를 사려다가도 먹을 사람이 없다는 사실에 씁쓸해한다.

가장 흔한 말들이 진실이다. 습관이란 무섭고, 지나가는 남자들을 보면 역시 구관이 명관이고, 든 자리는 몰라도 난 자리는 안다. 그거 참 우리 조상님들 속담 한번 기막히게 지으셨단 말씀이야. 혼자서 카트를 낑낑대고 민다. 그리고서 그냥 바구니나 들걸, 하고 후회한다. 그닥 살 것도 없어 보인다. 많이 사게 되면, 들고 가는 것이 또 문제다. 그나마 운전면허를 따 놓았으니 다행이지, 그것마저 안 했으면 완전 루저 될 뻔했다.

그건 그냥 그런 거다. 나는 그의 소식을 들으면서 씁쓸한 기분, 바닥까지 축축 처지는 기분을 날씨까지 도와주더라도 꾸역꾸역 할 일을 한다. 기분이 좋건 기분이 나쁘건, 그래도 한다. 아무 의미가 없다. 없다는 것도 안다. 그래도 한다. 나에게는 내일도 없고, 지루한 일상의 반복만이 기다리고 있다. 하루하루는 잿빛이고, 지금 정상적이고 진취적으로 가는 일상마저 따분하다. 온 신경을 칼럼과 시사문제 쏟는 것이 아니라 태평양 건너 그 누군가에 정확하게 쏟고 있다.

"오호 통제라."

차라리 당신이 기억을 잃는 게 어때? 그럼 나는 이혼 따위 몽땅 취소해 버리고 바리바리 짐 싸 들고 가서 당신 붙잡고 늘어질 텐데. 처음에 당신 잡으려고 날뛰던 그 경험으로 말이야.

처음 만나는 것부터 다시 하는 거야. 새로 하는 거야. 그러면 정말 잘할 자신 있는데 말이지.

못 돼 처먹었네. 쓴웃음을 지은 채 카드를 내밀고, 과일로만 절반을 채우고 먹지도 않는 나초도 껴 있는 영수증을 받고 쓸데없이 무거운 장바구니를 끌고 차까지 낑낑거리며 걸어간다. 누구도 날 도와주거나, 대신 장바구니를 들어 주거나, 대신 운전해 주지 않는다. 혼자서 한다. 아직도 비가 온다.

내가 생각해도 나는 확실히 못돼 '처' 먹은 성격이다. 혹시 그가 오지 않을까, 혹은 그가 날 찾지 않을까, 그가 챙겨 준 구두들과 옷을 다 풀어놓으면서도 그런 일이 생기기를 기대했다. 이미 합의이혼이 진행중인데도 불구하고 말이다. 미국 타블로이드와 우리나라 언론에서 떠들어대던 것도 이미 다 지나간 소문으로 끝났는데 말이다. 이래서 여자의 집착이란 게 무서운 거야. 어떻게든 내가 그의 곁으로, 미국으로 다시 갈 구실이 생기기를 기대하고 고대했다. 하지만 결코 이런 일로 다시 두 달 만에 돌아가길 바란 건 아니었다.

'동생이 사망하셨어요' 라든가 '아이가 실종 되었어요', 혹은 '암입니다' 라는 소식은 생각지도 못하게, 그냥 꽃에 물주고 오늘 먹을 점심을 준비하고 화장실 청소를 하다가 맞닥뜨리게 된다. 그저 오늘은 어떤 칼럼 소재거리가 있을지……. 어? 슈퍼모델 가빈이랑 영화배우 이선우가 결혼하네. 얘네는 몇 년이나 가려나 가십이나 뒤지고, 악, 내일 황사 오네! 또 와? 하고 날씨를 찾다가 본 거다.

The Emperor of Wall Street goes missing

뉴욕타임즈, 2분 전 기사였다.

go missing [동사] 행방불명.

아마 무의식적으로 꺼두었던 휴대전화를 켰던 것 같다. 액정화면에 불이 들어오기가 무섭게 득달같이 걸려오는 낯익은 번호.

[사모님!]

「스텔라?」

[어떻게 해요, 거기 사장님 계세요?]

있을 리가 있겠어요?

「아니 갑자기 왜요?」

[사장님 실종되셨어요. 실종되신 지 근 2주째예요.]

스텔라의 황망한 목소리에 나는 단순히 속보만 뜨고 자세한 소식은 없지만 지금 트위터와 마이 스페이스를 따라 미친 듯이 퍼져나가고 있는 그 기사를 멍하니 쳐다보았다. 내가 아무래도 너무 몹된 소원을 빌었나 봐.

개떼같이 몰려드는 기자들을 해치고서 변호사 사무실에 들어간 나는 이혼선언서 대신 그의 유언장을 받아들었다. 멍하게 그것을 내려다보는 나에게 난감한 표정으로 벡스터 가(家) 변호사인 제레미 더즐린은 참 차가운 법을 설명했다.

「실종이 된 지 2주가 되었으니, 실종자로 간주되어 유언장이 먼저 공개되는 겁니다.」

내 남편 죽은 거 아니란 말이야. 그렇게 대꾸하고 싶은데 내 떨리는 목소리는 다른 것을 물어본다.

「이거, 언제 최종적으로 수정된 거죠?」

「한 달 전입니다.」

그럼 아저씨가 혼자 있을 때네. 갈색 서류 봉투에 툭툭 물 번진 자국이 생겨났다. 내 주위에 있는 모든 수행 비서들과 경호원들은 현명하게 고개를 돌려 못 본 척했고, 더즐린 변호사는 예의 있게 손수건을 내밀었다.

「고마워요.」

「지금 보시는 것이 나을 겁니다.」

「집행인을 나로 했나요?」

그는 그저 열어 보라는 손짓을 했고, 나는 잘 꾸며진 로펌 사무실의 벨벳 의자에 주저앉아 마음에도 없는 미망인 역할을 하며 서류의 뚜껑을 열었다. 내 생애 두 번째로 보는 유서군.

회사의 경영은 전문 CEO를 사내 이사회에서 선출하여 맡기는 것으로 한다.

또한 그 CEO의 최종 결제는 최서희에게 맡긴다.

내 주식 보유분 및 회사 지분, 그리고 모든 부동산과 채권, 저작권과 특허를 비롯한 지적재산권, 그리고 기타 내 명의로 된 모든 재산을 최서희에게 수혜하도록 한다.

언제 CEO 얘기까지 포함을 시켜놨데? 기가 막혀서 나는 유언장을 다시 내려다보았다. 눈을 씻고 찾아봐도 거기에는 내 이름밖에 없었다. 하기사 부모님이 5년 전에 돌아가시고, 원래 외아들이었던 사람이니 그렇다고 치지만, 저기요. 나 당신의 엑스와이프예요. 전처라고요. 그런데 뭐 이렇게 무지막지하게 유언장을 수정해놨어요?

"아아, 못살아."

난 진짜 침착하게 닫아 버리려고 했다. 진짜 아무렇지도 않게 이런 유언장 따위 나와 상관없다고, 어서 사람이나 찾으라고 하려고 했다. 하지만 마지막 문구는 결국 내 신경과 내가 간신히 유지하고 있던 평정을 잡아채서 구겨 버렸다.

만일 최서희에게 자식이 있다면, 내 소유 재산의 30%를 그 자식이 수혜하도록 한다.

이 사람은 도대체 어디까지 예상을 한 걸까? 나는 모른다. 나는 크리스티안 라일리 벡스터가 아니라서 이 사람이 지난 두 달 동안 얼마나 힘들었는지, 얼마나 내 생각을 했는지 따위 잘 모른다. 그렇지만 그가 날 잊지 못했다는 것은 알겠다. 웬만한 성인군자가 아니고서야 이런 유언장이 나올 리가 없고, 내가 아는 아저씨는 절대로 성인군자가 아니다. 오히려 갖고 싶은 것은 확실하게 갖고, 노리는 것을 향해 짐승같이 움직이지. 우리 아저씨 무지 욕심쟁이다. 그래서 이 유언장은 아저씨가 날 죽어도 못 잊는다는 걸, 내가 지난 두 달간 죽도록 걱정했던 건 삽질이었다는 걸 참 잘도 증명해 주었다.

아니, 그걸 이 판국에 증명해 주면 뭘 어쩌라고? 왜 사라져? 사라지는 것보다 차라리 한국에 쫓아와서 옛날에 그랬던 것처럼 나붙잡아 주면 내가 모르는 척하고 끌려가 줬을 텐데 왜 사라져? 엄청난 액수의 유산을 받은 미망인치고는 완전히 넋이 나간 내 상태가 안쓰러웠던지 한참을 내 눈치를 살피던 더즐린 변호사는 헛기침을 했다.

왜요, 또 있어요?

「이혼이 취하되었습니다.」

이건 또 무슨 자다가 봉창 뜯어먹는 소리?

「3일전에 이것이 팩스로 왔더군요. 발신인은 알 수가 없었습니다. 추적이 불가능한 번호였습니다.」

나는 또 서류뭉치 하나를 받아든다. 딱딱한 법원식 영어지만, 나는 맨 위에 굵은 로마체로 쓰인 글씨 정도는 이해할 수 있다.

이혼 무효 소송

이건 유언장처럼 내 뒤통수를 후려갈기지는 않았다. 내 머리가 멍해지는 대신 많은 생각들이 스쳐 지나갔다. 목이 메어오고, 눈은 다시 뜨거워졌지만 나는 이 상황에서 할 수 있는 가장 냉정한 말을 했다.

「저는 이거 얘기도 들어본 적도 없는데요.」

「아마 그게 오늘쯤에 올라가서 법원 출두 명령이 왔습니다.」

변호사는 내 이름 앞으로 온 법원 출두 명령서를 보여주었다. 우리는 남들처럼 지저분하게 이혼하지 않았다. 그저 벡스터 가(家) 변호사를 통해서 재산을 가르고, 아저씨는 더 주려고 했고 나는 더 안 받으려고 기를 썼다. 그저 먹고 살 만큼만 있으면 된다고 해도 막무가내로 금액을 죽어라 올려 불렀더랬다. 그게 우리가 이별하는 방식이었다. 그래서 내 변호사 역시, 아저씨 변호사와 같은 사람이었다. 그래서 저 명령서가 여기로 온 것이겠지.

"나 참."

나는 웃으면서 울었다. 피식 웃으면서 눈물을 닦아냈다. 아저씨도 참 바보 같아. 나한테 얘기했으면 모르는 척 붙잡혀 가 줬을 텐데. 근데 대체 나한테 뭘 뜯어내시려고?

"여기서 내가 지면 어떻게 되는 건데요? 위자료 줘야 되나?"

"아, 그건……."

변호사의 대답보다 내 손이 더 빨랐다. 어려운 법률 용어들을 휙휙 넘겼는데, 아저씨가 원하는 것이 나왔다.

이혼을 무효화한다.

피고는 맨해튼의 아파트로 즉시 돌아온다.

하루에 한 차례, 두 시간씩 원고와 면담 시간을 갖는다.

이 아저씨는 내가 도망이라도 갈 줄 알았나? 면담 시간은 무슨. 설득해 보려고 한 것 같은데 필요 없다. 그냥 끌려오면 얌전히 나 잡아 잡수, 해야지 반항은 무슨. 우리 아저씨 왜 이렇게 귀엽니. 귀여운 짓 했으면 칭찬해 줘야 되는데 정작 칭찬받을 사람이 없다.

「이 사람 지금 도대체 뭘 하는 거예요?」

「FBI 실종 수사팀에 의뢰했습니다만, 진전이 없습니다. 최종적으로 마지막 거취가 확인된 곳은 플로리다주 잭슨빌입니다.」

도대체 거기는 또 왜 갔대!

「처음에는 그냥, 업무적인 스트레스가 너무 과도해서 어디 2, 3일 정도 휴가 가셨나 보다 했어요. 그런데 그게 3일을 넘어가니까……..」

「그 사람이 말도 없이 그냥 사라질 사람이 아니잖아요.」

「FBI에서는 납치도 고려하고 있습니다만, 지금까지 연락이 없는 것으로 보아 그 가능성도 희박합니다.」

긴급회의에서 보고를 받은 나는 뒷골이 당겼다. 아저씨 도대체 왜 이러냐고, 눈에 보이기만 하면 진짜 맘 같아서는 신고 있는 킬힐로 확 찍어 버리고 싶었다.

「어디서 사고를 당했을 가능성이 가장 크지만, 그래도……..」

「그럼 수색 범위가 말입니다, 잭슨빌 전체에서……..」

「교통 카메라며 수퍼마켓 방범 카메라까지 다 뒤지고 있다잖습니까.」

아아. 나는 얼굴을 싸쥐었다. 이렇게 해 봤자 아무런 결론도 안 난다.

「저, 사모님?」

나는 한참 동안이나 원목으로 된 탁자를 들여다보았다. 목멘 소리가 나온다.

「제가 잭슨빌로 가서 한번 찾아볼게요.」

어떻게 해, 어떻게 해. 무슨 사고라도 당한 걸까? 왜 돌아오지 않는 거지? 왜 잭슨빌에 간 거야? 난 이사들과 급하게 인사를 한 뒤 서둘러 우리가 살던 아파트로 돌아왔다. 너무너무 화가 나고 눈물이 나서 두르고 있던 스카프를 던져 버리고 전화기를 잡아챘다.

"제정신이야? 왜 거길 가! 거기 뭐가 좋다고 가! 차라리 내가 캘리포니아 팜비치나 보라보라섬에 갔다가 실종이 되었다면 말을 안해! 왜 하필 거기야? 왜 거기인데?"

[내가 니 신랑도 아닌데 우찌 알겠냐.]

나는 높다란 아파트의 천장을 올려다보며 빽 소리 질렀다.

"미친 거 아냐?!"

[글쎄 난 니 신랑이 아니라니까. 니가 보고 잡아서 미친 거일 수도 있지. 그 잘나신 뻬더럴 에이전트들께서는 뭐라든?]

"뻬더럴 에이전트가 아니라 Federal Agent다. 그리고 특수 요원은 무슨. 나 진짜 FBI가 이렇게 무능한지 처음 알았어. 실종 수사팀이건 뭐건 간에 다 거지 깡깽이같아! 아오! 내가 그 사람이 실종되기 전 스물네 시간 동안 뭘 했는지 어떻게 알아!"

[너 화났구나. 말이 험해졌어.]

"그 요원들이랑 같이 있으면 그냥 욕이 나와. 그냥 Without a Trace(CBS 드라마. CSI제작자인 제리 브룩하이머 제작으로 우리나라에는 FBI 실종수사대라는 제목으로 방영됨. 시즌 8을 찍고 종영)팀이나 불러서 찾으라고 해야지, 원."

[오오, 그럼 CSI팀이랑 크로스 하는 거임?]

"시끄러, 이 기집애야. 너는 이 상황에서 농담이 나오냐?"

[니가 하도 우울해하길래 농담 좀 해 봤다. 그래서, 어떻게 하려고?]

나는 그 말에 불과 두 달 만에 돌아온 집을 둘러보았다. 다시 내가 챙겨온 짐을 채워 넣으니 옛날과 달라진 것도 없다. 이 남자는 내 짐이 빠진 그대로 비워진 곳을 다시 채워 넣지 않은 채 살았다. 참 건조하게도 살았다.

"찾아야지."

그 말을 하는데 다시 눈물이 툭 떨어졌다. 나 참 눈물 많아졌다.

"그리고 기다려야지. 지금 아저씨 기다리고 찾을 사람이 나밖에 더 있어?"

[잘 생각했네. 니가 여태까지 한 결정 중에 제일 잘하는 짓이다.]

벌써 주가는 요동치기 시작했고, 이사회의 분위기는 바닥을 모른 채로 축축 처지기 시작했다. 무슨 사고가 있던 건지, 아니면 그냥 돌아오고 싶지 않은 건지 모르겠지만, 나는 그래도 그를 기다린다. 찾는다. 꼭 찾을 것이다.

급하게 짐을 꾸려서 잭슨빌로 출발했다. 몇 달 만에 보는 플로리다의 바다는 내가 무엇을 걱정하는지 알면서도 모르는 척하는 것처럼 아무렇지도 않게 햇빛이 반짝이고 있었다.

이럴 수는 없다. 왜 저렇게 날씨는 좋아? 왜 사람들은 아무 생각도 없이 저렇게 웃고 떠드는 거지? 도대체 왜 술집은 시끌벅적하고 호텔은 시도 때도 없이 네온사인을 휘황찬란하게 밝히는 거야? 지금 아저씨가 사라졌는데, 사라졌는데도 하늘은 무심하고 세상은 야멸차다.

「이 보트 선착장에서 최후로 목격되셨습니다.」

부호들의 온갖 호화로운 보트들이 가득한 이 선착장에 아저씨 명의로 된 보트는 없다. 그 사람이 보트 면허증이 있다는 것도 이번에 처음 알았다. 보트도 없었으면서 왜 면허증은 가지고 있었던 거래?

늘 바빠서 보트를 탈 시간도 없었던 사람이었다. 아니, 보트를 살 시간도 없었다.

「누구 아는 사람을 만나러 온 거 아닐까요?」

「글쎄요. 잭슨빌은 원래 실버시티(Silver City:은퇴한 노인들이 여생을 보내려고 가장 많이 찾는 도시기에 붙은 별명)잖아요. 지금 사업하는 사람들도 없을 테고, 옛날 월스트리트 원로들이야 거의 마이애미에 있을 텐데요.」

아저씨는 정말 흔적도 없이 사라졌다. 아무것도 남기지 않고, 거기서 그냥 햇빛에 증발해 버린 것 같았다. 그나마 나를 좀 안심시키는 건 그가 여행용 가방을 꾸려갔다는 것이다. 칫솔도, 간편한 바지와 티도 몇 개 없어졌고, 그의 더플백도 없었다. 그렇지만 사고라고 하기에는 아저씨가 사라진 내내 잭슨빌의 날씨가 살인적으로 좋았다. 허리케인도 없었고, 이상하게 총기사건이나 지금 경찰이 쫓고 있는 마약 카르텔간의 전쟁도 없었다. 없다는 게 더 수상해. 신경질적으로 구두굽을 딱딱거리는 내가 걱정이라도 됐는지 FBI 요원은 나를 위로했다.

「걱정하지 마십쇼. 벡스터 씨는 자기 한 몸 지킬 줄은 아는 사람입니다.」

그렇다고 우리 아저씨가 전설의 17대 1 수준인 것도 아니잖아요.

사실 나는 그 사람의 자기방어 수준을 모른다. 내 앞에서 패싸움을 하긴 했나, 아님 누구랑 시비가 붙길 했나? 늘 점잖고 묵직해서 함부로 주먹을 휘두르는 타입도 아니었다. 그런 거 보면 난 참 시집한번 잘 갔어.

그냥 걱정이 되는 거다. 나도 아저씨가 쉽게 남한테 당하는 사람이 아니라는 건 잘 안다. 그렇지만 아저씨의 생사를 모르는 지금, 내 머리 속에는 오만가지 상상이 다 떠돌아다닌다. 납치 살인, 협박, 교통사고, 익사. 아, 이러면 안 돼. 너무 드라마를 많이 봤어. 그저 생각할 것이 있어서 멋대로 휴가를 갔다든가, 아니면 나와의 일 때문에 너무 힘들어서 스트레스를 해소하려고 잠시 사라져 버린 것이라고 생각하고 싶지만 아무래도 시점이 너무 이상하다.

저렇게 이혼 무효 소송을 떡하니 내놓고서 사라지는 건 또 무슨 놈의 심보래? 아무런 항의도 듣지 않겠다는 건가? 만약에 사고로 사라진 것이 아니고 고의로 사라져 버린 거라면 그 이유는 뭘까? 소송이야 변호사를 대리인으로 하면 되겠고, 나랑은 마주치기 싫다? 왜 마주치기가 싫어? 무서워?

아, 도망가는 거구나. 만일 그랬다면 그 사람, 어울리지 않게 비겁한 수를 쓴 거다.

나는 널 붙잡아 둘 거야. 아무런 항의나 반격 따위 보고 싶지도, 듣고 싶지도 않아. 얌전히 붙잡혀서 기다려. 내가 알아서 돌아올 때까지.

뭐 이런 심보일 거다.

"우와, 가정을 한 거지만 완전 이기적인데?"

로맨스 소설에서 아주 못된 남자나 이런 말 하겠지.

크리스는 그가 할 수 있는 최대한의 수를, 내가 황당해하고 반발할 만한 수를 내던지고 나에게서 비난의 말을 듣는 것이 두려워서 도망갔다. 그게 내가 생각할 수 있는 최고의 시나리오다. 우리 아저씨는 그냥, 도망간 거야. 가끔 그럴 때 있잖아. 남자라고 뭐 그러지 말란 법 있나? 나도 많이 그랬잖아.

아, 사실 여기까지 오면 내가 할 말이 없어진다. 나는 아주 도망을 많이 갔다. 그의 일과, 그리고 그 사람과 마주하는 것이 두려워서 회피했고, 잭슨빌로 도망갔다. 그리고서 기억을 되찾은 후에도 이걸 어찌 수습해야 할지를 몰라서, 혹은 도저히 안 되겠다며 역시 회피하며 서울로 도망갔더랬지. 나는 두 번이나 했는데 아저씨라고 하지 말라는 법이 어디 있어. 아저씨는 끝까지 참고 잘 기다려 줬잖아. 그러면 나도 잘 기다려 줘야지. 이렇게 생각하자. 사고나, 범죄나 이런 위험한 생각하지 말고, 아저씨는 도망간 거야, 라고 생각하자.

"그렇지만 이 사람, 왜 하필 이곳에 온 걸까?"

잭슨빌, 나는 기억하기도 싫은 이곳을 굳이 찾은 이유는 뭘까? 나는 이제야 정신을 차리고, 스스로를 추슬러서 내가 몸을 던졌던 바다를 똑바로 보고, 브라이언을 발견했던 그 호텔의 클럽 앞도 지나갈 수 있는데. 그는 왜 이곳을 왔던 걸까? 나의 부정을 의심하면서 배회했을까? 나는 그 부분에 대해서는 일언반구도 그에게 변명하지 않았다. 내가 그러지 않았노라 솔직하게 말하지도 않았다. 그저 사과만 했다. 미안하다고. 그는 아마 지금도 내가 부정을 저질렀다고 오해하고 있을 것이다.

그럼에도 불구하고 그는 이혼 무효 소송을 냈고—바보같이, 그냥 쫓아와서 재혼하자고 하면 될 걸—잭슨빌에서 사라졌다. 미치도록 궁금한데 대답해 줄 사람은 행방불명이다. 나는 FBI 팀이 수상수색을 하는 것을 지켜보다가 뉴욕으로 돌아와 버렸다. 집에서 기다릴 것이라고 얘기했지만 사실은, 그곳에 있기가 싫었다. 거기에는 아저씨가 없다는 걸 잘 알고 있기에 돌아왔다.

지금 미국 타블로이드지의 이목이 온통 나에게로 쏠려 있었다. 복도 많고 팔자도 참 좋은 여자라고 생각하겠지. 이혼을 했더니 남편이 실종되셨고, 유언장을 열어 보니 수혜자가 자신이란다. 결국은 그런 거다. 나는 나쁜 년이고, 이혼을 하고서도 유언장을 고쳐서 전 부인에게 더 퍼주려고 했던 아저씨는 둘도 없는 바보인 거지. 그러고 보니 어제 독설가로 유명하신 스캇 로이드가 데이비드 레터맨쇼에 나와서 '그녀가 지금 남편을 찾는답시고 FBI도 만나고, 경찰도 다그치고, 잭슨빌도 가 보지만요, 글쎄요. 그 수색 활동을 얼마나 하겠어요?' 라고 했겠다. 두고 봐. 내가 진짜 아저씨 꼭 찾아내고 만다. 그리고서 그 나불대는 주둥이를 확 비틀어 버리겠어.

"물론 그건 아저씨더러 해달라고 그래야지."

해가 저물어 간다. 맨해튼 특유의 광활하고 높게 뻗은 마천루들 너머로, 스카이라인이 아슬아슬하게 걸쳐 있는 유리 외벽 너머로 시뻘건 해가 넘어가고 있다. 나는 이 넓은 아파트의 창가에 서서 혼자 저 노을을 바라보고 있다.

당신도 어디선가 나와 같은 것을 보고 있었으면 좋겠어요. 저 해가 당신이 있는 곳에서 뜨든, 떠 있든, 지건 간에 당신도 나와 같은 것을 보고, 느끼고, 호흡했으면 좋겠어요. 어디에 있든지 그저, 무사히 돌아와요. 난 이곳에서, 당신의 아파트에서 끝까지 당신을 기다리고 있을 거예요.

거의 한 달 가까이 그의 흔적이 있는 곳을 나는 미친 듯이 찾아다녔다. 미국에 온 지 3년 만에 나는 뉴욕을 벗어났다. 늘 뉴욕, 맨해튼에만 있던 심심한 삶이었다. 그러다가 딱 한 번 반항이랍시고 가출한 게 플로리다주 잭슨빌이었으니 할 말 다 한 거지, 뭐. 하다 못해 LA도 안 가 봤다. 아카데미에 아저씨가 초청돼도 나는 안 갔다. 거길 왜 안 갔었더라? 카메라가 그렇게 싫었나? 모르겠다. 그때는 사람들에게 노출되는 것마저 무서웠다. 저 사람들이 날 손가락질하고, 욕할까 봐. 그런 싸늘한 시선을 견디느니 그저 집에 혼자 있는 것이 나았다. '그러지 말걸 그랬다'는 후회는 돌아다니면 돌아다닐수록 강하게 밀려온다. 여행이란 건 나름 재미있는 것인데.

나는 아저씨가 나고 자란 보스턴과 유년시절을 보냈다는 영국 옥스퍼드, 그리고 뉴욕 주위를 계속 돌아다녔다. 아저씨의 옛날 앨범들과 흔적을 추적하고, 뭔가 새로운 곳이 나오면 지체 없이 그곳으로 갔다. 보스턴의 도서관에서 그림책을 꺼내 읽어 보기도 하고, 옥스퍼드 대학 대 케임브리지 대학으로 열리는 조정 경기도 구경했다. 그리고서 미친 듯이 영국식 악센트가 묻어나고 키가 큰, 청회색 눈의 남자를 찾았다.

가끔은 지칠 때도 있었다. 당신과 내가 걷던 센트럴파크의 포플러 뒤에서, 혹은 함께 빵을 사던 7번가의 골목에서 당신이 서 있을 것 같은데 당신은 없다. 내가 애타게 찾고 있다는 것을 모든 미디어를 통해 알려도 당신은 나타나지 않는다. 말도 안 하고 사라진다는 건 이래서 나쁜 거다. 이제서야 나는 내가 말도 없이 잭슨빌로 사라졌을 때 아저씨 심정을 알겠다.

그건 아주 끔찍한 거다. 머릿속에서는 온갖 가능성이 생각하지 않으려고 해도 저절로 생겨나고, 이 모퉁이만 지나면 그 사람이 있을 것 같은데, 있어야 하는데 없다. 당신의 얼굴과 체취와 체온은 또렷하게 기억나는데 정작 실체는 존재하지 않는다. 가끔은 미칠 것 같다. 그 사람 찾은 지 고작 일주일밖에 지나지 않았는데도 모든 거리의 사람들을 꼼꼼히 훑어보고, 일일이 얼굴을 확인한다. 혹시 놓친 사람이 아저씨일까 봐 다시 돌아서 가 보기도 한다. 아저씨인 줄 알고 엉뚱한 사람을 잡은 적도 여러 번이다. 그저 아저씨의 행적을 두루 살피고 있다. FBI는 대통령 특명으로 전 세계를 이 잡듯 뒤지고 있고, 월스트리트는 안 그래도 경제 불황인 데다가 그 경제 불황을 그나마 잘 디펜스하던 아저씨의 실종으로 불안하게 흔들리는 중이었다.

내가 아저씨를 찾기 시작한 지 이제 열흘인데도 아저씨의 빈자리는 실로 컸다. 아저씨의 영향력과 카리스마가 어느 정도인지 아주 절절하게 느낄 수 있었다. 이건 뭐 제대로 돌아오면 말도 없이 사라져서 대단히 죄송하다고 대국민 사과라도 해야 할 분위기이다. 시도 때도 없이 도대체 크리스는 언제 찾을 수 있는 거냐고 묻는 월스트리트와 워싱턴 인사들의 전화와, 전에는 나에 대해서 신경도 쓰지 않던 그들의 위로와 보내오는 선물들에 파묻히기 직전이다.

아저씨가 늘 이런 것을 상대하고 살았구나. 하기사, 도망가는 것도 이해하겠다. 이건 좀 살인적이잖아.

사실 아저씨가 있을 법한 곳, 혹은 짚이는 곳이 있긴 하다. 계속 내 신경을 긁어내리던 곳이긴 하지만 너무 바쁘기도 하고, 사실 거기에 있을 '현실적인' 가능성이 거의 없는지라 일단은 접어둔 곳이다. 어디긴 어디겠는가? 서울에도 없고, 제주도에도 없다면 남은 곳은 보라보라지. 하지만 잭슨빌에서 사라진 사람이 어떻게 보라보라에 나타나겠냐는 아주 냉혹한 현실의 벽은 그 가능성을 좀 줄어들게 만든다. 아저씨의 여권이 사용된 적이 없고, 그렇다고 공항에 아저씨가 모습을 보인 것도 아니다. 그렇게 잘라 말하는 싹퉁바가지 없는 관료주의의 폐해인 FBI 요원의 눈을 피해 나는 개인적으로 몰래 오스트레일리아와 폴리네시아제도, 리워드제도를 중심으로 아저씨가 보낸 팩스를 조사해 보고 있다.

그리고 이제는 더 이상 갈 곳도 없으니 그곳으로 가야겠지. 내가 보라보라에 가길 미룬 이유 중에 가장 큰 건, 거기 가는 데 시간이 너무 많이 걸린다는 거다. 거기 갔다가 어디서 아저씨의 흔적이라도 발견이 되었다면 어떻게 해? 가는 데만 스물네 시간이 넘게 걸리니, 죽을 맛이다. 그래도 어쩌겠나. 이제 갈 곳이 없으니 보라보라섬에 가 봐야겠지. 으악. 내 눈 시뻘게. 실핏줄 터졌어.

「괜찮으시겠어요, 사모님?」

「아아, 괜찮아요. 멀쩡해.」

「그렇지만, 영국에서 돌아오신 지 이제 겨우 다섯 시간밖에 안 됐는데 또 비행기를 타시는 건⋯⋯.」

「괜찮데두.」

스텔라의 걱정 어린 말을 나는 손을 휘휘 저어 가며 막았다. 그렇게 따지자면 시애틀에서는 그제 돌아왔고 영국에는 돌아오자마자

갔던 거다. 그게 뭐 어떻다고? 내가 사라졌을 때도 아저씨가 이렇게
날 찾았다는데, 나도 이 정도는 아무것도 아니다. 여름옷을 또 싸는
게 좀 지겨울 뿐이지, 뭐.

「사, 사모님.」

「네?」

「코피 나요.」

아, 죽겠구만. 나는 스텔라가 황급히 건네주는 휴지로 코를 틀
어막았다. 으아악, 여권에 피 떨어졌어. 어떡해.

「그냥요, 사모님, 오늘은 좀 쉬시고 다음 주쯤이나 가는 게 좋을
것 같은데요.」

「거기밖에 남은 데가 없잖아요. 이미 공항인데, 이제 와서 그런
말 하는 게 어딨어요?」

나는 킥킥 웃어 보였다. 그래도 스텔라의 표정은 풀어지지 않았
다. 뒤에서 나를 뜯어말리던 이사들도 마찬가지였다. 뭐 어때. 그래
도 나는 가방을 끌고 간다. 가야 한다. 그래야지 이 답답하고 자꾸
목이 메는 이상한 증상이 나을 것 같다. 못 찾으면 낫지도 않겠지
만.

만일 당신이 거기 있다면 당신을 꼭 데리고 갈 거야. 아니면 적어
도 물어볼 수는 있겠지. 당신의 솔직한 마음이 무엇이냐고. 나를 믿
지 않아도 나와 함께할 수 있겠냐고. 이 모든 것을 다 극복하고 갈
수 있겠냐고.

나는 갈 수 있어.

당신을 찾아헤매는 동안 생각했다. 도대체 왜 우리는 이렇게 사

랑해야 하며, 이렇게 서로를 기다려야 하며, 이렇게 서로를 그리워 하냐고. 뭐 이유가 따로 있겠어? 죽도록 좋아하는데, 아직도 나는 아저씨 때문에 가슴이 먹먹해지고 눈에서는 끊임없이 눈물이 나오 는데 어떻게 하라고. 그런 건 아무런 이유도 필요 없다. 어떠한 논 리적인 구실을 댈 것도 없다. 내 마음이 그렇게 움직인다. 그만하자 고 생인연을 끊어냈어도 나는 늘 그 사람을 향해 있었고, 그 사람의 마음에 대해 자신이 없었어도 끊임없이 바라고 그리워했다.

논리적으로는, 차가운 이성으로는 여기에서 그만하는 것이 옳다. 그래서 아저씨를 떠나왔고, 그리고서 뼈저리게 후회했다. 늘 아저씨 의 품을 꿈꿨고, 바라고, 원했다. 정신병에 걸린 사람처럼 한 사람 만 눈물 나게 바랐다. 그건 늘 나에게 독이었고, 내 목숨을 갉아먹 는 무서운 병이었다.

아무리 안 된다 해도 이제는 보고 싶다. 더 이상 생각이란 걸 하 고 싶지 않다. 길거리에서 주저앉아서 그냥 울어 버릴 만큼 그리움 이 사무친다.

힘든 게 힘들어서 아저씨를 보러 가야겠다. 왜 이러는 거냐고, 당 신 마음이 무엇이냐고 물어볼 거다. 그리고 다시 한 번, 두려워하면 서도 눈을 꼭 감고 아저씨 좋아 죽겠다고 외치던 그 마음으로 손을 내민다. 그리고 말할 거야.

우리 같이 갈래요?

보라보라섬에 있는 벡스터 소유의 개인 해변은 진짜 지정된 사람 이 아니면 들어갈 수 없다. 경호원들마저 뒤로 남고, 나는 공동소유자 자격으로 출입이 허가됐다. 참 어이없게 쉽다. 뭐야, 아저씨, 여기 있었던 거예요? 애써 예쁘게 보이려고 입었던 나풀거리는 원피스는 이미 비행기에서 디비자느라 다 구겨졌고, 높게 신었던 하이힐은 발이 아파서 그냥 쪼리로 갈아 신었다. 그렇지만 터질 듯한 마음은 못 참겠어서 그냥 간다. 진즉에 여기에 올걸, 여기에 올걸, 하는 후회가 마구마구 사무치지만, 그래도 이제야 만날 수 있어서 다행이다. 이게 어디야. 만나서 얘기할 수 있는 거, 정말 이게 어디야. 넓은 해변을 천천히 걸었다. 당장 뛰어가서 아저씨를 만났다가 혹시 무슨 일이 있을까, 쓸데없는 걱정에 천천히, 차근차근히 걸었다.

나는 지금 아저씨를 만나러 가.

파란 바다가 또 붉게 물들어 가고, 바람은 어쩐지 기분 좋게 분다. 설레고 또 설레어서, 나는 불어오는 바람과 폭신한 모래에도 감사했다. 그리고 두근대는 마음을 꼭 잡고 고개를 들어 보았을 때, 해먹에 아저씨가 누워 있는 것을 보고 눈을 크게 떴다.

팔자도 좋아. 지금 태평양 건너에서는 자기 찾으려고 사람들이 얼마나 풀렸는데. 애써 투덜거리며 나는 걸어갔다. 진짜 팔자 좋으시구만. 자는 건지 눈을 감은 채로 팔베개를 한 아저씨는 반팔 티셔츠에 하얀 면바지 차림에 맨발이었다. 깨워야 되나, 하는 생각을 하면서 더 다가가려는데 그의 입술이 먼저 움직였다.

"가까이 오지 마."

내 어깨가 얼어붙었다. 아픈 말이다. 왜 그렇게 차갑게 얘기하는 건데요? 왜 나한테 그러는데요? 나한테 화났어요? 물어보고 싶고 반항하고 싶은데 내 발은 그 자리에서 멈춰 버리고 만다. 나도 참

징하다. 울컥 눈물이 나올 것 같아서 얼른 고개를 바다 쪽으로 돌렸다. 해가 진다. 당신은 말이 없다. 겨우 만났는데, 당신은 날 밀어낸다.

애써 할 말을 만들어냈다.

"여기 어떻게 왔어요?"

그 또한 대답하지 않는다. 할 말이 없어서 나는 내 발끝만 바라보았다. 울면 안 되는데, 이미 내 발아래 모래는 젖어들어 가고 있었다. 애써 목소리를 가다듬었다.

"회사 사람들이 많이 걱정해요. 어른들도 많이 걱정하시고."

어쩌면 여기서 있으면서, 이혼 무효 소송을 낸 것도 후회하는 게 아닐까?

"그러니까 얼른 돌아가요."

'돌아와요'가 아니라 '돌아가요'. 고민하다가 결국 나는 돌아가라고 말해 주는 역을 자청한다.

"돌아가요. 응?"

그래도 일언반구 대꾸도 없다. 그냥 눈만 반쯤 뜨고 저 멀리 석양만 볼 뿐이다. 내 쪽은 돌아보지도 않는다. 내 가슴에 자꾸 스크래치가 난다. 점점 숨을 쉬기가 힘들어진다.

"돌아가야 해요."

다짐을 받듯이 말했지만 돌아오는 건 없다. 아저씨 나 보기 싫구나. 나한테 화났구나.

입술을 꼭 깨물고 돌아서자. 내가 있는 것조차 어쩌면 귀찮을지 모른다. 그러고 보니 이것도 나에게 익숙하던 것이다. 아저씨를 죽자고 쫓아다니다가도 크리스가 귀찮아하는 기색 하나에 민감해하고 아파하고 돌아서고 포기했다.

그러니까 괜찮아. 늘 하던 거잖아. 뭘 그렇게 울고 그래?

황망한 걸음을 두세 번 내딛었다. 적어도 오던 길을 되돌아갈 때는 당신과 함께일 거라고 생각했는데. 당신은 불과 1분 전의 나의 행복하던 마음마저 산산조각 낸다. 당신이 나에게 미치는 지배력은 그 정도로 막강하다. 석양이 지는데 내 눈에 보이는 하늘은 주홍빛이 아니라 노란색이다. 진짜로 저 사람 마음이 나한테서 떠났다. 소리 내어 울고 싶은데 울음도 나오질 않는다. 흐르던 눈물도 바닷바람에 말랐다. 그냥 몸의 균형을 잡으며 걷고, 숨을 쉬는 일상적인 것들이 힘들다. 사람 마음이라는 게 참 쉽구나. 두 달 전에 가지 말라고 했던 남자는 이미 나를 잊어버린 지 오래였다.

헛구역질이 난다. 숨을 토해낼 수가 없다. 심장이 아프다. 그러다가 정신을 차려 보니, 나는 모래톱에 걸려 넘어져 있었다. 아주 대자로 크게 슬라이딩까지 해 버렸다. 사람이 채이니까 제정신이 아니구나. 바보 같아. 나는 손을 딛고 일어나 앉아서 천천히 팔과 가슴에 잔뜩 묻은 모래를 털어냈다. 침착하자. 동요할 것도 없다. 오늘은 채였고, 내일은 또 아프겠고, 내일 모레도, 글피도, 다음 주도, 다음 달도, 다음 계절도 그건 마찬가지겠지. 늘 똑같은 일에 동기를 부여하고 애달파할 필요는 없다. 나는 그렇게 무표정하게 내 손을 털었다. 춥다. 민소매 사이로 드러난 어깨에 이미 소름이 돋아 있었다. 어깨를 감싸고 바람이 불어오는 바다 쪽을 보는데 뒤에서 황급히 달려오는 발소리가 들렸다. 뭐지?

아저씨의 손이 허공에서 정지했다. 나와 눈이 마주친 아저씨의 눈을 읽을 수가 없다. 언제는 읽을 수 있었다고. 그 날 서재에서 쓰러질 때부터 나는 당신의 속을 알 수 없었는걸. 대신에 저 눈은 늘 나를 날카롭게 찌른다. 그래서 뭐. 어쩌라고. 나 아파요. 하지만 울지는 않아요. 그저 무표정하게 일어나서 치마를 털고, 다리를 털고 내 갈길 가려다가 억지로 숨을 쉬며 마지막 말을 할 뿐이에요.

"뉴욕으로 꼭 돌아가요."

당신은 나를 일으켜 주지도 못했다. 일으켜 주지 않았다. 그것으로 나는 당신의 마음을 알았다. 한마디 원망 따위 하지 않는다. 내가 당신을 몇 번이고 버렸으니, 당신도 이제는 날 버릴 때가 되었다. 과거가 어떻고, 불과 당신이 며칠 전에 한 일이 어쨌든 간에 지금 당신은 날 버렸다. 내민 손이 부끄럽게 됐네. 거절당해 버렸네. 괜찮아. 나는 내 사랑을 위해서 노력은 했어. 아주 늦은 노력이었지만.

"여기는 왜 왔어?"

좀 화가 나려고 한다. 뭐야, 저 말투는. 도대체 날 어디까지 몰아가고 싶은 건데? 입술을 깨물고 냉정한 말을 하는 저 사람을 위해 한 번쯤은 돌아봐 준다. 그리고 울지 않으려고 얼른 입을 힘주어 다물었다. 이를 악물었다. 나는 저 사람을 죽도록 사랑한다. 보는 것만으로도 치명적이다. 애써 표정을 감추었다.

"당연히 돌아가라는 말 하려고."

"그게 다야?"

내 말을 끊은 아저씨는 성마른 기색이었다. 아니, 초조한 기색이었다. 사실은 잘 모르겠다. 그냥 이 사람 기분이 아주 안 좋구나, 정도? 더 이상 이 사람의 기분에 대하여 속단을 하는 게 자신이 없어서 그냥 그렇게 생각했다.

"그게 다냐고."

두 달 만에 만나는 이혼한, 아니 이혼할 뻔한 커플이 하는 말 치고는 참 어이없네요. 우리 차라리 머리채 붙들고 싸우는 게 쿨하지 않을까요?

"그게, 다냐고."

내가 대답 않고 그를 빤히 보자 크리스는 이를 악문 채로 다시 한 번 똑같은 말을 반복했다. 이해가 가질 않는다. 나는 그에게 같이 가자고, 이혼 그 까짓것 확 없던 걸로 하고 같이 살자고 하려고 했다. 하지만 그건 이미 할 수 없는 말이 아닌가. 이미 엎어져버린 일로 만든 것이 당신 아니던가. 그런데 당신은 지금 나에게 무엇을 원하는 거지?

"무슨 말을 듣고 싶은 건데?"

내 말에 아저씨는 움찔했다. 그게 또 나는 아프다. 뭐야? 왜 움찔해? 뭐가 아프다고? 내 말이 뭐가 어때서. 당신보다는 덜 차가웠잖아. 나한테 그렇게 냉대를 해놓고 왜 당신은 아파하는데? 나는 지금 죽을 것 같아! 당신한테 보여주기 싫어서 내 알량하고 더러운 자존심 지키느라 이렇게 표정 유지하는 것도 힘들어 죽겠단 말야! 여기서 무너지기 싫어! 싫은데 왜 당신이 아파해!

"당신 이미 실종 처리됐어. 유언장까지 공개됐다고."

나는 애써 격앙되려는 목소리를 진정시켰다. 더불어 치밀어 오르는 울음도 삼켰다.

"한마디로 비상사태야. 그래서 나한테 연락이 왔고, 난 당신 찾았고. 됐어요? 충분해?"

그게 당신이 듣고 싶은 대답이라면. 내 표독스러운 쏘아붙임에 그의 얼굴이 어두워졌다. 더 이상 보기가 싫다. 볼 수가 없다. 나는 이를 악물고 도로 몸을 돌렸다. 아, 참 사람은 간사해. 남에게는 죽어라 상처주고 싶어 하면서도 내 상처는 아파하니까 말이야.

"그러면 내가 소송 낸 것도 봤어?"

나는 그를 돌아보려다가 말았다.

"봤군."

할 수만 있다면 귀를 막아 버리고 싶다. 다음에 그 사람 입에서 나올 말을 듣고 싶지 않다. 뭐가 나올까? '없던 일로 해 줬으면 좋겠어', '그냥 그건 잊어버려', '술 먹고 제정신 아닐 때 한 거야'.

제발 마지막 것은 아니길 바라.

그가 망설이는 기색을 느끼며 나는 눈을 꼭 감고 두 손으로 치마 자락을 꼭 쥐었다. 마치 내게 날아드는 총탄을 각오하듯이.

"기회를 줄게."

도로 눈을 떴다. 무슨 소리지? 아까부터 이 아저씨, 내가 이해할 수 없는 말만 계속하고 있다.

"만약에 나랑 다시 같이 살아 줄 거라면, 그럴 거라면 가지 마. 그렇지만 그럴 마음이 없다면."

아저씨는 이를 악물었다.

"네 두 달 전 선택이 아직도 변함없다면."

나는 아연실색한 채 그를 돌아본다. 그의 표정은 아주 단호했다.

"그럼 그대로 가. 다시는 내가 네 앞에 나타나는 일이 없도록 하지."

이 남자가 시방 나랑 장난하나! 나는 무시무시하게 눈알이 빠져나올 것 같은 기분으로 독기가 올라 아저씨에게 시비를 걸었다.

"지금 누구 조련해?"

머리끝까지 화가 나서 못살겠다. 도대체 저딴 말을 해대는 이유가 뭐야!

"내가 같이 살아 줄 테니 너 영광으로 알아라, 기회 줄 테니 감사해라, 뭐 이런 거야? 장난해? 기껏 여기까지 스물네 시간 동안 비행기 두 번이나 갈아타고 왔더니만 하는 말이 뭐가 어쩌고 어째?"

시뻘겋게 물든 하늘 덕 좀 보자. 나 오늘 제대로 뚜껑 열렸다. 분하고 억울해 죽겠다.

"왜? 왜 그런 성총을 내려 주실 기분이 생기셨는데? 놓치고 보니 아쉬워? 그런데 또 내 얼굴 보니까 밥맛이 싹 달아나? 그래서 그래요? 그래서 이렇게 사람을 비참하게 만들어? 있는 대로 나는 너 모른다 쌩까놓고 갑자기 와서 기회 줄 테니까 선택하라 그러면 내가 퍽이나 아이구, 성은이 망극하옵니다, 황공무지로소이다 하고 고르겠……."

"젠장, 난 지금 너를 못 잡아!"

내가 눈이 헤까닥 뒤집혀서 눈물을 뚝뚝 떨구며 퍼부어대는 독설을 끊은 아저씨의 고함이 온 해변을 다 울렸다. 깜짝 놀란 내가 딸꾹질을 하자 그는 머리를 쓸어 올렸다. 미치겠다는 표정이지, 저거?

그렇지?

"난 너 못 잡는단 말이야."

바스라지는 말끝에는 몇 달간 그가 토해냈던 쓴 것이 진득하게 배어 있었다.

"여기서 네 목소리를 듣고, 널 지금 내 눈으로 보는 것만으로도 돌아 버릴 것 같아. 당장 잡고 싶고, 안고 싶고, 숨 막힐 때까지 키스해 버리고 싶어. 그런데 못 한다고!"

그의 비명 같은 고함소리가 내 귀에 울린다. 어깨를 움츠린 나는 눈만 동그랗게 뜨고 그를 쳐다보았다. 내 눈에서는 아직도 눈물이 떨어지고 있었다. 그의 눈은 괴로움으로 시뻘겋게 충혈되어 있었다.

"왜, 왜요. 병이라도 생겼어요?"

내 바보 같은 물음에 아저씨는 피식 웃었다. 참 저 사람 아프게 웃는다.

"응. 병이 생겼어."

"지, 진짜? 무슨 병인데요?"

뭐 불치병 이런 건 아니겠지, 설마? 나을 수 있겠지? 그렇겠지?

"만약에 네가 지금 나한테 더 다가오면 내가 널 붙잡고 안 놔줄지도 몰라. 아니, 안 놔줘. 못 놔줘. 그게 병이야."

그의 괴로운 목소리가 떨렸다. 그의 눈이 나를 머리서부터 발끝까지 탐하듯 샅샅이 훑고 지나간다.

"지금 흩날리는 네 머리카락도 만져 보고 싶고, 네 추워 보이는 어깨도, 그 좁은 어깨도 감싸 주고 싶고, 모래 묻은 무릎도 털어 주고 싶은데……."

그는 말하기도 힘이 드는지 잠시 숨을 골랐다.

"네 손도 잡고 싶고, 네 허리도 안고 싶은데, 그런데 그러면 너이제 못 가."

자신의 지독한 면을 안 남자는 그로 하여금 절대적인 이기주의자이자 지독한 편집증환자로 만들어서 집착을 해 버리게 하는 여자를 보며 쓰게 웃었다.

"내 귀를 막아 버리고 네 입을 막아 버려서, 그래서 내 곁에 두고싶다고 생각했어. 나는 더 이상, 어떻게 날 컨트롤할 수가 없어. 정말 미쳐 버린 거야. 그리고……."

아저씨는 나와 그 사이에 벌어진 그 거리. 그 3m도 안 되는 거리를 손으로 가리켰다.

"내가 알기로는 이게 내 한계야. 내가 널 붙잡으면 넌 절대로 못가. 그러니까 지금 선택할 수 있을 때 도망가. 스스로에게 윽박질렀는데도 결국은 소송까지 내 버리고 말았어."

저런 말을 하는 건 아저씨답지 않았다. 언제나 정도를 알고—일에 관한 건 빼도록 하자—중용을 지켰으며, 스스로를 너무나 잘 제어했던 사람인데 지금 아저씨는 내 앞에서 형편없이 무너지고 있었다. 그는 지금 자괴감에 휩싸여 있었다. 바라지 말아야 할 것을 미친 듯이 바라고, 바라서 그 상대가 원하지 않을 일을 해 버리고, 오직 자신만을 위한 이기심에 스스로를 혐오하고. 아저씨는 너무 착하다 이거지.

"만약에 내가 널 붙잡으면 넌 내 손을 잘라 버려야 될 거야. 난못 놔. 그러니까 대답하지 말고, 목소리도 들려주지 말고 그냥 가.

내가 널 참을 수 있는 게 여기까지야."

대단히 아저씨에게는 안타깝고 안 된 일이지만, 나는 중요한 데서 엉뚱한 소리를 아주 잘 해대는 못된 면이 있다. 그래서 나는 잠시 멍하니 있다가 곧 눈물을 닦아내고 생글생글 웃었다.

"아저씨 나한테 엄청 굶주렸구나?"

"너."

이를 악물고 경고하는 듯한 눈으로 나를 째려보든 말든 나는 아주 기분이 좋다. 완전 업됐다. 바닥을 모르고 축축 처지고 아프던 심장은 지금 미친 듯이 하늘로 파닥파닥 올라가고 있었다. 나는 지금 세상에서 여자가 들을 수 있는 최고의 고백을 들었다. 나만한 여자 있으면 나와 보라고 그래. 우리 남편님이 날 저 정도로 사랑한다는데 나만큼 사랑받는 여자 있으면 나와 보라고 그래! 다 내 귀에 캔디고 제 눈에 안경이지만 뭐 어때. 스무 살의 내가 어느새 튀어나와서 심장을 간질거리게 하고 마음을 설레게 한다.

"그냥 서울로 쫓아와서 말하지."

"내가 널 찾아갔다가 무슨 짓을 하라고."

이거 은근 재미있다. 크리스는 이 악물고 버티고 있고, 나는 그런 그를 살살 놀려대고 있다. 내 마음은 절대 가르쳐 주지 않은 채로. 절대로 움직이지 않은 채로. 죽겠지, 이 아저씨야?

"그렇구나."

풀어 내린 머리카락이 바람에 엉키는 것을 정리하려고 내가 손가락으로 머리를 빗는 것도 아저씨는 노골적인 눈으로 쳐다보고 있었다. 음. 후환이 두려우니 적당히 하도록 하자.

"나 못 믿으면서 그런 소리가 나와요?"

"못 믿지 않아. 나 너 믿어."

"어머머머, 잘도 말씀하시네. 지금 내가 브라이언이랑 잤는지 안 잤는지 확신도 못 하면서."

내 독설에도 불구하고 그는 미소를 잃지 않았다.

"넌 안 잤어."

"오호, 무슨 일로 그렇게 확신을 하시는데요?"

"나도 고민해 봤거든. 어떤 여자랑 스캔들이 나야 네가 눈이 뒤집혀서 쫓아와 주려나, 하고."

이 남자가 정말!

"당신 죽을래?"

"당신이 날 죽이기 전에 나한테 잡힌다니까. 어쨌든, 그제야 알겠더군. 미안해."

그건 당신이 나를 무관심 속에 버려둔 것에 대한, 그리고 믿지 못한 것에 대한 사과.

"사실은 그 자식이 와서 사과했지만."

"그럼 그렇지."

그래 놓고서 누구랑 스캔들이, 이런 소리가 입에서 나와요, 지금?

"그래서, 누가 스캔들 후보에 올랐어요?"

"너무 많아서 기억이 안 나는데."

"나 진짜 아저씨 죽여 버리고 싶거든? 어떻게 죽일 방법 없을까? 응?"

"뭐, 굳이 원하신다면야 죽어 드리지. 그 전에 선택해. 그 다음에 고문을 하든지 죽이든지 마음대로 하라구."

그가 다가오려는 나에게 다시 한 번 상기를 시키며 손가락을 들어올렸다. 지금 우리 사이의 거리는 딱 이만큼이야. 서로를 잘 볼 수는 있지만 한 걸음 더 내딛어야지만 닿을 수 있는 거리. 여기서 이 거리를 청산하자. 가려면 아주 가 버리고, 남아 있겠다면 더 이상 떨어지지 말자.

"대신에 만일 돌아오겠다면, 난 늘 여기에 있을 테니까, 언제든지 돌아와."

너무나 아저씨다운 말이자, 아저씨다운 결말이었다. 내 결말은 그를 떠나도 잊지 못해서 다시 찾으러 오는 것이었고, 아저씨가 낸 결말은 바로 이것이었다. 지난 번 센트럴파크에서도 그랬지만, 아저씨는 계속 날 기다린다.

"소송은 어쩌고?"

"네가 가면 취하해 버리면 그만이고…… 네가 와도 취하해 버리면 그만이지."

나와 눈을 마주치는 것마저 괴로운 듯이, 그는 내 눈을 피해 바다 쪽으로 고개를 돌려 버리며 허허로이 웃었다. 까칠하게 마른 데다가 며칠 면도를 안 했는지 파르스름한 턱에 주홍빛 해가 부딪혔다. 나도 아저씨와 같은 곳을 바라보았다.

나는 해가 지는 것을 별로 좋아하지는 않는다. 모든 것이 다 같은 색으로 변해 버리니까. 해가 떠있을 때는 바다는 초록빛, 백사장은 하얀빛, 하늘은 하늘빛인데 지금은 온통 주홍빛이다. 그래도 나름대로 운치가 있고 마음을 설레게 하는 맛이 있다. 바닷바람을 계속 맞고 있자니 좀 추웠지만, 그래도 좋았다. 해가 지면 기온이 바뀌고, 바다가 변하고, 하늘이 변한다.

이곳에서 나는 불과 십 분 사이에 천국과 지옥을 오고갔고, 이곳에 올 때의 내 마음과 지금의 내 마음은 또 다르다. 언젠가는 또 변해 버릴 마음이고 상황이겠지만 지금 내가 바라는 건 단순하다.

내가 차가워진 어깨를 감싸기가 무섭게 그의 시선이 내게로 달려들었다. 내 작은 동작 하나하나 놓치지 않고, 혹은 놓치지 못하고 안타깝고도 탐색하는 시선으로 계속 바라보기를 반복하는 아저씨다. 그러다가 억지로 시선을 떼어 버린다.

이 짧은 시간에, 그는 죽도록 내가 어서 결정을 해 버리기를 바라고 있을 것이다. 만일 내가 남기로 결정을 했다면 지금 그의 초조한 마음을 종식시켜 주기를, 내가 가 버리기로 결정을 했다면 헛된 희망을 주지 말고 어서 사라져서 그를 그만 괴롭히길 기대하겠지. 이건 어쩌면 내 인생이 걸린 결정일지도 모른다.

여태까지의 내 말도 안 되는 결혼 생활을 비춰 본다면 아주 현명하게 결정을 해야겠지. 그리고 되도록이면 한 번 망했던 사람, 두 번 망하면 안 되니까 안녕 해 버리는 것이 낫다. 그렇지만 내가 그것 때문에 코피까지 흘리면서 쫓아온 게 아니잖아. 내가 그것 때문에 여기까지 눈에 있는 핏줄 다 터져 가며 저 남자를 찾아온 게 아니잖아. 내가 그것 때문에 여기까지 두근거리면서 온 게 아니잖아.

"서희?"

아저씨는 초조한 듯이 날 불렀다. 추워. 내가 무슨 결정을 어떻게 할 수가 있겠어. 한 발을 내딛었고, 아저씨는 입술을 깨물었다. 아무래도 아저씨가 생각이란 것 자체를 못 하게 해 버려야겠다. 눈치가 보여서 뭘 어떻게 할 수가 있나. 나는 아저씨를 빤히 쳐다보았다. 그러면 아저씨는 당황한다. 그때를 놓치지 말아야 한다. 놓치지 말고 그의 품으로 뛰어들어야 한다. 그가 놀라서 날 내려다보면 그냥 웃자.

"추워서."

내가 할 수 있는 건 아무것도 없다. 이 사람 없이는 아무것도 못한다는 것을 이미 알아 버렸는데, 내가 어떻게 이 사람을 놔?

"나 그냥 당신이랑 있을래. 있겠다고 여기 온 건데 아저씨가 쫓아내면 화낼 거야."

얼어붙어 버린 아저씨는 잠시 그대로 나를 내려다보았다. 그의 목멘 목소리가 내 귓가에 내려앉았다.

"너 다시는 도망 못 가. 그래도 좋아?"

나는 대답 없이 그의 가슴에 얼굴을 묻고 고개를 끄덕거렸다.

"내가 심하게 욕심부릴 텐데도?"

끄덕끄덕.

"무슨 일이 있어도 내가 너 안 보내 줄 건데?"

"그거 괜찮다. 좋은데요?"

내가 빠끔히 고개를 내밀며 웃자 아저씨의 몸에 힘이 들어갔다. 그의 팔이 내 어깨를 감싸고, 다른 팔이 내 머리를 감싸서 그의 품에 가두어 버렸다.

"잡았어. 절대 안 놔줄 거야."

그 말에 괜시리 눈물이 나서 나는 일부러 큰 소리로 아저씨를 타박했다.

"치이, 뭐, 자기는 안 잡힌 줄 아나? 한번만 더 도망가기만 해 봐. 아주 얼굴에 오선지가 아니라 교향곡을 그려 버릴 거야! 진짜, 내가 얼마나 찾았는지 알기나 해요?"

타박하면서 등도 몇 번 퍽퍽 때려 주기로 하자. 맞아도 싸다. 내가 얼마나 걱정을 했는데.

혹시 어디서 다친 건 아닌지, 사고가 난 건 아닌지, 아니면 정말 상상하기도 싫었지만 세상을 등져 버린 건 아닌지 몹시 걱정했다. 마음이 타들어 가고 애간장이 녹는다는 게 무슨 뜻인지 아주 제대로 배웠다.

"나, 진짜 걱정돼서, 진짜 겁나서 어떻게 해, 어떻게 해, 막 이러고 있는데 남들 다 보고 있어서 티는 못 내고, 그래서, 그래서 아저씨 막 찾으려고 했는데, 걱정은 되는데 나더러 계속 사모님하라고 그러고, 겁나서……."

긴장이 풀리니까 눈물이 수도꼭지 틀어놓은 듯이 줄줄 흘러내렸다. 참다 참다 결국은 아저씨 앞에서 터져 버렸다. 오랜만에 만나서 이러면 안 되는데, 하는데도 흉하게 엉엉 소리까지 내가며 울어 버렸다.

"그래그래. 내가 잘못했어."

"나 아저씨 죽은 줄 알았단 말이야!"

으어어엉, 해변이 다 울리게 목 놓아 통곡을 해대는 나 때문에 난감할 법도 한데 아저씨는 열심히 달래 주었다. 머리도 쓰다듬어 주고, 잘못했다고 연신 말해 주고, 꼭 껴안아 주었다. 그러면 더 심술

부리고 싶어지는데. 아무래도 아이 낳을 때 잘 생각해야겠다. 이 남자, 어리광을 늘게 하는 데 뭐 있다.

"백악관에서도 전화 오고, 남들은 그냥 포기하라고만 하고, 나 혼자서 열심히 찾는데, 아저씨 죽은 것 같다고 그랬어!"

"그랬어? 누가 그랬어?"

"그 밥맛없는 재수탱이 FBI가. 그래서, 그래서 내가 확 째려봐 줬어."

"째려봐 주기만 했어?"

"고딴 소리 할 거면 손 떼라고 팩 쏘아붙여 줬어."

흐끅흐끅 딸꾹질까지 해대며 나는 여태까지 서러웠던 것들을 아저씨한테 미주알고주알 다 일러바쳤다. 내 편 들어 줄 사람이 세상 천지에 울 엄마 아빠랑 아저씨밖에 더 있나?

"서러웠겠네, 우리 아가씨."

"응응. 무지 서럽고, 무지 분하고, 무지 걱정되고, 무지 울고 싶은데 울지도 못하고, 그러니까 몇 대 더 맞아요."

내가 이 상황 날 줄 알고 마스카라고 아이라이너고 하나도 안 그리고 왔지롱. 사실 상황은 내가 생각했던 것과는 정 반대로 전개되었지만. 세상에서 이 남자만큼 한 마디 말과 눈빛으로 날 지옥에 처넣고 천국에 올라가게 하는 사람은 없다.

"못 보던 사이에 힘은 더 세진 것 같군."

인상을 찡그리며 나한테 맞은 등을 문지르는 아저씨가 난 무지 얄밉다. 아직 한참 더 맞아야 되네요. 그걸 가지고 엄살은.

"무슨 말을 그렇게 해요? 여기여기 눈 봐요. 핏줄 다 터졌단말야"

"저런."

"그리구 살도 쪽쪽 빠졌어. 입안 다 헐고 혓바늘 돋았다고요."

아저씨의 손이 내 얼굴을 잡아서 올렸다. 걱정스러운 눈으로 이 곳저곳 살피며 내 눈가와 볼을 쓸어 보던 아저씨는 한숨을 내쉬었다.

"그러게. 우리 아가씨 너무 말랐네."

"당신 때문이야!"

그러니까 반성해요, 라고 농담 반으로 투정부리려는데 아저씨는 그게 진담인 줄 알았는지 아무 말 없이 나를 다시 폭 안았다.

"미안해."

툭 터진 눈물은 또 쉽게 그치지 않았다. 뭐라고 말하고 싶은데, 이제는 정말 울음이 내 목을 막아 버렸다. 진심으로 이 사람이 아파하는 것이 느껴지고, 여태까지 돌아온 우리가 서럽고, 그나마 만난 게 다행이라서 나는 아무 말 없이 계속 울었다. 더 이상 춥지 않았다.

"끝내주게 우는군."

"스탑. 거기까지! 한 마디만 하면 또 울 거예요."

내가 퉁퉁 부은 눈으로 쏘아붙이자 아저씨는 얼른 입을 다물고 지퍼를 채우는 손짓을 해 보였다. 나는 지금 탈수증 때문에 링거를 맞고 있는 중이다. 좀 울었더니 몸 약해졌다고 링거를 맞으라니, 이런 게 어딨어. 맞는 나도 황당하다. 덕분에 아저씨한테 뒤통 혼났다. 몸 관리나 하고 잔소리를 하라나. 흥이다! 끝까지 따라다니면서 귀찮게 할 거야. 여태까지 못 만났던 거 다 만회하려면 한참 멀었네요, 이 아저씨야!

"아웅, 나 주삿바늘 싫은데. 이거 아파요."

"싫은 사람이 그렇게 무턱대고 징징 짜래?"

"그치만…… 그래두 괜찮을 줄 알았단 말이야. 약 먹었으니까 나았겠지 했단 말이야."

오랜만에 아저씨한테 투정부린다고 종종거리다가 내가 미친 게지. 크리스의 눈이 헤까닥 올라가는 걸 보고 나는 요 놈의 입을 정말 꿰매 버리고 싶었다. 미쳤어, 미쳤어!

"약을 먹다니? 어디가 아파?"

"아니, 그게 아니라 별거 아닌데."

"전화 한 통이면 당신 의료 기록을 조회할 수 있어. 그러기 전에 대답하는 게 어때?"

나는 애꿎은 이불을 잡고 문댔다.

"그러니까."

아저씨는 팔짱을 꼈다.

"내가요."

이번에는 한쪽 눈썹이 올라간다. 저거 안 좋은데.

"한국에서 혼자 있는 게 너무너무 슬퍼서."

"그래서?"

"쪼끔 울었는데."

"최서희."

"알았어요, 알았다고요. 울었는데 쓰러져서 응급실로 실려 갔어요. 끝!"

최대한 밝은 목소리로 씩씩하게 얘기를 했건만, 역시 통할 리가 없었다.

"몇 번이나?"

"세, 세 번."

"처방은?"

"그니까 처음에는 링거 맞구, 두 번째두 링거 맞구 내시경하구, 세 번째는 탈수증이라고 또 링거 맞구."

점점 얼굴이 험악해지는 걸 보니 이번에도 그냥 지나가기는 글렀다. 아우, 내가 미쳤지. 입이 방정이지. 그걸 왜 대놓고 말하냐. 떨어질 폭탄을 기다리느라 나는 어깨를 움츠렸고, 아저씨는 망쳐 버린 프레젠테이션 기획안을 가져온 직원을 노려보듯 나를 쳐다보며 섬뜩한 목소리로 포문을 열었다.

"제정신이야?"

하으으. 마왕 강림이다. 난 진짜 죽었다.

"아니, 그러니까 나는 나름 이혼의 후유증을……."

"그냥 다시 왔어야지."

차라리 소리를 지르지 저 높낮이 없이 일정한 톤을 유지하는 섬뜩한 목소리는 뭐란 말인가요.

화났다, 엄청 화났다. 화가 나다 못해 뚜껑이 열려서 이성이 날아가기 일보 직전이다. 또 울어 버리면 그만 화내려나. 어떡하지? 어떡하지?

"어떻게 다시 가요."

"그냥 눈 딱 감고 오면 되잖아. 누가 뭐래? 내가 뭐라 그럴 것 같았어? 정신이 있어, 없어?"

"아저씨가 뭐라고 그럴 것 같았는데……."

"내가 왜 뭐라고 그래? 왜 뭐라고 그럴 것 같았는데? 나 버리고 갔다가 왜 다시 오냐고 빈정거리기라도 할까 봐? 가서 잘 먹고 잘 살지 왜 왔냐고 짜증낼까 봐?"

드디어 독설 시작이시군요. 아무래도 입 다물고 듣고 있는 게 그나마 뼈라도 추리는 일이겠지만요, 저는 입만 산 사람이라서 고렇게는 못 해요. 알면서도 이러는 걸 어쩌겠나요.

"큰소리 치고 갔으면 무라도 썰어야죠."

"무를 썰었으면 말을 안 하지. 넌 지금 네 팔 썰고 네 다리 썰었어. 좋아?"

"좋지는 않지만 나쁘지도 않은데."

"최.서.희."

아오, 입 좀 다물면 어디가 덧나냐, 이 바보야! 벌써 아저씨가 내 풀네임(Full Name)을 부른 게 두 번째다. 난 진짜 오늘 사망 신고서 내야 될 거다. 이제는 너 혼나 볼래, 모드가 아니라 너 오늘 죽었어, 모드로 전환되는 것 같다.

아아, 어머니. 내가 죽으면 우리 집이 보이는 양지바른 동산에 묻어 주세요. 신상 마놀로도 같이.

"내가 널 보내 준 건, 가서 건강하고 행복하게 잘 살라고 보내 준 거지 그렇게 몸 돌보지 않고 울기만 하라고 보내 준 게 아니야."

구구절절 옳은 말이십니다. 그런데 좀 상냥하게 말해 주시면 안 될까요? 무서워 죽겠어요.

"내가 꼭 직접 내 거 챙기고 돌봐야겠어? 혼자서 똑바로 못 해?"

다음부터는 아저씨한테 혼나고 있는 직원을 보면 꼭 구해 줘야지. 꼭 그래야겠다. 아저씨 완전 화났다. 나는 이 난감하고도 암담한 상황을 타개하기 위해 최대한 불쌍한 표정을 지어 보였다.

"그래 봤자 소용없어."

체엣.

"그래두 이제 아저씨랑 있으니까 괜찮잖아."

"그것도 마음에 안 들어. 당신 기억 돌아온 지가 언젠데 아직도 아저씨야?"

"어머머머, 그게 뭐요! 솔직히 사소한 건 기억 안 나네요. 난 앞으로도 계에소옥 아저씨 타령할 거야! 계속 스무 살로 살 거구."

"난 듣기 싫어. 남편한테 아저씨가 뭐야, 아저씨가?"

"왜요. 난 꼭 키다리 아저씨 생각나서 좋은데."

"당신이 주디 애봇이야?"

있는 대로 시비를 거는 아저씨를 보며 나는 어깨를 으쓱거렸다.

"그건 아니지만 어쨌든 당신이 내 키다리 아저씨잖아."

내가 눈 꼬리를 휘며 웃자 그는 팔짱을 낀 채 나를 쳐다보다가 결국 가까이 왔다.

"그건 마음에 드네."

"그치?"

나는 반문을 하면서 그에게 매달렸고, 그는 링거를 조심하면서 나를 안아 주었다. 그의 품은 내가 정말 지나치게 좋아하는 곳이다. 날 폭 안아 줘서, 절대로 위험하지 않게 모든 것에서 보호해 주는 그 느낌이 나는 너무 좋다.

"그건 그렇고 아저씨 여기까지 어떻게 왔어요? 여권도 사용 안 했던데."

"보트랑 경비행기로 왔지."

"……당신 밀입국했구나."

"그렇게 되려나?"

아, 졸립다. 온몸이 나른했다. 이래서 사람이 긴장이 풀리면 아무 것도 못해.

"그리고 말 나온 김에 당신, 삐쳤지? 나 지금 아파서 건드리지도 못하고…… 어쩌나."

"그게 석 달 가까이 굶은 남편한테 할 소리야? 처음에는 기억상 실이더니, 다음번에는 이혼이고, 좀 되겠다 싶더니 쓰러지면 날더러 어쩌라고."

"어이구. 우리 남편 사리 나오겠네."

나는 졸린 눈으로 킥킥 웃었다. 아저씨 역시 웃었다.

"조금만 있어 봐요. 다 나으면 내가 아저씨 못살게 굴 거야."

"그렇게 말해놓고서 딱 세 번 만에 기절한 사람이 누구더라?"

"그건 아저씨가 평균 이상인 거구."

"그럼 당신은?"

"난 평균."

잠결에 내 머리카락을 쓸어 올리는 손길 사이로 나지막한 대꾸가 들렸다.

"갖다 붙이기는."

아저씨와 내가 바랐던 둘만의 스위트한 시간은 대단히 안타깝게
도 아저씨의 사정상 불가능한 일이었다. 내가 깨어나기까지 기다렸
다가 비행기에 오른 아저씨는 오르자마자 비서들의 속사포 같은 보
고들을 들어야 했고, 긴급한 서류들을 처리해야 했다. 무슨 메일은
또 그렇게 무섭게 날아오는지, 좀 칭얼거려 볼까 하다가 나는 마음
을 접고 옆에서 얌전히 있었다.

백악관에서의 메일, 제발 애 같은 짓 좀 하지 말라는 친구들의 놀
림 섞인 메일, 그 와중에 미친 듯이 뜨는 속보들.

아아, 머리 아파. 나는 그냥 잘래. 원래 경제는 내 타입이 아니었
던 거야. 나중에 전체적으로 정리된 것만 살펴보고 칼럼 써야지. 그
러고 보니 칼럼 안 쓴 지도 오래됐네. 프루던스한테서 전화 오겠다.
이래서 직업을 가지면 골치 아프다니까. 안 할 수도 없고. 그것 참
계륵일세.

조금 자다가 깨어나 보니 아저씨 주위에는 아무도 없었고, 아저
씨는 급한 불은 끈 건지 혼자 노트북을 두드리고 있었다. 헐렁한 박
스 티에 쪼리 신고 먼바지 차림으로 앉아서 수십만 명의 자산을 혼
자 움직이는 걸 보면 참 매치 안 된다.

"크리스."

"일어났어?"

나는 고개를 끄덕이며 그의 팔에 머리를 기댔다. 그래. 나 키 작
아서 아저씨 어깨에 머리 대기란 불가능하다, 어쩔래! 흥흥흥.

"왜 이렇게 말랐어?"

"말랐어요?"

아저씨는 대답 대신 내 손목을 쥐고 살짝 흔들어 보였다. 우리 아저씨 손도 크지. 내 손목이 아저씨 손에 다 잡히고도 공간이 남는 나.

"오예에. 살 빠졌다. 신 난다~"

"이게 지금 좋아할 일이야? 비쩍 말라 가지고, 이게 뭐야. 비행기에서 내리면 당장 뭐라도 먹여야지 안 되겠네."

"그러는 당신도 많이 말랐어요."

나는 그의 움푹 들어간 볼을 콕콕 찔러 보았다.

"밥은 제대로 먹고 다닌 거야?"

"그러는 당신은?"

"나야 예은이가 챙겨 주기라도 했지, 당신이야말로 챙겨 주는 사람 없었잖아."

속상하게 왜 이렇게 몸 망가뜨리고 그래. 이 몰골 그대로 울 엄마한테 가면 울 엄마가 '비쩍 마른 게 키만 커서 휘청휘청한 게 서희야, 니 서방 밥도 안 주니?'라고 그러겠다. 엄마, 걱정 마. 내가 울 서방 있는 대로 퍼 먹일게.

"아, 그 친구."

"어머. 당신, 예은이 기억해?"

아저씨는 인상을 찌푸렸다.

"어떻게 잊어버리겠어. 둘이서 짜고 날 낚았잖아."

그 말에 나는 까르륵 웃었다.

"나 수능 이후로 뭘 그렇게 열심히 해 본 적 처음이었어요. 아저씨 잡으려고 진짜 애썼어."

"보기 좋게 성공했군."

"언제 눈치챘어요?"

"뭐를?"

"내가 당신 엄청나게 좋아한다는 거, 언제 눈치챘냐구."

그는 내 말에 몸을 뒤로 슬쩍 빼고 눈을 가늘게 뜬 채 나를 쳐다보았다. 뭐야, 왜 그러는데?

"그거야 보자마자 눈치채는 거 아닌가?"

"거짓말! 처음 보자마자?"

"그럼. 나 보자마자 당신 눈에 하트가 그려지던데."

"말도 안 돼. 내가? 진짜? 나 당신 처음 봤을 때 엄청나게 내숭 떨었는데!"

"그 내숭 5분도 못 갔어."

하기사 그랬다. 보자마자 바로 필 꽂혀서 작업 들어가려는데 이 남자가 완전 재수탱 밥맛인 거 아닌가. 인턴이랍시고 아오, 듣보잡 취급하는 데 뚜껑 열려서 두다다다 따지고 든 게 우리 첫 만남이었으니, 말 다 했지, 뭐.

"아저씨가 나 화나게 했잖아. 내가 파리라도 되는 것처럼 쳐다봤으면서. 그래서 내가 속으로 생각했지. 흥, 당신 딱 1년만 지나 봐."

"1년만 지나면?"

"'그때 나 좋다고 그러지 마셔!' 라고 생각했어."

내 말에 아저씨는 피식 웃었다.

"1년씩이나? 삼 개월이면 끝날 게임 아니었나?"

"솔직히 자신 없었네요. 내가 미팅을 해 봤나, 소개팅을 해 봤나. 처음 들이대는 남자가 넘어올 거라고는 생각도 안 했지. 오기로 깡으로 밀어붙인 거지."

"그래서, 넘어오니까 어때?"

그는 의미 있는 눈으로 날 쳐다보며 내 쪽으로 바짝 몸을 기울였다. 어머나, 그런 식으로 쳐다보면서 가까이 오면 소녀 부끄럽사와요, 서방님.

"나 사실은, 아저씨가 나한테 사무실로 오라고 그럴 때부터 아, 이 사람 나한테 넘어올 가능성이 있구나, 싶었는데."

"그럼 언제 이 남자가 넘어왔구나, 싶었는데?"

그건 좀 대답하기가 힘들다. 돌다리도 꼭 두들겨 보라고, 나는 계속 불안해하고 그에게 마음을 다 줘도 될지 엄청나게 걱정했으니까.

"그러니까, 아저씨가 나한테 맘이 있다, 싶었던 건 아저씨가 컨퍼런스에서 나 챙겨 주고, 밥도 사 주고, 그럴 때 대충 눈치챘고. 진짜 이 사람 진지하구나 싶었던 건 애비뉴얼에서 안 하던 짓하면서 버킨백이랑 마놀로 블라닉 사 준다고 난리 쳤을 때?"

"진작에 구두 안길 걸 그랬군."

"에이, 그랬으면 당신 안 좋아했지. 여자들한테는 생전 선물 같은 거 안 주는 사람이 내가 전날에 가방 보고 예쁘다고 했다고 대뜸 애비뉴얼로 끌고 왔으니까 그랬지."

난 비싼 가방이나 구두보다, 아저씨의 마음 씀씀이가 더 좋아서 확신을 할 수 있었다. 아저씨에게 엄청나게 귀찮게 들러붙은 파리 노릇하다가도 지겹고 나 자신이 초라해서 훌쩍 연락을 끊었던 적이 몇 번 있었다. 아저씨에게 가지 않은 날도 여러 번 있었다. 내가 왜 맨날 저 사람을 먼저 찾아야 하냐고 속이 상해서 중얼거리며 부장님이 시킨 심부름으로 잠시 나갔던 적이 있었다.

그러다가 큰 길가에 있는 작은 부띠끄에서 멍하니 구두를 보고 있는데, 이 남자가 어느새 곁에 서 있었다. 특유의 무뚝뚝하고 시크한 목소리로 뭐하냐고 묻는 아저씨 때문에 진짜 간 떨어질 뻔했다. 그리고 원망했다. 아, 나는 왜 맨날 이 남자를 어떻게든 봐야 하는 건가. 자의든 타의든 아무튼 간에 눈도장은 쏙 찍고, 또 좋다고 파닥대는 심장도 짜증나고, 아무튼 복잡해서 퉁명스럽게 그러는 댁은 왜 여기 있냐고 대꾸했다. 그러나 이 남자, 내 대꾸는 맛있게 씹어 드시고 딴소리만 해댔다.

"그런 거 신으면 발 망가져."

누가 물어봤나! 나 88만원 세대라서 저런 것도 못 삽니다요! 흥이다! 그래요, 너님 재벌이시고 나는 비루한 88만원 세대!

하도 짜증나서 네에, 어련하시겠어요, 하고 팩 쏘아붙이고 가려니까 차 타고 가란다. 절대로 안 타, 바쁘다, 라며 나와 놀고 싶다는 티 팍팍 내는 그 남자를 버리고 왔다. 그날 밤에 미쳤다고 소리소리 질러 가며 자학을 했더랬지. 저 남자 이제 나한테 절대 호감 따위 안 보이겠구나, 미쳤다! 막 이러고 그 다음날 진짜 우중충하게 출근했는데 점심시간에 내려오라고 문자가 띠릭 오는 것 아닌가.

머릿속에서 온갖 망상이 지나가는 건 무시한 채 미친 듯이 악 소리를 지르며 컨실러로 다크서클을 가리고 도저히 정리가 안 되는 머리는 그냥 묶고 나왔더니 차 타란다. 모른 척하고 탔더니만 대뜸

애비뉴얼로 끌고 가서 버킨백 리스트—사려면 몇 개월을 기다려야 한다는—에 이름을 올려 주면서 하는 말이 궁상맞게 부띠끄 앞에서 침 흘리고 있지 말라나. 싼 거 들고 다니지 말라고 사 주면서 그렇게 말하면 받고 싶겠냐! 흥이다! 그러니 또 안 받는다고 인상 있는 대로 다 찌그러트리고, 남들 다 보는 데서 싸웠다. 진짜 우리는 사귀지도 않으면서 무진장 싸웠다. 죽자고 싸웠지, 뭐.

"그때는 이런 거 못 받는다고 난리 졌으면서."

"그래두 집에 와서 생각해 보니까 괜히 비실비실 웃음 나고 좋던데. 이 깐깐하신 금융가께서 웬일로 나한테 천만 원짜리 가방을 사 주겠다고 하시나, 하고."

"나 원. 당신 분명히 그때 나한테 그랬어. 자기는 서민이라 이런 거 냉큼 못 받으니 대단히 죄송하다고. 있는 대로 비꼬던데?"

"에이, 그땐 아저씨가 아무한테나 다 그런 거 안기는 줄 알았지! 갑자기 턱하니 끌고 가서 말도 안 되게 에르메스를 사 주는 사람이 어딨어. 내 참. 아저씨 한국 드라마를 너무 많이 봤어요."

내 대꾸에 아저씨는 피식 거만한 웃음을 지었다.

"드라마를 많이 본 게 아니라 그 정도가 내 일상이었으니까 그렇지."

내 남자지만 저런 때는 진짜 때려 주고 싶다.

❋　　　❋　　　❋

모든 것은 제자리로 돌아왔다. 귀국을 하자마자 아저씨는 뚜껑 열린 이사들이 득시글한 골드크레딧으로 끌려갔고, 나는 자업자득이라고 얄밉게 웃으며 손을 흔들어 준 뒤, 역시 프루던스에게 끌려와서 그동안 쓰지 못한 칼럼들은 뱉어내야 했다.

"아저씨, 나 죽을 것 같아."

"나한테 칭얼거리지 마. 내 상태가 더 심각해."

냉파스를 이마에 붙인 아저씨는 다 죽어 가는 목소리로 대꾸를 했다. 지금 시간 새벽 3시. 나는 겨우 데드라인을 맞췄고, 아저씨는 겨우 퇴근을 했다. 하도 커피를 퍼마시다 보니 눈은 시뻘겋게 충혈된 채로 잠은 오지 않고, 그대로 거실 소파에 널브러져 있다.

"출근 언제 해요?"

"오늘 토요일이야."

"출근 안 해?"

"절대 안 해."

어머, 웬일이래. 토요일이고 일요일이고 구별도 없이 출근하던 사람이.

"당신 일 다 마무리 지은 거 아니라면서."

하기 싫어 죽겠다는 신음소리가 소파 저쪽에서 새어나온다.

"죽어도 안 가."

"당장 8시면 전화 올 텐데."

"절대 안 가. 파업이야."

웃고 싶은데 힘들어서 소리 내서 웃지도 못하고 나는 잠깐 킬킬거렸다.

"사장님이 파업을 해?"

"뭐 어때."

꺼져가는 목소리로 아저씨 역시 킥킥 바람 빠지는 소리를 냈다.

"청소도 해야 하는데."

또 하기 싫어 죽겠다는 신음소리. 흥, 누가 도와달랬나.

"들어가서 자요."

"당신은?"

"나? 나는…… 난 너무 힘들어. 귀찮아."

아하하하. 힘들어서 손 하나 까딱하기도 싫다. 목이 잔뜩 결리고 뭉쳐서 당분간은 절대로 넷북 잡지 말아야겠다. 소파 가죽이 부딪히는 소리가 나더니 아저씨가 일어났다.

"가자."

"나 힘들어."

아저씨 먼저 가셔요. 내가 손을 휘휘 젓자, 아저씨는 냉파스를 떼어낸 뒤 구겨서 쓰레기통에 집어던졌다.

"안 깨울 테니까 푹 자요."

"나 당신 없으면 못 자는 거 알잖아."

하아?

피곤해서 짜증 섞인 말을 한 아저씨를 올려다보려는데, 아저씨는 소파에 널브러져 있던 나를 그대로 어깨에 둘러멨다. 순식간에 시야가 뒤집어져서 어안이 벙벙한데 아저씨는 성마르게 인상을 찌푸리면서 안방으로 들어갔다. 그러더니 홱 침대에다 집어던지고 내 옆에 드러눕는 것이 아닌가.

"가뜩이나 힘들어 죽겠는데 힘쓰게 할 거야?"

"혼자 자라니까."

웃겨, 이 남자.

기가 막혀서 눈을 동그랗게 뜨고 대꾸를 했지만 그는 들은 척도 않고 한 팔로 내 허리를 감싼 뒤 그대로 눈을 감았다. 그리고서 좀 있다가 중얼거린다.

"혼자 못 자."

"내 참. 애도 아니고."

내가 할 수 있는 마지막 대꾸였던 것 같다. 그대로 나는 눈을 감았고, 좀 있다가 눈을 떠 보니 전화벨이 시끄럽게 울리고 있었다.

「여보세요.」

[사모님? 사장님 출근하셨나요?]

다 갈라진 목소리로 전화를 받은 나와는 달리, 누군지는 모르겠지만 그대 목소리 참 낭랑하구료. 나는 게슴츠레한 눈으로 옆을 보았다. 세상모르고 자고 있는 까치집 머리의 남자가 아마 사장인 걸로 의심이 된다.

"자기야, 일어나 봐. 회사야."

흔들어 깨우자 눈도 못 뜬 채 몸을 반쯤 일으킨 아저씨는 내가 들고 있는 수화기를 뺏어서 제자리에 내려놓은 뒤 나를 껴안고 도로 드러누웠다. 덤으로 침대 곁에 있는 스위치까지 눌러서 모든 창문에 블라인드를 내려 빛을 완벽하게 차단시켜 버렸다. 그러고 보니 벌써 아침이네.

"전화 또 올 텐데."

아니나 다를까, 전화벨이 타이밍 좋게 울렸다.

"안 받아요?"

대답 대신 아저씨는 전화선을 확 뽑아 버렸다. 더불어 휴대전화
도, 배터리를 분리시켜 버렸다.

"이젠 좀 편하게 자겠지?"

글쎄요. 나는 집까지 쫓아오지 않을까 걱정이 되는데 말이지.

하지만 나도 너무 피곤해서, 그냥 눈을 감아 버렸다. 자도 잔 것
같지 않았던 하루들이 쌓이고, 이 사람이 사라져서 놀란 가슴으로
쉬지도 못한 채 전 세계를 뒤지고, 겨우 찾았더니 이제는 일감들이
잔뜩 쌓여서 잘 시간을 안 주었다. 겨우 시간을 내서 금쪽같은 잠을
아무 생각 없이 푹 잤다. 자고 일어나 보니, 어라. 이 남자 어디 갔
지?

"아저씨?"

"주방에 있어. 갈게."

그래. 저 남자 원래 잠이 없는 사람이었지. 방문을 열고 잘 잤냐
고 웃는 그는 아주 빤딱빤딱 빛이 났다. 몇 시간 전의 그 후줄근한
모습은 어디 가고, 분홍색 니트가 아주 잘 어울리는 청바지 모델으
로 탈바꿈을 하셨네. 저기요, 내 남편이지만 당신 너무 사기 캐릭터
야.

"몇 시예요?"

"오후 두시 반. 당신 끝내주게 잘 자더라."

거의 열두 시간 가까이 잤다는 말에 나는 갈라진 목소리를 가다
듬으며 몸을 일으켰다. 어이고, 목이야. 엄청나게 뻐근하구만. 느릿
느릿 침대를 빠져나오는 내 옆에 와서 물 한 잔을 내민 아저씨는 내

가 물을 마시는 동안 아픈 목을 주물러 주었다.

"아파."

"엄청나게 뭉쳤네. 마사지라도 받고 와. 등까지 딱딱해졌어."

"하우우우우, 그냥 아저씨가 해 줘요."

"이젠 남편을 전속 마사지사로 부려먹겠다 이거야?"

툴툴대면서도 누워 봐, 라고 한 뒤 해 주는 건 또 무슨 심보지?

"그건 그렇고 아저씨. 아까 회사에서 전화 온 거 어떻게 된 거야?"

"아, 내가 다시 전화했어."

"뭐래?"

"뭘 뭐라고 그래. 한 번만 더 전화하면 또 사라져 버리겠다고 협박했지."

"푸하하하. 그러니까 뭐래?"

"요즘 비서들이 간이 커졌는지, 사모님이랑 찾으면 된다나."

"오호, 그렇지. 내가 당신 찾는 데는 일가견이 있지."

"흥, 내가 사라질 때 당신을 두고 갈 것 같아?"

오올, 그러고 보니 그것도 그렇네.

"맞다. 한 번만 더 사라지면 내가 당신 얼굴에 교향곡을 그려 버리겠다고 했지."

"내 얼굴은 소중하거든. 그러니까 당신 데리고 가야지. 나중에 무슨 짓을 당하려고."

어우, 재수 없어. 가끔가다 저런 자뻑하는 거, 설마 나한테서 배운 건 아니겠지? 아냐, 아냐. 저 남자 원래 저런 자뻑이 좀 있었어.

그것도 좋다고 내가 까아아, 했었지. 하기사 막말로 잘난 놈이 저런 식으로 잘난 척하면 왠지 모르게 밉지는 않단 말이야.

"당신, 당신이 잘난 거 알지?"

피식, 하고 위에서 웃음이 터졌다.

"내가? 내가 어디가 잘났는데?"

"아, 솔직히 말해 보라니까. 잘난 거 알잖아. 안 그래?"

"그러니까, 어디가 잘났는데?"

"뭐, 조건이 좋잖아. 키 크지, 잘생겼지, 학력 좋고, 배경 빵빵하고, 게다가 재벌이고."

"그게 중요한가?"

"남들은 중요하다고 하던데."

"당신은?"

아저씨는 그 말을 하면서 나와 눈을 마주쳤다. 나는 어떠냐고?

"있잖아. 솔직하게 얘기해도 돼?"

"솔직하게 얘기해 봐."

"사실, 당신 키는 불만 없어. 근데 사실 이튼스쿨에 하버드 학력은 그닥 현실감이 없어. 그리고 내가 누누이 얘기하지만 은행 다니는 것보다는 공무원이 낫다니까."

"그게 다야?"

"내가 뭐 아저씨 조건 보고 결혼했나."

"그럼 뭐 보고 결혼했는데?"

나는 몸을 뒤집어서 그의 얼굴을 똑바로 마주했다.

"내가 왜 당신한테 반했는지 알아?"

"처음 봤을 때 반했다며."

"그러니까. 왜 반했는지 아냐고."

"글쎄. 너무 잘생겨서?"

푸하하하. 입에 침이나 바르고 그런 소리 하시죠. 내가 대놓고 비웃자 아저씨는 머쓱한지 나를 재촉했다.

"그러니까 더 궁금하잖아. 뭔데?"

"일단, 아저씨 외모로 반은 먹고 갔어. 근데 그게 그냥 호감 수준이었지, 진짜 반해서 저 남자 내 거! 이건 아니었단 말야."

"그래서?"

"그냥 '저 남자 잘생겼네~ 그런데 성격은 안 좋겠네~' 그러고 있는데, 그때 혹시 기억나? 당신 인천공항에서 기자회견했잖아."

그때 나는 처음으로 취재하는 선배님들을 따라가서 두근거리는 마음으로 그 천재적인 금융재벌을 기다리고 있었다.

"그런데 그 기자회견장 앞에 내가 잠깐 나왔는데, 당신이 있었어. 그런데 당신이랑 나 사이에 어떤 임신한 엄마가 남자애를 데리고 진짜 천천히 걸어가고 있었거든? 근데 당신이 멀리서부터 그 아줌마를 기다려 주고, 문 열어 주고, 남자애까지 기다려 주더라. 난 처음에 당신이 그 아줌마 남편인 줄 알았어. 남자애가 넘어졌는데 일으켜 주기까지 하고. 그런데 그러고서 그냥 오더라? 그러더니 바로 기자회견장에 들어가서 회견하는 거 보고 나 깜짝 놀랐어."

그 뒤뚱거리는 임산부가 몇 번이고 미안하다고 말할 정도로 그는 참을성 있게 두꺼운 유리문을 열어놓고 기다렸다. 딴 짓을 하던 남자아이가 엄마의 재촉에 두다다다 달려오다가 넘어지자, 거동이 불편한 엄마 대신에 직접 가서 일으켜 주기까지 했다. 사소한 거지만, 그 바쁜 사업가가 경호원도 없이 다니면서 그런 일을 직접 해 준다는 것에 반했다고나 할까. 그러다가 날 한 번 제대로 무시하셔서 짜증을 확 내 버렸지만.

"그때 나 당신한테 한 방에 훅 갔어. 냐하하하."

"그러니까 잘생겨서 그런 건 아니었다?"

"어머, 그럴까 봐 걱정했어요?"

"그랬으면 좀 실망했겠지."

에이, 나는 그런 사람 아니네요. 본판 멀쩡해도 성격이 괴팍한 사람이 얼마나 많은데. 내가 딱 보고 저 사람이랑은 평생 같이 살아도 되겠다, 싶어서 작정하고 덤빈 거지.

"서희."

"응?"

"올해 지나면 당신 몇 살이지?"

"스물여덟."

"나는 서른여섯이고. 마흔이 가깝군."

"그런 말 하지 마. 진짜 노땅 같아."

내 말에는 대꾸도 않은 채 그는 다른 뜬구름 잡는 소리를 했다.

"우리 아가씨, 내 소원 들어줄 수 있어?"

"갑자기 웬 소원?"

생전 뭐 하나 바란 것 없던 사람이 소원이라니, 뜬금없기로서니 이렇게 뜬금이 없을까.

불안한데. 왠지 불안한데, 이거. 내 눈앞에 사람 한 명은 그냥 훅 가게 만드는 그의 눈웃음이 그려졌다. 아아, 이러면 안 돼. 그러면 당장 내가 간이든 쓸개든 다 빼 줄 것 같잖아. 이러면 안 돼.

"왜, 왜 그러는데?"

그의 얼굴이 점점 가까이오고, 나는 슬슬 이불을 끌어올렸다. 무섭잖아, 이거.

"우리 아기 만들자."

내가 이럴 줄 알았어. 내가 이럴 줄 알았다구!

"아 왜!"

"난 당신 닮은 예쁜 딸이 보고 싶어."

"내가 그냥 딸내미도 해 줄게."

"서희야, 이 아저씨 나이가 나이인지라 그렇게는 안 되겠다."

"나 아직 창창한 스물일곱이고, 남자 나이 쉰에도 아들 보더라. 걱정 마. 나중에 낳아도 돼."

애를 낳고 싶으면 바로 낳을 수 있는 줄 아나 봐, 이 아저씨가! 내가 딱 잘라 말하자 그의 눈이 가늘어졌다. 저, 저건 또 저거대로 불안한데.

"내가 자식 하나만 두고 살 것 같아?"

엄마야, 이 남자 지금 무슨 소리를 하는 거야?

"어, 얼마나 낳으려고?"

"적어도 다섯은 낳아야……."

아저씨의 대사가 끊긴 걸 수상하게 생각하지 말길 바란다. 나는 그냥 있는 힘껏 발을 내질렀을 뿐이고, 우연히 내 위에 있던 아저씨가 거기 맞은 것일 뿐이다. 진짜 그게 다다. 별거 아니지?

"별거 아니기는 뭐가 아니야!"

"아유, 남자가 쪼잔시럽게 소리 지르기는. 시끄러!"

정확하게 명치를 걷어찼다고 시위를 해대는 그와 모르쇠로 일관하는 나는 지금 열심히 이불 빨래 중이다. 한국에서 공수한 뻘건 고무들통에 이불을 꽉꽉 채워 넣고 팍팍 밟아가면서도 입은 살아서 열심히 싸우고 있다.

"도대체 왜 아이 갖기가 싫은 건데?"

"어머머, 누가 싫다고 했나? 나도 아이는 낳을 거라구. 대신 말은 똑바로 하자. 지금은 아니야."

"왜 아닌데?"

기가 막혀. 그럼 이 판국에 아이까지 낳자고?

"나 기억 돌아온 지 얼마나 됐다고? 그리고 당신이랑 같이 살기 시작한 지도 얼마 안 됐어. 아기 낳으려면 얼마나 각오하고 준비해야 하는지 알아? 그런 말 그렇게 쉽게 하는 거 아니야."

"내가 쉽게 말하는 것처럼 보여?"

* 할 말이 없다, 진짜. 물론 저 사람은 지금 엄청나게 진지하게 말하고 있는 거다. 그렇지만, 그렇지만 나는 자꾸 망설여진다. 이미한 번 나 때문에 끝날 뻔한 결혼을 어찌어찌해서 간신히 돌려놓은 자격미달인 사람한테 아이까지 낳아 기르라니, 이건 좀 너무 이른 거 아닌가?

"그건 아닌데, 난 자신이 없어."

그가 팔짱을 끼고 나를 쳐다본다.

"당신 내가 얼마나 한심한 짓 하고 돌아다녔는지 기억도 안 나? 이제야 겨우 정신 차린 건데, 아이 낳아서 그 대단한 일을 해낼 자신이 없어. 아직은, 아직은 정말 아니야."

"내가 도와주면 되잖아."

"글쎄 그게 그렇게 얘기해서 될 일이 아니래두 그러네."

아이야 당연히 갖고 싶다. 저 남자의 청회색 눈동자를 쏙 빼고 태어난 아들, 저 남자의 눈웃음을 똑같이 지을 수 있는 딸, 아기, 아기. 어떤 여자가 사랑하는 남자의 아이를 가지고 싶지 않겠는가. 그렇지만 나는 기준미달인 인간이다. 한심하게 남편에게 목매달아서 3년을 허송세월한 사람인데, 이런 여자가 아이를 가져서 뭘 어쩌겠다고? 지금의 나라고 해서 별반 달라진 것이 없는 것 같은데, 아이를 가진다면 그 아이에게 아주 미안한 일이 아닐까. 그는 너무나 아이를 원하는데 나는 아직 그에게 아이를 줄 수가 없다. 그럴 수가 없다. 산 넘어 산이라더니, 이걸 또 어쩌지?

하루 종일 집에 앉아서 반짝반짝하게 청소를 하고, 빨래를 팍팍 삶고, 맛있는 반찬을 잔뜩 해도 크리스가 던져놓은 고민거리를 잊을 수가 없었다. 이런 때는 친구와 수다를 떠는 것이 갑이지.

[야, 그런 건 나한테 물어보지 마. 싱글한테 이젠 육아상담까지 하려고? 아서라, 아서.]

하기사 예은이가 알 리가 없다. 이 기집애를 빨리 시집을 보내야지 결혼 생활 상담까지 할 텐데. 어디 괜찮은 선 자리 없나?

"그렇지만, 크리스는 진짜 아이를 너무 갖고 싶어 한단 말이야."

[아이를 낳고 싶다고 해서 바로 애가 생기는 줄 알아? 울 엄마 얘기 들어 보니까 아이는 진짜 하늘이 내려 주시는 거라더라. 맘만 먹는다고 생기는 게 아니라니까.]

"아니, 그 사람은 피임은 일단 관두자, 이거야."

[이거나 그거나 그게 그거지. 어쨌든 자기 닮은 아이를 꼭 보고 싶다는 거 아냐. 너 그거 절대 못 꺾는다.]

"뭐어?"

[남자들이 그런 거에 얼마나 집착이 강한데. 사실 나도 니 남편 말에 동의를 하긴 하지만, 남자들은 특히 그런 게 있어. 뭐랄까, 종족 번식의 본능이랄까.]

하기사 스물 네 시간 동안 아기 타령을 안 듣고 지나간 적이 없었다.

[그러니까, 그냥 니가 포기해.]

"야! 나는 나름대로 진지하다고!"

[전화기에다 대고 소리 지르지 마, 기집애야. 울 엄마가 그러시는데, 아무리 준비해 봤자 애 낳고서 헤매는 건 똑같다고 그러더라. 그냥, 내 말 듣고 질러.]

"애가 가방이고 구두냐, 지르게!"

[아 글쎄, 내 말이 맞대두. 우리 회사 과장님네는 피임 관둔 지 1년 만에 겨우 아이 생겨서 한숨 돌렸다고 하더라. 애가 바로 생긴다는 보장이 어딨어?]

내가 장담하는데 우리는 아마 바로 생길 거다. 왠지 모르게 감이 그래. 내가 불임이 아닌 이상 분명히 한 달 내로 산부인과에 갈 일이 생길 거다. 아저씨는 남들은 모르는 데까지 능력이 좋잖아. 아이 다섯이 무리도 아니라니까. 물론 그런 망발을 했다고 나한테 왕창 깨져서 요즘에는 셋으로 줄어들긴 했지만.

"난 어쩐지 바로 생길 것 같은데."

[하긴 니 남편 정도면 여섯 쌍둥이도 가능할 거다.]

"끔찍한 소리 자꾸 할래?"

[여하간 긍정적으로 받아들여. 솔직하게 말해서 너네 결혼한 지 햇수로 3년째잖아. 아직도 애가 없다는 거, 그거 한국에선 구설수에 오르기 딱이다.]

그런가. 아이가 꼭 그런 것만은 아닌가. 사실 아이 이야기가 나온 지는 오래되었다. 특히 우리 엄마와 아빠에게서.

그게 내가 한국에 연락을 하길 꺼린 이유이기도 했고. 노처녀가 시집 안 가냐는 소리 듣는 거 싫어하는 거랑, 재수생이 대학 어디 갔냐는 소리 듣는 거 싫어하는 거랑 같은 거다. 결혼한 지 3년차인 데도 아이가 없는 새댁은 아이를 언제 가질 거냐는 소리를 듣기 싫어한다. '아직 즐기고 싶어요' 라는 것도 아니고 '재정적인 문제 때문에' 도 아니고 '그냥 자신이 없어요' 라는 말은 주로 '원래 다 그래' 라는 답으로 귀결되기 마련이다.

진짜 나 같은 불량 엄마도 아이를 낳을 수 있을까? 괜찮을까? 책임도 못 질 아이, 혹시 낳아두고 도저히 못 하겠다고 뻗어 버리는 거 아닐까?

아기가 생기면, 당장 태교가 걱정인데. 그냥 한국으로 가서 해야 하나? 아냐 아냐. 이런 걸 걱정할 단계가 아니잖아. 일단은 아이를 낳을지 안 낳을지부터 고민해야지 무슨 태교야, 태교가! 정신 차려라, 최서희! 멍청아, 지금 니 아이가, 그 사람 아이가 진짜 좋은 교육받고, 좋은 엄마 밑에서 자라냐 안 자라냐가 문제라고! 그치만, 그럼 베넷저고리도 있어야 할 테고, 그건 아빠 옷으로 만드는 게 좋다던데.

솔직하게 인정하자. 난 아기를 갖고 싶다. 진짜 갖고 싶어 미친다. 한 번 이야기가 나오니까 불을 지폈달까? 자꾸 상상하게 된다. 아, 이래서 나한테 이런 거 던져 주면 안 된다니까. 아기, 아기. 그 사람을 닮아서 예쁜 눈을 가진 아기. 옹알옹알 엄마를 부르고, 아빠를 부르는 아기. 그 아기가 커서 유치원을 가고, 초등학교를 가고, 그 아기의 손을 잡고…….

"행복하겠다."

좋겠다. 진짜 좋겠다. 그러면 정말 좋겠다. 끔찍하게 싫었던 집이 지금은 행복해졌지만 적막하다. 이 집에 아이들 웃음소리가 가득 차면, 정말 좋겠다. 괜히 웃음이 나와서 나는 푸흡, 소리를 내며 입을 가렸다. 그러다가 내가 지금 하고 있는 고민을 생각하면 도로 암울해지긴 하지만. 사실은, 내가 가지고 있는 대책 없는 무대포 기질이 살살 다시 올라오려고 한다.

아기? 까짓것 해 보지, 뭐. 안 그래도 많이 낳겠다고 너, 옛날부터 계획 세웠었잖아. 지금도 충분히 열심히 노력중인데, 좋은 엄마 되기 위해서 노력하면 될 거 아냐. 칼럼도 열심히 쓰고, 멋지게 컨퍼런스도 다니고, 너 무시하는 상류층 여자들일랑 상큼하게 씹어 주시기까지 하는데, 이보다 더 멋있을 수 있어? 너 지금 머리에 미용실 집게 꽂고 앞머리 까고 있어서 그렇지 밖에 나가면 잇걸이고, 나름 가십지에도 많이 얼굴 내밀잖아. 비록 요즘 시작하긴 했지만, 이 남자 내 남자다 열심히 아저씨 옆에서 종종거리고 다니고 있는 중이고. 까짓것 예은이 말대로 질러 버려!

"애는 구두가 아니라니까."

나는 한숨을 쉬며 결국 바람을 쐬러 나왔다. 이래 봤자 답이라곤 하나도 안 나온다. 벌써 보름 가까이 이 문제로 크리스와 입씨름을 해댔는데 결말이 나지 않는 건 나의 이 어정쩡한 태도 때문이다. 솔깃하다가도 막판에 가서는 안 돼, 안 돼. 나 자신 없어! 이렇게 되어 버리니 설득하는 아저씨도 김빠지고, 나도 내 자신이 답답하고, 아무래도 안 되겠다. 생각을 정리하고 결론을 내자.

모 아니면 도. 낳든가, 아니면 확실하게 아저씨한테 기다려달라고 말하자. 대신에 아저씨가 섭섭하지 않게 기간을 정하자. 1년 있다가, 아니면 2년만. 3년은 좀 너무하려나? 그러면 아저씨 진짜 마흔이 가깝다고 농성할지도 모르겠네.

「다시 왔네요, 마드모아젤.」

네. 다시 왔어요. 어쩌다 보니 발길 닿은 곳이 이 사람 좋은 지배인이 있는 노천카페였다. 브라이언과 저기 저 테이블에 앉아서 나의 우울한 일기를 꿰어 맞추었고, 나는 울었고, 이 백발이 멋스러운 할아버지가 위로해 주었지. 크리스를 만나기 전까지 20대 초반, 그 창창하던 시절에 남자 때문에 울어본 적은 없는데 그때 여기서 울었으니 나름 스무 살의 추억을 더한 셈인가. 늘 그랬듯이 단정한 조끼와 보타이 차림으로 뮈에르는 메뉴를 내밀었고, 나는 얼그레이 티를 주문했다.

「축하해요. 멋지게 남편을 찾았던데요.」

하도 요란을 떨어 대서 나도 모르게 파파라치에게 사진을 찍히고, 그 이후로 크리스와 공식석상에 나가다 보니 이렇게 알아보는 사람들이 많다. 그리고 아마, 미국인의 대부분은 뉴욕에서 시애틀, LA와 옥스퍼드를 거쳐 보라보라까지 이어지는 나의 원맨쇼 여정을 알고 있을 것이다.

축하의 의미로 타르트 한 조각을 놓아주는 뮈에르에게 나는 동석을 요청했다.

「한가하시면 저랑 수다나 떠실래요?」

「늙은이에게 젊은 아가씨와 담소할 수 있는 영광을 주시다니, 역시 내 매력이 죽지 않았군요.」

나는 깔깔거리고 웃었고, 뮈에르는 향 좋은 에스프레소를 한 잔 따라왔다. 그러고 보니 저 커피도 아저씨가 무지 좋아하는 거지. 언제 한번 한가할 때 아저씨랑 여기 와야겠다.

「그래, 이제 모든 문제는 사라졌나요?」

「문제없는 사람이 어디 있어요? 한 고개 넘으면 또 다른 산이고, 이 산 넘으면 이번에는 바다죠.」

「설마 또 남편이랑 싸우고 뛰쳐나온 건 아니겠죠? 조심해요. 이 근처에 파파라치들이 득시글하다오.」

그의 농담에 나는 픽 웃었다.

「이젠 더 싸울 기력도 없어서 그냥 둘이 열심히 사랑하려고요.」

「잘 생각했어요. 최고로 잘 생각했어요. 아주 현명해요.」

브라보를 외치면서 할아버지는 박수까지 쳐 주었다.

「그런데, 이번에는 아기가 발목을 잡네요.」

「아기?」

「그 사람, 이제는 셋이 되었으면 좋겠대요.」

「마드모아젤은?」

「저도 그랬으면 좋겠죠.」

「그런데?」

「그런데…… 자신이 없어요.」

자신이 없다. 나는 반들반들한 찻잔에 비친 내 얼굴을 물끄러미 내려다보았다.

「전요, 하나에 빠지면 물불 안 가리고 그것만 열심히 파는 성격이에요. 그래서 결혼도 완전히 파탄 낼 뻔했고요, 이 나이에 와서야 겨우 제 이름을 걸고 무언가를 하고 있어요. 스물여덟이 가까운 나이에, 다 큰 성인이 말이에요.」

한 번 한 실수는 안 하면 된다. 그건 할 수 있다. 안 하려고 무진장 열심히 노력하고 있다. 그래서 아저씨도 더 일찍 들어오려고 노력하고 있고, 만약에 늦게 되면 왜 늦는지, 언제 들어올 수 있는지 꼭 전화를 한다. 나도 아저씨한테만 목매는 대신 칼럼도 쓰고, 이것 저것 칼럼을 쓸 주제를 찾아 청문회나 컨퍼런스에 참석하고, 바쁘게 살고 있다.

그렇지만 때때로 두렵다. 어느샌가 나도 모르게 또 다시 그런 실수를 하고 있을까 봐. 이번에는 이렇게 열심히 사는 것이 나도 모르는 사이에 아저씨를 상처 입히고 나도 상처 입힐까 봐 두렵다. 괜한 걱정을 하고 있는 걸 알지만, 그래서 더 한심하지만 자꾸 하게 된다. 지금 내가 가고 있는 이 길이 과연 맞는 길인가, 하고 묻게 된다.

「그게 뭐가 어때서요?」

「에?」

「아니, 성인이라고 헤매지 말란 법이라도 있소? 꿈꾸지 말란 법은?」

나는 어머어머, 하는 표정으로 눈을 동그랗게 뜨고 아무렇지도 않게 툭툭 말을 던져서 왠지 우리 집에 서식하는 명석하신 짐승남을 생각나게 하는 뮈에르를 쳐다보았다.

「나도 이 카페, 처음에는 엄청난 포부를 가지고 열었더랬소. 체인으로 만들어서 전 세계에 퍼뜨려놔야지, 하고. 그런데 지금 이 카페는 지점도 없고 오직 본점 하나뿐이오. 그게 뭐? 어쨌든 뉴욕의 명물이라고 여행 가이드에 올랐으면 그걸로 된 거지. 난 더 안 바라.」

손을 휘휘 내저은 뮈에르는 오래된 카페를 새삼스럽게 다시 쳐다보았다.

「너무 많은 것을 바라지 말고, 너무 열등하게 생각하지 말고, 스스로를 다른 사람과 비교하지 말아요. 슈퍼엄마라는 사람도 뒤에서는 아이들에게 초콜릿케이크를 잔뜩 안겨 준 뒤 쓰러져 자고, 천재적인 기업가라는 사람도 뒤에서는 회사가 망하지 않을까 전전긍긍하며 잠도 못 자는 법이야. 사람들은 어느 기본적인 선이라는 것은 다 똑같다우.」

그런가. 하긴 우리 아저씨도 컨디션이 나쁠 때는 회사가 망하는 꿈을 꾼다고 했다. 더 나쁘면 회사도 망해 가는데 나까지 없어지는 꿈을 꾼다나.

「아이가 마드모아젤에게 가르쳐 주는 것이 아주 많을 거예요. 아이가 가르쳐 주는 것으로 부모들이 부모 노릇을 그나마 할 수 있는 게야. 아이들이 많아져서, 그 아이들이 가르쳐 주는 것이 많아질수록 부모는 더 현명해지지. 나는 그걸 우리 자식 다섯 놈을 키우면서 알았다오.」

새삼 나는 우리 엄마와 아빠를 떠올려 본다. 엄마 아빠라고 실수를 하지 않은 것은 아니었다. 그분들도 분명히 실수를 하셨다. 그렇지만 나랑 서경이는 생 날라리가 되거나 문제아가 되지는 않았다. 각자 맡은 곳에서 착실하게 자기 일을 하고 있다. 우리 엄마 아빠는 아주 훌륭한 부모님이다, 라고 생각한다. 그건 서경이도 동의하는 거다.

「아이는 엄마 혼자가 키우는 게 아니라는 거요. 그 아이도 저 잘 키워달라고 엄마한테 부탁하고, 엄마가 못 보는 곳을 가끔 보여주기도 해요. 그게 아주 드물어서 문제이긴 하지만.」

뮈에르는 아주 골치가 아프다는 듯이 고개를 흔들었고 나는 킥킥 웃었다.

「그리고 마드모아젤은 아주 든든한 지원군이 있지 않소. 가끔 아이 키우는 게 너무 힘들다, 싶으면 파업 선언해 버려도 괜찮을 그런 남편 말이오.」

그래. 아마 아저씨라면 내가 칭얼거리는 거 받아 주고 내가 혼자서 육아를 하도록 내버려두지 않을 것이다. 맞다. 아저씨는 늘 내

편이었다. 나 혼자 아이를 낳아서 키우는 것이 아니라, 우리가 아이를 낳아서 키우는 것이었다. 아저씨는 그마저도 다 각오하고 낳자고 이야기를 했을 텐데, 나는 나만 보고 있었다. 아이참. 또 실수를 해 버렸네.

「그리고, 너무 완벽해지려고 하지 말아요. 넘치면 모자르니만 못하잖소. 그게 더 위험할 수도 있어요. 마드모아젤은 바깥사람 때문에 자꾸 완벽해지려고 해. 그 사람이 사랑하는 건 마드모아젤 있는 그대로의 모습일 텐데.」

'골드크레딧 대표이사 크리스티안 라일리 벡스터의 이름에 걸맞는'. 그 말도 맞다. 또 실수를 해 버렸다고 혼자 지적하는 것 자체가 완벽주의자 기질이기도 하다. 내가 혹시 그 사람에게 누가 될까봐 극도로 조심하고 다니던 것이 버릇이 되었나.

「그 사람은 마드모아젤의 단점까지도 사랑해요. 마드모아젤만 단점이라고 생각하는 것을 그 사람은 장점이라고 생각할 수도 있어. 그걸 잊지 말아요.」

나는 결국 웃어 버렸다.

「제 남편에 대해서 굉장히 잘 아시는 것 같아요, 뮈에르.」

내가 감사를 전하며 말하자, 뮈에르는 알 듯 모를 듯한 미소를 지었다.

「뭐, 마드모아젤만큼은 아니지만 제법 알지요. 마드모아젤 없을 때 여기 와서 신세타령을 얼마나 했는지 몰라요.」

「네?」

「부부가 닮는다는 말이 맞긴 맞나 봅니다. 마드모아젤이 한국 간

두 달 동안, 남편 되는 사람이 가끔 여기에 왔었어요.」

이건 또 무슨 소리?

「여기가 마드모아젤이 많이 왔던 곳이라고 와서 지금 시킨 그 홍차랑 혼자 마실 에스프레소 한 잔씩 시키고, 그렇게 한참 앉아 있다가 갔어요.」

브라이언과 왔었다는 것을 알면서도 여기 왔었다고?

왔다가 가끔 뮈에르와 한 잔 주거니 받거니 하면서 그 무뚝뚝한 사람이 한마디씩 토해냈단다.

「그리 말을 많이 하는 사람은 아니었어요. 항상 주문도 똑같았고, 아무 때나 와서 멍하니 옆에 빈 의자만 바라보던 사람이라 나는 정신이 나간 줄 알았는데, 어느 날 가게를 정리하다 젊은 사람이 영 안쓰러워서 말을 붙였지요.」

난 눈을 깜빡이며 뮈에르가 하는 말을 아무 말 없이 들었다.

「무뚝뚝한 친구더군요. 늦은 시각에 서로 와인이나 기울이다가 겨우 말을 하기 시작하는데, 나는 이 나이를 살면서 그렇게 슬프고 서러운 사람은 보질 못했어요. 울지도 못하고 마드모아젤 이야기를 하더군요.」

「뭐라고 하던가요?」

뮈에르는 냅킨을 접으며 싱긋 웃었다.

「대책 없이 앞만 보고 달려 나가다가 불안해지면 멈춰 서서 뒤돌아보던 모습이 너무나 그립다고 했지요. 그렇지만 달려 나가는 것만이 아니라 그렇게 뒤돌아볼 줄 알아서, 뒤돌아봐 주어서 너무나 고마웠다고도 했어요. 내가 들은 말은 그게 전부예요.」

이 아저씨는 꼭 그런 중요한 말은 다른 사람한테 하고 직접 나한테는 못하는 나쁜 버릇이 있다니까. 그래서 이렇게 갑작스럽게 나를 울린다.

「그 사람은 늘 마드모아젤 편이에요.」

네. 저도 알아요.

「그러니까 불안해하지 말아요. 그럴 거 없어요.」

그럴게요.

「저런, 이번만큼은 이 늙은이가 달래 줄 수는 없겠네요. 바쁘지만 않다면, 눈물 닦아 줄 사람을 찾아가 보는 것도 나쁘지 않지요.」

「뮈에르, 고마워요. 정말 정말 고마워요.」

「이런 곳 지배인이 하는 일이 늘 이렇지요. 고마워할 것 없어요. 대신에 약속 하나 해요.」

서둘러 핸드백을 챙기던 나는 고개를 들어 뮈에르를 보았다.

「다음번에는, 꼭 셋이서 와요.」

나는 눈물을 떨어뜨리고, 웃으며 고개를 크게 끄덕였다.

다시 한 번, 나는 날아서 그에게로 간다. 모르겠다. 뭐가 어떻게 된 건지, 지금 나의 심정이 어떤지 잘 설명을 할 수가 없다. 하지만 마음이 상쾌하고 가볍다. 무겁고 축 처지던 기분은 온 데 간 데 없고 나의 발걸음은 가볍다. 그리고 즐겁다. 겁나지 않는다. 기쁘게 우리 아기를 기다릴 수 있다. 그거면 되었다. 나한테는 같이 기다려 줄 사람이 있으니까. 그걸 이제 알았다는 게 참 아저씨에게는 미안한 일이긴 하지만, 그래도 그건 진짜 좋은 일이다. 이게 진짜 행복한 일이다.

골드크레딧 회전문을 열고 안으로 뛰어 들어가니 내 얼굴을 아는 직원들은 눈이 휘둥그레져서 날 쳐다본다. 당연하지. 얼굴이 엉망이 된 사장 부인이 주위 시선은 아랑곳하지 않고 킬힐을 신은 채로 뛰어가고 있으니까. 난 그대로 사장실로 직행했다.

「사모님?」

「그이 있어요?」

「네.」

놀란 눈의 스텔라가 벌떡 일어나서 날 맞이했지만 난 아랑곳하지 않고 그대로 사장실 문을 열어젖혔다.

"왜 울어? 무슨 일 있어?"

집무실에서 책상 위에 걸터앉아 인상을 찡그린 채 복잡한 서류를 내려다보던 아저씨는 내가 눈물을 뚝뚝 떨구면서 들이닥치자 화들짝 놀라 일어섰다.

"무슨 일이야, 응?"

불과 몇 초 전까지만 하더라도 냉기 풀풀 날리면서 금융가의 위엄을 과시했던 남자는 너무나 당황해서 서류를 내팽개치고 내 얼굴을 감쌌다.

아, 이 남자가 내가 사랑하는 사람이다. 이 사람은 이렇게 나를 아끼고, 사랑한다.

"아저씨."

"응, 그래."

"나 당신 사랑해."

갑작스런 고백에 잠시 얼어붙었던 그는 피식 웃으면서 내 눈물을 닦아주었다.

"그 말 하려고 왔어? 그렇게나 울면서?"

"그건 아니지만."

"그럼 왜 이렇게 울어, 속상하게."

"그냥. 좋아서."

"뭐가 그렇게 좋은데?"

"당신이 내 남자라서, 너무 좋아서."

죽어도 뮈에르한테 그런 얘기 들어서 울었다고는 민망해서 못 한다. 절대 못 해.

"어이구, 마님께서 우시니 소인은 영광입니다. 어쩌나. 나는 대성통곡이라도 해야 하나?"

"그건 아니고, 오늘 일찍 들어와요."

"그거야 당연하지만, 새삼스럽게 왜?"

나는 대답 대신 그에게 키스했다. 내 얼굴을 감싸던 두 손이, 내 허리를 끌어안고, 내 머리를 안는다. 절대적으로 안전해. 무엇이 겁나건 간에, 꼭 내가 옆에 있다는 것을 잊어버리지만 않았으면 좋겠어. 두 번 다시 잊어버리지 않았으면 좋겠어.

"자기, 내가 당신 잊어버렸을 때 솔직히 화났지?"

"응."

"어떻게 지가 나를 잊어! 막 이러면서 혼자 술 펐지?"

"그랬지."

"잊어버릴 정도로 내가 그렇게 미웠나, 그런 생각 들어서 또 퍼마셨지?"

"어떻게 그렇게 잘 알지, 우리 아가씨?"

꺄하하하. 이럴 줄 알았어. 이 남자는 날 죽도록 사랑한다니까.

승리의 웃음을 베어 문 나는 그의 뺨에 쪽소리가 나도록 입술을 부딪혀놓고 붙잡는 그의 손에서 벗어나서 집무실 문을 열었다. 일하세요, 사장님. 비서들이 욕합니다.

"오늘 일찍 와요."

"왜 그래야 하는지 말 안 해 줄 거야?"

"자기, 아기 만들기 싫어?"

나는 그렇게 폭탄을 툭 던져놓고 나가다가 약 3초 후에 집무실을 뛰쳐나온 아저씨에게 다시 붙들려 들어갔다.

"다시 말해 봐."

"흥, 내가 한 번 했던 말 다시 하는 거 봤어요?"

"사랑한다는 말은 백 번이고 넘게 해 줬잖아."

제발, 다시 한 번만 말해 주라, 나 지금 내가 잘못 들은 거 아닌지 걱정돼서 미치겠단 말이야, 그런 눈에 나는 한숨을 쉬며 오른손을 들어올렸다.

"다섯은 아니더라도 셋은 노력해 보겠습니다. 오케이?"

"무슨 바람이 불어서?"

"내가 낳으면, 당신이 키울 거잖아. 그렇지? 그럼 내가 걱정 안 해도 되는 거고."

어이가 없었는지 아저씨는 허, 하고 김빠진 웃음을 지었다.

"최서희식 개똥철학이야?"

"기왕이면 육아철학이라고 해 줘."

"그럼 보편적인 철학으로 설명해 본다면?"

"뭐, 생각해 보니까 아이를 나만 키우는 게 아니겠더라고. 당신도 있으니까, 같이하면 어느 정도 내 단점이 커버가 되지 않을까나. 당신 그런 거 잘하잖아. 내가 실수하면 덮어 주는 거. 대신 나는 당신 실수 덮어 줄게. 서로 상부상조하자고요."

그래, 내가 뭘 어쩌겠냐, 하고 아저씨는 어깨를 으쓱거렸다. 우리 잘난 남편, 이제는 잘난 아빠 되셔야지요.

"그래. 당신이 낳으면 내가 키우지 뭐. 까짓, 한 놈은 상원의원 만들고, 한 놈은 회사 물려주고, 한 놈은 당신 닮아서 글 쓰면 딱 좋겠네."

"어머머, 걔들이 싫다고 하면 어쩌려고? 낳기도 전에 김칫국 먼저 드시지 마세요."

내 새치름한 대꾸에 그는 넥타이를 느슨하게 하며 계속 입꼬리를 치켜 올렸다.

"당신, 내가 당신이랑 데이트할 때부터 아이 생각했다는 거 알아?"

"진짜?"

"어쩐지 당신이랑 내가 결혼해서 아이가 나오면, 아주 걸작일 것 같아서 기대가 되더군. 특히 당신 빼닮은 딸 말이야."

"나는 당신 빼박은 아들이 기대되는데?"

아저씨는 내 볼을 쭉 잡아당겼다. 으아아아, 아프잖아.

"당신, 아기 낳아서 나 찬밥 취급하기만 해 봐. 국물도 없어."

"사돈 남 말하시네! 그러니까 상부상조하자는 거잖아. 아기 같이 키우자고요."

　우이씨, 남의 백 억짜리 얼굴에 뭐하는 짓이야. 볼을 문지르며 내가 툴툴대는데 아저씨가 팔짱을 끼더니 한쪽 입꼬리를 비틀어 올렸다. 저, 저거 전형적인 살인적 페로몬 방출 자세인데.

　"그래. 오늘 밤부터, 상부상조 잘 하자고."

8

Happily Ever After

　나는 포동하게 살이 오른 뽀얗고 하얀 뺨에 로션을 발라 주었다. 얼마 전에 엄마처럼 예뻐지겠다고 살롱에서 동글동글하게 말아본 머리카락은 수건으로 털어 주었다. 통통하게 나온 배에는 참외배꼽이 쏙 나와 있고, 하얀 목욕가운을 입혀놓으니 그것도 나름 예쁘다. 가운의 매듭을 지어 주는데, 긴 속눈썹 아래 빨개진 눈에서 기어코 눈물이 쏙 나왔다.

　"엄마."

　"응?"

　"아빠 많이 화나셨어요?"

　빨개진 코끝을 연신 훌쩍이며 목욕하는 내내 눈물을 뚝뚝 떨구더니 결국은 물어보는 게 '아빠 화나셨어요?' 다. 크리스가 누누이 말하듯이 날 닮아서 끝내주게 잘 우는 아주 안 좋은 버릇을 가진 아이는 날 보면서 또 방울방울 울었다. 간신히 웃음을 깨물고 있는 엄마 속은 절대로 알지 못한 채.

"글쎄다. 잘 모르겠는걸."

이렇게 천사같이 생긴 아가씨가 무슨 장난을 그렇게 고약하게 쳤는지를 생각하면 웃다 쓰러질 것 같지만, 이 기회에 혼은 제대로 내야 할 테니 절대로 대놓고 웃어서는 안 된다. 내가 고개를 흔들자 녀석은 또 고개를 숙인 채 눈물을 뚝뚝 떨구기 시작했다. 이거, 아무래도 아이 아빠에게 가 봐야지 안 되겠다.

"이탄아!"

제 편을 들어 주는 오빠를 부르는 소리에도 아이는 계속 눈물을 뚝뚝 흘린다. 나는 간신히 혀를 깨물고 웃음을 참았다. 아, 진짜 미치겠다. 웃겨 돌아가시겠다. 내 부름에 제 아빠를 닮아 과묵한 아들 내미가 들어왔다.

"아빠 뭐 하시니?"

"서재에서 청소하세요."

"그래? 아힌이 머리 좀 말려 줄래? 이걸로. 할 줄 알지?"

크리스를 빼다 박은 아들은 대답 없이 내 손에서 수건을 받아다가 자기보다 네 살 어린 여동생의 머리를 말려 주었다.

오빠한테 머리를 들이민 아힌이는 계속 운다. 진짜 끝내주게 운다. 겁이야 나겠지. 평소에는 다정하던 아빠가 오늘 최초로 서재에 들어가자마자 '아힌이, 너!' 라고 소리를 버럭 질렀으니까. 욕실에서 나온 나는 키득키득 웃으며 서재로 걸어갔다. 엉망이 된 서재 한복판에 선 크리스는 내가 찍어놓은 비디오를 보며 폭소를 하고 있었다.

"그렇게 재미있어?"

"아, 당신 왔어? 아힌이는?"

"이탄이랑. 그거 걸작이지?"

"나중에 저 녀석 시집갈 때 스크린에 상영해야지. 이거 정말."

말 끊고 또 웃는다. 나는 피식 웃으며 물걸레로 노트북에 묻은 생크림을 닦았다.

사건의 전말은 이렇다. 크리스가 이탄이를 데리러 학교에 간 사이, 나는 급하게 마감중이던 칼럼을 써서 보내느라 정신이 없었다. 그래서 잠깐 아힌이에게서 눈을 뗐는데, 요 악동이 냉장고에서 내가 만들어놓은 큰 크림케이크를 꺼내다가 크리스의 서재에서 먹으면서 온갖 가구에다가 크림을 칠해놓은 것이다. 더불어 자신의 머리카락과 생일선물로 받아서 요즘 매일 입고 있는 공주드레스까지도. 한참 일을 하다 뭔가 조용해졌길래 불안해서 가 보니, 크리스의 노트북까지 크림이 범벅이 되어 있는 서재 한복판에서 이 아가씨가 케이크를 냠냠대며 먹고 있는 것 아닌가. 나는 조용히 크리스가 무진장 애용하는 비디오카메라를 들고 와서 그 광경을 고스란히 찍기 시작했다.

[아힌아, 왜 아빠 방에서 케이크 먹어?]

[아빠 방이 좋아요.]

[그런데 왜 책이랑 의자랑 티비에 크림을 칠해놨어?]

[책이랑 의자랑 티비도 케이크 같이 먹어요.]

문제는 노트북도 같이 먹었다는 거지. 천진난만하게 나를 올려보며 케이크를 먹던 아힌이의 표정은 내 다음 한마디에 완전히 얼어붙었다.

[아빠 오시면 화내시겠다.]

[왜, 왜요?]

[아힌이, 아빠 노트북에도 케이크 줬지?]

[네에.]

[아빠 노트북에는 먹을 거 주면 안 돼.]

[왜요?]

[그럼 아빠 노트북이 많이 아파. 죽을 수도 있어요.]

[노트북 죽으면 아빠 슬퍼요?]

[노트북 죽으면 아빠 화내요.]

저 네 살짜리 꼬마에게는 아빠가 영웅이고 세상에서 제일 잘생기고 멋있는 사람이다. 뭐, 실제로도 그놈의 잡지 선정 가장 섹시한 CEO 부동의 1위를 마흔을 넘긴 나이에도 하고 앉아 있는 대단한 아빠이긴 하지만.

어쨌든 아힌이는 아빠가 무조건 좋은 나이다. 매일 아침 현관을 가로막고 아빠 회사 가지 말라고 졸라대는 통에 통행세를 빙자해서 뽀뽀 다섯 번, 예쁜 리본 달린 구두 사 오겠다는 약속, 오늘은 꼭 일찍 들어와서 같이 날고 싶은 뽀로로를 보겠다는 약속까지 받아내는 저 아가씨에겐 아빠가 화낸다는 것이 제일 무서운 일이지. 아암, 세상에서 가장 끔찍한 일일 거다.

매일 엄마랑 싸워대며 아빠 쟁탈전을 벌이는 미운 네 살의 인생 최대 위기가 도래한 거다. 아빠 화내신다고 확인 사살을 한 엄마의 못된 심보는 적당히 무시하도록 하자. 눈을 동그랗게 뜨고 입을 떡

벌린 채 렌즈를 쳐다보는 하얀 크림덩어리를 동영상이 끝날 때까지 눈물 나게 웃어대며 보던 크리스는 나에게 한마디를 던졌다.

"하여튼, 당신은 만년 애야. 딸 놀리면 좋아?"

"왜애. 재미있던데. 쟤 지금 아빠 화났다는 말에 겁나서 지 오빠 붙잡고 하소연하고 있을걸? 오빠가 좀 막아달라고. 이탄이가 그 말을 들어주려나."

"아까도 아빠 그만하라고 내 팔 붙잡던데."

어이구, 우리집 애늙은이가 아빠 그만하라고 그랬단다. 그 녀석은 내 뱃속에서 나왔는데도 어쩜 그리 나는 안 닮고 제 아빠만 닮았는지 알다가도 모르겠다. 외모도 딱 판박이다. 흑발에 청회색 눈. 그러니 같은 반 여자애들이 이탄이랑 같이 점심 도시락을 먹는 것이 소원이라고 줄을 서서 골치 아파진 선생님이 번호 순서대로 일주일에 한 번씩 이탄이 짝꿍을 바꿔 주기로 했다나.

난 그 이야기를 듣고 황당함을 감출 수가 없었는데 크리스는 뭐가 좋은지 허리를 붙잡고 웃었더랬다. 자기는 다 예상을 했다나. 이유가 뭐냐고 물으니까 저 남자, '나도 그랬으니까'란다. 아우, 재수 없어, 증말. 저 성격은 10년이 지나도 바뀌질 않아요.

"이걸 어떻게 치우지?"

"당신이 아힌이 씻기는 사이에 나랑 이탄이랑 좀 치우긴 했는데, 온통 끈적거려서 큰일 났어."

"당신은 화도 안 나?"

"애들이 그럴 수도 있지. 이탄이는 안 그랬나. 그 녀석, 당신이랑 내가 붙어 있다고 얼마나 악을 쓰며 울어댔는데."

"그래도 걘 카페트에 크림을 묻히지는 않았어."

나는 물걸레질을 하며 한숨을 내쉬었다. 골드크레딧 대표이사 부인이 살림꾼이라면 이 여우같은 상류층 여자들은 비웃겠지만, 그 중에서 개념 붙어 있는 내 친구들은 공감을 하며 고개를 끄덕일 것이다. 만나기만 하면 서로 저번 주에 우리 아들내미가 학교 수영대회에서 저 혼자 1등하겠다고 스타트 끊기도 전에 쇼하다가 남들 다 출발하는데 미끄러져서 수영장에 빠졌네, 우리 딸내미는 그런 너네 아들내미가 좋다고 결혼시켜 달라고 악을 써대며 울어서 남편이 야밤에 회사로 도망을 갔네 어쩌네 자식들의 화려한 전과 기록을 말하지만 내 장담컨데, 이건 그랑프리감이야.

"대신 나랑 유치하게 싸웠잖아."

"어머, 알긴 알아?"

아이에 대해 잔뜩 기대를 하던 이 남자는 불쌍하게도, 그 기대하던 아이와 몇 년째 한바탕 전쟁을 치르고 있는 중이다. 첫 아들을 낳고 아들과 공놀이도 하고, 남자들 간의 유대감도—헹, 유대감은 무슨—쌓는 캠핑도 갈 거라고 좋아하던 크리스는 아들내미가 말을 하기 시작하면서 대단한 적수를 하나 두게 되었다. 자신과 똑같이 생긴 라이벌이라고 해야 하나? 이탄이는 기억도 안 난다며 딱 잡아떼지만, 이 녀석은 엄마 아빠라고 말을 할 때부터 나와 크리스가 붙어 있는 것을 싫어했다. 나와 크리스가 함께 앉아서 뉴스를 보고 있으면 억지로 그 사이에 비집고 들어와 앉는 건 예사이고, 그가 나에게 애정표현이라도 하려고 하면 지가 먼저 뽀르르 달려와서 '엄마, 뽀뽀!'를 외치니 크리스가 아들과의 전쟁을 선포할 수밖에.

아힌이를 임신하는 것도 녀석을 한국에 며칠 두고 온 후에야 가능했다. 그나마 그것도 동생이 생긴 다음에는 많이 줄었지만 크리스는 절대로 줄어든 것이 아니라고 강력하게 주장한다.

"그 녀석, 당신이랑 내가 싸울 때도 무조건 당신 편만 들잖아!"

"그게 뭐. 구구절절 맞는 말만 하니까 그렇지."

아빠 요즘 맨날 늦게 들어오잖아. 그러니까 엄마가 힘들지. 나도 엄마 안 힘들게 하려고 혼자서 옷도 잘 입고 숙제도 열심히 하고 혼자 머리도 감는데 왜 아빠는 엄마 힘들게 해! 오늘 아힌이가 오줌 싸서 엄마가 이불 빨래까지 해야 했단 말이야!

말도 안 하고 야근했다고 나한테 바가지 긁히던 크리스가 발끈하여 한마디 하자 잠옷차림으로 방에서 뛰어나온 이탄이는 딱 부러지게 저 말을 했다. 그런 다음에 어버버하는 아빠는 내버려두고 나한테 배꼽 인사를 했다.

엄마, 안녕히 주무세요. 아유, 그래. 내가 너 때문에 살아, 이탄아. 잘 자렴~

"내가 집안에서 아들내미한테 무시당하는 거 알면 월가가 다 뒤집어질 거야."

"무시는 무슨, 저번에도 여자들만 쏙 빼놓고 캠핑 갔다 왔잖아! 그날 아힌이가 얼마나 울었는지 알아?"

"그래서 그 녀석 데리고 살롱 갔다며. 여자들끼리."

그래. 그래서 모녀끼리 사이좋게 머리에 비닐 뒤집어쓰고 앉아서 뽀글뽀글 머리를 말았지요.

"여하튼 아힌이 지금 엄청 겁먹었어. 당신이 잘해."

"왜 소인한테 책임전가를 하시나, 마나님. 일 벌이신 건 마나님 아니시던가?"

"난 걔 충분히 혼냈어. 그러니까 아빠가 좀 무섭게 해 봐. 이건 진짜 아니야."

나는 고개를 절레절레 흔들면서 크림과 빵덩어리를 단풍나무 책장에서 걷어냈다.

"뭘 혼음 내. 노트북도 멀쩡한데, 됐어."

"당신이 자꾸 그렇게 무르게 구니까 나만 나쁜 엄마 되는 거 아냐. 혼내는 건 공평하게 혼내야지."

"당신이야말로 이탄이한테는 오냐오냐하면서."

"말은 똑바로 하자. 나는 둘 다 똑같이 혼내. 당신은 이탄이한테만 엄한 아빠야."

내가 걸레를 들고 그에게 따지자 크리스는 한쪽 눈썹을 치켜 올렸다. 윽. 사기 캐릭이다, 진짜. 어떻게 저런 남자가 마흔을 넘겼다는 건지 나는 아직도 이해가 안 간다. 나는 열심히 안티에이징을 해대고 있고 미백과 주름 개선을 목 놓아 외치는 마당에, 저 남자는 끽해야 스킨에 로션만 바르면서도 날이 가면 갈수록 더 짐승이 되어 가고 있으니. 세상은 참 불공평해. 결혼한 지 10년이 넘어가는데도 나는 가끔씩 저런 위험한 표정 때문에 심장이 조여든다.

"그래서, 딸도 똑같이 혼내야겠다?"

"다가오지 마. 다가오지 말라구."

내 말이야 늘 맛있게 씹어 드시는 남편님은 당연히 내 코앞까지 얼굴을 들이밀었다.

"사실 아힌이, 당신이 어렸을 때 하는 짓이랑 너무 똑같은 짓을 저질러서 혼내기가 뭐하다구."

"아깐 잘도 소리 버럭 지르더만. 그리고 내가 언제 당신 서재에 크림 묻혔어?"

"소리만 지른 거지. 내 홈그라운드에서 일 저지르는 건 똑같잖아."

"그건 나한테 찍힌 당신 팔자고."

"아하, 그러셔?"

밖에 애들도 있는데 이 남자가 어딜, 이라고 대꾸하려는데 아웁. 또 먹혀 버렸다. 얽히는 혀끝에서 크림의 단맛이 확 퍼졌다. 도저히 균형을 못 잡겠어서 비틀비틀하는데 역시나, 그의 팔이 내 허리를 잡아챘다. 누가 내 잘난 남편 아니랄까 봐, 아이 씻기느라 옷은 젖고, 화장도 안 한 아내의 넋을 홀라당 빼놓는다. 게다가 마지막 한 방까지 잊지 않지요.

"당신은 늘 맛있어."

나는 그저 눈을 꽉 감고 입술을 깨물었다. 드라마에서 보면 손발 미친 듯이 오그라들어서 당장 채널을 돌려 버릴 대사인데도, 내가 직접 당사자가 되면 머리꼭대기부터 발끝까지 짜릿한 기분이 드는 건 당연하다. 거기다가 언제나 내 취향대로 옷을 입어 주는 남편님 은 딸내미가 저지른 일 치우는 동안에도 단추 두개를 풀어 내린 와이셔츠에 까만 바지 차림인지라, 뭐, 그렇다고요. 난 그냥 입 다물고 찬양해야지.

"결혼한 지가 언젠데 아직도 이렇게 수줍어해?"

재미있어 하는 그의 목소리에 나는 애꿎은 책상만 걸레로 벅벅 문질러댔다.

"몰라."

"내가 이래서 당신을 놀린다니까."

얼굴이 다 화끈거린다. 킥킥 웃어대는 저 소리가 아직도 내 발을 허공에 붕 뜬 것 같은 기분이 들게 하고, 내 손을 춤추게 만든다.

"아저씨, 청소나 하셔요."

애써 아무렇지도 않은 척 쏘아붙이는데, 날이 가면 갈수록 능구렁이가 되는 이 남자는 내 뒤에서 날 안았다.

"그 말 오랜만에 들어 보는군."

"뭐, 뭐, 뭐, 뭐가 또!"

"아저씨 그 말 말이야."

"그, 그게 뭐?"

이 남자 지금 일부러 이러는 거지? 그렇지? 내 귓가에 대고 일부러 킥킥 웃은 크리스는 절대로 날 풀어 줄 생각이 없나 보다.

"당신이 기억 잃었을 때 주구장창 입에 달고 살던 말인데, 왜 요즘에는 안 해?"

"내가 몇 살인데 아직도 당신을 아저씨라고 불러?"

"뭐 어때."

"아이고, 됐네요. 내가 무슨 상큼발랄한 여대생 정신인 것도 아니고, 아줌마 다 됐는데 무슨……."

"아줌마 되면 용감무쌍해지셔야지, 왜 이렇게 떨어?"

내가 언제 떨었다고! 댁이 가까이 오니까 그렇잖아, 이 죄 많은 남자야!

그는 내 머리카락을 들추고 내 목에 입술을 댔다. 진짜, 아줌마가 됐으면 이런 것쯤이야 능숙하게 받아넘겨야 할 텐데 나는 왜 이렇게 부끄럽고 설레는지 모르겠다. 남편이 예은이 말마따나 섹시 페로몬을 무한대로 방출해대서 그러나.

나는 TV에 나오는 여배우들처럼, 아니면 다른 내 친구들처럼 남편의 애정공세에는 정말 능숙하게, 아무렇지도 않은 듯이, 멋지게 받아넘기고 싶다. 그런데 그게 안 된다. 늘 수줍고 부끄러워서 도망가고 싶어 해서 다들 날더러 새댁이라고 놀려댄다. 한국이 미국처럼 개방적인 줄 아냐고요. 게다가 내 남편이라는 사람은 그런 내 반응이 더 재미있다고 남들이 보건 말건 마구 들이대시니 딱 죽을 맛이다. 지금도 뻣뻣하게 굳어서 킥킥대는 크리스의 웃음소리에 속으로 욕을 마구 퍼붓고 있는데—재미있냐, 이 망할 남자야!—밖에서 소곤거리는 목소리가 들린다.

"오, 오빠. 아빠가 엄마 목에 뽀뽀해."

"들어가지 마."

"들어가면 아빠가 이놈! 해?"

"그건 나도 몰라."

"아빠가 엄마 지금 잡아먹을 것 같단 말야. 어흥, 하구."

문틈 사이로 엿보는 꼬마들의 대화에 나는 소리죽여 웃기 시작했다.

"저 녀석은 당신 젊을 때랑 판박이야."

"누구, 이탄이?"

"설마. 작은 놈이지."

어이구, 애들 보는 거 알면 떨어지기나 할 것이지 이 능청스런 아저씨는 내 귀 뒤까지 자잘하게 입을 맞췄다.

못살아. 이탄아, 얼른 네 동생 데리고 가라.

"안 잡아먹어. 얼른 가자."

"왜애, 나 엄마 구해 줘야 돼."

"안 구해 줘도 돼. 너 엄마가 아빠한테 지는 거 봤어?"

잠시 침묵이 이어지는 동안 나는 촉각을 곤두세웠고, 크리스도 행동을 멈추었다.

"아니, 한 번도 못 봤어."

"거봐. 저러다가 아빠가 엄마한테 혼난다구. 그러니까 가서 옷 입자."

"정말이지? 엄마 안 구해 줘도 되지?"

"그렇다니까. 가자."

"그럼 오빠, 나 분홍색 키티 잠옷 입을래. 리본 묶어 줘."

"알았어. 수건 꼭 붙잡어. 떨어진다."

통탕거리는 발소리가 멀어지고, 우리 둘은 잠시 그대로 가만히 있었다.

"당신 나한테 혼날 거라는데?"

"혼낼 건가?"

"글쎄. 그건 당신이 해 주는 키스의 질에 따라 달라지는 거고."

내가 킥킥 웃으면서 몸을 돌려 그와 입을 맞추려는데, 문 앞에서 헛기침소리와 함께 노크소리가 들렸다. 눈썹을 치켜 올린 크리스가 먼저 문을 열었다.

"무슨 일이니?"

"아힌이 옷 입었고요, 머리 다 말렸어요."

젖은 수건을 들은 꼬마 신사는 상황을 보고했다.

"지금 방에서 놀아요. 그리고……."

"그리고?"

"아빠가 엄마 안 잡아먹었는지 보고 오래요."

왠지 아빠를 비난의 눈초리로 쳐다보는 이탄이에게 크리스는 한 쪽 눈썹을 치켜 올리며 재미있다는 표정으로 팔짱을 꼈다. 아이고 야, 부자의 전쟁 2탄을 찍으시겠군. 저번에 아힌이가 오줌 쌌을 때는 아들의 판정승이었는데 말이지.

"아들. 아빠가 엄마를 잡아먹을 것 같나?"

아빠의 뻔뻔한 물음에 여덟 살짜리 꼬마는 한숨을 폭 쉬었다.

"적당히 하세요. 동생은 아힌이 하나로 됐어요. 엄마, 이건 세탁 기에 넣을게요."

나는 고개를 끄덕였고 이탄이는 수건을 들고 사라졌다. 대신에 황당한 표정으로 날 돌아보는 애 아빠만 있을 뿐이다. 아이고, 고소 해라. 또 당하셨구려.

"동생은 아힌이로 됐다고?"

"그럼 됐지, 뭘 또 바라?"

"아니, 저 녀석 왜 저렇게 조숙해? 당신이 이탄이 저렇게 키웠 어?"

"어머, 나는 안 그랬어. 당신이 쟤 세 살 때부터 손에 책 쥐여줬잖아. 쟤 당신 똑 닮은 건 생각 안 해? 혼자 한글 다 뗀 애라구."

"그거랑 이거랑 같아? 나 원. 황당해서."

"있어봐. 쟤도 애야. 분명히 또 쳐들어올걸?"

아니나 다를까, 이탄이는 또 쪼르르 와서 문 앞에 섰다.

"이번에는 또 뭐냐, 아들."

내 남편도 참 쪼잔하다. 이젠 아들까지 질투해? 하긴, 원래 했더
랬지

"수건 갖다 놨어요."

"오늘 숙제 없냐, 아들?"

"다 했어요."

"아힌이 놀아 줄래, 아들?"

"아빠랑 놀면 안 돼요?"

엄마랑 놀자는 것도 아니고 아까까지 유치하게 싸워대던 아빠랑
놀잔다. 의외의 대답에 크리스는 놀란 표정으로 팔짱을 풀었다. 이
탄이는 부끄러운지 손을 등 뒤로 하고 몸을 배배 꼬고 있었다. 애가
말하기를 어려워해서 크리스가 직접 무릎을 굽혀 물어보았다.

"오늘 무슨 일 있었어?"

"점심시간에요, 키미가 그랬는데요. 저번 토요일에 아빠랑 같이
말 타고 왔대요."

"그래서?"

"나도 아빠랑 말 타면 안 돼요?"

나는 피식 웃으며 남은 크림을 마저 닦았다. 어차피 크리스의 대
답이야 뻔하지 않은가.

"그래. 엄마랑 아힌이랑 가자."

그런데 이탄이가 고개를 젓는다.

"그럼?"

"아빠랑만 갈래요. 안 돼요?"

웬만하면 온 가족이 같이 움직이자는 주의인 아빠를 잘 알지만, 그래도 이번만큼은 나 혼자서 아빠랑 같이 있고 싶다는 소리다. 맨날 아빠 타령을 하는 아힌이도, 아빠가 아주 사랑하는 엄마도 오늘만큼은 양보하고 자기와 같이 있으면 안 되냐고 묻는 이탄이는 몸을 배배꼬았다. 저 녀석도 결국은 사내 녀석인지라 제 아빠가 따로 필요할 때가 있겠지. 혼자서만 아빠와 놀러가자는 것이 저도 미안스러웠는지 이탄이는 얼른 말을 덧붙였다.

"그리고 나 아빠한테만 물어볼 말도 있는데."

"그래?"

"네."

"그럼 그러지 뭐. 아빠랑 둘이서만 뉴저지 목장에 가는 거야. 좋지?"

이탄이는 좋다고 크게 고개를 끄덕인 뒤, 어깨를 토닥이는 아빠에게 등을 떠밀려 준비를 한답시고 옷을 갈아입으러 방으로 뛰어갔다.

"가는 김에 하룻밤 자고 와요."

"어, 그래도 돼?"

"뭐 어때. 부자끼리 오랜만에 정도 쌓고, 좋지, 뭐."

"글쎄. 나는 집에 두고 온 선녀님이 도망갈까 봐 겁나는데?"

"왜 겁이 나?"

건성으로 대꾸해 주면서 청소를 마무리하던 나는 크리스의 대답에 행동을 멈출 수밖에 없었다.

"아이 넷을 낳아야 선녀가 도망 못 간다며."

"무슨 넷이야!"

"그럼 셋. 여하튼 아힌이 동생 만들자."

"이보세요, 벡스터 회장님. 분명히 이탄이 임신했을 때 둘만 낳기로 합의했잖아!"

"그래, 셋. 당신이 아힌이 낳고서 얼렁뚱땅 둘로 넘겼지만 셋이야."

아아, 그래. 누가 저 협상의 귀재와 싸우겠나. 하찮은 것까지 조목조목 따지고 드는 그에게서 은근슬쩍 넘어가려고 한 내 잘못이지. 할 말을 찾지 못해서 눈알 빠지게 그를 노려보는 나에게, 크리스는 한쪽 입가를 씨익 들어 올려 보였다.

"게다가, 지금 당신 이탄이가 귀여워서 죽겠잖아. 그런데도 하나 더 안 낳고 버틸 자신 있어?"

"이이이이, 이 나쁜 남자야!"

"그래. 나 나쁜 놈이야. 이제 알았어?"

내가 미쳤지, 미친 거지. 뭐가 좋다고 저런 인간을 낚은 걸까! 내 발등을 찍어 버리고 싶다, 정말! 그런데 내가 왜 화내다가 웃지?

"대책 없이 들이대는 스물세 살짜리랑 결혼하겠다고 했을 때부터 알아봤어야 했는데."

"그럼, 알아봤어야지. 솔직히 당신이 나한테 낚인 거야."

"내가 그렇게 좋았어?"

"그걸 말이라고."

특유의 말투로 대꾸한 그는 내 뺨에 다시 한 번 키스를 하고는 재킷을 집어든 뒤 방을 나갔다. 아이고. 오늘 밤에 아힌이 고 녀석이 또 울어재끼겠네. 매일 오빠에게 같이 가자는 말을 밥 먹듯이 하고, 아빠에게 놀아달라는 말을 밥 먹듯이 하는 앤데, 이번이라고 다를까.

오늘 케이크를 한 번 더 굽고 잔뜩 물감을 풀어서 그림 공부를 할 각오를 했는데, 어라, 웬일로 작은 아이는 가만히 있었다. 오빠와 아빠가 안녕 안녕, 빠이빠이 손을 흔들 때도 입만 삐죽거리며 억지로 손만 마주 흔들어 주었지 주저앉아 울지는 않았다.

저 미운 네 살이 웬일이래?

혼자서 풀이 죽은 게 안쓰러워서 부엌에 앉혀놓고 저녁을 준비하기로 했다. 오늘만큼은 엄마랑 재미있게 놀자고 저 좋아하는 잡채며 갈비찜을 만들어 주고 있는데 부엌 한구석에서 종이접기를 하던 녀석이 불쑥 물어본다.

"엄마."

"응?"

"엄마는 아빠랑 결혼한 거죠?"

"그렇지."

"하나님한테 머리카락이 하얗게 될 때까지 같이 살겠습니다, 약속하고 한 거죠?"

"응."

슬슬 질문이 길어지려고 해서 나는 각오를 하고 당근을 채 썰었다. 저 나이 또래의 아이들이 하는 질문에는 끝이 없다. 결국 '그건 그냥 그런 거야'라는 아주 성의 없는 답이 나올 때까지 끊임없이 질문을 해댄다. 이탄이는 그나마 심하지 않았는데, 아힌이는 무척이나 호기심이 많아서 나도 크리스도 종종 나가떨어지고 만다.

"결혼할 때는 하얀 것도 쓰고, 꽃도 들어야 되는 거죠?"

"그럴 수도 있고, 아닐 수도 있고."

"안 해도 돼요?"

"응. 하기 싫으면 안 해도 돼요."

대꾸가 없어서 나는 칼질을 멈추고 아힌이를 흘끗 넘겨다보았다. 조그만 게 뭘 그리 골똘하게 생각을 하는지 혼자서 한참 상상 삼매경에 빠져 있다.

"그럼 엄마."

"응?"

"결혼식 할 때 꼭 필요한 게 뭐예요?"

"그건 왜? 혹시 아힌이 좋아하는 남자친구 생겼니?"

"그건 아니지만."

저 나이 때면 그렇게 하얀 웨딩드레스가 입고 싶어지나? 쟤가 우리 결혼식 DVD를 상습적으로 꺼내보긴 했지만, 그래도 벌써 그런 생각을 할 때가 되었나?

"글쎄. 제일 중요한 건 아무래도 약속이겠지? 죽을 때까지 함께 있겠습니다, 하고 약속하는 거 말야."

"그것만 하면 돼요?"

"그거랑, 신부랑 신랑이랑, 가족들이랑 그 약속을 옆에서 꼭 들어 줄 친구들이 있으면 되지요."

노래를 부르듯이 대꾸하며 나는 냄비를 열어 갈비를 쿡쿡 찔러보 았다. 잘 익었네. 우리 아힌이 오늘 포식하겠다.

"엄마."

"응?"

"어떡해요?"

"뭐가?"

돌아보니 손을 꼽아 보다 말고 아힌이는 하얗게 질려서 나를 쳐 다보고 있었다.

"이탄 오빠 결혼했어!"

[그 녀석 결혼했대.]

눈물 나게 웃어대며 크리스는 나에게 사건의 전말을 토해냈다. 이 나이에 며느리 보게 생겼는가, 하며 아힌이의 설명 안 되는―그 왜 있잖은가, 저 나이 또래의, 응응, 있잖아요, 오빠가 손잡고 뽀뽀 하고, 그래서 결혼했다는 알아듣기 어려운 설명―말을 들으면서 멍 때리고 있는데 전화가 온 것이다.

"아니, 도대체 뭐가 어떻게 된 거야?"

[그 달킨컨퍼런스 회장 딸내미.]

"아아, 케이티. 걔가 왜?"

[걔가 학교에서 이탄이를 괴롭혔나 봐. 둘이서 싸우고 난리가 났 었대.]

어머머, 이탄이는 그런 소리 한 번도 안 했는데.

"언제? 난 못 들었는데?"

[지난 주 금요일에. 이탄이는 말을 안 하는데, 이탄이네 반 아빠들 사이에 케이티 그 녀석 말괄량이로 유명해.]

"그건 나도 알아. 여자애들 노는 데서 소꿉장난 엎어 버리고 도망가는 애잖아."

예쁘게 생긴 것과는 다르게 그런 장난을 쳐대서 늘 달킨 내외가 한숨을 푹푹 쉬곤 하지.

[그런데 그 녀석이 이번 주 이탄이 짝꿍이었나 봐.]

"헤에, 그래서?"

[문제는, 케이티가 이탄이한테 반 협박을 했다는 거지. 결혼하자고.]

나는 반쯤 비명을 내지르며 웃음을 터트렸다. 머리에 피도 안 마른 꼬맹이들이 참, 이걸 뭐라고 해야 하나. 손발이 오그라들면서도 웃긴 거.

"왜 하필 결혼이야, 꼬맹이들이."

[아마 다음 주에 또 짝이 바뀌는 게 싫었나 봐. 그래서 이 김에 도장을 찍으려고 그랬던 거지.]

꼬맹이치곤 머리를 굴렸지만 나온 결론이 딱 꼬맹이스러운 결론이었다.

"그걸 또 이탄이는 순순히 해 주고? 사내 녀석이 너무 무른 거 아냐?"

[그게 말이지, 이번 월요일에 담임선생님이 또 짝을 바꿔 주려고

했는데 이탄이가 싫다고 그랬던가 봐.]

"엑? 왜?"

[아까 목장 바깥에서 바비큐해 줬거든. 그때 우물우물 말하던데. 저도 케이티가 좋다고.]

아이고 두야.

"그래서 결혼한 거래? 대체 언제?"

[저번 주 금요일에 학교 빈 교실에서.]

이젠 크리스는 거의 숨도 못 쉬고 있었다.

[여자애들은 안 되고 남자애들 몇몇을 증인으로 세워놓고 주례 세우고 할 거 다 했대. 축하해. 당신 며느리 생겼네.]

위너프로덕션 아들내미가 증거로 비디오까지 찍었다는 말을 듣고 나는 쓰러져서 웃었다.

"아아아, 못살아."

[그런데 이탄이가 무지 걱정이 되었나 봐. 똑똑하니까 그게 장난 일 뿐이라는 건 아는데, 그래도 혹시 한 거지. 그러면 진짜 커서 케이티랑 살아야 하냐고 물어보던데?]

"그래서 당신 뭐라고 했는데?"

[대충 안심시켜 줬지. 내가 웃는 거 보더니 부끄러워하던데. 나중에 자기 전에 솔직하게 말하더라구. 사실 지금은 케이티랑 손잡고 다니지만 진짜로 어른이 되면 지연이랑 결혼할 거라나.]

"맙소사, 지연이?"

지연이. 예은이 큰 딸내미. 사고 치고 다니는 게 케이티를 능가해서 예은이 눈에서 눈물을 쏙 빼는 동네 여깡아가씨인데, 걔는 또 언제 좋아했데?

"그럼 뭐야. 케이티는 뭐고 지연이는 뭐야?"

[케이티는 무서워서 조금만 있으면 서로 빠이빠이하고 다른 친구들이랑 놀 거라나. 진짜로 좋아하는 건 지연이래.]

"나 지금 심각해. 아무래도 당신 아들내미 바람기가 다분해."

[내 탓 아니다.]

"웃기시네! 당신 과거 여성편력을 생각해 보셔! 이건 당신 유전자 탓이야."

[거, 거기서 왜 옛날 얘기가 나와?]

오호라. 천하의 크리스 라일리 벡스터가 말을 더듬으셨다.

"찔리긴 하시나 보지?"

[서희야. 나 정직한 유부남이다.]

"누가 뭐래? 아아, 옛날 생각하니까 또 혈압 오르네. 여하간 이탄이 이불 잘 덮어 줘. 그리고 잘 때까지 곁에 있어 주고. 얌전하게 잘 자는 애지만 은근 어두운 거 무서워한단 말야."

[옆에서 잘 지키고 잘게.]

"언제 올 거야?"

[내일 오후에는 출근할 거니까 점심 전에는 들어가야지.]

"나 없을 거야. 신문사 가 봐야 해."

[알았어.]

나도 가만히 수화기를 붙잡고 서 있었고, 그건 크리스도 마찬가지였다. 한참 상대가 먼저 끊길 기다리다가 나지막하게 말했다.

"끊어."

[After you.]

"여기서까지도?"

[당연히 Lady First.]

먼저 끊으라는데도 나는 머뭇거렸다. 하고 싶은 말이 몽실몽실 솟아나는데, 나는 한참을 지체하다가 겨우 한마디를 했을 뿐이다.

"저어."

[응.]

"보고 싶어."

아주 부끄러웠지만 해 버렸다. 그리고 그도 나지막하게 말했다.

[나도 보고 싶어.]

"빨리 퇴근해야 해."

[나는 아힌이가 떼쓰는 것보다 당신이 투정부리는 게 더 무서워.]

"그러니까 빨리 오라고."

[알았어.]

얼른 자. 사랑해. 보고 싶어. 언제 와? 해 뜨면 오지. 사랑해. 나중에 봐. 얼른 자. 했던 말을 계속 반복하고, 또 하고, 또 했다.

가끔 나는, 이 둔감해진 결혼 생활과 아이들로 눈코 뜰 새 없이 바쁜 와중에도 이렇게 가슴이 설레고 두근거린다. 늦은 밤에 속삭이듯이 한 전화 한 통으로, 분명히 아이들 이야기로 한 전화 한 통으로도 그날 밤이 설레었다.

일상은 바쁘게 지나간다. 설거지와 참석해야 할 행사초대장들은 쌓여만 가고, 두 아이는 번갈아가면서 사고를 뻥뻥 쳐댄다. 아힌이가 빼액 울면 이탄이가 자전거를 타다 넘어지고, 이탄이가 친구들과 싸우고 오면 아힌이가 우유를 카페트에 엎지른다.

아침에 아이들을 깨워서 아침을 먹이고 학교를 보내면 청소와 빨래가 날 기다리고, 좀 하다 보면 또 점심시간이고, 날 기다리는 마감만 다섯 개고, 또 좀 자판을 두드리다 보면 어느새 두 아이가 돌아와서 간식을 내놓으라고 보챈다. 간식을 주고, 조그만 두 입들이 조잘조잘 학교에서 있었던 일과 숙제를 얘기하는 것을 듣다 보면 또 저녁 시간, 저녁을 하고, 그가 오고, 같이 앉아서 저녁을 먹고, 힘드니까 설거지는 크리스 시키고 뻗다 보면 또 하루가 지나간다.

남들이야 가끔 공개석상에 화려한 드레스를 입고 얼굴을 내미니 부럽다고들 하고, 파파라치에 아이들과 함께 다니는 것이 찍히니 좋은 엄마라 하겠지만 나는 그냥 평범한 애 엄마다. 하지만 그 평범한 애엄마가 나는 좋다.

그 와중에 내가 하고픈 일도 하고, 내가 사랑하는 사람의 사랑하는 아이를 낳았으니 이것으로 내가 찾던 꿈은 이루었다. 나는 이루었다고 말하고 싶다. 온갖 고함과 기획안이 허공을 날아다니는 살벌한 기획 회의에서도 생글생글 잘만 웃으면서 까다로운 편집장에게 내 칼럼을 내 스타일대로 밀어붙이는 것도 즐겁고, 장장 세 시간의 마라톤 회의를 끝내고 어떻게든 아이들이 집에 오기 전에 집에 돌아가 있으려고 서둘러 나오다가 밖에서 기다리고 있는 크리스를 발견하는 것도 즐겁다.

내가 웃으면 당신 또한 웃을 것이고, 내가 다가서기 전에 딩신이 먼저 손을 내밀 것이다. 내가 신은 높은 구두가 아플까 봐 당신이 먼저 올 것이고, 나는 늘 그랬듯이 오늘 있었던 일을 당신에게 투정

부리듯 말할 것이다. 그러면 당신의 입꼬리는 또 슬쩍 올라가고, 당신의 손은 내 허리를 감싸겠지.

사람의 생김이 다르듯, 처음부터 내가 신는 구두는 제각각이다. 겉보기에는 너무나 예쁘지만 예쁜 만큼 발을 아프게 하기도 하고, 너무 못생겼지만 그만큼 편하기도 하다. 혹은 너무 크기도 하고, 너무 작기도 하다. 크리스는 처음부터 비싸고 높은 구두를 나에게 내밀었고, 나는 그것이 아프다고 비명을 질렀다. 서로가 높이를 낮추고, 내 비명만 지르는 대신 당신의 비명을 들었을 때 나는 아프지 않았다. 괜찮았다. 가끔은 날 아프게 해도 나는 이 구두가 좋다. 내 발에 꼭 맞는 구두는 이 구두뿐이니까.

이걸 신고 당신과 함께 이 길을, 내 평생과 당신의 인생을 걸어갈 것이다.

"요즘 당신, 높은 구두 잘 안 신더니."

"여자의 로망은 하이힐이라고요."

"그러다가 넘어지거나 다치기라도 하면 어쩌려고 그래?"

"당신이 받아 주면 되잖아."

"……그건 또 그렇군."

—THE END

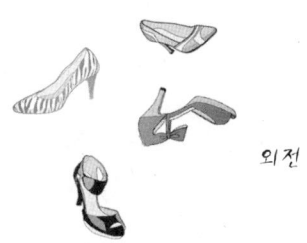

외전

보통 회사에서는 여직원들이 굽이 낮은 구두를 신거나, 아예 납작한 플랫슈즈를 신고 다니지 보기만 해도 내가 쓰러질 것 같은 높은 하이힐을 신지는 않는다. 불편하기 짝이 없고, 특유의 딱딱거리는 소리를 싫어하는 사람이 많으니까. 물론 나도 마찬가지다.

그런데 문제는 요즘 내 주위에서 시끄러운 하이힐 소리가 자주 나기 시작했다는 거다. 난 머리꼭대기부터 발끝까지 완벽하게 세팅을 한 서희가 내 앞에서 양손에 짐을 가득 든 채 아슬아슬하게 걸어가는 것을 조용히 지켜보았다. 한국의 보도블록은 중간중간 홈이 깊게 패여 있는지라 하이힐을 신고 걸어 가다가 걸려서 넘어지기 십상이다. 그냥 편한 신을 신을 것이지 왜 기를 쓰고 높고 아픈 구두를 신으려고 하는지 이해가 가지 않는다. 그렇게 눈높이를 높이고 싶나?

"넘어지겠다."

"어, 사장님이다!"

내가 굳이 이 여자의 짐을 빼앗아 들면서 넘어지지 않도록 팔을 잡아주는 이유가 뭔지는 나도 모르겠다. 다만 기가 센 선배들과 팍팍한 취업 전선에서 인턴이란 아슬아슬한 말단직을 유지하면서도 날 보자마자 이렇게 활짝 웃으면서 좋아하니까, 그러니까 아는 척을 한 것일 뿐이다. 게다가 저러다 넘어지기라도 하면 분명히 피를 철철 흘리면서 구두에 스크래치가 났다고 엉엉 울어댈 것이 뻔하지 않은가.

"어디 가세요?"

"그건 알아서 뭐하게?"

하지만 나는 이 여자에게 필요 이상으로 다가오지 못하도록 냉정하게 선을 긋는 중이다. 똘망한 눈으로 아무것도 모르면서 사람을 무척 껄끄럽게 하는 것이 서희의 주특기인지라 나는 그것이 매우 불편하기 짝이 없다.

솔직하게 말하자면, 이런 여자는 처음이라서 상대하기가 무척 껄끄러웠다. 어떤 여자도 나에게 눈을 동그랗게 뜨고 '사장님 성격 이상해요'라는 말을 직설적으로 한 적이 없었다. 혹은, '그런 식으로 살면 재미있어요?'라고 대놓고 내 워커홀릭을 비판한 사람도 없었다. 더욱 재미있는 건 그녀가 그런 질문을 하는 것이 비난하거나 비꼬는 것이 아니라 있는 사실 그대로 말하거나 정말 궁금해서 물어보는 것이라는 사실이다.

서희는 정말이지, 무척 어리다. 물론 내가 그녀 또래의 여자들을 상대해 보지 않았던 건 아니다. 서희는 아마 죽어도 모르겠지만, 18 살짜리 켈빈클라인의 모델이 나에게 추파를 던진 적도 있었으니까. 그쪽은 철이 없었지 어리지는 않았다. 그때 나는 단호하게 칼같이 잘랐다. 이유는 '너는 너무 나이가 어려'. 내가 죄 짓는 기분으로 여자와 자야겠나.

"쪼잔스럽게 그런 것도 안 가르쳐 주고! 그럼 나도 어디 가는지 안 가르쳐 줄 거예요!"

서희도 마찬가지로 나이가 어리다. 그것도 지나치게 어리다. 그 모델에 비하면 더 어려 보였다. 주장하기를 한국 나이로 스물셋, 미국 나이로 스물하나라고 하지만 내 눈에는 그녀가 고등학생으로 보였다. 웃기는 건 서희에게는 죄 짓는 기분이 들지 않는다는 거지. 젠장. 이거 정말 위험해.

"아가씨가 어딜 가는지 내가 알 바가 아닌데?"

"흥, 지금 짐 들어 주신 거 잊지 마세요. 한 번 드셨으면 끝까지 들어 주셔야 한다고요."

그녀는 날 이상하게 만든다.

도대체 내가 짐을 왜 들어 준 거지? 아니, 아무리 아는 사람이고 웃는 얼굴이 예쁘다 해도 그렇지, 남의 짐을 들어 준 기억은 없다. 이 여자가 대체 뭐길래. 하는 짓은 고등학생 수준이라서 시도 때도 없이 시끄럽게 꺄악거리고, 남이 보든 말든 입도 안 가리고 뒤로 넘어가게 까르륵 웃고, 칠칠맞아서 생리대가 든 파우치를 내 책상 위에 두고 가질 않나—본인은 그게 화장품 파우치인 줄 알았다고 강력하게 주장했지만, 글쎄.—배가 고프다고 길거리 한복판에서 밥 사내라 징징거리지를 않나, 여하간 말도 많고 탈도 많아 귀찮게 손이 많이 가는 여자다.

그런데도 나는 그녀가 해달라는 건 다 해 주고 있었다. 어떤 여자가 일하는 데 갑자기 쳐들어와서 종로에 떡 카페가 새로 생겼다고 가서 사달라고 한다면 나는 당연히 미친 여자 취급을 할 것이다. 그런데 나는 서희가 똑같은 말을 했을 때, 순순히 따라나서 줬다. 게다가 가서 돈은 내가 다 냈다. 어찌나 불쌍하게 떡을 보고 칭얼거리는지, 측은해서 사 줬다고 나름 변명을 해 보지만 계속 그 일을 생각하며 그녀를 떠올리고 있는 스스로를 깨닫노라면 나도 점점 제정신이 아닌 미친놈이 되어 가고 있는 것이 확실했다.

그래. 또 당했어.

"이게 뭐야, 대체?"

"이거 조공하는 건데요."

"조공?"

"응. 언론사에 우리 오빠들 좀 잘 봐 주세요, 하고 팬클럽에서 이거저거 먹을 거랑 간식거리 사서 보내는 거예요."

"그걸 네가 왜 가지고 가는 건데?"

"저도 팬이거든요."

맙소사. 나이가 몇인데 가수를 좋아해?

"사이버 남친이다, 이건가?"

"그건 아니고 그냥 동경인데요. 음악 좋아하고, 퍼포먼스 좋아하는 게 뭐가 어때서. 엄청 잘생기고 성격도 좋다고요! 배울 점도 많아요! 완전 멋있거든요!"

내 눈이 점점 가늘어질 때마다 서희의 목소리 톤은 높아져만 갔다. 서희가 좋아하는 그룹이 누군지는 나도 잘 안다. 비슷비슷한 얼굴들이 잔뜩 쏟아져 나오는 한국의 가요계에서 단연 독보적인 외모와 실력인지라 이번에 우리 회사 모델로 쓸까, 생각 중이었는데 이상하게 속이 뒤틀린다. 잘생기긴 했지. 그런데 꼭 그 말을 이 아가씨 입에서 들을 이유는 없잖은가.

"사장님도 가수 좋아하는 여자 싫으세요?"

"내 의견이 중요한가? 좋아하면 좋아하는 거지 왜 남의 눈을 의식해?"

"그치만 진짜 좋아하는데 이해 안 해 주면 싫단 말이에요!"

그러니까 내 의견이 왜 중요하냐고.

난 알면서도 모르겠다는 눈으로 그녀를 쳐다보았고 혼자서 속이 상한 서희는 씩씩거리며 먼저 걸어가기 시작했다. 그래 봤자 하이힐을 신은 데다가 다리도 짧아서 내 걸음을 절대 이기지 못한다. 애가 따로 없군. 그런데도 나는 미친놈처럼 실실 웃으면서 그녀의 사무실까지 짐을 함께 들어 주지. 그것뿐인가. 배고프다고 울먹거리면—사실 초등학생 흉내였지만—그걸 타박하면서도 끌고 가서 밥을 사 주고, 중요한 행사가 있을 때마다 인터뷰를 운운하며 쫓아다니는 그녀를 달고 다니고, 아무리 생각해도 내가 제정신이 아니다.

"베, 벡스터 씨?"

"안녕하십니까."

"웬일이셔요, 저희 회사에는? 어머, 그건 또 다 뭐래요?"

호들갑스럽게 일어나던 여기자는 내 뒤를 따라 쫄래쫄래 들어오는 서희를 보고 멈칫거렸다.

"오다가 저 아가씨를 만나서요. 짐이 무거워 보이길래."

"친절하기도 하셔라. 이런 매너는 한국 남자들도 배워야 한다니까요."

일하고 있던 다른 남자기자들더러 들으란 듯이 그녀는 큰 소리로 말했다. 어딜 가나 꼭 저런 밉상들이 있다.

"서희 씨, 그건 그렇고 근무시간에 이게 뭐야? 이거 팬클럽 조공 아냐?"

"네."

"자기, 일은 안 해?"

"맡기신 일은 다 해놨잖아요. 이번 총선관련해서 여당에서 배포한 등록금 관련 보도자료 정리해 넘겼고요, 엑셀 정리도 해놨는데, 더 시키실 일이 있나요?"

"그걸 다 해놨다고?"

서희는 뭐가 새삼스럽냐고 고개를 끄덕였다.

"선배님, 혹시 '아직도' 확인 안 하신 건가요?"

나는 그때 분명히 보았다. 사무실의 남녀노소를 막론하고 모든 직원이 서희에게 '나이스!'를 눈빛으로 외치는 것을. 보면 볼수록 재미있는 아가씨란 말이지.

"사장님도 오신 김에 잘 됐네요."

"응?"

서희는 시원시원하게 짐을 내려놓고 그녀의 조그만 책상으로 쪼르르 달려가 두터운 서류 봉투를 집어 들고 다시 내 쪽으로 뽀르르

왔다. 그대로 날 밀고 사무실 바깥으로 나간 그녀는 서류 봉투 안에서 내용물을 꺼내 보여주며 또박또박 설명을 하기 시작했다.

"자, 이건 저번에 부탁하신 골드크레딧 기사 스크랩이랑 이번 저희 월간지예요. 그리고 이건 어제 두고 가셨던 시계. 이런 건 좀 잘 챙기고 다니세요. 척 보기에도 비싼 물건이구만."

"어이. 말은 바로 하자고. 이건 순전히 너랑 팔씨름하면서 풀어놨다가 네가 오기 부리기 시작해서 정신이 없는 통에 깜빡한 것뿐이야."

"진 사람이 꼭 말이 많더라."

입을 삐죽거린 서희는 시계를 도로 내 손목에 채워 주었다. 그 행동이 너무나 친숙해서 내가 아무렇지도 않아 한다는 것이 오히려 날 놀라게 했다. 정작 그녀는 이 행위에 놀라움이나 어떠한 거리낌도 보이지 않은 채 먼저 엘리베이터 안으로 쏙 들어가 버렸지만 말이다. 어쩐지 의식하는 사람은 나뿐인 것 같아 불쾌해졌다.

무슨 여자가 저렇게 무방비해? 아니면 나 말고 다른 남자에게도 동일하게 대한다는 거야, 뭐야?

"넌 오른손으로 내 손목 잡고 한 거였잖아. 그리고 솔직히 내가 져 줬다는 생각 안 해?"

"쿨하지 못한 남자는 힘 약한 남자보다 훨씬 더 매력 없어요."

서희는 내 쪽은 쳐다보지도 않고서 삐죽거렸고, 나는 그대로 그녀의 어깨를 밀어 벽에 붙은 거울에 소리가 나도록 고정시켰다. 단단하게 뭉친 배 위로 들썩거리는 서희의 가슴이 느껴졌다.

"아가씨가 나한테 매력 운운할 처지가 아닌 것 같은데?"

위험해.

어쩔 줄 몰라 하는 서희와 눈이 마주치자 뒤늦게 뇌에서 경고음이 삑삑거렸다. 너무 붙었어. 난폭하게 굴었어. 나는 원래 이런 사람이 아닌데 이 맹랑한 꼬마와 붙어 있으면 제정신이 아니게 돼. 따뜻한 향기가 나는 숨결이 가슴 언저리에서 느껴지자 불이라도 붙었다는 듯 화들짝 놀라서 그녀에게서 떨어져 버렸다. 겉으로는 서희의 말마따나 쿨한 척, 아무렇지도 않게 가지고 노는 척하고 있지만 귓가에는 쿵쾅거리는 심박이 커다랗게 들렸다.

"쓸데없는 짓 하지 말고 그 시간에 스펙이나 쌓는 것이 어때?"

나와 완벽하게 공유하고 있던 그녀의 눈에 담긴 열기가 순식간에 깨져 버렸다. 내가 깨 버렸다. 열기와 설레임, 순수함 대신 아무것도 담겨져 있지 않은 눈이 나를 올려다보았다. 사람의 입을 막아 버리는 눈이었다. 아무 말 없이 그저 고요하게, 말갛게 올려다보는 눈은 시선을 붙잡아두고, 돌아서도 끝까지 뒤통수를 잡아끈다. 잘 때도 생각나고, 일하다가도 잠시 생각나게 하는 눈이다. 나는 그 눈을 처음 마주했을 때는 아무런 생각도 없었다. 나는 그녀가 엄청나게 거슬렸으니까. 너무 거슬려서 화가 났고, 그 화를 제대로 컨트롤할 수가 없었다.

"난 바빠서 아가씨를 일일이 상대해 줄 시간 따위 없어."

화를 내거나 울거나 하는 것이 정상이었다. 똑같은 말을 모델들이나 자존심 센 피프스애비뉴의 여자들에게 하면 길길이 날뛰는 걸 수도 없이 봤으니까. 그렇지만 그녀는 달랐다. 한국인 특유의 작은 체형인 여자는 마치 '그래, 그게 다야?' 라는 표정으로 나를 올려다보았다. 내 가슴께밖에 미치지 않는 여자인데도 나는 무척 당황했다. 아주 큰 죄를 지은 것 같은 죄책감이 스멀스멀 기어오르는 걸 딱 무시하고 그 침착한 눈을 마주 받았을 때, 엘리베이터 문이 열렸고, 서희는 한마디 말로 나를 후려치고 몸을 홱 돌려 어디론가 가버렸다.

"사장님 참 솔직하지 못하시네요."

내가? 내가 뭘? 무슨 말이데, 그게?

당장 그 나풀거리는 머리카락 사이로 보이는 좁은 어깨를 잡아채서 물어보고 싶었지만, 이미 그녀는 그 높은 구두를 잘도 또각거리면서 멀리 가 있었다. 사실은 잡을 수가 없었다. 마치 그녀가 나에게 큰 은총을 내리듯이 주었던 '접근할 수 있는 권한'을 다시 싹 거두어가 버린 기분이었달까.

멍한 상태로 회사로 돌아와 일을 하고, 계속 날 잡아끌었던 그 시선이 자꾸 떠올라서 같은 페이지를 열다섯 번씩이나 다시 읽어야 했다. 도저히 안 되겠다 싶어 내 인생 최초로 하던 일 때려치우고 해가 떠 있을 때 사무실을 나갔다. 집으로 와서 와인 한 잔 따라놓고 못 봤던 영화나 보려다가 티비 앞에서 다시 기막혀 했다.

그 여자, 손가락 하나 까딱 않고 날 대낮에 사무실에서 끌어냈다.

그 일이 있고 나서 서희는 한동안 그림자도 얼씬하지 않았다. 여태까지 나에게 다가왔던 것이 그저 장난이었던 건가. 아니면 내가 많이 심하게 말을 했던 건가. 어느 쪽이든 마음이 좋지는 않았다.

그녀는 무척이나 사람을 신경 쓰이게 하였다. 정말 나에게 이성으로서의 호감을 느끼고 있는 것 같다, 싶다가도 어느새 좀 더 깊게 파고들어서 내가 '너 나한테 관심 있지?' 라는 물음을 하면 표정을 싹 바꾸고 다시 뒤로 물러난다. 손에 잡힐 것 같으면서도 잡히지 않는다. 답답해서 미칠 것 같았다. 대체 저 여자가 나한테 이러는 이유가 뭔가, 하고 말이다. 나한테 무슨 짓을 한 거지? 나 스스로가 조절이 되지 않잖아! 빌어먹을.

어쨌든 늘 사무실을 제집 안방 드나들던 여자가 사라지니 나름 편하긴 했다. 시끄럽지도 않고, 일이 도중에 중단되는 일도 없고, 목청 높여서 짜증낼 일도 없잖아. 그렇게 나름 이유를 만들어 변명을 하다가도 휑한 사무실을 둘러보는 것이 반복이었다.

왜 갑자기 이곳이 이렇게 조용해진 건지, 인터뷰를 하겠다며 온갖 핑계를 대고 쳐들어와서는 우리 회사 인턴인 양 회사 일을 해 주던 아가씨가 없으니 사무실이 왜 이렇게 넓어 보이는지 알 수가 없었다.

게다가 그 눈. 한 번도 그녀는 나를 그런 식으로 쳐다본 적이 없었다. 도대체 그 눈이, 그 시선이 왜 이렇게 걸리고, 한 번씩 그녀가 앉아 있던 자리를 돌아보게 하는지를 모르겠다. 그 여자가 대체 뭐 길래 감히 날 쥐고 흔든단 말인가. 생전 처음으로 여자 때문에 울화통이 터져서—다른 여자는 고작 내가 짜증을 내게 하는 정도였다—일이 집중이 안 된다. 귀찮게 하지 말라는 말을 했던 것 같은데, 그 말은 왜 그렇게 잘 지키는 거지? 내가 다른 말을 할 때는 죽어라 안 듣더니, 그런 말은 꼬박꼬박 잘도 듣는다.

내가 더 화가 났던 건, 그녀를 다시 봤던 때였다. 신생 서울 지부를 위해서 경제인 컨퍼런스를 열었는데, 거기에 이 여자가 고개를 내민 것이 아닌가. 대한증권의 회장과 이야기를 나누면서 컨퍼런스 회장을 걸어가는데 그녀가 보였다. 평소 내리고 다니던 앞머리를 시원하게 올린 뒤 뒷머리도 동그랗게 올려 묶은 채 교복만 입혀놓으면 여고생이 될 그런 얼굴로 신나게 회의장 전체를 들쑤시고 다니고 있는 것 아닌가. 아주 반짝반짝 빛이 나는데, 내 속은 시커멓게 뒤틀렸다. 뒤틀리다 못해 배배 꼬였다. 아주 신났군, 신났어. 누가 저 물건을 보고 대학교 4학년이라고 생각을 하겠어? 젠장.

아무래도 저 여자를 만나다 보면 늘어나는 것은 욕이요, 줄어드는 것은 일에 대한 집중력인 듯하다. 나는 일부러 서희 쪽으로 걸어 갔다. 그래도 제법 인턴 생활을 하면서 배운 것이 몸에 익었는지 나름 수첩에 여러 가지를 적어가면서 이것저것 회사 중역들에게 수완 좋게 말도 걸어가며 인터뷰를 하고 있었다.

감사합니다, 라는 하이톤의 목소리와 함께 보는 내가 속이 다 뒤틀릴 만큼 눈꼬리를 휘어가며 생글생글 웃어 보인 그녀는 몸을 돌려 오려다가 나를 발견하고는 잠시 멈칫거렸다. 그러더니 어처구니없게도, 표정을 싹 바꾼다. 화가 났다는 표정도 아니라, 눈만 댕그랗게 뜨고서 나 몰라라 인사도 없이 내 옆을 휙 지나간다. 조그만 여자가 뭐 저렇게 빨라? 아니, 그리고 내가 남이야? 왜 아는 척도 안 해?

목마른 자가 우물을 파는 법이다. 나는 결국 회장을 뽀르르 다람쥐가 돌아다니듯이 돌아다니는 여자를 한 자리에 서서 계속 지켜보다가 구석에서 그녀를 낚아채는 데 성공했다.

"개최자에게는 볼일 없나?"

"볼일 없는데요."

이것 봐라.

"경제신문에서 그러면 쓰나. 이건 엄연히 내가 주최하는 건데."

"꼭 주최자 의견이 들어가란 법이 있나요?"

"그래야지 언론의 공정성이 성립하는 것 아닌가? 경쟁사 얘기만 듣고 써 준다면 내가 섭섭한데."

잠시 나를 노려보던 아가씨는 결국 아주 기분 나쁘다는 티를 팍팍 내며 어디 한 번 지껄여 보라는 표정으로 어깨를 으쓱거렸다.

"지금 여기에서 인터뷰를 하자는 거야?"

"왜요? 뭐가 어때서."

다른 사람들도 다 했구만, 이라고 중얼거리는 걸 내가 못 들을 줄 아나? 이래 봬도 한국어 경력 8년차다. 나는 종알거리는 그녀의 팔을 끌어당겼다.

"나는 서서 인터뷰하는 게 세상에서 제일 싫은 사람이야. 따라와."

"싫은 것도 많네요. 그냥 참고 해요! 어딜 가는데요?"

"밥 사 줄게."

"밥 먹었거든요!"

"그럼 아이스크림."

"먹었어요!"

"그럼 케이크."

"……우씨."

그렇게 나는 마무리 중이던 컨퍼런스도 내팽개친 채 화가 난 아가씨를 달래주러 근처에 있는 케이크 전문점으로 들어갔다. 부르는 게 값이라고 이게 기회다 싶었던지 서희는 있는 대로 다 내오라는 듣는 이도 기가 막힌 주문을 했고, 나는 황당해하며 나에게 자신의 청력이 정상인지 검사를 요구하는 웨이터에게 그저 고개만 끄덕여 보였다. 공짜로 넘어가 줄 거라고는 기대도 안했다. 하여튼 엄청나게 비싼 아가씨다. 저 케이크들이며 와플들이 다 들어가기는 한다는 거야?

  "사장님은 안 드세요?"

  "난 단 거 싫어해."

  "아저씨 같아."

  그 놈의 아저씨는 좀 안 할 수 없나? 내가 노려봐도 말끝마다 노땅 티나, 아저씨 같아, 어쩌고저쩌고 혼자서 잘도 좋알거린다. 저 여자는 무서운 게 없나 보다. 내가 인상만 써도 허둥지둥 난리가 나는 골드크레딧 전체 부서 직원들과는 하늘과 땅 차이군. 아우우, 맛있어, 행복해, 시끄럽게 온갖 감탄사와 동작을 연발하며 맛있다고 냠냠대며 먹는 서희를 가만히 보다가 나는 은근슬쩍 구렁이 담 넘듯 말했다.

  "이걸로 화해한 거야."

  "우씨, 누구 맘대로!"

  이미 다 풀렸으면서 왜 그러시나, 아가씨.

  "포크 내려놓고 싶어?"

  "우와, 먹을 걸로 협박이다. 악덕업주 물러가라아~"

이거야 원, 애 키우는 것도 아니고.

포크를 들고 흔들어대는 그녀를 보며 나는 피식 웃었고, 그녀 역시 혀를 쏙 내밀었다. 저렇게 놓고 보니 정말 10대 소녀 같다. 손을 턱에 괸 채 다른 손으로 포크질을 하며 열심히 조잘대는 서희와, 그걸 일일이 듣고 있는 나는 인터뷰는 하나도 하지 않은 채 그날 오후를 다 보냈다.

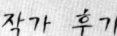

작가 후기

　　2년 전에 썼던 글을 다시 꺼내 보니, 부끄럽기만 하군요. 아무 생각 없이 즐겁게 타자를 두드렸던 글이니, 이 글을 보셨던 분들은 짧은 순간이나마 유쾌한 기분을 느껴 주신다면 그것으로도 제 부족한 작품은 충분히 역할을 다했다고 생각합니다.

　　쥐구멍을 수배하고 싶은 심정으로 원고를 보내고, 수정을 하면서 새삼 아무것도 모르고 신나게 처음 연재를 하던 때를 돌이켜 보니 고마운 분들이 참 많아요.

　　제일 먼저 연재 처음부터 지금까지 응원해 주시고, 원고까지 봐 주시는 봄빛초록 아지매, 애정합니다. 항상 좋은 조언이 저에게 힘이 되었어요. 민폐 작가지만 앞으로 잘 부탁드려요

우리 로맨틱시즌 가족들도 감사해요. 연재로 인해 받는 스트레스를 야밤에 채팅을 달리면서 날릴 수 있었어요. 그리고 교복 입고 까르륵거리던 시절부터 이 부족한 친구의 글을 항상 체크해 주며 응원해 주는 최계, 네 덕분에 이렇게 톡톡 튀고 어딘가 나사가 빠지고 똘끼 넘치는 글이 완성될 수 있었다! 사랑해애.

마지막으로 힘써 주신 이경순 팀장님까지 모두 고마워요. ♡

다음 작품에는 좀 더 필력이 향상되고, 더 멋있는 남자와 더 공감가는 여자의 로맨스를 가지고 돌아오겠습니다.

그때까지 행복하세요!

향

사랑, 그 설렘에 취하고 향기에 물들다.

사랑, 그 설렘에 취하고 향기에 물들다.